韩乾 著

生西击东

——一个90后的思想笔记

GUANGXI NORMAL UNIVERSITY PRESS

广西师范大学出版社

·桂林·

图书在版编目（CIP）数据

声西击东：一个 90 后的思想笔记 / 韩乾著. —桂林：
广西师范大学出版社，2013.6（2013.8重印）
ISBN 978-7-5495-3802-7

Ⅰ. ①声… Ⅱ. ①韩… Ⅲ. ①随笔－作品集－中国－
当代 Ⅳ. ①I267.1

中国版本图书馆 CIP 数据核字（2013）第 110527 号

广西师范大学出版社出版发行

（广西桂林市中华路 22 号　邮政编码：541001）

网址：http://www.bbtpress.com

出版人：何林夏

全国新华书店经销

广西大华印刷有限公司印刷

（南宁市高新区科园大道 62 号　邮政编码：530007）

开本：890 mm × 1 240 mm　1/32

印张：12.75　　字数：306 千字

2013 年 6 月第 1 版　　2013 年 8 月第 2 次印刷

印数：4 001~6 000 册　　定价：38.00 元

如发现印装质量问题，影响阅读，请与印刷厂联系调换。

序

　　韩乾的这部书稿让我颇有些吃惊的,作者虽然只是一个大二的学生,但其哲学素养是显而易见的,尤其对西方政治哲学的了解,相当深入;还有分析问题和写作表达的能力,都远超大学哲学专业本科生的水平。除了青春的锐气,我还很欣赏作者的思想力和对概念的把握能力。看得出他阅读的宽广和深入,他不仅深入了解西方政治思想的主流——自由主义,对保守主义、社群主义、激进主义或一些不宜归类的思想家也都有较深的了解,对中国现代历史也相当关注,而且始终是秉持一种自由思考和独立批评的精神——包括对他心仪的一些思想家。

　　作者的基本立场或观点是相当清晰的,他谈到他是"一名自由主义者"乃至"对自由意志主义(libertarianism,还有译为"自由至上主义",我更倾向于译为"自由优先主义")抱有相当的亲切感","对科学沙文主义和民粹倾向的非精英民主""怀有敏锐的警惕"。而从作者对中国现代思想谱系的叙述来看,他也是赞成"五四"的启蒙,认为其方向还是我们有待争取的未来。他主张限制政治权力,包括缩小政治领域,对中国现代史的理解也相当别致,认为以辛亥革命为起点的中国现代史"首先应该被理解为政党力量逐步支配社会的历史"。谈到现代中国的历史逻辑是"狭义的政治吞噬了广义的政治,也即,现实主义的政治吞噬了作为公共生活的政治"。"政党组织,其首要任务即是争取实质权力;因此,它们先天就趋向于以严密替代松散、以单一替代多元",而当其兴起壮大之后,社会的力量也的确难以与之抗衡。

作者在《正义战争与政治虚无主义》中写道:"我们想必都会认同'正常社会'这一概念。它表明,存在着某些共同而普遍的律则,当一个社会违反这些底线时,便不能被称为'正常的',其政治也不能被认可为正义的。这一标准即是:社会能否为个人选择与多元文化共存提供足够大的空间;个人能否有足够的自由选择他/她所期望的生活,以及诸种文化、诸种价值观是否可以得到公正的对待、是否得以免遭政治权力的干涉。换句话说,当政治能够为上述标准提供保障时,才是正义的。"亦即作者认为自由多元的价值共存是现代社会的基本特征,而政治制度应当是保护这一基本特征的,为此,就应当将政制与善观念进行分离,即现代政制不应再是促成某一种善的(价值)观念实现的手段,这也应该被理解为"现代性的核心取向"。

在我看来,作者的这些思想特质都是相当宝贵的:他的哲学分析的能力,他对历史的关照,以及他明显表露的西方学术的视野和深藏于心中的对于中国现实问题的关怀。我自然也看好他的思想潜力和未来发展。但是,在此我也愿意就他提出的问题谈谈我的一些看法,有些可能是引申或强调,有些也可能是批评或希望。

强调现代政制与善观念的分离,或者说政治与单独一种广泛完备的价值理论或观念体系的分离,以及政教分离,并不意味着对制度的正义

或者说制度伦理乃至对所有个人行为的"正当"的道德评价的缺席。使
"正当"（right）独立于"善"（good），乃至优先于"善"，从而使政治与某一
种"善"的观念脱钩，恰恰是现代道德的"正当"或"正义"在政治领域的
一个首要要求。如此，政治也才能保障自由多元的价值共存，或者说各
种合理价值的共存和自由竞争。正是在这一意义上，我以为不必讳言政
治的道德性，不必讳言政治哲学与道德哲学的紧密联系，甚至可以像最
强调价值多元的一位现代思想家伯林那样，将政治哲学就看作是伦理学
的一部分，虽然这种伦理学不是那种依附于价值观念的传统道德、个人
道德，而是与正当、正义观念紧密联系的现代伦理、包括制度伦理。对一
种较好的政治制度的信心和支持力量，其实也首先乃至主要是来自这样
一种认其为正义的道德信念。

　　现代政治不宜是某一种罗尔斯所称的全面和完备的价值理论或宗
教信仰的工具，但两者之间肯定还是会存在着某种关系：这种关系或是
一种历史的或逻辑的引申，例如现代自由主义也是从古典的比较完备的
自由主义发展过来的，历史上有过一种理论的引申，当代如罗尔斯则更
强调一种范围的限定；或是一种后面的精神信仰的支持关系，例如基督
教与法治的关系，"上帝面前人人平等"的观念是可以给予"法律面前人
人平等"的观念以强大的支持的，且历史上法治的形成也的确和宗教有
过不解之缘；或是一种可以调整得相容的关系，例如中国古代儒家思想
与现代自由民主政制的关系，前者的确并不包含后者，或者说后者并不
能够逻辑地从前者引申出来，但是，依据儒家思想中的一些固有要素，是
可以将其调整得与现代自由民主制度不仅互不冲突，甚至给予某种根本
的价值思想的后援的。

　　这就要涉及我对中国近现代以来的自由主义成长的一点看法了，
它为什么显得相当弱小，为什么在这近一百多年的历史进程中不敌激进

主义,更曾在经由激进主义而最后达到的极权主义压迫下几乎一度消失殆尽?这固然有各方面的原因,而从其自身这方面的原因来说,我认为有两点是可以反省的:一是它的激烈反对传统;二是它的强烈拒斥宗教。它放弃甚至赶走了它本可有的同盟军或后援力量。严苛一点地说,甚至可以说在这两方面它与它真正的对手并无二致。而且,有些遗憾的是,在它重新开始生长之后,一些热爱自由的人们似乎仍没有深刻地觉察到中国上世纪的自由主义的这样两个思想盲点或弱势,且不谈宽容或容忍本就是自由主义内核的题中应有之义,或者说保障自由多元的价值共存本就是自由主义的要旨。当然,更希望的是还能对中国的传统及宗教的信仰有较深的理解和体验,不是说要或者能成为其信徒,但是,这种体验将至少能带给我们一种对它们的尊重。

还有作者对自由选择和价值多元的强调,这固然是自由主义的一个要义,我在此只是想提醒一下自由多元的复杂性。借用陀思妥耶夫斯基在"宗教大法官的传奇"中提出的重要问题:是否多数人比少数人更看重物质而非精神,更看重安全而非自由,更重视奇迹而非理性?如果确是这样,在一个多数意见支配的社会,多元就可能变成实际上的一元:即物质主义或消费主义盛行,成为价值追求的主流,从而让另一些人(一些少数)失望或者感到压抑;甚至还有一种可能:即许多人在一段时间里受"奇迹"("人间天堂"或"领袖魅力")的诱惑而失去自己的正常判断力,或者在安全与自由两者相冲突的时候放弃自由,甚至在这之前就逃避自由。当然,在意识到这些问题的可能性和复杂性之后,仍然致力于捍卫所有人的自由选择和社会价值的多元是可贵的,也是正确的,但提出的理由就要更复杂一些。但我们应该意识到这些问题的挑战性,这可以帮助我们对政治社会抱有一种恰如其分的期望,知悉单纯的自由主义并不是不对的,但却可能是不够的。

在文体方面,我注意到作者的文章似乎越到后来越学术化,越来越进入一种细密的分析。如果走学术的路,这是一种必要的功夫,但学术的路也将是一条漫长的路。严格的学术要求可以使自己的思想更趋深入和比较系统,但也可能因此失去一些读者。但是,作为学术论文,又还可以比现有的文章有更细密的分析论证和更严格的形式要求,而如果是评论,则可以更为犀利和生动有力。如果作者能够善用两种文体,且明确地将两者区分开来自然更好。

总之,我希望韩乾这位年轻的朋友能坚持走自己的路,保持一种坚定性,同时也保持一种开放性,除了更加大量地吸取新知和进行思想的持久训练,其写作也可能会慢慢融入自己对人性复杂和人生沧桑的体验和认识,这样不仅写作的风格,思想和观点也可能发生一些变化,另外可能还要经受一些时间和事件的考验,而我倒是希望作者能坚持目前的基本立场,但又能不断将其扩大和深化。

何怀宏

2013 年春于褐石

目　录

声西击东（自序）

　　据说，我们中国人才最了解中国。于是，我们善于并热衷在言论领域与别人论辩，试图纠正对方的偏颇看法，传播真相，并捍卫自己对祖国的正确理解。这项活动是如此的重要，以至于成为自上而下的最重要的任务之一。而同时，在各种场合中，对一个国家之历史与现状的论断，又从未像今天这样易于引发争议。当面对如此情境时，我们——生活在这片土地上的人们——的殊异身份就显得具有特别的作用。因为我们时时刻刻居于这个国度之中，时时刻刻体认着它的现实境况，我们的利益又与其息息相关，因此，我们似乎理应是当代中国最深刻的理解者、最适宜的阐释者。

　　没有人会怀疑：对一个事物作出判断的前提是了解它。我的疑问是，是否可以说一个国家的居民就是最了解该国家的人。考虑到中国的特殊情况，这一命题显得尤为可疑。设想有这样一个人，他一生中仅读过一本书，他整日、整年沉浸在这本书之中，以至于对其内容倒背如流。

于是,我们就此得出结论:他是这本书的最权威的专家、"最深刻的理解者、最适宜的阐释者"。然而,果真如此吗?如果一个人只读过一本书,他甚至无法从直觉上说出它的好坏来,更别提进一步的判断了。任何判断——价值判断——都必须建立在比较之上。没有这种比较,没有对同类事物的了解,我们不可能作出任何有意义的论说。事物对我们来说,仅仅是空洞地、无内涵地存在着。

近似地,尤其当下——对于我们来说,在某种程度上,也仅仅是"空洞地、无内涵地存在着"。当下,对我们而言,是并且只是一个事实。我们难以审视它们,我们不能体察到它们的特异之处,由此,我们的生活就这样建立在熟视无睹之上。更进一步,我们的思考本身就已经不自觉地将当下视为某种前提、某种先定秩序:这就是说,现实背后的力量穿透了我们,至少是严重扭曲了我们的经验。在这一意义上,对中国最不了解的人恰恰是我们自己——正是因为知道得太多,所以一无所感。

当自己的经验都已不可信任时,追问在那些熟视无睹的事物背后究竟还有什么,似乎已无可能。就因为此,我们绝不应该认为自己了解这个所知最多的国家。我们应该将目光投向外面的世界:只有通过如此比较,或许才能够体认到当下的具体问题。此即所谓"声西击东":声泰西之学以击东方之是也。

第一部分　一本正经

正经为道义之渊海,子书为增深之川流。

古今之争:基础主义之思

一

在古希腊时代,伦理学还是一个前现代的学科,其关注焦点还停留在"何为良善"的层次;之后,在古罗马时期,这一学科的关注焦点就转变为研究良善行为的内在意义。也就是说,在人们对道德标准已取得基本共识后,伦理思考的要务就会随之变化。因此,在很大程度上,促成这种现代转型的并不是哲人的作为,而是知识社会学所称的"外部原因":社会环境的自然变化。

现代性与现代社会的出现,并非始于英国革命或启蒙运动,更非始于施特劳斯及马基雅维利,而应当始于罗马共和国之为跨民族国家之时。跨民族国家就意味着跨文化国家,至此,文化多元才真正成为一个问题。因此,古希腊时代为哲人所重视的"自然"、"习俗"甚至传统本身,都丧失了原先的重要性。"政治"这一概念的内涵,由族群-城邦之事务,转变为跨文化社会之事务;由道德同质化社会之内部(所有)事务,转变为诸共同体共存之外部事务。作为族群特质的文化,对于某个民族而言依然重要,但从政治与国家的角度看来,则仅仅是社群内部的问题。

因此与伦理思考相似,政治思考的转型同样源于人类群体境况的转变,政治知识的界限很大程度上依然由社会环境所影响。

我所指的基础主义政治理论,其关键特点就在于将某个范畴当作政治观念的必要基础,即对政治事务的理解与评判必须部分地建立在这一维度之上,如果搁置了这些问题,政治理论就不可能有什么意义。其次,这一范畴被认定为来自人类的"本质境况",即具有某种超越性。也就是说,基础主义所认定的是,人类事务天然具有某些永恒的、实质的特征,它是我们进行政治思考的前提;我们应当以实在论的方式理解、评判人类事务,窥破人类境况的"本质",并以此为维度,探寻政治真理。

关于人类事务的知识,必定是根据我们对自身境况的理解而产生、变化的。这就表明,如果不是处于某种境况之中,我们就难以对相应的政治安排表达任何意见;如果人类社会不先行发生某种变化,我们就难以对未知的处境作出任何思考。更为关键的是,与经验科学知识不同,政治知识深刻地相关于我们自身,相关于我们所观察的视角,相关于我们所处的现实,更相关于我们对政治生活的体验。因此,关于政治的超越性知识,不仅得不到,而且完全不可能存在。不甚精确地说,基础主义的错解与历史决定论所犯下的错误是同一种:后者以为我们能身处于"历史河流"之外;而前者则以为我们能身处于人类境况之外,能超越认知能力的必然局限,并以一种非时间性的方式看待人类事务。

二

施特劳斯的名篇《什么是政治哲学》,其开头就表现出强烈的基础主义倾向。首先,"作为探索智慧的哲学,就是寻求普遍性的知识,寻求关于整体的知识","寻求'一切事物'的知识";而这就意味着"寻求上帝、世界和人的知识,或更确切地说是寻求一切事物的本性的知识"①。之后他指出,存在着永恒的人性,因此存在着永恒的价值层次;再进一步,就存在着永恒的"好的政治"的标准。施特劳斯采用了一种非此即彼的逻辑,使得价值从为实证主义社会科学所摒弃的无用之物,一跃成为某种最重要的东西。他认为,既然脱离价值判断来进行社会科学研究是不可能的(在此,他多次试图反对事实/价值二分,其方法与希拉里·普特南如出一辙:认为即使是"纯叙述性的概念"也依然隐藏着价值判断,比如我们对"独裁主义"这类语词的使用,就已经伴随着对该类政体的批评态度),一个确定的价值维度就应该是政治思考不可或缺的前提。价值判断不仅是研究的要素,而且是研究的基础。对于永恒人性的认识使我们有可能获知永恒的价值标准,而只有在这种标准之上,政治研究才成为可能。

政治哲学之任务,据施特劳斯所说,是追求"美好的生活或健全的社会"。其理由是,任何政治行为都内在包含着这种目的,由此,政治哲学就必定是目的论的。这再次指示我们接受实在论的观念,即思考的目的是获得真理,而真理又来源于"永恒人性",并不依赖我们的现实境况。这样看来,政治哲学似乎与经验科学相似。施特劳斯一方面挑战了依赖事实/价值二分的实证主义社会科学,另一方面又通过对本质主义观念的确认,将政治哲学与政治科学重新合为一体。

自现代性与现代社会出现以来,政治哲学对"美好生活"或"好的政治"的解释权,便被下放到个人层面,诸社群的界限,很大程度上与对它们的认识有密切联系。这种现象表明,在确定自身任务之前,政治哲学必须先行确定"政治"本身。人类事务与政治事务,在古典社会完全同

① 詹姆斯·古尔德等编:《现代政治思想》,60 页,商务印书馆,1985。

一,因此,既然人类事务存在价值维度且具有目的性,那么古典政治哲学也必须将它们纳入思考范围。而在罗马共和国这样一个跨文化国家建成之后,诸多差异极大的道德同质化社会被强行归置于同一制度中,这一崭新境况揭示出的只能是:传统的政治思考已不能适应异质社会与文化多元的现实。在此,人类事务的复杂性第一次显露出来,这种复杂性不受哲人的思考所限,甚至不可能为理性所整体把握:我们关于它的知识,注定无法达至超越性。政治研究的界限必然也只能由人类境况所决定。以基础主义或实在论的方式看待政治哲学,必定陷入将个别偏见当成莫须有的本质属性的谬误。所幸,施特劳斯始终藏匿于他为自己所编织的幕布之后,而对"永恒人性"的实质意义未置一词。

既然政治事务的界限发生了改变,现代政治研究的任务,就由探寻"美好生活"或"好的政治"的内涵,转变成为这种探寻创造条件。价值维度在政治研究中的退隐,表明政治思考应以现代社会的根本境况为前提,即着眼于处理复杂的多元现状,进而保卫个人与共同体对生活的殊异理解。其关键就在于,对于多元社会而言,如果其基础——人类理性,或者说个人在现代转型中所展现的阐释、控制其生活的能力——不存在或不牢固,古今之分就无从理解,"现代"更无从想象。而只有当现代社会已成为事实时,政治哲学才可能意识到自身界限的变化,意识到自己应当放弃形而上学的超越性追求,并转而以一种非历史主义的方式进行思考。

施特劳斯引人争议的一点是,他是否真的反对现代社会? 即他到底是现代世界的反对者,还是一名——按某些其辩护者的特殊修辞来说——"诊断者"? 我们说,现代性使我们发现了基础主义立场的谬误,是因为如果不采取反实在论或者某种意义上的非历史主义的视角,现代转型就无法理解。而施特劳斯始终执着于基础主义,并以它为据,声称发现了现代性的深刻问题。因此,即使他乐于生活在美国这样一个典型的现代国家,也很难说他认同现代社会。因为,古典-现代的区别,与斯巴达-雅典、苏联-美国的区别是两回事:苏格拉底宁可死在雅典也不去斯巴达等外邦,不等于说雅典就是哲人的乐土。实际上,施特劳斯笔下的古今之争,更准确的表述是古典哲学-现代社会之争,哲人-城邦或哲学-政治的冲突,在他看来是永恒的。然而,若我们接受了反基础主义视角,若哲学不再以超越性为诉求,而着眼于现实的政治境况,这种冲突就不复存在了。以上表明,施氏既然将自由主义划为虚无主义之一种,就应当被认定为现代世界的反对者——显然,他所向往的是古典德性社会,即使那只能停留在古典政治哲学的美好想象之中。

三

基础主义作为反现代性理论的诸基本形式之一,不仅为施特劳斯这样的保守主义哲人所采纳,而且在自由主义的当代反对者——社群主义那里,也得到了明确的表达。以自由主义的角度来看,施特劳斯与社群主义者的区别是不重要的。或许这种区别的根源只在于,前者有意使自己晦涩,而后者努力使表达清晰却总是失败。这一现象表明:任何反现代性的思考,在与其所处的生活世界相遇时,总不可避免地变得含混不清,其批判的锋芒也会因其根基的空虚而钝化。社群主义代表性人物麦金泰尔总是努力地将古典社会描述成一个充满了确定美德的共同体,而将自由主义社会说成是道德失落了的世界。这里体现的主题依然是古今之争——尽管其论述比施特劳斯的要粗糙得多。现代社会堕落的根源依然在于价值维度的丧失:当个人自决成为一种权利,并且当多种道德标准共存于社会之中时,个人便可以肆意追求自己浅薄的利益,其行为也不再受美德所限制了。而古典社会之所以是可欲的,就在于它将美德接纳为一种不可怀疑的终极规范。换句话说,好社会应当是存在道德基础的社会,德性必须先于社会存在。这种基础能够规制社会秩序,阻止社会的堕落。显然,现代社会不拥有这种基础,因而陷入了不可避免的混乱。

麦金泰尔以卡尔·施密特的方式乞灵于权威的力量。对于一个社会而言,权威之所以重要,就在于它能够提供确定性,能够使德性成为社会的支点,进而使人的高尚追求成为可能。由此,麦金泰尔猛烈攻击启蒙运动,因为正是它将(一切)权威都当成敌人。我们发现,他并不认为理性能够解决伦理问题,也不希望理性去反思道德本身。他需要的是整个社会的确信:古典社会之所以是道德同质化的,并非因为古代人比现代人更有理性,而是因为前者更加"虔诚"。当然,这在诸启蒙思想家看来是理智不成熟的表现。但这样一种将美德置于优先地位,并以现代社会之价值维度的失却为攻击点的论辩方式,确是各种基础主义思想所共享的理论资源之一。

然而在这里,麦金泰尔犯了一个错误。并没有证据说古典社会之道德同质化是因为古代人主观上更乐于服从道德权威。一套价值标准之所以能够居于专断地位,很大程度上是因为它还没有遇到另外一种与之相悖的道德规范。对于前现代社会而言,文化碰撞意义重大,关键就在于那种道德专断很有可能随之被颠覆。因此,与基础主义的看法相反,美德优先的古典同质社会只不过是人类历史中不甚重要的一章:它仅适合前现代时期的人类境况,并不具有深远的思想意义。

基础主义的神话首先将对古典世界的认识看成是一种神秘的、关于人类整体事务的知识的一部分,继而将政治哲学看成是形而上学的——因而是非时间性的——一部分。由此,这种整体认识将使哲人了解人类事务的最终基础,并进一步获知超越性的政治真理。这使得麦金泰尔试图直接比较古典社会与现代社会,并向我们展示前者的可欲之处。古典社会的重要特征之一,是社会角色先于个人。换句话说,在这种社会中,"每个人都有一个既定的角色和地位";个人在进入社会时,就预先"带着一种或更多的生来就有的性格——我们被安排好的角色;我们还得学会这些角色是什么,以便于理解别人对我们行动的反应以及我们对他们的反应是怎样易于被阐释的"。因此,个人自决是不可能的——责任与义务都是社会给予个人的先定规范,个人不能违抗。个人意识到:"我属于这个部落、这个家族、这个国家。所以对我有利的就得对拥有这些角色的人有利。这样的话,我从我的家庭、我的城市、我的部落、我的国家的历史中继承了许多责任、天赋、公正的期望和义务。这些构成了我所生而既得的东西和我的道德出发点。"但是,这种情形为什么是可欲的呢? 答案是,这些先定规范使个人认识到自己所应采取的生活方式,最终认识自己。麦金泰尔向我们展示了以下类比:一块表的价值就在于走时准确,一个人的价值就在于履行其先定义务。因此,古典社会不仅有消极方面的好处——不会陷入道德混乱,更有积极方面的好处——使个人认识自身并履行义务、实现价值。①

我们已经在前面回应了这种逻辑。"个人的社会性"这个概念现在已经成了真正的陈词滥调,无法说明任何问题。"先定义务"这种观念的存在,必定以道德专断为前提;否则,价值冲突势必破坏它的基础。然而,既然在现代转型中个人已经展现出了阐释、控制其生活的能力,那么在现代社会回复道德同质化,就完全是一种不可思议的想法。将价值选

---

① 斯蒂芬·霍尔姆斯:《反自由主义剖析》,139 - 143 页,中国社会科学出版社,2002。

择交予个人，与其说出自现代政治哲学的错误判断，不如说出自人类境况演化的历史过程；而现代转型既已成为事实，这种过程就不应被否认。因此，古典社会不仅因个人无法拥有阐释、控制其生活的能力而不可欲，而且因历史基本情境的根本改变而不可能。

四

有意义的政治思考必定是基于人类基本境况的。因此，人类的"本质属性"即使有实质所指，也不足以支撑政治哲学。这就表明了超越性的政治研究的不可能性。在此前提之下，罗尔斯以现代社会的基本特征——多元价值共存——为基础，进行了真正的现代政治思考。

既然以上特征构成了人类的根本境况，并且这种局面是人类理性的结果，那么对于政治哲学而言，可欲的社会便不应再以某种善观念为必要条件。罗尔斯在《正义论》中区分了三种正义观念：实质正义、完善（或不完善）的程序正义与纯粹的程序正义。与实质正义观念相对，程序正义认为正义之实现有赖于一种程序的实行；与完善（或不完善）的程序正义相对，纯粹的程序正义并没有判断其结果是否合乎正义的独立标准。纯粹程序正义的例子是赌博：如果每名赌徒均明确赌博程序且自愿参与，那么无论赌博结束时财富分配的结果为何，均合乎正义。完善程序正义的例子是分配蛋糕：如果一个程序规定切蛋糕者必须拿最后一块，那么我们便可以断定这种程序是合乎正义的，判断标准是每人是否能够拿到同样大小的一块。不完善程序正义的例子是法律审判：无论其程序多么严密，均不能保证所有的无罪者与有罪者均能得到应有的宣判。

通过以上区分，罗尔斯认为，作为现代社会之基础的正义，应为纯粹的程序正义。如果一个正义程序确实不包含任何实质的善观念，我们就可以承认：这种正义理论合乎现代社会之根本境况，它不仅独立于多元价值共存之外，而且为这种现状提供了良好的框架。罗尔斯所提出的正义程序，即著名的"无知之幕"假设。他进一步认为，通过这一程序，人们将会达成"两个正义原则"，其中包括自由的优先性、机会平等与最少受惠者最多获益等要素。实际上，罗尔斯的目的是通过这种论证方式为上述要素辩护，即它们不是哲人一厢情愿的论断，而是正义程序的结果。

但是，哈贝马斯对这种程序正义的论证提出了质疑。他认为，无知之幕的程序并不是无所承诺的：事实上，正是因为参与无知之幕的人是自由而平等的，上述正义原则才会被得出；正是因为这一程序本身就包含了为哲人所认肯的善观念——自由与平等，正义原则才会具有那些要素。在这种意义上，罗尔斯的正义理论并不是程序的，而是实质的。在哈贝马斯看来，程序正义意味着正义是程序的结果，即是由公民在某个程序之下商谈得出的，而不是先定的。由此，政治哲学变成了商谈的伦理学，正义问题变成了商谈规则的问题。

经过思考，哈贝马斯认为，以下商谈规则是公平合理的：

每一个具有言语和行为能力的主体都应该被允许参与对话，每一个人都可以对任何主张提出疑问，每一个人都可以在对话中提出任何主张，每一个人都可以表明自己的立场和愿望，每个人在行使上述规则赋予的权利时都不得受到任何强制力的阻碍。

之后，罗尔斯在回应哈贝马斯的质疑时指出："一种程序的正义总是依赖其可能性结果的正义，或依赖实质性正义。"[1]在此，他放弃了原先的观点，承认了纯粹程序正义之不可能，进而认为哈贝马斯的商谈规则

---

① 　约翰·罗尔斯：《政治自由主义》，449 页，译林出版社，2000。

无非也是实质正义之一种。这一结论至关重要,它导致了罗尔斯在《政治自由主义》中对"完备性学说"与"政治美德"的区分。完备性学说所代表的是现代社会中多元共存又相互冲突的诸整全性意识形态,而政治美德则是政治正义所赖以立足的基础观念。后者并非基础主义所指认奠基性的德性/美德,更非基于"永恒人性"的超越性价值立场,而是一种基于多元价值共存之现状的、经验的、现实的偏好。它为这种良好秩序提供了框架,在此意义上,它是现代社会的必要条件。

五

如果说基础主义体现了哲人的僭妄,那么反过来,对道德绝对主义的抛却,是否也意味着有滑向道德相对主义的危险?成功摆脱了基础主义的政治思考,又如何才能避免落入贫乏的虚无主义/相对主义之中?所幸,现时代的人类的根本境况指示着政治美德的存在。这表明,在诸神并存的时代,我们依然拥有一种具有原初意义的价值立场——诸神并存的事实,本身就包含着自由平等观念——它一方面并非超越性的绝对价值,一方面也不致使我们陷入无所倚靠的真空。

施特劳斯及其学派有一种隐秘的思想倾向,即认为哲人纯粹的智性追求可以颠覆此岸与彼岸的轻重之别。在对彼岸进行想象,以及沉浸在对这种想象的自顾自的探索之时,哲人似乎可以完全抛却此岸,并罔顾其所在的生活世界。这种对自身智识能力的迷恋,以及对现象/本质、意见/知识、洞穴/地面、经验/理性等两分观念不可抑制的认同,正是基础主义政治思考的来源。人必定将认识到自身经验的不可靠:人的思考,总不可避免地指向超越性,指向那种可靠的、确定性的、非感官的、认知之外的、由纯粹智识能力所掌控的彼岸世界。这种倾向固然带来了大量错误,却也是哲学的前提。然而,这种思考终将使我们反省自身,重新审视这样一种为我们所暗地接受的实在论观念。这样,人的智识能力从一种偏见开始,最终又转向了对偏见的克服。政治哲学的古今之争论题,正是这一过程的组成部分。

2011.1

静态世界与政治理论的维度

政治思考已经历了剧烈的变迁。在古代政治理论的视野中,神-人-兽的模式限定了作为城邦动物的人所能选择的生活方式:在一个城邦——小型同质化社会——之中遵照美德生活,即是人生的全部内容。在此理解之下,政治被视为承载一切人类事务的领域:在它之外,不存在值得关注的东西,政治知识即是除自然哲学之外的一切知识。这也正是古代世界强烈地贬抑甚或取消私人生活之倾向的根源。而对照今日的政治哲学,古今之分非常显明地体现出来:"政治"这一概念已随时间具备了相当不同的意义。以这一视角来看,政治思考无疑是依附于这一过程的,它由我们将什么视为"政治的"之观念主导。换言之,政治理论的维度首先就不应该由僭妄的哲人决定。

与自负地追求至善德性的古代政治理论相比,今日的政治哲学似乎放弃了建构一种终极观点的努力。罗尔斯在《政治自由主义》这一著作中,特地将现代世界的"理性多元"状况作为自由政制的基础,并用其支撑一种不同于整全性的古典自由主义的构想。通过对"正当优先于善"这一理念的强调,他将个人权利与特定的道德价值置于不同的层面,并将前者视为政制的核心。但是,就反至善论的理想而言,罗尔斯的论述似乎有些许模糊之处。这些尚待澄清的疑难多多少少损害了对古代德性概念与现代政治之关系的理解,进而使得我们难以根据政治自由主义的观念回答以下问题:是否美德乃至一切善观念都应该被排除出政治领域? 纯粹中立的政治观又如何可能?

在这里,考察来自论敌的观点或许更有助于我们解决上述困难。哈贝马斯对罗尔斯《政治自由主义》的批评由三个部分组成:其一,原初状态之下空洞的理性个人形象是否足以支撑所欲达到的多元秩序,也即无知之幕程序下的权利制度对于未来的善观念来说是否是公平而完备的;其二,交叠共识的观念自身是否包含着一些非工具性的预设,也即当罗尔斯认为诸完备性学说经这一设计可以被合适地、非政治性地镶嵌于理性多元社会中时,他未能就此步骤是否承载着(基本的)道德承诺这一问题给出令人信服的回答;其三,如果不在一开始就纳入公域自律的观念,一个秩序良好的社会秩序就不能说是经公民深刻的理性商谈而确定的,而是被给定的——若权利制度的内容可以不经民主程序而得到确定,我们就不能说公民实质地参与了政治实践。在哈贝马斯看来,即使是政治的(而非整全性的)自由主义,也因其建构性的特质而限制了太多东西。非先验的政治理论只可能是一种程序,它无须求助于剥除个人的禀赋与财产,也无须要求诸完备性学说遵循某些(可能是后设的、包含着实质正义观念的)基本规范。它仅仅是一套公民商谈的原则:只要一种政制是经此程序而得出的,就是合乎正义的。因此,商谈伦理学的要求同时就构成了政治自律的条件。在这一过程中,政治理论并不是要承担给出——哈氏指出,无知之幕之下的所谓"设计"难掩"结果早已沉淀于制度之中"之实——一种权利秩序的任务,而仅仅是为这种任务提供伦理学上的形式要求。与无知之幕的要求不同的是,公民可以也应当带着特定的善观念参与到理性商谈之中,也只有这样,才能回答一种良好的政制何以支撑起多元善观念的问题。另外,理性商谈既不是前社会的,也不是一次性的:它始终处于开放而未完成的政治进程之中。换言之,权利制度的内容随时可以被这种"自我理解的民主"所修正。①

然而,正如罗尔斯所指出的,商谈伦理学的诸原则也不仅仅是纯粹的程序,而是一些实质性的道德规范。哈贝马斯试图将私域自律与公域自律一并奠基于商谈伦理之上,这就又迫使我们面对先前的紧迫问题:如何能够为这些基础性的善观念证成?进而,我们应当将它们视为先验条件,还是一种经验的、现实的偏好?这些疑难直接关系政治理论的维度,具体而言,关系政治理论是否可能不依赖任何道德观念而得到确立,是否可以只将道德观念视为政制的附带产物(亦即伴随现象),而不是政治行动的理由或目的。罗尔斯在这一论题上的立场是鲜明的。他反复申说:政治自由主义的核心理念"公平正义"同样是一种政治道德,正义与善在这一理念之上完美地嵌合在一起,相辅相成,互为支撑。实际上,这与哈贝马斯关于私域自律与公域自律相互设定的论断并无根本差异。坚持政治中立、捍卫理性多元秩序并反对整全性自由主义,并不意味着罗尔斯接受将美德(尽管是经验而非先验的)与政治完全分离开来的观念。事实上可以说,《政治自由主义》的理论建构部分就架设于这样的立场之上:现代世界的多元秩序内在蕴含了一种善,它的牢固存在不仅不能为任何政治思考所简单否定,恰恰相反,任何有说服力的构想都应该以对这一事实的承认为前提。而政治中立的概念即产生于多元秩序之中,它的意旨就在于:任何一种合乎情理的公共观念都不能为来自政治领域的观点或力量所干涉。

将多元秩序作为思考的起点之一,这可能是罗尔斯部分地接受了社

① 参见 J.哈贝马斯《评罗尔斯的〈政治自由主义〉》,载《哲学译丛》2001 年第 4 期。

群主义/共同体主义之主张的结果。一种政治理论必须对这一现状作出回应,而这正是《正义论》所申说的"秩序良好社会"之概念所无法满足的要求。但即便如此,将多元本身视为一种善,依然令人困惑:很明显,它虽然随处可见、难以动摇,但还并不能说是必然的。在一个规模较小的自由社会中,我们未必能够观察到一种多元秩序;若因此而指责这一社会是非善的,纯属不得要领。这里的关键就在于:多元秩序仅仅是自由的可能后果,本身不能作为承载道德判断乃至政治理论的事态。罗尔斯的谬误显明地出现于对共同体主义的回应中:后者曾指责自由主义政制没有为某种共同体如伊斯兰社会的存在留出空间,而政治自由主义则试图以交叠共识的观念为自身辩护。根据罗尔斯的设想,当一个共同体认识到对多元秩序乃至诸种自由——譬如宗教自由——的认肯构成了维持自身存在的先决条件时,自由制度对它而言就并不构成威胁。然而,这一思路似乎并不能推演至其他层面,没有什么证据能够表明,从共同体的自由能够衍生出个人自由。更有可能出现的情形是:在个人与共同体关系上,共同体能够为维持自身完整而不惜采用一切手段;在共同体之间,它又可以持有互相承认、互不侵犯的立场。在罗马帝国与奥斯曼帝国这样的跨文化社会中,这种宽容与强制并存的局面曾长时间存在。如果忽视了多元秩序必须以个人自由为基础这一要求,自由主义就无法持守自己的立场,进而将退化为一种共同体本位的政治理论。这一结果一方面是对政治自由主义的打击,一方面又指示我们重新思考良好的政治秩序与善观念的关系。

　　放弃了完备性要求的政治自由主义,同时也就放弃了对公共领域(市民社会之文化领域)的参与及评价,从而得以专注于真正的政治论题。一种良好的政治秩序包含正义原则在以下方面的运用:首先是公民对它的深刻理解,其次是社会基本结构对它的吸纳。但罗尔斯又指出,这种消极的要求似乎还不够,对于正义原则,公民所要做的不仅是不违反它,而且要主动而充分地运用它。换言之,在上述两方面均已得到实现时,理性的公民就会轻易认识到:维护秩序良好的社会合作、维护理性多元的现实乃至维护公共领域和自由市场,在积极的意义上,即等同于对个人自由的捍卫与拓展。这样,个人理性与公共理性一起构成了自由主义的理性多元社会的良好环境。这一表述似乎同时也为作为共和主义之现代结果的公民资格理论提供了有力辩护。后者指出,政治参与要么应该被看作一种公民义务,要么至少也是一种内在于政治事务之中的公共的善,无论如何,它都应该得到国家的支持。这一立场尽管与强调"善优先于正当"的亚里士多德主义有显著差异,但无疑也不同于坚持拒绝赋予政治行动以任何特殊地位的权利自由主义。问题就在于,罗尔斯所称的"正义感"是否足以构成一种善观念,以及政治参与是否应当被视为自由制度对每一位公民的道德要求?既然正义原则所构成的是一种权利秩序,那么,拥有"正义感"就等同于对权利制度的亲密态度:理解并认肯它,进而强调它应当得到普遍遵守。我们或许会误解为这体现了对它的价值判断,但事实上,理性公民之所以重视权利观念,不是因为后者是一种善,而是因为它是个人行动的基础。如果权利只能以善的形式为每位公民所共享,无疑是对公民德性提出了过高的要求。在这里需要注意的是,强调一个概念,绝不意味着对它的道德评价构成了我们采认它的理由,更不意味着它内在包含着特定的善观念。正义-权利制度的价值仅仅是政治思考的附带产品,并不能从公民对它的重视中得出它构成了一种善的结论。由此,政治参与的疑难也应该如此解释:它既不是一种义务,也不是所有公民都应该持守的先定价值观念。人只对他人的权利负有义务,而没有义务对本应获得的东西——自身的权利——作出贡献。另一方面,在成为道德主体之前,任何道德责任都是不可接受的强制,即使是政治参与,亦然。在由义务伦理学的个人形象推演出权利观念的过程中,个人不需要也不应该付出任何代价。

　　除去公民资格理论,还有一种至善论版本的自由主义试图为善观念保留一席之地。约瑟夫·拉兹指出,无论是康德自律-自我决定的思考起点,还是更为精致的无知之幕构想,都未能保证那种中立的政治观就是我们的必然选择,因为它们都依赖如下假定:对于作为秩序之核心的、一致通过的普遍正义原则的需求是每个人的最高利益。如果没有这一点,我们就无法想象在原初状态下人们如何能够达到一致同意。因此,原初状态并不原初,人们之所以要坐下来进行讨论、反思,是因为他们觉得得到一个正义原则是首要的。在这里,讨论的动机被罗尔斯无理由地设定了①。这与哈贝马斯的看法相反:并不是"结果早已沉淀于制度之中",而恰恰是结果未被制度所保证。果真如此吗? 义务论视野中的个人有可能放弃对普遍正义原则的追求吗? 恐怕并非如此。罗尔斯反复强调,只要处于前社会中的人是理性的,他就会认识到:在进入社会之后,他将有可能处于任何一种境况之中。为了使得这一结果是可接受的,他就必定会创制出一种适合于所有处境,也即不依赖任何特定善观念、禀赋与财产的基本规则。这就是个人将会支持中立政治观的原因:一种非中立的政治秩序不可能保证他在所有处境下都会得到公正的对待。以上动机的确不同于对"一致通过的正义原则的需求",但无疑足以构成它的充分条件。在这里,我们依然无需求助于任何政治道德,就可以合理地为正义原则的产生提供价值无涉的说明。同时,与哈贝马斯的疑虑不同的是,无知之幕之下的公民并不需要穷尽所有的道德观念,亦即不需要"把握其委托人的那些价值层面最高的利益"。正是因为他

---

　　①　约瑟夫·拉兹:《自由的道德》,132页,吉林人民出版社,2006。

们尚不具备任何善观念,他们才不会对特定的价值有任何干涉,未来的权利制度才不会影响到具体社会成员的道德自律。这体现了"政治中立"概念的真正涵义:只有将政治行动的谓词限定为"消极的"或"非干涉的"而不是"同等程度参与的"或"全面而平等的",作为一种工具性角色的政制才成为可能。

以上分析旨在为一种彻底的反至善论理想辩护,并试图证明,纯粹中立的政制不仅是可能的,而且是合理而必要的。如果能够借助价值无涉的语词为政治理论证成,任何特定的善观念都没有理由停留于我们的视野之中。然而,这里需要明确的是:对善观念的排除并不来自于对作为一种经验事实的多元秩序的确认。毫无疑问,理性多元的现象构成了一个重要的经验事实,甚至可以说,它指示着现代世界的基本境况。因此,它可以被用来为现代政制与古代政制的差异作辩护。与同质化的、浸透了先定善观念的古代社会相比,由于现代世界根本上处于多元秩序之中,那种追问"人应当怎样生活"的政治思考便只会逐渐丧失其地位。但是,这并不意味着我们可以将多元秩序作为支持自由主义政制的理据。需要回答的恰恰是,前者在何种意义上是合理的。其关键在于,不是为了维续这一秩序而采认自由制度,而是由于自由观念的作用,一个理性多元的社会才逐步成型。罗尔斯指出:"合乎理性的然而却是互不相容的完备性学说之多元性,乃是立宪民主政体之自由制度框架内人类理性实践的正常结果。"①因此,只有当自由制度自身的合理性可以经由一种非历史性的方式得到说明时,多元秩序才能得到辩护。这种说明方式立足于一种我称之为"静态世界"的观念——它同时也构成了政治理论的维度。这一观念认为,政治理论只能将世界看作静态的,对于已经

---

① 约翰·罗尔斯:《政治自由主义》前言,4 页,译林出版社,2000。

过去和尚未显现的人类处境,政治思考难以顾及。可以想象,在古希腊城邦这样的小型同质化社会中,不可能产生如"跨文化社会之基本结构为何这样"的论题。这正是古今之争的结果。可以说,它所揭示出的是政治哲学的内在困难:政治思考一方面依附于现实,一方面又不能停止对最佳政体(best regime)的永恒追求。

　　古今之争既是德性与权利之争,亦是共同体与个人之争。它揭示出在两种本位的政制之间存在着无法调和的基本矛盾,影响深广,波及人类历史的各个阶段。然而有论者指出,若以英国普通法传统(相对于欧陆启蒙主义的)或苏格兰启蒙思想的角度看,这一矛盾或断裂或许并不存在。以审慎的经验理性为基础,普通法传统不仅不要求重建或革新,而且实际上也没有对历史中沉淀下来的种种观念作任何激进的颠覆。居于该系谱之中的诸思想家将其话语构筑于一种知识论的温和怀疑主义之上,从而避免了建构理性的僭妄,而后者正可以被认定为现代性的诸特质之一。换言之,这一立场通过对英国政制之法统连续性的成功支撑,否弃了古今之分。① 但值得细察的正是这一点:尽管这一连续性的存在无可否认,但它对个人本位观念与共同体主义-身份政治之间的张力似乎并无回应——实际上,它既不能消除这一冲突,也无法提供一个解决方案。正如保守主义难以调和权威与自由的关系一样,共同体与个人何者为先的问题,也不能仅凭某种值得赞赏的态度而得到消解。关键就在于,存在对普通法传统的两套描述,首先是历史上的,其次是理念上的,论者不应将前者作为后者的理由。应该承认,普通法传统借助英国的优越而特殊的先天条件很好地掩蔽了古今之间的裂痕。但我们很难这样说:以它的视角看来,古今之分或者说现代性只是一种虚构。

―――――――――

　　① 参见高全喜《何种政治? 谁之现代性?》,新星出版社,2007。

个人与共同体孰先孰后,依赖于政治理论中的自我形而上学:如何一方面承认时序上在先的特定善观念对开放且可塑的自我的影响,一方面又捍卫自由意志观念。显然,后者只可能奠基于个人之上。因此,共同体主义内在的疑难就在于:先定善观念的优先地位使得个人自由变成了一座无地基的建筑;人类行动的空间不可能再由任何不可消解的理由所支撑,而仅仅依赖于尚未完备的善观念。这既违反了现代世界中最显明的事实,又与我们关于自律-自我决定的直觉产生了深刻的矛盾。尽管许多理论家会尝试通过规定一些基本权利来应付这一困难,但这除了损害其立场的融贯并展示出智识上的失败之外,并不能恢复这一观念的说服力。

以上虽然构成了对共同体主义的重要反驳,但其理据——既有的权利制度与义务论的个人形象——却很难说不依赖于对现代人之根本境况的理解。政治哲学的悲剧处境就在于,任何一种观念似乎都无法脱离其背后的历史背景。正如古代哲人绝不会认真对待多元社会的激进想象一样,我们也不能说迄今为止的政治思考就穷尽了一切人类处境。因此,就前述政治自由主义的证成而言,应该看到:对一种观念的非历史性说明是否可能,始终取决于静态世界的观念是否能够成立,后者显然是对世界的错解,但我们又不得不采取这样的视角。古今之分的牢不可破根本地限定了政治理论的维度,在超越性的永恒追求与局限性的有限经验之间,我们所能得到的,只可能是些许智识的碎片。赫拉克利特曾声称:"上升之路与下降之路是同一条。"这绝非无稽之言。或许只有上帝才能够提供对政治问题的最终回答,而我们将在不知何处为终点的漫长道路上继续行走下去。

2011.10

现代性:历史,或者一个故事

"现代"一词,与其说是一个自然-时间概念,不如说是一个人造语汇。这里的关键是,对历史的命名,本身就包含着人类对自身境况的理解。换句话说,古今之分的观念暗示着一种历史哲学。古代社会与现代社会的区别何在,本属经验研究,并不难于回答。但是,将何种区别视为"基本的",进而视为区分两时代的关键要素,则纯是约定问题。因此,在此基础上,我们看待历史的方式,就决定了政治研究所遵循的原则:不仅是反基础主义的,更(部分地)是非历史主义的。

只要上述历史哲学还被我们所接受,诸时代之根本特征,或者说"基本境况"就依然是政治研究的基石。而对于"现代"而言,我们必定是在历史中赋予它意义的,它与前现代时期的界限绝非自动显现,而是由我们所规定的。也就是说,"现代"本身仅仅是一个定义、一种发明,正如上文所言,是约定的产物,是自我确证的。由此,那种意图复兴古典政治的理想就丧失了意义:其话语以古今之分为基础,而古今之分本身却又指示着断裂的而不是连续的历史观。任何非现代的,更准确地说是不以现代之基本境况为叙述前提的政治思考,就在这种语境中被拒斥了。

这种政治思考的典型范例,即是历史决定论。如果说柏拉图对最好政制的追问与回答还有可能被理解为属于古希腊城邦史而不是总体人类史的话,患有一种形而上学病症的黑格尔就断然以上帝视角看待政治事务,从而将其纳入了超越时间与空间的抽象历史中。而继此之后,更为"现代"亦更为务实的科耶夫提出了一个相当具体的预言:历史将终结于人的"普遍同质化"。所谓普遍同质化,指的就是人与人之间不再存在任何差异。之所以作此设想,是因为科氏认为,人类历史的发展动力就是人追求承认的欲望,而其根本实现,只有将自身完全同化为所欲之对象方可。在这一过程中,人与人之间势必发生冲突,其结果是:获得承认者成为"主人",而未获得者成为"奴隶"。伴随而生的还有两种相继出现的社会形态,一为贵族社会,一为资产阶级社会。此二者各存在一种社会规范,科氏分别命名为"贵族的平等性正义"与"资产阶级的等价性正义",大致对应着"权利平等"与"财产平等"两概念。科氏指出,这两种规范皆不完美,同时,主奴斗争亦不可能永远持续下去,显而易见的结局就是主人与奴隶都成为平等公民,而两种正义经辩证法之正-反-合过程而成为"公民的合题性正义",即在权利与财产上均平等。最后,作为真正的、极限的终结,人与人之间的任何差异也将不复存在。只有这样,人的欲望才会被彻底满足。①

　　普遍同质化世界不止是一种乌托邦。作为合乎逻辑的未来叙事,它一方面承接启蒙观念,一方面似乎又秉持激进平等理想。简单地看,它所提出的预言似乎仅仅集中于这一点:只要人类尚未完全平等,就必定会继续趋向平等。保证这一趋势的是一种关于人类本性的本质主义理论:表面上,人们都试图成为主人,高人一等,但这其实是对平等的歇斯底里的追求所致。每个人都追求承认,而只有当自我与对象完全同一,

---

① 参见亚历山大·科耶夫《法权现象学纲要》,华东师范大学出版社,2011。

即当承认他人就等同于承认自身时,对各方而言均十足完满的承认才得以实现。由此能够看出,科耶夫的乌托邦实际上持有一种相当奇特的观念:任何差异都是可比较的,因此任何差异都会造成不平等。因此,看起来它似乎认为世界可以被完全量化,这种毕达哥拉斯主义比经典机械论世界观更加荒诞。它首先要求了一种不可能实现的认知,归根到底则是语言与逻辑上的错解。

作为科氏的终生论敌之一,施特劳斯曾评论道:这一乌托邦即使能够实现,也必定十分可怖。在这一点上,他的看法难得地正确。

历史决定论奢求着一种超越性的知识,它试图令我们超越时间,这源于知识论中的常见谬误。即使抛开古今之分,我们对于自身境况的理解,亦是不断变化的。这一事实要求我们不断地重新看待历史,更进一步,历史决定论的论断也应不断调整,而仅此一点就使得它不得不放弃其预言性质。与之相对,另一种历史哲学要求我们将政治思考架设于作为约定的"基本境况"之上,也正因为此,产生自这种思考方式的政治理想具有自我奠基的特质,即真正以理想而不是预言的方式直面现实世界的诸种事态。这一特征在当代政治哲学论辩中广泛体现出来。例如,罗尔斯与哈贝马斯均将宪法设计作为政治事务的主题,这正表现出对过往历史的轻视——无论如何,我们都无法"让世界重新开始",而越是认识到这一点,面向未来的政治就越值得我们认真对待;毕竟,重要的问题永远是新的。

美国法学家富勒曾以下面一段多少有些含糊的话形容现代自然法:"在某种意义上,我们称作'故事'的这个东西,并不是实际上'是'的那个东西,而是'变成'的那个东西;它不是一大堆现实,而是一个流变的过程,这个过程是由人类的创造冲动所驱使的,是由他们认为故事应当是什么样子的观念所驱使的,正像它是由开启这种冲动的原初事件所驱使的一样。在这里,'应当'作为人类经验的一部分,和'是'一样都是真实的,二者都流入到讲故事和复述故事的共同河流中,彼此融合在一起。"①此段话不单有法理学的意义,同时也是对现代性之自我奠基的型构过程的准确理解。"故事"具有以下特征:它一方面是虚构的,另一方面又是关联于现实的。与之相似,作为理想的现代性,一方面是为人所发明驱动的、非现实的故事,另一方面又立足于现代之基本境况。因此,当哈贝马斯将现代性称为"一个未完成的方案"时,他至少把握住了部分真理:虽然无人知晓现代社会将终结于何处,但只要现代性还是一个故事,它就依然富有生命力。

2011.4

---

① Lon L. Fuller,*the Law in Quest of Itself*,The Foundation Press,1940,p. 9. 转引自强世功《法律的现代性剧场:哈特与富勒论战》,44 页,法律出版社,2009。

"政治成熟":关于一种教条与偏见

　　"幼稚-成熟"是一对耐人寻味的概念。马克斯·韦伯将"政治成熟"归结为一个经济充分成长的民族-国家走向统一的政治秩序的过程。这一政治秩序即"大众民主":将大众聚拢于民主制度之中,以此化解经济发展带来的多元化对整体社会的危害。甘阳在《走向"政治民族"》这一著名文章中,借用此概念,成功地将前现代国家的政治转型诉求,歪曲为建立强力的民族-国家中心主义观念霸权的主张。① 显然,此种荒谬见解势必引出诸种虚无主义后果,并给当前某些短视的社会政策及其所对应的理论提供合理性。

　　考虑韦伯的实证主义偏好,政治上"幼稚"/"成熟"的划分,明显是实用主义考量的结果。这种考量曾是古典政治哲学的立论之本,即强调现实性与非理想性是政治的本质属性,不能被任何观念所化解、超越。权力运作应当是政治思考所关注的核心,现实感应当是政治思考所必须具备的素质,任何不带有现实感的思考,不可能具备现实意义,本质上不可能是"政治的"。

---

　　① 参见甘阳《走向"政治民族"》,载《读书》2003 年第 4 期。

以上观点，从根本上将政治置于理想的反面。同时，这不代表可以将政治视为实现理想的工具。政治不可能服从于任何理想，从某种意义上说，政治本身便是一种理想，一种消灭理想的理想。认识到这一点，便是"政治成熟"；反之，便是"幼稚"。此即古典政治哲学向我们揭示的真理。

然而，启蒙时代以来，现实政治的地位不断降低。人们所思考的关键词不再是"权力"，而是"自由""公平""正义"等。后者具有丰富的内涵，它们真切地构成了许多理想，在这些理想中，政治成了它们的从属，似乎要沦为实现它们的工具。

这一现象令一些政治哲人感到不满。其中重量级的典型，便是施密特、科耶夫与施特劳斯等人。他们对这种理想的僭妄极为蔑视，认为这必定是现代人的"幼稚"所致。以指出"政治的本质是区分敌我"而闻名的施密特曾指出，美国居然试图用某种制度分割、制衡权力，这是非常幼稚的。在施密特看来，这是对"主权者决断"的扼杀，是试图淡化敌/友二分的愚蠢尝试，是妄图用可笑的理想改变政治的本质，化解、超越政治的现实性与非理想性。施特劳斯在承认区分敌我为政治本质的基础上，又指出了世界的另一个本质境况：普遍的自然差异。自由主义观念既然宣称平等，便不可避免地掩盖人之间和事物之间的自然差异，这就使得由这种理想主导的社会必定是虚幻而不可靠的。他认为，成熟的政治应当正视社会中普遍存在的自然差异，并根据这种差异建立起一座政治阶梯。高低不平才是世界的本来面目，区别对待每个人、每个事物才是充分具备现实性的政治思考的结果。

同时，对现代性与现代社会的反思，使哲人们作出了深邃而骇人的论说。科耶夫指出，世界历史运转的根本动力就在于每个人都追求他人的"承认"，政治生活尤其如此。当每个人都为实现自己的欲望而努力时，就要发生冲突。赢得承认者成为"主人"，屈服者沦为"奴隶"；主人和奴隶之间又存在无尽的"斗争"。这样历史就有了它最初的起点——"主奴斗争"。但这种境况不会永远维持，在科耶夫看来，当人们追求承认的欲望在政治、经济、心理等诸层面上得到普遍的最终满足，也就是现实中每个个人都已成为自由（自主）个体时，历史便终结了。他特别指出，现代社会终将成为一个普遍同质化的世界，在这个世界中不再有各种欲望，不再有伴随着欲望的斗争，不再有真正重要的差异，不再有任何困惑、恐惧与疑虑，只剩下同质化的、快乐的"末人"。为此，他坚持将苏联也看成是现代性的产物、现代政治的一部分，这是因为——借用海德格尔的话说——苏联和美国在形而上学上是一回事。它们有一个相同的目标：建成普遍富强的国家。换句话说，苏联与美国的差异并不是实质上的，而是纯粹形式的、次要的。如果它们都实现了目标，其国民就将完全的普遍同质化，即成为快乐的末人。

值得一提的是，科耶夫在写给法国政府的建言书《法国国是纲要》中，建议法国应当拥有成为"新拉丁帝国"的理想，即在美苏两大帝国的争霸中不能沦为某方附庸，而应该明确其政治身份。这一民族主义理想看起来只是将施密特区分敌我观念具体化的结果。之后，他积极促成了欧洲煤钢联营——今日欧盟之前身——的成立。那么，对于科耶夫而言，欧洲共同体到底更符合他的哪一种倾向，民族主义，还是普遍同质化世界？他的政治行动，是为了明确敌我区分，还是为了消除它？我们不得而知。

在施特劳斯那里，普遍同质化的前景虽然是可能的，但完全是不可欲的。他首先指出，这一世界必定只能是一种僭政。其次，快乐的末人与其说是人，不如说是动物，因为他们不再具有人性，只剩下了动物性。显然，批评科耶夫的普遍同质化世界，就等于批评现代政治本身：现代政治不仅违反了政治的本质属性,还使得所谓"现代人"堕落为动物。

如果说科耶夫因笃信历史决定论而仅仅满足于成为预言者与行动者,那么施特劳斯就是一个立场坚定的批判者。科耶夫不满于施密特的政治之为永恒敌我区分的理论,提出了同质化将消除敌我斗争的预言。他虽然并不直言反对同质化,甚至为其辩护,却又尽力描绘出一幅历史终结的可怕场景,即不可欲的末人世界。看起来,施特劳斯的评判更像是对科耶夫隐秘低语的揭示:不成熟的现代政治最终将使人类陷入停滞与死寂。

施特劳斯始终耿耿于怀于古今之争,或者说按照自然差异之阶梯生活的自然人与按照自由主义平等社会生活的现代人之争。他断然否认现代生活是好生活,因为这种社会不根据事物的价值来塑造阶梯,而是根据权利平等的原则,将每种事物都摆在平地之上。因此,个人有同等权利去做任何事,而无论它的价值或高或低。施特劳斯抱怨说,这种社会忽视了价值的重要性,进而将忽视真正高贵的东西。

然后,施特劳斯明确指出:最高贵的东西应该是哲学智慧。因此,最值得去做的就应该是像哲学家那样生活。在施特劳斯那里,事物的价值就是由其距离哲学的远近决定的,距离越近,价值就越高。哲学应该是金字塔的顶峰。

但是,他又补充说,由于自然差异的存在,并非每个人都有能力从事哲学。哲学注定是少数精英的事业。政治的现实性与非理想性本质,虽然是最重要的哲学智慧之一,却只能密传,不能向大众散布,因为大多数人所相信的恰恰是哲人的"显白教诲"——即诸种冠冕堂皇的政治理想。某种程度上来说,政治与社会的存续,就依赖于这种少数精英密传真理、多数群氓盲信谎言的局面。

值得讨论的是,反现代性政治哲学为何总执着于将政治视为理想的反面。让我们暂且放下对普遍同质化世界的担忧,来思考施特劳斯究竟为何如此敌视这一前景。冷战之后,人们发现,失败的苏联只不过是三百年来主导世界的自由主义秩序的诸反对者之一。尽管科耶夫会说,冷战结束标志着世界真正的、由里而外的同质化,但需要解释的恰恰是,为什么是美国战胜了苏联,而不是相反。因此哲人们必须承认,美国与苏联、自由民主制度与极权主义制度之间的区别是确实存在的。美国对苏联的胜利,恰恰说明普遍同质化世界不可能是施密特心目中那种只由纯粹权力运作主导的古典政治世界。普遍同质这一标准,本身便意味着需要以某种被普遍接受的、实质性的政治理想为必要条件。显然,如果这一前景成真,哲学就终结了,施特劳斯所谓的密传真理与大众谎言的区分不仅不再存在,而且以后者的最终胜利为结局。普遍同质化世界,意味着大众谎言恰恰是真理,而所谓密传真理,则仅仅是暂时性的经验规律,施特劳斯心目中具有最高价值的哲学至此消亡。

但我们为何敌视这种结果?为何不将哲学的消亡视为其任务的最终完成?即使诸层面上的普遍同质化在直觉上令人难以接受,那么政治的普遍同质化,莫不就是政治理想的最终实现、人间乌托邦的最终建成?继而,为何不将所谓人性的丧失视为哲人的消失,而将所谓"动物性"视为普遍人性的彻底胜利?关键是,既然"政治成熟"的密传真理仅是暂时性规律,那么施特劳斯心目中的哲学,到头来岂不就是一场错误的追逐?而反过来,恰恰是那些幼稚浅薄的"显白教诲"成功使政治臣服于理想的追求,并在最后握住了真理。

所以,唯一的解释便是:反现代性的政治哲学是错误的。它将某些既未加证明也不具足够说服力的原则,当作政治的本质属性;它虚构出人类不可变易的悲剧境况并沉湎其中,而将任何看清并改变政治的努力都斥为"幼稚"的。因而在这里,"政治成熟"与愚昧恰恰是同义词。

某种程度上,科耶夫握有部分真理:普遍同质化世界的合理预言,本身便蕴含着政治必须臣服于理想的要求。也正是因为现代政治以理想驱使政治,普遍同质化世界才成为可能。事实上,它不仅可能,而且可欲。在这个意义上,正如现代性天生朝向未来一样,现代政治也天生朝向乌托邦,它没有实质内容,却是哲人追求政治理想的动力。

补记:

高全喜在《现代政治、民族国家与帝国叙事》中作出了如下多少具有阴谋论成分的猜测:欧陆政治哲人之所以拒绝接受英美自由主义现代政治的合理性或普遍性,是因为他们总不肯忘记欧洲政治文明的往日荣光。他写道:"对于欧洲人来说,难道欧罗巴只是一个旧的宿命,就不可能重生出一个可与英美相抗衡的新欧洲吗?思想家们炮制出各种各样的理论说辞,尽管天花乱坠,实质上的道理却是非常简单而明瞭——对英美的不服和不甘。"[1]

的确,根据对现代性与现代政治的褒贬,政治哲学大致可以分为现代-英美与古典-欧陆两阵营。这种心理解读虽然不甚严肃,却也不无道理。难道智慧如哲人者,也难以逃脱诸种保守主义心态的影响?在深刻的古今之争、"政治成熟"论题背后,思想不成熟——或者说,教条与偏见——是否已成为哲人们难以回避的弱点?

2010.12

---

[1]　高全喜:《现代政治、民族国家与帝国叙事》,载《大观》,97 – 117 页,法律出版社,2010。

自由主义及其副现象

何为政治事务,或者说,何为政治理论所应当处理的事务？长久以来,对这一问题的回答都建立在对以下两个概念的混淆上:"人所处的制度"与"人所过的生活"。古代哲人曾声言,由于人生而群居,人的生活内容就应该由一种关于社会-制度的整全性构想决定,即"政治"这一词项就涵盖了所有的人类事务。然而,鉴于人的生活总被种种善观念所填充,政制因此就必须深涉价值领域。这样一种结果在古代世界当然不成为问题,因为一个城邦即是一个典型的同质化社会,在这样的小型共同体之中,并不存在真正有威胁的道德疑难。因而,制度服从于德性的境况在彼时不仅是可能的,而且是普遍的。

但是,古代哲人并未虑及这样一种可能性:小型城邦瓦解,统一的、跨共同体的大型国家取而代之。很快,罗马对欧洲的征服就制造了此种处境,而这直接颠覆了制度与德性的经典关系。显然,特定善观念仅为共同体内部所接受,但制度或者说法律所关心的是普遍的、直接的人类行动;后者所提供的规范,一方面高于任何具体的价值立场,一方面又必须避免与之发生冲突——事实上,罗马万民法正具有这一特征。换言之,上述条件所要求的即是将政制置于一种价值无涉的地位,它仅是承

载诸种善观念的框架,而不是实现任何伦理目的——譬如亚里士多德之
"幸福"——的工具。

　　政制与善观念的分离同时也应该被理解为现代性的核心取向。小
型共同体的消失从根本上瓦解了德性的优先地位,因而自罗马之后,任
何一种试图恢复古代政制的现代努力最终都失败了。在此值得注意的
是,自由主义由古至今的伟大传统同样伴随着美德观念逐渐淡化的过
程。在贝克莱、洛克与穆勒的论著中我们尚可见到相当成分的德性视野
之内的叙述,而在休谟提出事实/价值二分之怀疑论之后,善观念才有可
能从政治构想中被清除出去。也正是在这样的前提下,康德的再奠基的
政治哲学或者说义务伦理学才成为现实。因此,近世思想史依然可以被
粗略地、后验地描述为线性的:属于现代的自由主义观念在古今过渡过
程中出现并最终完善,而属于古代的美德政治观则逐渐消失,这最终一
击由休谟与康德携手完成。

　　按照上述理解,善观念在政治理论中的地位,就立即成为一个关键
问题。围绕着当代自由主义的争议多集于此:一种"纯粹的"——可以
被完备地还原为价值中立之用语的——权利制度是否可能?另一方面,
一种反至善论的政制是否有走向相对主义甚或虚无主义的危险?前一
疑问由社群主义者提出,而后者则为以列奥·施特劳斯为代表的保守主
义者所持有。作为自由主义的论敌,这两类论者共享了古代政治的基本
精神:善优先于正当、优先于平等权利;政治理论不应该回避美德维度。
即使在许多自由主义者那里,这一论题也绝非清楚——其常见论述往往
集中于以下含糊的结论:良好的政治秩序依然诉诸一些基本的良善价
值,如"宽容"或"平等待人",等等。一个典型例子是:罗尔斯在《政治自
由主义》中显明地指出,公平正义的核心理念同样是一种"政治道德";
现代世界的理性多元境况本身就是一种善。尽管罗尔斯特地强调,政治

自由主义所主张的善观念绝非出自任何先验立场,而仅仅是现实的偏好,但无论如何,他并不赞同对正当与善乃至政治与美德的彻底区分。

既然美德依然未被理论家们抛弃,那么审视社群主义或保守主义与罗尔斯式的"德性自由主义"之间的差异就显得格外重要。两者最易见的区别集中于善与正当的优先性论题上:归根到底,比起那种意图使政治重新服从于某一道德序列的主张,德性自由主义依然属于一种现代政治理论。其典型表现即是,在回应其论敌时,罗尔斯通过对公共领域(市民社会之文化领域)与政治领域的严格区隔,拒绝了任何完备性学说对后者的侵犯。但是,在这种毫不妥协的立场背后,对于与自由主义政制自身紧密相关的一些善观念,罗尔斯的态度却令人大惑不解:如果容许任何"政治道德"的存在,进一步而言,如果将某些善观念视为政制证成的理由或政治事务之实质标准的组成部分,我们就很难理解,自由主义如何能够一方面不放弃德性标准,一方面又自洽地坚持政治中立命题。

德性自由主义所遭遇的上述困难出自一种深刻的范畴错误,它关系于如何看待价值语词在自然语言中的地位,准确地说,即怎样理解事实/价值二分论题。与常见观念不同,接受此一命题并不意味着我们能够在语言运用之中完全地将事实判断与价值判断区分开来。正如希拉里·普特南所指出的,存在着大量既适用于事实判断又适用于价值领域的"混杂性的"(thick)概念,如"冷酷""温暖"等。再者,即使在经验科学语句中也不存在纯粹的事实判断,如一份实验报告之所以会包含载玻片而不包含空气中的灰尘,正是因为前者更具有科学价值。统而言之,所谓"单独的"事实陈述或价值陈述完全是一个神话,甚至可以不无道理地说,语词之意义本身就是一个价值问题。①

---

① 参见希拉里·普特南《事实与价值二分法的崩溃》,37-58 页,东方出版社,2006。

看起来,如果接受上述理解,我们就立即陷入了困境。事实与价值时时刻刻缠结在一起的结论难道不是对该二分法的正面反驳吗?或者说,如果区分事实与价值是不可能的,提出这一命题还有什么意义呢?然而,休谟的意图并不在于指示我们进行实际的区分工作。的确,任何价值判断都立足于事实之上,抽象的善恶概念并不存在;但在知识论上,这样一种区分显然有其重要作用。必须看到:恰恰因为知识论上的划分是可能的,"混杂性的"这一语汇才有可能得到合理的使用。假若这一命题不具有任何意义,我们就根本无从指认语言运用上的混杂现象。换言之,混杂现象的大量存在并不意味着我们只能止步于概念的混杂意义。不幸的是,德性自由主义在此犯下了同样的错误:当行动与对行动的价值判断不可避免地混杂在一起时,理论家们便误以为后者必然构成了支持或反对前者的理由。但是,显明的逻辑是:善观念在政治领域的存在并不意味着对政制构想的证成必定依赖于对该种善观念的采认。譬如,我们说一种政制构想具有某种"良善价值",不等于说该价值、该善观念构成了它成立的必要条件,更不等于说这一构想积极地支持这些价值、这些善观念。

罗尔斯对现代"理性多元"社会的阐述为上述范畴错误提供了绝佳的案例。在《政治自由主义》中,人类社会多元观念共存的境况被认定为理性的产物,因而,它不能为任何政治思考所简单地忽视甚或否定;任何有说服力的政制构想都应该以承认这一境况的牢不可破为前提。对此,罗尔斯曾给出了完全正确的阐述:它正是"宪政民主体制下自由制度的构架"的运作结果。关键就在于,它既然仅是自由制度之结果,就没有理由成为政治思考的起点。显然,罗尔斯在此为多元秩序赋予了一种良善价值——多元本身被当作一种普遍的善。但问题是,我们完全可以想象:在一个较小规模的自由社会中,未必存在真正的多元秩序。若按罗尔斯的论述而将之称为不合理性的,则纯属自相矛盾。因此,这里的疑难是,即使为自由制度所引发并维续的多元秩序果真是一种善,也不意味着自由制度需求这种善的支撑。不甚严格地说,对自由主义施行结果的正面价值判断,仅可以被视为一种"副现象"(epiphenomenon,在此借用心灵哲学的词语),而远不足以构成为自由制度证成的理由。

如上文所言,犯下了上述范畴错误的似是而非的论断往往具有以下形式:由于某种政制之实践结果具备某种良善价值、符合某种善观念,该政制便主张人们应当认肯该善观念;进而,其政治行动必定以该善观念为理据;最后,该政制的证立必然以该善观念为必要条件。这一连串的谬误,皆源于理论家不能区分"附带的"与"直接诉诸的"或"积极支持的",也即不能明确:在未经充分申说之前,此种价值判断仅属于政治行动之副现象。自由主义立足于义务伦理学所支持的自律-自我决定的个人形象,其权利概念同样仅作为个人合理行动之空间而得到阐明,在此限定之下,其政治行动的谓词只可能为"消极的"或"非干涉的"。进一步而言,一方面,人们必须服从于权利制度,但另一方面,自由政制本身并不诉诸任何善观念,也即,人们并不会被要求变得"宽容"或"尊重他人",尽管这些伦理一般来说会受到鼓励。无论如何,这些道德观念都只能作为自由政制的伴随产物而被严格排拒于政治领域之外。这据说令人遗憾,但也正因为此,自由主义才能保持智识与实践上的生命力——这既出自它的光荣传统,也是其理论的自我要求。

2011.12

重思中立性论题

　　当代几种不同版本的自由主义理论均不约而同地申说一种中立性(neutrality)理想,以作为对国家权力的限制。具体而言,它指的是政制在面对多元社会中诸善观念时所应该遵守的原则。这一概念最易令人混淆之处是,就词义而言,实际上存在着两种意义上的中立:首先是同等对待的中立——不偏不倚地对待各方;其次是作为后果的中立——对各方采取的措施最终应以拉平差距为目的。约瑟夫·拉兹正确地将前者称为"排除理想"的原则,而将后者称为"中立的政治关怀"的原则①。

　　后一种中立很容易使人联想到结果平等观念,实际上,它们的确有千丝万缕的联系。任何自由主义者都会严肃地反对对中立性的这种理解,对此,边沁有一句名言:"只要产生快乐的总量相等,针戏与诗一样好。"②这一论断是批评后果中立论的先声,它驳斥了那种试图强行平衡阳春白雪——高雅但门槛较高的诗与下里巴人——庸俗但受众甚广的针戏在社会中的影响力的见解。当然,边沁自己同样提出了一种价值理

----

① Joseph Raz, *The morality of Freedom.* Oxford: Clarendon Press, 1986, p. 111 - 112.
② 穆勒:《论边沁与柯勒律治》,55 页,上海人民出版社,2009。

论,这使得其功利主义主张与一种粗糙的至善论并没有根本的区别。但这一点是可以理解的,毕竟,对严格中立性的强调归根到底只是一个当代事件。

出于一些可虑的理由,拉兹执意将约翰·罗尔斯的正义理论归为后果中立论。鉴于罗尔斯在学术生涯中曾数次修改自己的论述,以及差异原则那令人疑惑的含糊性,这样的结论看起来并非全无道理。但应该澄清的是,罗尔斯所真正意欲达致的良好秩序究竟与中立性概念有何种联系。首先,如果作为自律行动者的公民及其所组成的共同体正当而合理地追逐其偏好的过程未受干涉,那么诸种善观念就不可能处于后果平等的状态,正如喜爱针戏的人与喜爱诗歌的人在一个自由社会中不可能同样多一样。显而易见的是,罗尔斯不会允许将国家的干涉手段应用于这一过程。另外,我们可以推断,罗尔斯服膺于一种运气平等主义的直觉,这一点在他关于基本善的论述中清晰地显露出来:基本善是"一个理性的人无论他想要别的什么都需要的东西"①;而差异原则的作用是对它进行再分配。正是这样的观念使得拉兹认为罗尔斯实际上在追求某种意义上的后果平等。拉兹的这一看法是值得怀疑的,因为如果我们仅仅止步于基本善与差异原则的构设,而忽视了罗尔斯真正的理论目的——保证作为自律行动者的个人能够正当而合理地追求他所欲的生活方式并为之承担责任,无疑就令人遗憾地忽略了自由主义系谱中最具价值的政治理想。准确理解罗尔斯之中立性概念的首要条件就在于领会他所要表达的如下核心意旨:一种最低限度的近似平等状况——或者说,适当的再分配原则——是,并且仅仅是保障自由秩序的必要条件。尽管该观念面临着巨大的责难(有趣的是,一部分批评者认为上述必要条件过

① 约翰·罗尔斯:《正义论》,71 页,中国社会科学出版社,2009。

高,而另一些批评者则认为它过低),但无论如何,资源平等的主张本身只具有工具意义——它只是被挑选出来的手段,而非正义原则的目的。以上两点揭示出,平等概念在罗尔斯的理论中不可能居于首要地位,他的根本关切——良好的自由秩序——与作为后果的中立性概念存在着严重的龃龉。

第一种中立概念——同等对待的中立——拒绝了对后果的关注,因而与第二种中立概念针锋相对。看起来,它所主张的原则是明确的:政制不应当偏袒任何一种善观念,或者说,政治行动不能以任何一种善观念为理由。在此必须注意的是,这并不意味着要求我们信守相对主义或平均主义的价值理论——前者认为针戏与诗并无高下之分,而后者认为两者总是具有同等价值——而是强调,能够合理地作出价值比较的只可能是作为自律行动者的个人,而不是政制。认为一种政制有资格或有必要将某种形式的价值排序引为理由,就犯下了逻辑上,或者说范畴上的致命错误。在这一意义上,政治行动是,并且只是服从于正义原则的行动;而与之相对的是,任何人类行动都必定依赖于具体的善观念。正是这种质的区别要求我们将政制理解为中立的。

至此,还没有出现什么困难。但是让我们回过头去审视对同等对待的中立性的定义:应该承认,"不偏不倚地对待"这一说法看起来是非常含糊的,每一个字都需要澄清。拉兹清楚地认识到这一点,他设计了这样的思想实验:假设红方与蓝方突然发生了战争,而此时我们正在给红方提供常规的食物,以这样的状态为思考起点,接下来我们应该如何做才能满足中立性要求?

情况非常棘手。或许以下两种方案是不难想到的:A.继续维持这一状态;B.什么也不做。但是,这两者没有一种能够免于批评。拉兹指出,关键的困难就在于,我们尚不清楚所谓"中立"是相对于什么而言的。

鉴于事件背景是战争,那么我们可以说,此时的"中立"指的就是在战争的胜负上保持中立。这样一来问题就清楚了:考虑到即使未发生战争,我们也照样会向红方提供食物——注意,上面提到这些食物仅仅是常规的而非战争所特需的,因此,战争事态与提供食物的行动就没有任何联系。换言之,我们不能将这样的行动视为帮助红方取得战争胜利的举动。这样看来,只有 A 方案才符合中立性的要求。反之,如果采纳 B 方案,那么取消提供食物的举动就一定与战争的发生存在某种必然联系,正是这一点破坏了中立性。

因此我们发现,只有以某个特定目的或者说理想状态为前提,中立性概念才有意义;不可能存在一种无条件的,无缘无故的,或者说绝对的中立性。据此可以进一步说,即使有一些行动与目标事态有关,也不一定意味着那就破坏了中立原则。一些论者声称,既然自由主义要求政制捍卫个人权利、保护自由市场,那么这样的手段必定会造成对实现善观念之手段——譬如金钱——的分配的不平等,这种不平等使得所谓在诸善观念前"保持中立"成了一句彻头彻尾的谎言。这一批评似乎指的是,如果自由政制不能保证让每种善观念的支持者都拥有同样多的资源以实现其理想,就不能说已经遵守了中立性的标准。通过对比罗尔斯之理念的目的——保证作为自律行动者的个人能够正当而合理地追求他所欲的生活方式并为之承担责任,我们可以发现一些根本的差别:罗尔斯仅仅保证了追求善观念的权利,而这种论断则进一步要求政制平均分配用于追求善观念的资源。但是,这种要求具体指的是什么,尚存在疑问。平均分配是一个在任何时候都要起到作用的约束条件吗? 现在让我们假设针戏与诗的爱好者群体现在拥有同样多的财富。某日,他们花费同样的金钱各自组织了一场演出会。由于针戏的受众远多于诗的,针戏表演会收益甚丰,而诗歌朗诵会入不敷出。此时,两群体的财富出现了差距。问题出现了:是否应根据平均分配的要求,对这种状态采取均贫富式的干涉? 我们难道能够说,只有进行这样的干涉,才是对中立性的保卫吗? 反过来,如果自由政制拒绝进行这种干涉,就违背了中立原则吗? 答案应当是否定的。在此我们能够看出,平均分配的要求试图将后果中立论偷运入自由主义的政制,这一点是我们无论如何也不能接受的。

在《无政府、国家与乌托邦》中,罗伯特·诺齐克举出了另外一个例子:如果甲方(如男性)有能力伤害(如强奸)乙方(如女性)而乙方无法伤害甲方,那么我们并不能说,制订一条禁止这种伤害行为的原则就是在偏袒乙方。也可以将上文的例子改写成这样的形式:如果针戏行业有能力在文化市场中获得比诗歌行业更多的财富,那么我们也不能说,除非我们采取平均分配的干涉,否则就是在偏袒针戏行业。这从正反两方面说明,存在着比中立性更为基础同时也更为重要的原则,只有在这一原则的范围内,中立才是一个值得追求的状态。诺齐克随后指出:"禁止强奸有一独立的理由,这理由就是人们有权支配自己的身体,选择她们的性伴侣,不受暴力的侵犯和威胁而得到保障。"①这一禁令可以得到独立的证明,而"指责一个禁令或规则非中立的前提是它不公平。"②这些论断令人信服地说明,上面所提到的比中立性更基础、更重要的原则即是正当性。离开正当性,孤立地讨论中立概念是毫无意义的。换言之,之所以坚持中立原则,正是因为只有对诸善观念采取中立的态度才是合乎正当性的。因此,上文所提到的对中立原则的批评并无力量,它们或者偷换了中立原则的目的,或者没有注意到正当性的基础地位,因而犯

①　罗伯特·诺齐克:《无政府、国家与乌托邦》,272 页,中国社会科学出版社,1991。
②　罗伯特·诺齐克:《无政府、国家与乌托邦》,273 页,中国社会科学出版社,1991。

下了攻击稻草人的谬误——它们声称,由于自由主义不允许政制在正当
与不正当之间"保持中立",所以自由主义就是非中立的。这样的荒谬
表述体现了一种严重且并不鲜见的语言混乱:该论断中的两个"中立"
概念均非自由主义所意指的中立性。自由主义所申说的中立原则本身
仅由可以被独立证明的正当性概念来定义,因而在正当与不正当之间所
进行的选择与中立性并无关系。自由主义从来没有,也不可能要求人们
将中立视为一个适用于任何领域的普遍原则,它仅仅体现了未将善观念
作为理由的政治行动的共同特征。

　　我们已经清楚地看到,中立原则是正当与善之分离的自然结果。为
了进一步阐发这一点,罗尔斯尝试用基本善来确保其正义理论能够将善
与对善的选择区分开来。对此,托马斯·内格尔提出了一些深刻的反对
意见。尽管罗尔斯强调基本善是且仅仅是人之自律行动的基础,但内格
尔指出,对基本善内容的规定实际上体现了对一种个人主义的价值立场
的偏好,而这一点将使得其他非个人主义的生活方式在社会中的发展变
得相对更困难。[1] 这种批评有相当的力量,因为罗尔斯对善的内容的规
定归根到底依赖于我们对自律行动之必要条件的可错的经验认识,举例
而言,如果罗尔斯认为基本善总是越多越好,那么某些社会主义者与苦
修者或许会反对这一点,因为他们认为过多的财富是恶的。(罗尔斯在
回应这一意见时指出,这两种人完全可以拒绝财富的增长,但这无碍于
我们将财富视为基本善。这一点实际上宣布了对"越多越好"之标准的
放弃。我们欣然接受这一点。)我们马上就可以想出一种应对策略,即通
过对基本善之内容的适当调整,我们就有可能逃脱指责。但是在这里,

---

[1]　Thomas Nagel, Rawls on Justice, *Philosophical Review* Vol. 82, No. 2. (Apr. 1973), p. 220 –234.

具体内容并不是内格尔之批评的核心。内格尔并不是说罗尔斯当前对基本善之内容的挑选违背了中立性,而是说,无论基本善有何种内涵,都不可能是中立的。威尔·金里卡在一篇名为 *Liberal Individualism and Liberal Neutrality* 的文章中通过分析基本善之具体内容的方式回应内格尔的意见,这种思路实际上是将论证的重担交予批评者,即让他们指出究竟在什么情况下对基本善如此这般的规定是非中立的。批评者可能会认为这是一个花招,因为他们实际上持有的观点是:根本不存在基本善这种概念。我们可能永远也无法给出对"自律行动的必要条件"这一概念的中立的定义,正如维特根斯坦发现我们不可能给出对"游戏"这一概念的本质定义一样。或许这种定义归根到底只是体现了对特定善观念的单纯断言。这种批评有让我们陷入形而上学争论的危险,因为这无异于说,人类根本不存在本性,即使存在,我们也不可能确定它。这一点反驳了中立性吗?我认为没有。经验科学研究中旨趣与理论渗透了观察,但这并不意味着经验科学语句就不是中立的事实判断。许多理论家也曾不无道理地指出,世界上根本不存在终极真理,即使存在,我们也不可能找到它。但这一观念也无法构成对经验科学之客观性的批评。将争论引向语言哲学领域,无法构成对中立性的真正威胁。

基本善概念实际上要确定的是,什么因素是政制所要保护的。譬如,政制必须保护个人的生命权利,但不会去保护伤害他人的行为。在需要保护的因素与不需要保护的因素之间存在一条界限,前者体现了我们的具体权利。而至于究竟什么样的行为才会构成对他人的伤害,则是一个法律实践的问题。显而易见,我们不可能一劳永逸地、先验地确定这条界限应该划在哪里。但这一点绝不意味着我们应该舍弃基本善这一概念,更不意味着正当与善的区别就仅仅是相对的。或许我们会对基本善的具体内容存有不同意见,例如,自由意志主义者会坚持只将权利与自己的身体视为基本的,从而要求取消差异原则,但中立性并不会因此而丧失地位。罗尔斯在一篇回应他人批评的文章(*Reply to Alexander and Musgrave*)中指出,"人们并不会认为自己是无可避免地被束缚于或认肯于在任何特定时刻他们都会具备的对任何特定基本利益之综合体的那些欲求的,尽管他们确实需要权利去增进那些利益"("They do not think of themselves as inevitably bound to, or as identical with, the pursuit of any particular complex of fundamental interests that they may have at any given time, although they want the right to advance such interests");相反,"自由人将他们自己设想为有能力修订自己的终极目的,并在这些事态中给对自身自由的维护赋予最高优先性的生物"("free persons conceive of themselves as beings who can revise and alter their final ends and who give first priority to preserving their liberty in these matters")。① 这一表述精确地把握住了义务论的硬核。的确,对于个人而言,某些善——有相当一部分价值对他而言是被先天赋予的——在时序上先于自由意志,但这并不意味着人们就无法彻底地反思这些善观念。虽然自由意志的实现归根到底依赖于某些现实条件,但这并不意味着自由意志就必须服从于善观念。如果有一种理论认为某些善观念是如此地基本,以至于我们甚至都无法思考它们,那么我们的自主性就是残缺的,我们将只能成为这些善的奴隶,而非它们的选择者——而直觉告诉我们,恰恰是主动的选择,而非被动的依附,才使得善具备道德力量。事实上,在我们看来,思考并修订自己的生活方式与价值追求的实践理性是如此地自然而无需证明,以至于构成了我们所具备的最核心的道德能力。正是在这一意义上,正

① John Raws, Reply to Alexander and Musgrave, *The Quarterly Journal of Economics* Vol. 88, No. 4, Nov., 1974, p. 633–655.

当必须独立并优先于善,而中立性也将因此而得到辩护。

　　相比于内格尔而言,拉兹在这一方面的见解无疑更加复杂。他提出了一种非常值得讨论的至善论构想,并以此反对各种中立性话语。其基本理念在于,我们可以从相互冲突的生活理想中找到一些共同的实质价值,而国家应当采取必要的措施以增进它们;或者,我们可以就如何评价这些生活理想达到共识或至少是妥协。另一方面,拉兹认为那种已经掌握了政治理论的话语权的权利自由主义——以个人权利概念为秩序之根基的自由主义——其实存在严重的缺陷。首先,他尝试给出一个对拥有权利之条件的规范说明:"当且仅当 X 能够拥有权利,并且在其余情况都相同的状态下,X 的幸福(利益)的某个方面构成了他人之义务的充分理由时,X 就拥有一种权利"("X has a right if and only if X can have rights, and, other things being equal, an aspect of X's well - being (his interest) is asufficient reason for holding some other person(s) to be under a duty")。① 根据这种定义,公共的善——比如宽容的社会风气——似乎就无法从权利中生发出来。可以想象,对某个人而言,在宽容的风气中生活是他重要的利益。但由于这种利益无法构成他人之义务的充分理由,或者说,仅仅从宽容对他来说非常重要的事实中无法得出他人有宽容对待他的义务的结论,所以这个人在权利自由主义的政制中就可能陷入糟糕的境地。因此可以说,从权利的原则中无法得到一种良好的社会秩序,这表明权利概念对于政制而言并不是充分的。根据这样的结论,拉兹认为,我们有必要倡导一种至善论的,而不是中立的自由主义。

　　拉兹的论述有两方面的内容:其一是论证至善论,其二是批评中立性。我认为它们都是不能成立的。他的构设的核心论题是认为我们能

---

① Joseph Raz, *The Morality of Freedom* . Oxford: Clarendon Press,1986, p. 166.

够评判各种不同的生活理想：一方面，确实存在着多元的善观念；另一方面，由于我们可以合理地评价它们，所以就没有必要坚持中立原则。这一点是非常可疑的。我们似乎确实可以"评判"不同的善观念，甚至可以说我们每天都在这样做——当我们在做选择时，实际上就是在比较不同的善。但是，在什么意义上可以说我们在"评判"？这种评判是客观的吗？它是对真理的确定吗？是否存在着一种最终的理据，以给不同的善分出高下？答案都是否定的。应该承认，的确有可能从当前共存的善观念中发现某种共同的价值，但这并不表明我们无法对这些价值进行反思。针对这一点，拉兹或许会反驳说，反思的可能性尽管存在，但我们绝不会认为它们是应该抛弃的，反思只会证成这些价值。但这种说法看起来非常奇怪。如果反思的结果是已知的，那么我们就不知道反思还有什么意义。如果我们在运用自己的实践理性尝试证成或反对某种善的时候得知它肯定会被证成，那么实践理性就没有作用了。但是，一种善之所以有道德力量，并不是因为它被宣称为已被证成的，而是因为它是被我们自己的理性证成的。或者说，对于一种善而言，"证成"这个概念指的就是自己的理性对它的肯定。一种善对我来说是被证成的，只可能是因为它被我自己的实践理性所肯定了——我通过自己的智识力量确定它是值得我追求的——而不是因为别人告诉我它是值得追求的。在此有必要再次强调这一点：恰恰是主动的选择，而非被动的依附，才使得善具备道德力量。实际上，拉兹根本就没有资格——任何人都没有资格——作出这样的论断，即认为某些善是"肯定会被"证成的。我认为，这就是任何版本的至善论都无法解决的困难。

拉兹对中立性的批评则蕴含着一些基本的错误。他似乎认为政制的任务是促成良好的即善的社会秩序。但我反对这一点。我认为，政制的任务是，且仅是实现正当的秩序。我不认为有任何一种社会秩序在客

声西击东

观的、绝对的或者真理的意义上是"善"的,"善"这一概念在这些范畴中并不存在。另一方面,尽管从权利中的确无法生发出任何善观念,但这并不意味着我们就需要让政制去主动推行某些公共的善。我相信,发生学的逻辑——例如,在其余因素相同的条件下,一个倡导互相合作的群体一定比一个倡导自相残杀的群体更容易生存下来——就已经构成了对道德观念的完备说明:一种生活方式之所以是良好的,不是因为它本身是良好的,而是因为它被更多的人接受。在这一意义上,一个充分自由的——免受政制干涉的——文化市场本身就有利于良好的秩序的形成。至善论理论家似乎认为,如果政制不能积极地推广某些善观念,那么这些善就有在不受干涉的自由社会中消亡的危险。这一点引人质疑:如果这些善果真如此重要、如此关键,为何就不能在文化市场中取得足够的影响力呢?或许我们应该对文化市场持悲观态度,并预测它将会不可动摇地腐化。这正是为多数自由主义的敌人所共享的观念。这些人痛惜德性的失却,斥责中立的自由主义是软弱而虚无主义的。除去一些伪装为思想的陈词滥调之外,这些批评无非就是至善论的翻版。一种错误的观点并不能因为它是通过一些或高深或隐微的方式表述出来的就变得正确。

当然,我们无论如何也不能将拉兹视为自由主义的敌人。但是,考察他其余的论述,我们还是发现了一些可疑之处。他支持温和的家长政策,并认为积极自由的理念是可取的。这些观点或许会令我们想起为以赛亚·伯林所强烈批评的一个政治传统。拉兹认为,应该允许政制以非强制性的手段推行道德,比如,政府可以奖励见义勇为的人。但这种观点明显地自相矛盾,实际上,一切政治行动都是强制性的,这并不是因为奖励本身是强制性的——当然可以拒绝接受奖励——而是因为奖励所耗费的资源是通过税收这一强制性的手段获得的。对此拉兹反驳说,如果可以将强制的反面理解为自主,那么促进自主的强制手段就应该被允许,因为它归根到底使自主性增强了。撇开这里提到的"自主"其实是积极自由概念这一点不谈,如果这种逻辑是成立的,那么政府就不仅能够奖励见义勇为者,而且还可以对不帮助别人者施以惩罚。这一结果是荒谬的。我们不能说,因为一种德性是极具价值的,所以我们就可以使用一些强制手段——例如洗脑——去传播它。虽然很难说一个通过洗脑而变得无比高尚的人相比之前是处于更糟糕的状态,但我们还是不能接受它。为什么呢?答案只可能是因为,拉兹所赞成的做法与理念——家长政策与积极自由——本身是无法自我约束的,从而有倒向错误的危险。在此意义上我们可以说,恰恰只有在中立性这一约束条件下,至善论所描绘的美好图景才有可能实现。

2012.4

自由主义与平等理想

经典自由主义理论对平等观念抱有警惕态度。与诸保守主义不同，自由主义作为一种规范理论，对人与人之间的自然差异并不重视；或者说，这一事实之程度如何、甚至存在与否，都不会影响自由主义的逻辑。虽然，在罗尔斯或诺齐克的论述中，前社会的人类基本境况具有重要地位，但它仅影响着给定之历史解释（更准确地说是历史假说）的有效性，而与作为一种理想程序的自由主义理论则并无关联。

自由主义的这种特征，在与施特劳斯政治哲学以及左翼社会理论的论辩中清晰地展现了出来。施特劳斯指责自由主义忽视了人的自然差异，按照他的理解，这些差异不仅深刻影响到政治制度，而且关系到自然法的本质。换句话说，自然法就应当是完整体现上述自然差异的法。这种理解就使得经典的自然权利观念受到了来自自然法自身的反驳。

而左翼理论很大程度上立足于古典政治哲学的完善论——它关注人之命运的"终极结果"。它来源于亚里士多德的目的论哲学：我们的一切考量都应该围绕着政治的目的，即达到完美的至善。显然，人之间若存在任何不平等——也即，存在任何高下之分——都无法使我们达到这一目标。所以，结果平等本身仅是一种道德哲学的副产品，也正因为此,这一主张实际上远没有它表面上看起来那样荒谬。换句话说,即使撇开上述目的论,平等本身似乎也具有丰富的道德价值。我们应该认真思考这一论题:不平等在何种情况下才是合乎正义的? 或者说,资源占有的不平等的根源为何,它在何种程度上是可辩护的? 设想一种常见情况:一位运动员天赋异禀,以至于比别人更易于获得成就。按照惯常思维,这一不平等状况来自于天生之运气,因此许多人并不会认为这是不正义的。然而,将我们的社会状况维系于随机的"运气",真的是可以接受的吗? 难道人的命运应该受族群或天赋等道德任意因素的影响吗? 如果运动员们的自然禀赋严格等同(这当然是一个假想状态),也就是说,其未来的成绩完全由后天的努力决定,这不是更符合我们的道德直觉吗?

　　这就表明,严格的平等观念与当下的社会现实存在着难以调和的矛盾。由此就催生了一种与众不同的分配正义理念,它致力于在程序自由主义的基础上,将机会平等理想推向极端。起先,人们从罗尔斯的《正义论》中发现了这样的叙述:"所有社会价值——自由和机会、收入和财富、自尊的基础——都要平等地分配,除非对其中的一种价值或所有价值的一种不平等分配合乎每一个人的利益"①。也就是说,只有当不平等分配最终有利于所得较少者时,不平等才是可取的。随后,罗尔斯又提出了名为"无知之幕"的思想实验,借此让我们设想:当一些对自身先天条件一无所知的人进行商议时,会得出怎样的正义原则。显然,罗尔斯清楚地看到了人之先天条件的不平等所带来的影响,但他并不认为严格的平等——尤其是起点平等——是一个值得追求的目标。他指出:"没有一个人能说他的较高天赋是他应得的",但是,也"不能因此推论

———————

① 约翰·罗尔斯:《正义论》,58 页,中国社会科学出版社,1988。

说消除这些差别"。① 显然,如果像经典马克思主义那样意图在后天的社会资源分配上抹平差异,那只会导致人的自然天赋的巨大浪费。作为折衷,他提出了上述的差异原则。

德沃金对罗尔斯在平等理想面前的退让感到不满。他特别指出,平等这一价值不仅可以作为正义理论的基础,而且也是当代诸种政治哲学的共同主题。这就是说,许多貌似冲突的政治理论,实际上均可以统合于平等观念之上。而具体到政治事务,他认为,其目标应该是促使人实现其最高利益,亦即实现自己所选择的"良善生活"。这一"目的论"所蕴含的论题是:每个人都应获得同等对待;每个人都应有同等的资源与机会去满足其旨趣。这明显指示着前述那种激进的起点平等-机会平等理想。为此,德沃金同样设计了一个思想实验:设想社会中的资源都被放到拍卖行去拍卖;而我们每个人均拥有等同的购买力,去选购实现自己所偏好之"良善生活"所需的资源。德沃金认为,如果这一模式得以运转,严格的机会平等要求就可以满足;即使在此之后社会中出现了任何的不平等现象,都可被视为道德的。因此,这种状态是合乎正义的。当然,在现实中,我们的自然差异难以抹平。而鉴于高天赋者的优势与低天赋者的劣势都并非他们所应得,这就势必要求后天的调整。对此,德沃金提出了一个与"无知之幕"类似的"保险计划":在拍卖活动进行之前,我们皆知悉,可能在步入社会之后获得或高或低的天赋,于是便会提前为自己购买一份保险——每个人将自己的资金分出一些,以作为将来给予低天赋者的补偿。

机会平等的分配正义理论尽管有多种不同表述,但其核心并无差异:以严格区分人的"先天条件"与"后天选择"为基础,仅将合乎正义的

---

① 约翰·罗尔斯:《正义论》,96-97页,中国社会科学出版社,1988。

不平等限定于同等起点下人的自愿选择之范围,而将由先天因素所带来的一切不平等拒斥在外。如果如此概括是合理的,那么这无疑是一种规范性立场,也就是说,人之自然差异牢固存在的事实判断,并不能构成对这一观念的反驳。从这一角度,罗尔斯最终放弃对严格机会平等理想的追求,显然仅是出于现实可行性的考量。而德沃金的"保险计划"尽管要求了一种在社会秩序形成之前不可能获得的知识,但就其设计本身而言,依然具有相当的说服力。

这一理论的真正问题在于,它将先天之环境与后天之选择割裂开来,这无论是在道德哲学还是在经验科学上都是令人难以置信的。人的选择不可能脱离自身状况,而自身状况又显然受到先天条件的强烈影响。抛开环境——尤其是环境中那些使我们区别于他人的特异因素,机会平等理想所期盼的那种"真正的"个人选择就不可能出现,除非我们都是出生在生产线上的、一模一样的机器。自愿并不意味着存在一种绝对的自由意志,或一个完全孤立的自我;将"选择"与"选择者"分割开来,显然源于形而上学上的巨大错误——在某种意义上,完全相同的"选择者"只会产生完全相同的选择。

从另一个角度来看,我们所拥有的先天条件无疑对我们的人格有不可忽视的影响,也即,我们的自我认同不仅由意志所能控制的部分构成,那些非自愿的性格、偏好与社会环境显然也是其重要成分。机会平等观念在此将个人选择置于过于重要的地位,以致于给我们一种奇怪的印象:社会中的成员必须被视为"完全理性"的,若非如此,人们就不可能在生活中真正避开运气,亦即道德任意因素。前文的例子在此能够说明一些问题:如果说运动员因其随机的自然禀赋而获得了不应得的成功,那么,罪犯可以依此辩解说,其行为同样源于一时兴起的、非理性的随意判断,因此其刑罚也是不应得的。面对这一逻辑,机会平等观念只能更进一步将道德任意因素逐出社会,否则就无法将先天条件之运气与后天行为之运气区别对待,而这一混同,将迅速摧毁其赖以成立的道德基础。

机会平等观念之所以会对当下的社会状况感到不满,其根源在于:它持有一种关于"最初占有"的权利理论。根据这一理论,某人对一件无主物(准确地说是罗尔斯之"社会基本资源")的占有不可能是正义的,因为他对该物并无权利。举例而言,运动员对"身躯健壮"这一资源并无权利,也就无权拥有它;如果他利用这一资源获得了更有利的生活条件,就应该对那些不幸不拥有它的人进行补偿。换言之,严格的机会平等理想认为,任何人对社会基本资源均无权利,唯一可行的方案便是平均分配;鉴于如此分配已不可能,我们就必须采取尽可能的补偿。

这一权利理论面临的关键疑难在于:既然无人对无主物有权利,那么占有该物显然也没有侵犯任何人的权利。因此,"身躯健壮"这一资源对于该运动员来说虽非应得,但也绝非不应得。所以,"最初占有"既谈不上正义,也谈不上非正义——正义的内核是权利,而在任何形式的占有之前,权利并不存在。在此基础上,广受指摘的自然天赋分配的"道德任意性"也就不存在了:如果这种随机分配并非不正义,并且,如果其他方案并没有展示出更有力的理由,我们就最好认可并维持当前的选择。

2011. 7

政制与公民资格

制度是政治思考的核心。这一论断所蕴涵的态度是:我们应该将制度之外的因素视为某种程度上的"自然状况";也即,我们的话语至少不应直接越出制度的边界。在政治哲学史上,这种态度可谓闻所未闻。在古希腊乃至古代世界,政治指的就是包罗万象的"所有事务";之后,公私领域的界线出现,政治的意义转为"公共事务"。而时至今日,虽然个人权利已得到普遍承认,但政府权力对自由经济的侵犯依然被认为是良好秩序的所谓题中之义。

上述历史表明,政治领域的逐渐收缩依然是自由主义所致力于实现的理想。众所周知,这一趋势引发了各种各样的批判,除去经济领域无穷的争议之外,国家中立等著名命题也经受了严重的质疑。

若将政治思考局限于制度,那么我们可能会面对这样的局面:人们在完善的权利观念与断然的公/私领域划分之下,逐渐丧失对政治参与的兴趣。应该承认,这一现象——对公共事务的普遍冷淡——的确是当今成熟自由主义社会的典型特征之一。这就引起了许多担忧:人们认为,如果政制不致力于促进这种"参与的美德",我们的自由秩序可能会因此堕落,甚至面临颠覆之危。更重要的是,在自由制度中通过积极的行动促进自由,本身就具有崇高的价值。我们不应该仅仅消极地、搭便车式地利用自己的权利。

这一观点为社群主义者与古典共和主义者所支持。如果政治参与十分重要,乃至应被理解为一种个人义务,那么这就指示着以下结论:政制将对公民品德有所要求。不具备如上资格的成员,就应受到批评,甚或有被逐出自由社会之虞。在此,我们能够看到对古代城邦制度的强烈呼唤。

社群主义与古典共和主义之所以强调政治参与的重要性,不仅因为后者有重要价值,而且它们还试图证明:这种积极行动比人们的个人事务更具意义。在此,亚里士多德与马克思的观点得到了青睐。两位思想家认为,人是社会(政治)动物;人只有在社会之中,才能建立起自我认同,并最终得到自我实现。与此相对,自由主义观念被视为"原子主义"的、割裂个人与社会的理论。政治参与的支持者向我们展示了如下预言:人们一旦脱离政治领域,就会疏离价值维度,从而陷入可怕的困境,变得空虚、堕落。

但实际上,现代社会的个人生活不仅不能被称作"贫乏",相反,它比之前的任何一个时期都要丰富。许多人从不或很少参与政治,但依然在其个人事务中找到了不容否认的珍贵价值,并且,现代人的私人领域并不是建立在对群体或社会的拒斥上的。事实恰恰是,人们普遍进入了社会并有效参与其中,因而,人们的生活极其依赖于社会,这一状况并未随着政治领域的紧缩而发生变化。换句话说,所谓"私人生活",在今天的意涵正是在社会中的生活。

社群主义与古典共和主义理论家误以为,对政治冷淡,就等同于对社会冷淡;人们如果脱离了政治,就会处于前社会的孤立局面。这里值得着重表明的是:与其说古今之分的标志是公/私领域的分离,不如说是政治与社会的分离。在古代政制下,参与政治的原因在于,在城邦式的小型同质化社会之内,自我与他人的界限并不明显;而在现代世界,当个人领域得到保护并前所未有地兴盛时,政治的意义就不甚重要了。在此,人们采纳的观念是:政治应为社会与个人生活服务,也就是说,它并没有独立的内在价值。

尽管如此,对政治参与的强调依然可以得到一种退而求其次的辩护。哈贝马斯曾多次强调:在自由民主社会的公共领域中,公民的交往行为十分重要。所以,政治参与是一种内在于自由制度中的善。它即使不成为一项义务,至少也要得到国家的大力宣扬。也就是说,国家应当主动支持这种善观念。

按照这种说法,我们就应该积极推行(尽管不是强迫)政治参与。但是,这就意味着人们要将更多的资源投入政治领域,而这会直接缩小私人生活的范围。在这一点上,政治参与的价值与人们实现自己欲求的价值将发生不可避免的冲突。或许有相当一部分人认为前者是后者的一部分,但对于他们来说,现有的政治权利就足以满足其愿望。然而,既然政治参与仅仅是诸善观念之一种,我们就不能认为国家有权力推行它,因为那将构成对个人领域的侵犯。

我们都同意,在正义受到威胁的时候,应该积极保卫它;在自由尚不存在的时候,应该主动推广它。这体现了一种道德要求。或许就是一些持有此种观念的政治敏感者建立起了自由制度。但我们不能说,自由制度反过来要求所有人都应该变成政治敏感者,或至少向这一方向靠拢。个人权利的稳固、个人领域的扩张与个人生活的丰富才是自由制度的目的。自由制度不要求公民资格——恰恰相反——正是它打破了那种只将政治参与视为价值源泉,并以它作为个人义务的观念。如果自由制度内在包含了某些善观念,那么这就无异于说,每个人一出生就承担着原始的道德责任。这就使我们倒向了社群主义，先定的善观念甚至能够超越个人的自由意志，并阻碍人们对它进行反思。政制不应该制造这种反自由的道德教条，尤其是在善观念的理性多元现状已不可动摇的今天。

公民资格理论的立论核心是，任何一种政制都不可避免地包含对某些善观念的承诺，即使是自诩中立的自由主义也无法避免。例如，许多人认为自由民主制度天然地持有平等待人的道德要求，因此，像歧视这样的行为，便绝不应得到支持。的确，自由制度不会支持歧视，但是，它也不会反对歧视。它反对的是侵犯权利的歧视行为。只要被歧视者的权利没有被侵犯，政制便无权置喙。进一步来看，尽管道德观念本身具有巨大的价值，但自由主义权利体系并不来源于任何善观念：它仅仅依赖于我们的自然理性——更准确地说，是我们自我决定的能力与意愿。因此，正如康德所云，即使是一群魔鬼，也可以建立起良好的秩序。

在此值得重视的是，在许多政治理论家眼中，自由主义理想设定了一个纯粹中立乃至于无偏好的个人范式，它要求我们将人看成这种形象。但事实是，如果人可以被如此看待，或者说人的独特自我可以被政治思考排斥在外，自由主义对政治权利的限制便无从谈起了。人的既有差异（它反映为无穷无尽的偏见）不能作为一种多余因素而被排除于政制之外——只有将它视为前述的"自然状况"，个人权利才成为可能。因此，可以近似地说：恰恰是因为我们不可能平等待人，我们才需要政制。

2011.8

无干涉的权利与反至善论的政治

权利是行动的界限。权利决定了我们能够做什么、不能做什么。这一范畴显然不同于行动的倾向性,即人们在作出选择时所根据的各种各样的理由,它表现为人的偏好。也就是说,人们乐于做什么,与他们能够做什么,是完全不同的问题。在我们由选择过渡到直接行动的过程中,起决定性作用的并不是个人的偏好或者说善观念,而是那些选择所要求的权利空间的大小。如果我没有杀人的权利,那么不管我对这一选择有怎样强烈的偏好,杀人都不可能成为一种合理的行动。这表明,权利对于善观念处于一种词典式的优先地位,它应当成为对合理行动的考量中最重要的因素。

然而,在这里并不是想要讨论权利与善孰为先的经典论题。我想论辩的是这样一种观点:我们拥有何种权利,归根到底是与我们的善观念相关的。而反对这种观念就意味着声称我们的权利可以完全脱离任何善观念、任何伦理因素而得到确定——可以将之略称为分离命题。比起权利先于善的优先命题,这种立场无疑更为严格;也就是说,它并不能从前者中推论出来。以下情况是可能的:出于公众一致持有的善观念,法律规定工作之人有享有最低工资的权利。可能在此之后,人们的观念发生了变化，但这种权利并未随之而动摇——在此过程之中，最低工资的权利一方面根据善观念而得到确立，另一方面却又可以说是优先于善观念的。而相反，我们可以轻易看出：分离命题是优先命题的充分条件——如果能够彻底隔断权利与善观念之间的联系，对所谓最低工资的享有根本就不会为法律所保护。

罗尔斯的原初状态设定为分离命题提供了成立的可能性。当人们尚不知道自己会持有怎样的善观念、拥有怎样的禀赋与财产时，他们对权利制度的看法就必定与任何善观念无关。然而这同时也是一种同义反复的论断——问题的关键恰恰在于，如果脱离了善观念，权利如何可能？按照康德传统，自我优先于目的。因此，人自我决定的意愿与能力、自主性或者说自由意志是权利制度的先决条件。人能够作出决定，这一事实本身就要求权利的存在。虽然，一个众所周知的事实是，人在选择时依赖着特定的善观念；不同的选择对个人来说具有不同的价值，正是这种区别使得人能够作出行动。但是，具体行动对具体善观念的必然需求，并不意味着对行动空间的确认需要善观念的辅助。如果没有权利，根本就不会有合理行动，更别提对它的价值判断了。

这里依然存在一个问题。很明显，在前法律时期的人类历史中，权利制度并不存在，人们却依然能够实施行动、进行选择、作出决定。善观念对于权利制度是时序上在先的这一事实，似乎对那种将权利视为行动之界限的论断构成了挑战。但是，如果人的自我决定依然是不容否认的，我们就必须将因此而出现的任何形式的人类行动视为权利空间的产物。因此，我们不能说在前法律时期根本不存在权利，而只能说，在该时期权利尚处于极度模糊的状态，并表现为权利之边界的不可识别。换言之，即使在暴力盛行的原始社会中，权利依然隐微难辨地存在着。对这一时期的正确描述是权利被普遍侵犯——一些人对另一些人之自主性的侵犯——而不是不存在权利。同时,在另一方面,只有将权利先行确定为人类行动的基础,法律条款中清晰的权利制度的来源才能够得到合理解释。

如果善观念无法对权利施加影响,其结果就是:只有权利自己能够决定自身的边界。这就是将权利视为秩序之首要因素的必然推论。罗尔斯在其著作中将它视为重要原则之一:"自由只能由于自由本身的缘故而被限制。"①这意味着,除非为了一个"更大的"或"更好的"、"平等的自由"之体系,否则自由就不应该受到任何限制;而这些条件,归根到底还是为了促进自由自身。罗尔斯为此举出了一个例子:一个有效运作的辩论过程需要一些规则,而它们显然是对人们随意发言之行为的限制。然而,这种限制是非常有必要的:与随意发言相比,合乎规范的辩论显然更能产生对我们有益的结果。在这里,两种不同的自由——随意言论的自由与进行有效辩论的自由发生了冲突。如果人们想要做第一件事,就不可能同时做第二件。但是,是否存在充分的理由使我们可以按照罗尔斯的看法,认为此时选择后一种自由更能够促进那种"平等的自由"的秩序? 这至少是可疑的。为了解释这种选择,我们恐怕不得不求助于善观念:很明显,人们采纳限制言论自由的辩论规则是因为他们认为辩论更有价值。就像生活中的其他选择一样,这一选择同样由善观念所支持,去掉了价值因素,选择就是不可想象的。

看起来,罗尔斯自由理论的盔甲上出现了一个由他自己所暴露的漏洞。的确,如果我们的自由-权利制度的实质内容是可以由这种选择所随时修改的,分离命题就完全不能成立。为了应对这一缺陷,罗尔斯又提出了"基本自由"的概念:他指出,有一些自由——如政治自由、人身

---

① 邓正来主编:《复旦政治哲学评论(第一辑)》,7 页,上海人民出版社,2010。

自由与财产权等——是坚不可摧的,不能由人们后天的意愿所肆意侵犯。如果有一些自由与它们发生了冲突,不论我们持有怎样的善观念,都必须无条件选择基本自由。此时,对比前面罗尔斯对限制自由之原则的阐述,我们似乎发现:所有自由生来平等,但有些自由比其他自由更平等。"基本自由"的出现标志着罗尔斯不仅放弃了分离命题,而且不得不用一种既未得到足够论证也未得到充分辨明的概念勉力维持着优先命题,这就使得他的研究纲领退化了。

在罗尔斯看来,如果人们的后天选择可以修改一切权利,我们的自由就有被善观念扭曲之虞;为此,我们不得不设定一些不能被改动的基本自由。这种担忧建立在这一认识的基础上:当我们可能的行动发生冲突时,我们依据善观念所进行的选择就构成了对权利的修正。西季威克对限制自由原则的经典批评是:每一种权利实际上都是其他人的义务,我有权做 X 意味着别人有不限制我做 X 的义务;然而,义务本身就是对权利的约束,义务越多,权利就越少,因此,我的权利就使得其他人的权利变少了。这就是说,个人之间权利的冲突是"平等的自由"秩序的必然结果。事实上,这是一种似是而非的论断。以辩论过程为例,如果一部分人试图进行随意发言而另一部分人选择遵守规则,那么不难想象,他们要么会以协商的方式解决问题,要么各自进行互不相干的行动。在这些结果中,并不蕴含着对权利的修改。冲突的实质仅仅源于一群人不可能一起同时做两件事,它并不意味着进行辩论的自由与随意发言的自由是不可调和的。一个更好的例子是:设想两个人相向行走在一条宽度只容许两人通过的东西向道路上,且他们都偏好沿道路北侧行走。显然,这必然引发冲突。而当两人相遇时,他们要么会通过商谈与博弈取得某种共识,要么就此僵持下去。但无论如何,这一冲突并未涉及权利:无论它能否得到解决,人们沿道路北侧行走的权利都没有受到任何形式的波及。总的来看,发生冲突的仅仅是我们的选择。因此,解决冲突的方案只可能是改变我们原初的决定与行动,而不是改变我们所拥有的权利空间。权利之边界的模糊性并不能够为后天依据善观念的修改提供合理性。在某种程度上,这种模糊性是不可解决的,更是无须解决的。

当然,分离命题并不代表一种权利原教旨主义——后者认为,我们所拥有的权利空间只能是恒久不变的。事实上,随着人类处境,更准确地说是与自我决定和自我认同相关的因素的变化,权利制度也在不断改善。然而,这种改善在任何情况下都不能以善观念为理由——例如,《民权法案》之所以能够通过,并不是因为给予黑人权利是一种善,而是因为黑人同样具有自我决定的意愿与能力,也即,他们同样应该被视为权利的拥有者。分离命题所要求的是一种无干涉的权利观:权利仅仅表明人类行动的范围,而就一种处于该范围之内的合理行动而言,权利观念不构成支持或反对它的任何理由。在此意义上,权利制度是无内容的。

上述无干涉的权利观更进一步要求我们采纳一种严格的反至善论的政治观念。如果分离命题成立,为这种立场进行辩护就是极其简单的:也就是说,只要反至善论是可能的,它就是合理的。这是因为:任何至善论都不得不包含一套内在的道德标准,而对于合理性评价而言,任何道德立场都不可能获得它的证成。这就是说,至善论必然依赖于某种程度上的无根基的自我证成。在这里有一种常见的反对意见:我们的诸种善观念可能有其共同部分,这一"公约数"可以符合合理性的要求。但是,若一种共同的善即诸种善观念的"公约数"果真是可能的,那么它根本就不能被视为善观念。这是因为,如果有一种观念是"强普遍性",即在时间与空间上都不存在例外的,那么它就已经是关于人类行动的必然性论断了——也即,如果在条件 X 下做 Y 是为每个人所偏好的,那么这种偏好就可以被视为人类的本性——我们可以说,在强普遍性的要求下,或然变成了必然。以这种"共同善"为基础的政治,不仅不是至善论的,而且恰恰是反至善论的。

2011.9

论退出契约

　　社会契约理论具有悠久的历史与光辉的传统,并被广泛认为是唯一能够对抗功利主义计算的政治研究进路。这种方法立足于一种合理的直觉:衡量政制的最佳手段莫过于追察其产生过程,并对照其施行前后的效果。在这之中,就产生了影响深远的关于自然状态与政治社会、自然人与政治人的区分,甚至在早期理论家如洛克与霍布斯那里,处于自然状态的人类群体通过签订集体同意之契约建立政制的模式还不仅仅是一种概念化的政治构想——更重要的是,它亦被认为是对历史的正确描摹:譬如,霍布斯相信,英格兰已经在内战中陷入过自然状态,而《利维坦》则提供了一个避免此类境况再次出现的可靠方案。然而,自从休谟批评了洛克对"同意"概念的生搬硬套(洛克不合情理地认为,居住在国家之领土上的事实,就已经蕴含了对国家之统治的默许)之后,那种认为社会契约反映了真实世界的说法就失去了市场。在这一方面我们还应该注意到,鉴于"普遍同意"这一标准在任何一个时代的任何一个国家都是无法满足或至少是限制过苛的,如果我们仍然坚持以先前的方式理解社会契约(其中最典型的即是将其看作一种前政治的民主程序),那么政治研究将不会从中获得任何助益。

时至今日,社会契约理论的范围已大大扩展。现当代的契约理论家一般更愿意将他们的理路视为思想实验式的:从一些预设的、概括的人类境况出发,给定决策条件,最后近乎演绎地得出几条精粹的政治原则。能够看到,在此之中,"契约"概念本身的意味已被充分削弱了。如果上述原则果真是演绎的结果——或者说群体的必然选择——而不是掺杂着复杂的偏好与个人利益的不可预料的争吵、商议或会谈的产物,那么具体缔约的过程就是无足轻重的。罗尔斯的政治理论正具有这一特征:其两条正义原则——平等自由原则与差异原则——并不能被视为无知之幕之参与者讨价还价甚或民主投票的成果,而应当理解为一种唯我论式的理性主义的结论。显然,无论是讨价还价还是民主投票,都只可能发生在成员之偏好或利益彼此相异的群体之中;而在罗尔斯的构想里,这些条件恰恰是被排除的。换言之,无知之幕所要表现的与其说是立约者团体经由集体同意而签订社会契约的过程,不如说是理性个体通过充分思考而证立正义原则的过程。这一理解意味着,现代社会契约理论所希求的说服力已经由实际的"同意"转移到了应然的正当性论证之上,也即,通过思考"前政治的理性人"会选择怎样的制度来反思现行政治秩序。这样一种转变不仅为罗尔斯所体现,而且也部分反映在其论敌哈贝马斯身上:哈氏所倡导的商谈伦理学一方面具备鲜明的程序主义特质,一方面却又构筑在确定的规范(商谈应排除强制手段,其参与者应当自由而平等,等等)之上。因而,与无知之幕类似,商谈伦理学所支持的政制也就同样可以从"理想交谈情境"中演绎地得出。不难看出,上述构想均内含着一种康德式的旨趣,即通过对易于接受的有限前提的阐发,最终推演出一些几乎可以说是定言命令的结论。而比之康德的工作,契约理论家所面对的挑战则更加困难,其思考一方面要把握住政治理论的普遍性,一方面又要避免落入先验论证的无底洞。

　　必须承认,无知之幕设定完美地满足了上述要求。在这一意义上,两条正义原则在智识上的力量就体现于:如果我们承认罗尔斯的前提是合理的,就没有理由拒绝相应的结论。当然,在此"合理的"这一概念尚需澄清。众所周知,无知之幕抛出来的问题是:当理性人对自身的诸种禀赋一无所知时,他会认肯何种规范? 这一设想引领了一种现在被我们称为"运气平等主义"的流行立场,具体而言,则引领了以下观念:人的先天条件与后天选择的区分在政治理论中是至关重要的。正由于前者是先天的,因而仅属于道德任意因素:例如,有人因金钱、智力或体力上的先天优势而获得更好的后天生活条件,这在道德上是得不到辩护的;进而,如果在立约过程中存在此类因素,那么一种公正的社会契约就不可能从中建立起来。在此理解的基础上,说无知之幕是"合理的",就意味着它首先是可设想的(尽管不是现实中可能的),进而在道德哲学上是得到支持的。

　　问题就出现在这里。一方面,我们不可能制造出一个无知之幕;另一方面,作为已经拥有殊异偏好与利益的个体,我们也不可能进行罗尔斯所要求的那种慎思。这种现实中的不可能性似乎阻断了我们的想象力。更可虑的是,如果立约程序本质上是演绎的,那么其中就根本没有慎思的空间。慎思与计算的区别就在于,前者只可能出现在初始条件不能决定性地推演出答案的决策环境中。然而,由于原初状态不仅规定了外部自然世界的状况而且还舍弃了立约者的种种禀赋(仅留下一种空洞的选择能力,而这本身又似乎是不可理解的),这就严重削弱了无知之幕的证成作用。托马斯·斯坎伦曾解释说,对社会契约论而言,道德上的考量与利益上的理性算计并无区别。这一论断的言下之意是,即使立约者的行为属于计算,也不能否认无知之幕具有道德权重。我们不难发现这是一种语言混乱。计算器同样能够计算,但它并不是理性的;而由于我们完全无法想象在无禀赋的前提下进行思考是如何可能的(在《政治自由主义》中,罗尔斯劝告我们将这一构设视为一种"代表性设置",意即让我们"假装处于原初状态"。但这种说辞并不能解除我们的疑惑。关键的问题就在于,假装处于一种我们对之一无所知的状态下是不可思议的,譬如,借用托马斯·内格尔的经典例子,我们似乎无法假装成一只蝙蝠。① 我们不可能去有意义地去扮演一种我们对其内在状况全无了解的动物,更别说一种本就不存在、也不可能存在的理性无知者了),对原初状态中的立约者与计算的选择机器的区分就不能得到有效辩护。德沃金的论断是深刻的:假设的契约根本就不算是一种契约。

　　为了保证两条正义原则的普遍必然性,或者说,为了要得出与 X 因素无关的规则,立约者就不能具备关于 X 的知识。这一信条使得罗尔斯不仅"搁置"了自然禀赋,而且试图将它从正义理论中彻底驱除出去。也正是因为这一点,他充分接近了运气平等主义者,而这又使得他不得不持有一种关于人之本质形象的观点。尽管我们能够认肯以下观念:人之为人就在于他能够进行自由选择,相比之下其他禀赋都是偶然的。然而,偶然因素是否因此就可以被视为不必要的甚或无关于选择的? 答案显然是否定的:未经选择,或者说时序上先于自我的环境、社会偏好与人际关系等因素当然是人之自由意志必不可少的组成部分。并不存在,或者说至少我们不能想象一种一方面完全不受外在因果序列影响、另一方面却又能控制事件因而承载义务与权利的自律者。因此,偶然因素并不能因其内容的随机性而被忽视,它应该被视为人之自由意志的必要条件。

---

　　① 参见托马斯·内格尔《作为一只蝙蝠是什么样?》,载《人的问题》,上海译文出版社,2004。

综上所述,不受自然禀赋影响的选择不能被视为选择,而是计算。恰当的理解是:在无知之幕之下,立约者之所以能够达成一致,并不在于他们进行了选择并最后取得了共识,而在于他们都是一模一样的计算机器,并就同一个问题得出了相同的正确结果。因此,无知之幕的构设,不应当被认为有任何说明意义。

按照上文中的阐释,两条正义原则,尤其是差异原则之合理性,取决于偶然的自然禀赋在多大程度上是相关于正义之应得理论的。罗尔斯在这一方面的立场相当模糊:如果自然禀赋不能为应得提供理由,那么他就应该支持进行德沃金式的再分配。但差异原则又容许有条件的起点不平等,其具体表述是:来自先天条件不平等的获利不平等状况只要对最差处境者有利,就是可行的。之所以如此,一方面是因为罗尔斯认为道德任意因素不可能、也不应该被完全消除;另一方面则是因为,罗尔斯相信这种不平等可以形成各种激励效果,并使得生产效率提高,最终构成帕累托改进。因而在此意义上,罗尔斯究竟是否应被算作运气平等主义者,引起了研究者的大量争议。但让我们考虑以下情况。阿兰·吉巴德在《建构正义》一文中设想,我们的社会中有一个富裕者向罗尔斯提出了以下问题:"为什么在我追求自己利益的过程中,要进行自我限制呢?"①对这一挑战的回答不能借助于无知之幕理论(即使它有说服力),因为需要解释的恰恰是与契约过程无关的现实状况。吉巴德代替罗尔斯回答道:"你之所以能享有现在的财富,就是因为其他人约束了自己,从而为了共同利益才能在实践中形成公平的合作关系。现在你就应回过头来对你自己加以限制,这样你便把他们给你的财富公平地返还给了

---

① 阿兰·吉巴德:《建构正义》,转引自汤姆·G.帕尔默《实现自由》,118页,法律出版社,2011。

他们。"①这意味着,差异原则要求将一切私人财产都视为社会合作的参与结果。罗尔斯认为,进入社会的任何人都构成了合作,而合作则是为了从中获利;如果这种合作所造成的不平等状况反过来居然没有使得合作者——尤其是处境最差者——的状况改善,那么合作关系就不可能建立起来。按照这种理解,"对处境最差者有利"这一标准的确切意义就不是消极的,而是积极的;即它指的不仅仅是不使参与者的状况变坏(这将使得原则本身变得无足轻重),而是绝对地、实际地增进所有人的利益。另一方面,由于差异原则是作用于罗尔斯之所谓"基本框架"的,它就不能被混同于市场手段,在自由市场中通过商业合作共同获利并不能满足原则的要求。差异原则在市场领域之上发挥着力量,作为政治规则,它普遍作用于每一个人。

　　上述结论表现出了一种令人难以置信、难以接受的严苛:每个成员都有权否决任何人的合作行动——除非他从中获利,因为他本人的参与是社会良好环境的组成部分。这严重地违逆了罗尔斯的平等自由原则(我们也看不出,词典式序列的要求如何能够消除这里的矛盾),从而将自由转化为强迫劳动的奴役。其次,这种要求既是不可思议的,也是不可行的:不可能存在一种正义秩序,在之中任何一项合作关系都增进了每个参与者的利益。最后,还不清楚他人具体是以何种形式普遍地介入合作的:或者是以破坏社会良好环境相威胁(如果不能从合作中获利,我就有权破坏契约),或者是以社会资源的共同所有为理据(无主资源与人的自然禀赋都属于共同财产,因而任何一项合作我都有权获利)。在此,答案是明显的:如果是前者,即是借助为罗尔斯所明言反对的威胁方

---

① 　阿兰·吉巴德:《建构正义》,转引自汤姆·G. 帕尔默《实现自由》,118 页,法律出版社,2011。

式;如果是后者,则罗尔斯只能被视为运气平等主义者,因为这种共同所有观念正来自于一种深刻的资源平等理论。

　　如果上文对两条正义原则的理解是正确的,那么就产生了退出契约的关键疑难。罗尔斯曾明确指出,社会契约构设应考虑到以下三方面的事实:第一,我们在社会中的成员身份是被给定的;第二,假如我们不属于该社会的话,我们便无法知道我们能够怎样存在(或许,这种想法本身就没有意义);第三,作为一个整体,社会并不表现出联合体和个体所拥有的那种目的性(或目标序列)。以下论断则更为著名:对于社会,"人们只能由生而入其中,因死而出其外","我们不是在一个理性的时代加入社会的","相反,我们生之于斯,在这个社会里,我们将度过终身"。① 这意味着,社会契约并不是普通意义上的契约,社会更不是一般的组织:它是让我们成为真正的"人"——权利与义务的承担者——的唯一环境。社会不能被理解为个人的联合体,而是承载"个人"形象的框架——这正是罗尔斯将"基本结构"概念作为其政治理论之核心关切的原因所在。在此意义上,正义是并且只可能是社会契约的结果,而退出契约的选择之不可能,并不在于其不现实或违背理性——罗尔斯认为不合作根本就无法构成一个选项——而在于它不正义。逻辑似乎是简单的:如果一种政制是合乎正义的,那么在其范围之外就不存在正义可言;如果退出契约是一种权利,就只会引起违背正义的后果。因此,为了避免落入自我反驳的窘境,社会契约不可能允许个人退出。而从另一角度看,一方面我们不可能不合作,但另一方面,在资源平等理念与差异原则的共同约束下,任何合作都被看作是以他人对资源的出让为前提的,这就使得个人一旦进入社会就负担了各式各样的债务。这种理解进一步

---

　　①　约翰·罗尔斯:《政治自由主义》,42页,译林出版社,2000。

使得退出契约变成了一种背信弃义的行为。由此不难看出,反对退出契约权利的论证具有两个层次:首先,契约是正义的来源,退出不可能是正义的;其次,契约给个人施加了不可避免的先定义务,退出将伤害他人的利益。有趣的是,这两点分别相关于两条正义原则,因此,将退出契约论题视为理解罗尔斯之政治理论乃至当代诸种自由主义构想的核心命题,是非常合适的。

考虑第一层次。如果契约是正义的来源,那么无知之幕这一缔约过程就应当担负着证成正义观念的任务。但我们不能理解的是,一种演绎过程如何能够构成一种论证。如果正义原则是在缔约中诞生的,而缔约又是立约者慎思的结果,那么无知之幕作为一种契约就具有无可辩驳的道德力量。然而事实上,前面我们已经指出,实际发生的只是计算,而不是人的理性选择。罗尔斯与哈贝马斯围绕着《正义论》所发生的论争有一个与此相关的副产品。无知之幕构设起初被罗尔斯视为一种程序正义观念,但哈贝马斯指出,考虑到原初状态参与者在某种意义上可以说是自由而平等的,因而无知之幕似乎只能说是对罗尔斯之设定的延伸——正是因为这一程序本身就包含了为理论家所认肯的理念,正义原则才会具有相应的要素。罗尔斯承认这一批评的力量,并指出:一种程序的正义总是依赖于实质正义的,并不存在纯粹的程序正义;任何纯粹的程序都无法决定政治正义的实质内容,一种关于正义的实质性判断总是必要的。这一观点是深刻的,其意义就在于,它推翻了无知之幕构设的论证作用,又暴露出了罗尔斯潜在的理论立场。如果一种实质正义观念早已深埋于原初状态的设置中,也即,如果参与者在缔约之前就拥有了平等的诸种自由,罗尔斯所申说的正义原则就不是被建构起来的,而是被他预先设定的。换言之,罗尔斯的建构正义观实际上有一个方法论个人主义乃至政治个人主义的本相(这并不是说罗尔斯其实是一位深藏不露的个人主义者,而是说,如果承认实质正义相对于正义程序的优先地位,自由主义者就几乎不可能真正脱离个人主义立场)。同时在此理解之下,将正义视为契约之结果的论点也就不可能成立了。只有个人才能充当政治正义的坚实基础,即使存在一种契约,也只能起到传递个人权利的作用。

再考虑第二层次。如前所述,为运气平等主义所主张,同时也为罗尔斯所认肯的关键理念是,对自然禀赋与无主财富的占有即原初占有在道德上是得不到辩护的,因为那不是个人选择的结果;只有个人的自律行动才能使相应事态具备道德权重。不难看出,这一观念无法处理道德运气所带来的疑难,也即无法解释,为何明显与个人选择无关的不可控状况同样能够改变对事态的评价。在此我们不去讨论这一困难,仅考虑对这一观念的另一个反对意见:原初占有似乎并没有侵犯其他人,因为任何人对无主资源都没有权利。在此意义上,虽然无主物不应该保有,但也不意味着就应该舍弃。如果说原初占有是得不到支持的,那么说有人因为原初占有而权益受损,同样是得不到支持的。这两点互相抵消,使得对原初占有进行正当性辩护或批评成了毫无意义的。换言之,在正义理论的层面上对原初占有进行评判,纯属不得要领;"正义"概念只能被用于已被人所占有的资源,进一步来说,它只适用于资源的转让过程。

问题还没有得到彻底解决。典型的运气平等主义者认为,原初占有不仅仅是无法辩护的,而且完全是非正义的,因为自然禀赋与无主资源并非真正"无主",而是为所有人所共有的。这种论断也不能得到更多的支持。首先,"为所有人所共有"是一个不可理喻的概念:每份资源属于每一个人,这与没有人拥有资源似乎是没有分别的;其次,如果原初占有得不到辩护,共有也同样得不到辩护,它们依然互相抵消了;最后,即使某个人因为占有了某份属于所有人的资源而被批评为非正义的,那么这种情况依然属于资源的转让过程——我们只能将它称为资源的非法转让，而不是非法原初占有。归根到底，将最初状况设定为"为所有人所共有"，并不能有效地评判原初占有，反而取消了问题。

由此能够看到，那些试图对自然禀赋与无主财富进行实际的再分配，或试图将其要求建立在再分配理想上的政治理论都遇到了各种各样的困难。我们或许应该尝试另外一种理论策略，即"搁置"这些先天因素，而将注意力集中于原初占有之后财产的转让问题。有证据表明，对先天因素干涉越多，正义问题就越趋向于简单的形式。但另一方面，这又只能使我们愈发远离真实世界。在此类问题上，采取诺齐克的方案可能是一个更好的选择，尽管他同样受到原初占有这一莫须有论题的困扰。

经过上述分析，罗尔斯对退出契约权利的反对被证明是完全失败的。这种反对本身是其固守契约论理路的结果，而差异原则又进一步可以被视为其固守反对意见的结果。总的来看，罗尔斯高估了作为一种方法的社会契约理论的作用，这致使其正义理论牢固地构筑在错误的理路之上。由于公平正义只能靠唯一的社会契约来保证，罗尔斯不得不设立起一种反直观的个人形象，这种想象中的个人不仅事实上身处契约之中，而且本质上就隶属于契约。这不仅是反自由的，而且讽刺的是，它在事实与理论两方面都是错误的。一种无契约的自由秩序不仅是完全可能的，并且广泛存在于历史与现实之中。这指引着我们接受以下论断：人只有在能够退出契约的时候，才是自由的。

2012.2

自然禀赋应得问题

　　1991年,约翰·罗尔斯接受了《哈佛哲学评论》的采访。当谈及正在写作的《作为公平的正义:正义新论》一书时,他特地向读者指明:书中"关于把自然禀赋视为公有财产的那一节"①是专门回应他最重要的论敌罗伯特·诺齐克的。我们立即感到,这一问题——我们的自然禀赋及其运作成果在什么意义上是我们应得的——在罗尔斯的心中显然具有相当重要的理论地位。2001年,该书整理出版,其中第21节正是我们所企盼的内容。下面,我们将借助这一主题文本对自然禀赋应得问题展开一些初步的讨论。

　　令读者多少有些吃惊的是,在开头第一段,罗尔斯就咄咄逼人地问道:"人们真的认为他们比其他人生来便更有天分这(在道德上)是应得的? 他们真的认为自己生为男子而非女人或相反这(在道德上)是应得的? 他们真的认为自己生于一个富裕家庭而非一个贫困家庭这是应得的? 不。"

---

　　① S.菲尼亚斯·厄珀姆:《当代美国哲学家访谈录》,13页,中国社会科学出版社,2010。

　　在对如此斩钉截铁的论断提出质疑之前,我们首先要注意到:认为自然禀赋不是应得的,不等于说它就是应予放弃的。早在《正义论》中,罗尔斯就对"应得"概念作出了重要的辨析。他指出,应该区分"道德应得"(moral desert)与"合法期望"(legitimate expectation):前者指的是可以由某些先天道德原则证成的应得;后者指的则是建立在特定政治-社会规则之上的应得。迈克尔·桑德尔举出了一个浅显的例子来说明后者:如果我买了一张彩票并因此而中奖,那么我就有资格获得奖金;但是,这并不意味着我"在道德上"应该得到奖金,正确的理解是,按照彩票的游戏规则,我应得奖金。另一方面,罗尔斯认为正义理论所涉及的应得概念与道德应得并无关系:在《正义论》第48节中,他强调,尽管常识认为"收入、财富和一般生活中的美好事物都应该按照道德上的应得来分配",但"作为公平的正义反对这一观念",其原因在于,该观念"决不会有确定必要标准的办法",亦即,它无法生成明确的关于应得的政治-社会规则。另外,实际情况是,只要参与并服从了正义制度的安排,人们就拥有了某些权利,这些权利仅仅立基于制度,而与人们的"内在价值"无关。在《作为公平的正义:正义新论》第20节中,罗尔斯进一步指出:虽然"承认道德应得的概念""没有问题",但站在理性多元论的基本立场上,应该看到,"由于公民拥有冲突着的善观念",所以他们无法在政治领域中就某种整全性学说及其附带的道德应得的标准达成一致意见。因此结论就是,道德价值被当作分配正义的标准是不合适的,必须抛弃道德应得,转而采认合法期望观念。

　　这样的划分为接下来关于自然禀赋应得问题的讨论提供了基本框架。罗尔斯认为,如果我们要讨论的是政治理论中的应得,自然禀赋及其运作成果的归属就只能在合法期望的界限之内得到确定,而不能借助任何先定的道德原则。这一强有力的论断将他与典型的运气平等主义者区分开来,同时也一举拒斥了诺齐克立基于自我所有权的驳论。在《无政府、国家与乌托邦》中,诺齐克曾期望以下述论证回应罗尔斯:

1.人们对他们的自然禀赋拥有权利。

2.如果人们对某种东西有权利,那么他们对(通过某些规定的方式)来自它的无论什么东西也有权利。

3.人们对资源的占有来自他们的自然禀赋。

因此,

4.人们对资源的占有是有权利的。

5.如果人们对某物有权利,那么他们就应当拥有它。这就排除了任何可能对这一占有提出的再分配要求。

这里的关键是第一条。诺齐克认为,不论对自然禀赋 X 的占有是否是偶然的,只要这种占有本身并未侵犯到其他人对 X 的(洛克意义上的)权利,就是正当的;或者说,由于对自然禀赋的占有并未(显然也不可能)违反洛克条件(能够给其他人留下足够的同样好的资源),我们就没有道德理由对其施行再分配政策。这一论证本身当然是深刻的,但遗憾的是,它并未击中罗尔斯的软肋。立基于自我所有权的论证无非也是对道德应得的说明,而这一进路已经被罗尔斯在《正义论》与《政治自由主义》这两部主要著作中先后以不同的方式排除掉了——首先是无知之幕的构设,其次则是对理性多元-道德冲突这一人类基本境况的申明。无论诺齐克如何强调自然禀赋应得的道德意义或道德价值,都无法影响到罗尔斯在主题文本中再次指明的基本立场:政治理论中的“应得的观念不依赖于我们在自然天赋的分配中所占据的位置是否在道德上是应得的”。尽管道德意义或道德价值并非无足轻重,但在罗尔斯看来,它们只是形而上学的、整全性的而非政治的,因此政治自由主义也无需对其施以关注。

　　但是,诺齐克可能会指出,如果对自然禀赋之占有是在道德上可辩护的,那么再分配措施就犯下了道德错误。尽管政治自由主义所看重的只是合法期望意义上的应得,但这并不意味着它就可以将自己的行动置于道德无涉的地位,具体而言,我们恐怕不能说合法期望的应得所依赖的政治-社会规则本身也是与道德观念无关的。对此罗尔斯会如何回应? 他会指出:政治自由主义并不依赖于自我所有权的道德证成,因为它所要处理的问题恰恰是,由拥有不同道德立场的各方——如服膺权利观念的群体与服膺功利主义观念的群体——所组成的理性多元社会的良好运转需要何种规则。可以想见的是,自我所有权的主张者也无非只是诸社会团体之一。对不同道德立场的正误作出实质性的判断,并不属于政治自由主义的任务。

　　这样一来,诺齐克的批评似乎就彻底失效了。罗尔斯进一步指出,诺齐克所大加挞伐的那种将自然禀赋视为一种需要分配与再分配的共同资产的观点其实并不切合他在《正义论》中的看法。他并不认为“社会会分别拥有个人的天赋,而将个人一个一个地加以查看”,“相反,我们天赋的所有权问题根本就不会产生出来;如果它产生出来了,拥有其天赋的也是人们自己”。[①] 自然禀赋是作为完整道德主体的个人必不可少的组成部分,对它的占有理应属于基本权利,因而为第一正义原则所保护。

　　看起来,这与上文提到的诺齐克关于个人对其自然禀赋拥有权利的论证并无二致。但是,正如前面所说,诺齐克的论述依然属于道德应得

---

　　① 约翰·罗尔斯:《作为公平的正义》,121 页,三联书店,2002。

的范畴,而罗尔斯所强调的则是合法期望。具体而言,诺齐克的自我所有权是先定的道德观念,而罗尔斯的两条正义原则则是由人们在无知之幕中挑选出来的。罗尔斯指出,再分配自然禀赋的要求背后的真实意涵是,立约者"一致同意将天赋的分配当作一种共同资产来加以使用"。这仅仅体现了作为自由平等公民之代表的立约者基于慎思的共识,慎思商议的结果本身并没有先在的道德意义或道德价值——其意义与价值,只有当它被契约程序所选择之后才拥有。这样,《正义论》那浓厚的道德哲学底色就被彻底涂抹掉了,整个政治正义的论题由此被转换为契约论的内部问题。

至此,问题的重心就由所有权转移到了一致同意的差异原则之上。简单地说,罗尔斯对自然禀赋应得的看法是:虽然个人正当地占有其禀赋,但禀赋的运作成果应当被差异原则所再分配;再分配的依据并非是任何立基于道德论证的所有权观念,而是公民代表所一致同意的契约;更进一步可以说,契约亦即政治-社会规则才是具体权利的真正源头。实际上,罗尔斯在此拒斥了上文中诺齐克论证的第二点:尽管人们对自己的禀赋拥有权利,但这并不意味着他们能够正当地占有禀赋所产生的全部东西——这受到差异原则的检验与限制。与之针锋相对,诺齐克不同意将分配正义作为一个分立领域中的问题来看待:他认为,没有必要将占有-应得模式化,自由将不可避免地打破模式,而制度为了维持特定的模式目标,亦将不可避免地破坏自由。这一观点所拒斥的正是差异原则这样一个并不表现为道德权利观念却又持续地作用于占有-应得的强制性约束条件。于是我们不难发现,恰恰是因为罗尔斯并不打算将自由秩序立基于道德证成之上,他对自然禀赋所提出的再分配要求才难以被自我所有权等观念所直接反驳。因此,除非正面地讨论罗尔斯最精粹的理论构设——原初状态与无知之幕,否则我们就很难全面而深入地理解自然禀赋应得问题。

　　让我们直截了当地说：无知之幕是不可理解的。具体而言，不可理解的并不是无禀赋无偏好（准确地说是对于禀赋与偏好保持无知）的理性立约者的存在论地位，而是这一概念本身。罗尔斯对立约者的限制与"理性"这一要求或许有着无法调和的矛盾：很有可能，如果一个存在者是无禀赋无偏好的，那么他就不可能是理性的——我们恐怕不能说，实践理性能力能够在完全不依赖于禀赋与偏好的条件下运作。慎思与禀赋以及偏好的意义差异并不意味着存在一条能够将双方完全区分开来的明显界线。

　　其次，当我试图遵照罗尔斯的要求，展开对无禀赋无偏好的立约者在原初状态下对于未来所生活的社会的"基本结构"进行慎思的场景的设想时，却遗憾地发现自己对这样的理想立约者一无所知，更无法想象成为这样的存在者会有怎样的感受。而且我非常怀疑是否真的有人能够做到这一点。据说这样的设定模仿了我们在公平的条件下进行理性推理的过程，但这是荒谬的：在现实中我们所能够进行的慎思——不管那有多么公平——都不可能不依赖于自身的禀赋与偏好。换言之，"理性存在者"概念只能作为共相而存在，而进行推理慎思、决定正义原则的思考者则必须是可能的个体，否则那就是无法理解的。因此，如果除了"无禀赋无偏好"这样的否定性条件外，我们对于这样的理想立约者不具备足够的肯定性知识，那么我们就不可能想象它们，也不可能理解整个契约程序。例如，假设对于"篮球运动员"这一职业我所知道的仅仅是它不同于医生、律师或教师，那么我就完全不可能想象自己是一名篮球运动员，更不可能了解成为篮球运动员意味着什么。无知之幕的神话与之同理：除却上述概念上的困难，其更大的问题就在于，我们无从了解"无禀赋无偏好"这一限制究竟有着何种意涵。我们至多能够理解个人在某一或某些方面无禀赋或无偏好的状况,但无知之幕所封锁的却是关于禀赋与偏好的全部信息——在前者与后者之间存在着一条无法越过的鸿沟,它彻底阻断了我们的思考能力。

退一万步看,即使无知之幕之下契约程序可行且合乎罗尔斯之论断,它对于实际的政治事务也不具备任何效力。假定的契约不是契约,我们并没有理由沿着这样的进路去处理普遍的制度问题;或者说,如果原初契约既不是真正的契约,又不表现为道德论证,那么它就只有对那些愿意承认这种设定程序的社会成员有效——尤其是,差异原则将只能作为一项征得公民实际授权(而非代表性设置中的假定授权)之后才得以施行的政策或法律条款。这一点将违背罗尔斯将正义原则视为社会基本结构的意愿。因此可以说,只有当"基本结构"构成了政治理论所要处理的首要问题时,契约论(相应地还有功利主义)才有可能被选择。但如果自由-权利高于模式化的正义原则(尤其是分配正义原则),所谓"基本结构"就并不值得重视,原初契约的设定也毫无必要。由此,围绕着契约的效力或者说约束力,就出现了两个问题:第一,有什么理由令现实中的政治-社会规则遵循契约的结论? 第二,即使这种遵循的后果是良好的,也不意味着公民就有初确义务服从这样的规则——假定的代表性设置并不是真正的契约,更无法阻止个人的反抗或退出。

这样一来,作为假定原初契约之结论的差异原则就被拒斥了,相应地,再分配自然禀赋的要求也失去了力量。在《正义论》之后,罗尔斯转而期望在不涉及道德证成的前提下仅凭一致同意——无论是通过无知之幕还是交叠共识——的程序就建构起一部关于正义制度的普遍的法,这一点很难说取得了成功。批评者大多并不认为这种契约论方法对于正义秩序的奠基与维续有着足够的效力与重要性。我们都能够理解,当罗尔斯放弃了对政制的道德基础的坚守时,他实际上是以世界公民而非

哲学家的身份直面现代社会的政治问题。但是,如果说理性多元-道德
冲突的基本境况对立基于道德哲学的政治理论构成了严重的障碍,那么
相比之下,立基于假定的一致同意的正义原则所面对的困难恐怕也不会
更小。我们有理由相信,政治问题——无论是理论上的还是现实中
的——的最终解决归根到底要依赖于道德哲学的工作,这一点也未必会
伤害到理性多元的社会境况。

2012.6

What Goes Around, Comes Around

本文分为内容差异颇大的两节。第一节是后设伦理学的相关论题，第二节则是对自由意志主义的政治哲学，特别是汉斯-赫尔曼·霍普（Hans – Hermann Hoppe）的"立论伦理学"（argumentation ethics）的讨论。本文的主要目的是探索后设伦理学的相关结论如何能够支撑起规范伦理学与政治哲学的立场，因此并未过多涉及立论伦理学的内容。

一

我们在这里要讨论的问题起源于休谟。在《人性论》中，休谟构筑了一个精致的行动理论：人类行动以欲望与目的-手段形式的信念为基础，理性本身不能影响到欲望，而只能通过对信念的考量来间接地干涉欲望；因此，即使某个人"宁愿毁灭全世界而不肯伤害自己一个指头"，也并没有违反理性。借助于安斯康姆（Anscombe）在《意向》一书中对欲望与信念所作出的区分，我们能够对此看得更清楚：欲望要求世界适应自我，而信念则要求自我适应世界；欲望仅仅要求实现，而信念表达了事实；后者的内容能够被评价为真实或虚假的，因而与理性关联，而前者则与真假无关。① 因此,只要行动者的欲望并未建立在错误的信念之上,理性便无从置喙。而休谟接下来的论述耳熟能详:既然理性无法直接衡量、审查并取舍欲望,那么归根到底,它与道德判断也就毫无关系。

这一论断的后果是严重的。一旦我们将其运用于对具体实践行为的解释之上,便会得出如下结论:行动者 A 在时间 t 有理由做 φ,当且仅当 A 在时间 t 有一欲望 m,且 A 拥有做 φ 可以满足 m 的信念;换言之,若 φ-m 的满足关系为真,则 A 在时间 t 做 φ 的行为就无法被理性所干预。在概念上理性与行动理由之间存在着一条不可逾越的鸿沟,这一点也就构成了对作为道德判断之地基的规范性的正面拒斥。更进一步,休谟主义支持了为伯纳德·威廉斯(Bernard Williams)所主张的那种更为精致的理由——理性的内在主义观点:行动者 A 在时间 t 有理由做 φ,当且仅当 φ 在时间 t 与 A 的主观动机集合(subjective motivational set)S 中的某些要素通过正常的实践慎思方式发生关联。如果在 S 中确实不存在做 φ 的理由,那么说 A 有理由做 φ 看起来就是荒谬的。② 这意味着,在内在主义者看来,如果真的存在着行动理由的话,那么只可能是来源于 S 的;如果对行动理由存在着什么合理性约束的话,那也仅仅是程序性的,而非实质性的。

这样一种理由理论是简单而清晰的,但又是十足误导人的。已经有许多理论家提出了一些值得讨论的案例来反对它。

1. 假设有一位丈夫嗜好虐待妻子。根据威廉斯的主张,设定他的 S 中不存在任何要素与"停止虐待"这一行为发生关联。然而,即使如此,我们似乎也能够合宜地说,确实存在着一条理由使他停止虐待,因为这

---

① G. E. M. 安斯康姆:《意向》,80 页,中国人民大学出版社,2008。

② 伯纳德·威廉斯:《道德运气》,145-146 页,上海译文出版社,2007。

位丈夫应当被视为有缺陷的行动者。①

2. 假设有一个平日里对自身处境非常在乎的行动者,莫名其妙地对星期二这一天的体验毫不在意,以至于他宁愿在星期二接受一个痛苦的手术,也不愿意在星期三接受一个相比之下舒适得多的手术。这里的关键在于,他明明知道星期二的手术会令他处境更糟——这表明他并非拥有错误的信念——也对其保持漠不关心的态度。如果这一事例是可设想的,那么我们似乎的确可以将这位行动者所持有的特殊的星期二欲望评价为非理性的。②

以上两个案例所强调的是,确实有一些欲望是不理性的,S 并不蕴含着全部的行动理由。加里·沃特森(Gary Watson)曾经讨论过两个更为常见的日常事例:一位母亲在面对吵闹不停的婴儿时,可能在一个瞬间会有溺死它的强烈欲望;一位在比赛中失利的网球手,可能在一个瞬间会有将球拍砸向对手的强烈欲望。③ 然而,拥有这些欲望乃至循其行动是一回事,对这些欲望的评价则是另外一回事。如果我们认肯了休谟主义,那么就将不可避免地接受一种基于欲望的独断论。让我们再来看看以下两个事例:

1. 假设有这样一种偷窃成癖的行动者,这种人在进行偷窃时,并不经历任何决定偷窃与否的心理活动;或者说,无论是否经历了这样的心理活动,他都会照偷不误。④

2. 假设有一位毒品成瘾者,他清楚地拥有不吸食毒品的欲望,并极

① 托马斯·斯坎伦:《我们彼此负有什么义务》,405 页,人民出版社,2008。

② 德里克·帕菲特:《理与人》,179 – 180 页,上海译文出版社,2005。

③ Gary Watson, Free Agency, *The Journal of Philosophy*, Vol. 72, No. 8. (April 24, 1975), p. 205 – 220.

④ A. J. Ayer, *Freedom and Necessity*, *Free Will*, Oxford University Press, 2003, p. 115 – 116.

力与瘾症抗争,但终究不幸失败——他最终总是屈服于那种强大的吸食毒品的欲望。①

对这两个事例而言,休谟式的内在主义会怎样解释呢? 偷窃成癖者的偷窃行为,与毒品成瘾者的吸食毒品行为,无疑来源于行动者的 S 中的某些起到决定性作用的重要因素。然而更重要的是,我们看到,由于无论这两类行动者是否拥有对抗性欲望都无碍于实际行为的最终实现,休谟主义者就无法融贯地将对抗性欲望纳入对上述行为的解释之中。这样,我们就对休谟主义的独断论后果看得更清楚了:上文提到的六个案例,无一例外表达的都是总体而言有缺陷的、失败的、不符合常识理性标准的行动事态,但休谟主义却坚持认为,我们无法对引发这些行动的欲望进行评价,也无法提出一种更加健全的、包含着竞争性行动理由的解释。实际上,休谟主义只容许一种由实践行动及引发该行动的必要欲望所构成的最小化的 φ - m 解释模型。这一模型的不可接受之处将在下面的事例中进一步显露出来。

假设我在 t_1 拥有一个强有力的、合乎常识理性标准的欲望,其内容是在未来的 t_2 做 P。由于担心自己可能忘记,于是我设定了一个指向 t_2 的闹钟以作提醒之用。然而不幸的是,闹钟在 t_2 之前就失灵了,这导致我在 t_2 没能想起做 P。而等我意识到这一点时,便为此感到万分懊悔。

我在 t_2 时没有做 P。当然,休谟主义可以轻易地为我在 t_2 的实际行动给出一个解释;但是,对于我的懊悔,休谟主义者又会说什么呢? 实际上,我的懊悔与法兰克福(Frankfurt)的毒品成瘾者的戒毒欲望有着同样的特征:它们都具有评价性内容("应该在 t2 做 P"与"应该停止吸食毒品")。在毒品成瘾者的事例中,基于最小化 φ - m 模型的观点,休谟主

---

① 哈里·G.法兰克福:《事关己者》,19 - 20 页,浙江大学出版社,2011。

义拒绝承认戒毒欲望蕴含着行动理由;而在失灵闹钟的事例中,由于我在 t_2 的 S 中并不存在与做 P 发生关联的要素,休谟主义又会拒绝将在 t_2 做 P 视为行动理由。显然,这样的解释是十足荒谬的。逻辑十分清楚,如果在 t_2 做 P 真的不构成一个行动理由,我就不可能感到懊悔;更进一步,即使我彻底忘记了做 P 因而并未感到懊悔,在 t_2 做 P 也构成了一个行动理由,否则,我们就无法合理地说"我应该在 t_2 做 P":这样一个评价性的观点能否成立,并不取决于做 P 是否与我在 t_2 之后的 S 发生关联。只要我在 t_1 产生了这样一个强有力的、合乎常识理性标准的主观动机,在 t_2 做 P 就应当构成一个行动理由。

总而言之,在失灵闹钟的事例中,坚持休谟式内在主义的立场将会引发以下后果:仅仅是由于忘记了在 t_2 做 P,我们就无法宣称"我应该在 t_2 做 P"。然而,这样的宣称是十分自然的,也是必须被允许的——甚至在很多情况下,恰恰只有当我们真的忘记了做 P 时,才会特地作出如此宣称。同时我们也就能够毫无困难地回应伯纳德·威廉斯的核心质疑:一方面要使得我们对某个人所说的"你有理由做 φ"式的陈述有意义,另一方面此人的 S 又不与做 φ 的主观动机发生关联,这如何可能? 这当然可能。基于有缺陷的、不尽完善的理性能力,行动者有可能实际上真的没有任何主观动机做 φ,但同时又有理由做 φ。这样的状况可能是不尽常见的,但绝非不可设想的。因此,休谟主义并不能提供对实践行动的最佳解释,它应当被修正以融贯于我们所讨论的标准事例。

我在 t_2 忘记了做 P,这一事态具有特殊的讨论意义。它暗含的结论是这样一个反事实条件句:如果在 t_2 我没有忘记做 P,那么我就会做 P。依据关于实践理性概念的平凡见解,忘记可以被理解为理性运作的失败,正如在斯坎伦的例子中丈夫对虐待妻子的专注表明其理性能力存在缺陷一样。这里出现的失败/成功以及缺陷/完善的状态对比指示我们考虑引入所谓的"完全理性行动者"的理想化概念——类似"应该在 t_2 做 P"或"应该停止虐待妻子"等具有评价性内容的规范性陈述。只有以这样的概念为基础,才能获得意义,"你应该做 φ"的陈述随之可以被还原为"如果你是完全理性的,那么你将做 φ"的完整形式。这样一来,理性对欲望的约束作用就不能够为休谟的论述所排除了。应当承认,休谟的最小化 $\varphi-m$ 模型在阐释"任何实践行动 φ 都必然依赖于内在欲望 m"这一方面是足够强健的,但它并不是一个完整的行动理论。一个完整的行动理论不能仅仅止步于对实际行动动机的描述。对于行动理由这样一个概念而言,由于休谟式的内在主义坚持认为理由必须依赖于 S,这就使得它并不能提供对包含着理性运作之失败或理性能力之缺陷的实践事例的最佳解释,因而也无法融贯于关于实践理性的平凡见解。而通过引入完全理性行动者的概念,我们就能够弥补休谟对行动理由的论述所遗漏的重要部分,亦即对于任何实践行动来说,除了存在着 $\varphi-m$ 模型所指示的动机性理由之外,还存在着完全理性行动者概念所指示的规范性理由。

因此,如果完全理性行动者的概念可以站得住脚,那么规范性的来源就得到了说明。下面关键的论题就演变为,完全理性行动者本身是否是一个可以得到充分辩护的概念。疑问一般集中于两个层面:首先,这一概念能否得到更为清晰的阐述,甚至被还原为一束经验命题?如果答案是否定的,那么我们就有理由怀疑它是空洞的甚至是乞题的;其次,即使将"你应该做 φ"还原为"如果你是完全理性的,那么你将做 φ"是可能的,但真正的问题恰恰是,为何在完全理性时会做 φ 构成了现在做 φ 的一个强有力的理由?这两个质疑同时也构成了对道德实在论的主要挑战。

在论述其理由的内在主义观点时,伯纳德·威廉斯曾尝试捕捉满足完全理性之标准所需的两个条件:1.行动者拥有所有相关的真信念,并且不拥有任何相关的假信念;2. 行动者必须正确地慎思。① 这一阐释看起来并没有什么问题,但它是如此地模糊不清,以至于既可以被用于支持我们所服膺的观点,也可以被用于论证休谟式的内在主义理论。关键是,威廉斯尤其不相信完全理性状态下行动者就会产生欲望 m,如果在之前真的不存在路径以将 S 中的某些要素与行动 φ 联结起来的话。而我们已经回答,不产生 m 的原因往往是理性运作发生失败或理性能力出现缺陷(或者按照威廉斯,行动者没能“正确地慎思”)。这种失败或缺陷一方面切断了 φ 与 S 的联结,一方面使得 m 没能出现。为了挽救自己的立场,内在主义者可能会转而认为包含着这种意义上的失败或缺陷的设定不可能成立,譬如,对于帕菲特的星期二手术事例,一个批评意见是:那样一个莫名其妙地不在意星期二的行动者如果真的存在,一定是因为其心理-物理构造异于常人;这样,真正存在的差异实际上只是心理-物理层面上的差异,而非理性/不理性的差异。② 然而,难道有谁会否认理性/不理性的区别归根到底是心理-物理层面的区别吗? 换言之,在我们将某位行动者称为“实践非理性的”之时,所指的不正是一个心理-物理层面的问题吗? 当然,并非任何心理-物理层面的差异都与理性/不理性的概念发生关联,但这已经属于另外一个论题了。所以,威廉斯提出的“正确地慎思”的标准完全可以被进一步解释为在心理-物理层面上排除了理性运作的失败与理性能力的缺陷的一束概括性的经验命题。这样的要求意味着,完全理性行动者并不是一个在形而上学上贫乏的概

<hr>

① 伯纳德·威廉斯:《道德运气》,146 – 150 页,上海译文出版社,2007。

② 参见朱家安, *On The Future Tuesday Indifference Argument*, http://deptphi. ccu. edu. tw/sites/default/files/conference/2009% 20student/E08% 20On% 20The% 20Future% 20Tuesday% 20Indifference% 20Argument% 20% E6% 9C% B1% E5% AE% B6% E5% AE% 89. pdf,最后访问时间 2013 年 1 月 25 日。

念——在后面我们就会看到,这一结论将有助于回应一部分道德反实在论者的批评。

戴维·布林克(David Brink)设想了一种被称作"非道德论者"(amoralist)的行动者:这类人承认道德事实的存在,但感受不到道德规范的力量。他们一方面正常地使用道德术语,另一方面在实践中非道德地行动。① 布林克试图以这种特殊的怀疑论挑战我们的立场——即使存在着道德事实,但问题是,为什么要关心这些事实? 我们凭什么要按照道德规范行动? 道德规范是否真的蕴含着行动理由,以至于不按照它行动就是非理性的? 我们对这些疑问的回应是简单而直接的。由于"你应当做 φ"的规范性陈述就等同于"如果你是完全理性的,那么你将做 φ",因此,不做 φ 就意味着行动者并不是完全理性的;更进一步,非道德论者感受不到规范性陈述的力量,则意味着这类行动者在理性能力上存在着严重的缺陷。归根到底,理性行动者在面对道德规范时必然随之具备行动动机。换言之,若一个行动者在确知道德知识的情况下却仍对道德规范无动于衷,那么宣称这个人仍然具备足够的理性,就是十足荒谬的。规范性陈述、实践理性与行动动机三者构成了一个概念联结,它捍卫着道德规范的实践性要求。

看起来,完全理性行动者这一概念的内容已经逐渐被填补完整了。到目前为止,我们已经将规范性理由理解为一种以完全理性行动者概念为核心的反事实条件陈述,并论证了这一结论如何能够支撑道德规范的实践性要求。因此,我们的看法除了与休谟式的内在主义相对立,也更进一步拒斥了许多相当有影响的反实在论与非认知主义主张。更具体

---

① David Brink, Externalist Moral Realism, *The Southern Journal of Philosophy*, Vol. 24, Issue S1, Spring 1986.

地,从前述六个典型事例尤其是托马斯·斯坎伦的虐妻事例到之后对规范性理由的论述,不难看出我们对道德规范的本质持有经典的康德式立场,亦即认为应将道德规范理解为定言命令。然而正是在此处,尚有一个重要的观点威胁着这个结论:它指出,我们所论述的那种实践理性的理论还不足以阻止人们将规范性理由——至少是一部分规范性理由——理解为假言命令。该观点为如下浅显的、并且显然是正确的平凡见解所支撑:一般意义上,存在着大量可被常识道德判断为正确或错误的实践行为,但也存在着大量与常识道德无关的实践行为;前一类行为产生了道德问题,而后一类行为则似乎仅仅产生了纯粹偏好的问题。例如,在平凡见解中,斯坎伦所设想的虐待行为构成了一个亟需对之进行道德判断的严肃事例,但类似在 t_2 做 P 的事例则并不相干于道德规范。在后者那里,得出"我应该在 t_2 做 P"之结论的根据有可能仅仅是我偏好做 P,就好比我在一个典型的咖啡与茶的选择环境中得出"我应该喝茶"之结论的根据仅仅是我偏好于茶一样——当然,反过来看,类似帕菲特的星期二手术事例,既然我并不偏好咖啡,那么如果我最终莫名其妙地宣称"我应该喝咖啡",那一定是非理性的——虽然在两类情境中都出现了规范性理由,但关键之处是,停止虐待行为的规范性理由是定言命令,而在 t_2 做 P 的规范性理由则似乎是取决于特定行动者之自身境况的假言命令。因此,我们的实践理性理论需要为这种差别给出解释:平凡见解对道德问题与纯粹偏好问题的区分,是否同时也意味着实际上存在两种意义上的规范性理由?

对这个问题可以给出一个简单的回答:的确存在着因行动者自身境况而异的规范性理由,但道德规范并不是这种理由,而是典型的定言命令式的理由。然而,这个回答本身只不过是对前述平凡见解的重述而已。需要解释的是更进一步的疑惑,即如果道德问题与纯粹偏好问题的差别的确是本质性的,那么使它们有所不同的关键因素到底是什么? 在此,我们打算完全拒绝这种回答,并给出与之对立的结论:尽管平凡见解中的那种区分是稳固的,但这并不意味着存在不同意义或者说不同种类的规范性理由。实际上,任何规范性理由都相关于对行动者偏好的思虑:例如对于斯坎伦的虐待者,我们说他有理由停止虐待行为,是建立在他当前确实处于虐待偏好-虐待行为之境况的前提下的。如前所述,这种思虑表现为对完全理性行动者的假设性思考:如果行动者在完全理性时会放弃虐待的偏好,那么我们就得到结论,现在这位虐待者有理由停止虐待行为,而无论他当前的 S 是否与之相关。同样,对于在 t_2 做 P 的事例,首先可以确定的是:由于行动者的确偏好做 P,因此他有理由做 P;进而,如果这一偏好在对完全理性行动者的假设性思考中依然被保留,那么它也就产生了一个规范性理由。在这里,这个规范性理由一般表现为(对于偏好做 P 的特定行动者而言)"我应当做 P"的 de se 模态的形式,但同样也可以被转换为"对于任何行动者,如果他偏好做 P,那么他应当做 P"的 de dicto 模态的形式。① 对第一种形式来说,一个不偏好做 P 的行动者当然可以拒绝将"我应当做 P"视为行动理由,但对于第二种形式,即使不偏好做 P 的行动者也可以对做 P 的偏好展开慎思,并最终得出"若我现在偏好做 P,并且如果我是完全理性的那么我依然偏好做 P,所以我现在应当做 P"的结论。因此,问题的关键并不在于是否有一些规范性理由与特定的偏好相关,而在于那些偏好是否可以经过实践慎思而被保留下来。我们能够看到,由于总是可以将纯粹偏好问题中出现的 de se 模态的假言命令式的规范性理由转换为 de dicto 模态的陈

---

① David Lewis, Attitudes De Dicto and De Se, *The Philosophical Review*, Vol. 88, No. 4, Oct., 1979.

述,真正存在的的确就只有定言命令式的规范性理由。也只有这样理解,我们才可以说,在典型的咖啡与茶的选择环境中,一个偏好茶的行动者决定去喝茶是理性的,而决定去喝咖啡则是非理性的——偏好本身是因行动者自身境况而异的,但特定偏好是否可以经由实践慎思而得到理性辩护则总是公共性的。我们的结论是,尽管平凡见解对道德判断与纯粹偏好的区分是站得住脚的,但这只相关于实践慎思对偏好的取舍,并不能得出存在不同种类的规范性理由的论断。

最后,我们要处理一个基础性的,同时也被视为后设伦理学中最为重要的论题。在形而上学领域中,道德实在论的立场一贯饱受怀疑,即使是它的同情者也大多承认:要为道德事实的存在提供辩护是非常困难的。反实在论者在这一方面已经做了大量的工作,他们指出,在自然主义-物理主义的前提下谈论道德事实,必定陷入自相矛盾。在此讨论约翰·麦凯(John. Mackie)的相关论证是富有教益的。麦凯虽然在道德判断的本质这一论题上不同于典型的非认知主义者,但在更为基本的立场上,他依然是一名难以对付的怀疑论者。其怀疑论是一种特殊的二阶怀疑论,具体而言,并非是对道德判断之客观性的怀疑,而是对这些判断所依赖的种种道德属性或道德价值的客观性的怀疑——他认为,道德判断的确表达了信念,但这些信念却统统因为建立在并不实存的存在物的基础上而陷入了不可救药的错误。下述归谬论证是不难理解的:如果真的存在客观的道德属性或道德价值,那么相对于自然主义-物理主义世界图像中的典型存在物,这种东西在本质上就是非常奇怪的,我们不可能像对待一般的自然存在物那样对待它们。而相应地,行动者若要认识到它们,就必定要通过某种特异的认知能力,其过程将与认识典型自然存在物的方式完全不同。① 这就对实在论者提出了一个重大挑战:他们要么为这个论证中的奇怪之处给出一个融贯于自然主义-物理主义立场的解释,要么就得放弃道德实在论的观点,转而服膺非认知主义或麦凯的"错误理论"(error theory)。

面对挑战,克里斯蒂娜·科尔斯戈德(Christine Korsgaard)曾给出了这样的回应:实在论者所笃信的那种道德存在物,的确如麦凯所说是非常特殊的,但并不是不存在的。因为,这种存在物就是我们人类自身(还有其他动物)。② 这样的回答是基本切题的。麦凯所提出的论断可以被简单转换为这样的陈述:不存在这样的 x,x 是规范性陈述的来源,同时 x 融贯于自然主义-物理主义的世界图像。而凭借之前得到的重要结论——规范性理由是以完全理性行动者概念为核心的反事实条件陈述,我们可以毫无困难地回答:x 就是完全理性行动者的概念。同时,我们已经指出,由于完全理性的标准归根到底可以被还原为心理-物理层面的一束经验命题,所以这个概念在形而上学上并不是贫乏的。完全理性行动者就是满足一些心理-物理要求的行动者,它在形而上学上完全是可想象的——并且,只有当它是可想象的,我们的实践理性才有用武之地;而规范性陈述就出现于实践理性对完全理性行动者之概念为基准的探索中。因此,我看不出实在论所依赖的道德存在物概念为何无法融贯于自然主义-物理主义的世界图像。尽管这里对完全理性行动者的分析仅仅是粗略的而非还原性的,但仅凭这样的结论,我们就已经能够有力地回应怀疑论者了:在各种意义上,比起竞争性的反实在论理论,道德实在论在形而上学层面至少并不处于劣势。

---

① 约翰·麦凯:《伦理学:发明对与错》,27－31 页,上海译文出版社,2007。
② 克里斯蒂娜·科尔斯戈德:《规范性的来源》,190－191 页,上海译文出版社,2010。

二

上文中呈现的论证,总体而言是对规范性的辩护,其潜在目的是挫败、威胁政治哲学,尤其是将根基构筑于刚性的自然权利之上的"不妥协的"政治哲学的怀疑主义理论。前面已经指出,我们的怀疑主义敌人表现为多种形式:其一是怀疑存在任何道德事实的反实在论者,其二是怀疑道德原则之客观性与实践力量的非认知主义者(乃至非道德论者)。基于这样的理解,如果我们不将论辩的重心落于一种以实践理性概念为基础的融贯的行动理论之上,便不可能真正有效地回应道德实在论所面对的种种挑战,更毋论将这种基础性的立场引向更深层的领域。在第一部分,为了融贯于实践慎思及实践行动的真实境况,以及为了对理性行动与非理性行动给出正确的解释,我们发现应当引入规范性理由的因素,以及完全理性行动者的概念。进一步来说,特别是在一种反事实的境况中,除了休谟所贡献的对动机性理由的最小化 φ - m 解释模型之外,还需要一种与之独立的规范性理由的理论。这意味着,即使在最基本的行动事件中,规范性陈述也占据着重要的地位。正是在这样的结论的基础上,我们才需要一种更进一步的更为具体的规范行事的理论;也正是为了考虑这种理论,我们才能够顺理成章地介入到规范伦理学与政治哲学的论辩之中。

汉斯-赫尔曼·霍普所提出的"立论伦理学"(argumentation ethics)是一个旨在捍卫自由意志主义诸原则的基础理论。它在各种规范伦理学的观点中独树一帜,因为其仰赖的主要是逻辑——任何一个基本的对话-交往的事态都必须遵守的规则——而非常见观点所依靠的假设性的经验条件。这个理论的核心部分是简单而易于理解的:

任何可欲的公共秩序都必定建立在经由公共性的实践慎思而确立的规范之上;而任何公共性的实践慎思总是表现为"立论"(Argumentation)的形式。立论本质上是一个对话-交往的事态,而这一事态本身必然应符合一些规则,以为可欲的公共秩序提供确实的基础——或者简单地说,立论的结果之所以具备效力,正是因为立论的过程满足某些条件。这意味着,立论本身应当是程序性的,但归根到底亦是规范性的。这是一个至关重要的结论,它受到罗尔斯在与哈贝马斯就《正义论》所展开的论辩中阐述的关于程序正义与实质正义的观点的支持:任何程序正义的规则,不论它处于何种基础地位,都依然依赖于特定的实质正义观念。因此,基础性的立论所依据的规范性主张就成为任何规范行事的理论都不得与之发生矛盾的关键性原则。在此基础上,我们得到了下述论证:

(1)任何规范行事的理论是可证成的,当且仅当它经由立论的过程而确立;

(2)任何可证成的规范行事的理论都不能违反立论程序本身所依据的规范性主张;

(3)任何可能的立论事态都预设了立论程序的参与者对自身身体的占有与控制;

(4)拒斥自我所有权的有效性即意味着拒斥行动者对自身身体的占有与控制;

(5)因此,任何拒斥自我所有权的规范行事理论都是不可证成的。①

这个论证是清楚的,但是否是正确的,还有待分析。代表性的疑问

---

① Hans‐Hermann Hoppe, *On the Ultimate Justification of the Ethics of Private Property*, The Economics and Ethics of Private Property, Ludwig von Mises Institute, 2006. 以及 *The Ethical Justification of Capitalism and Why Socialism is Morally Indefensible*, A Theory of Socialism and Capitalism, Springer, 1988.

一般有两个:首先,(3)所指出的任何立论事件所预设的"参与者对自身身体的占有与控制"究竟意味着什么? 它所表达的是一个事实判断,还是一个规范性主张? 如果是前者,那么从(3)引出自我所有权概念的论证就是无效的,因为从单纯的事实判断中并不能推出规范陈述;其次,在(4)中,对自我所有权的否认并不意味着对行动者占有-控制自身身体之正当性的彻底拒绝,因为以下情况似乎是可能的:在立论过程中参与者有暂时性的权利占有-控制其身体,但在立论完结后,这种权利即告失效。我们感到,相较于在立论过程中占有-控制自身身体的概念,自我所有权无疑是一个更强,因而也需要更多论证支持的概念。

　　第一个疑问几乎为立论伦理学的所有批评者所共享。在批评者看来,我们显然只能将(3)之中的"参与者对自身身体的占有与控制"理解为事实判断,亦即立论事态的一个必要的事实性前提,因为并没有理由认定(3)揭示出了任何规范性的主张。对任何更进一步的规范性观点的立论都依赖于对话-交往,而任何对话-交往都依赖于自我所有的事实状态——这个结论虽然是正确的,但同时也是平凡而贫乏的,并不能够反过来支撑或拒斥任何规范行事的理论。这种批评的错误之处就在于忽视了整体的语境。按照第一部分的分析,规范性就来源于对行动的解释之中:对任何行动的完备解释都需要规范性理由这一因素。那么就并不是规范性概念以实践行动概念为前提,而是实践行动概念以规范性概念为前提。这意味着,如果我们要谈论实践行动,那么我们就要谈论规范性理由。这样的概念分析的结论引出的是一个根本性的规范性语境;进而,一个以可欲的公共秩序为目标的讨论语境本质上也就是这样一个规范性的语境。上面已经指出,在这一语境中,"立论"本身并非是一个单纯的程序性概念:首先存在一个程序性的标准以决定何种形式的对话-交往能够构成可以接受的立论事态,同时也必须存在一个实质性的标准以为这样形式的对话-交往提供证成。具体而言,自我所有的事实陈述——如"参与者占有-控制自身身体"——构成了程序性标准,相应地,也需要自我所有的规范性陈述——如"参与者正当地占有-控制自身身体"——作为实质性标准为其提供证成。换言之,如果说立论事态总是依赖于自我所有,那么自我所有的状态本身也就要得到规范性的评价。因此,如果存在着任何规范行事理论的话,那么立论事态所依赖的自我所有的状态首先也就必须是合乎此规范的;而如果自我所有的状态本身是为一种规范行事的理论所拒斥的,那么,任何实践行动就都不可能是正当的。这就使得那种规范行事的理论是自我挫败的。

第二个疑问所依靠的直觉观念是,即使可以承认立论事态的概念本身蕴含着行动者在对话-交往之中对自身身体的权利,恐怕也很难说能够从这样的起点出发,得出行动者在对话-交往之外依然对自身身体拥有权利的论断。而有趣的是,从另一个角度看,这样的直觉又可以引出一个同样值得认真对待的论证:譬如说,由于人有两颗肾脏、并且取走其中一颗依然不影响身体——尤其是与对话-交往行为相关的那部分身体——的正常运转,因此仅从立论事态的概念出发,并不能推出人对其两颗肾脏都拥有权利的结论。换句话说,立论事态的概念并不蕴含着全部的自我所有权。

这两个论证由罗伯特·P. 墨菲(Robert P. Murphy)与基恩·卡拉汉(Gene Callahan)提出①,霍普的著名辩护者斯蒂芬·金塞拉(Stephan Kinsella)已经对前者给出了回应:立论是证成或拒斥任何规范行事理论的唯一程序,因此经由立论过程而得到的规范性结论当然能够作用于非

---

① Robert P. Murphy & Gene Callahan, Hans - Hermann Hoppe's Argumentation Ethic: A Critique, *Journal of Libertarian Studies*, Volume 20, No. 2 (Spring 2006).

立论的情形。① 但很明显,这个回应是基本不切题的。问题的关键并不在于立论所证成的某些规范性结论能够是普遍性的——并没有人否认这种普遍性是可能的——而在于,其某些结论同时也能够是特殊性的。尤其是当这种特殊性落实到立论/非立论的不同情形中时,问题就变得格外严重。但是,这种特殊性具体意味着怎样的所有权状况? 显而易见,可能的状况只有以下两种:(a)一部分人自我所有,另一部分人被他人所占有;(b)每个人都被其他人平等地占有。(a)是得不到证成的,因为不可能有一种主人-奴隶式的秩序被定言命令形式的规范性主张所蕴含;(b)则是严重地自相矛盾的,因为这一状况意味着任何人的行动都必须经由其他所有人的认可,而认可行为本身又必须得到其他人的认可……这就导致任何人都无法合乎规范地行动。所以,尽管在非立论情形中拒斥自我所有权概念的做法本身并未与立论事态所蕴含的要求相矛盾,但这样一来,非立论情形下的公共秩序要么是非规范性的,要么就是不可行的。

　　而肾脏的事例同样是似是而非的。我们关于自我所有权的平凡见解无疑包括了肾脏,但严格地说,如果自我所有权所涵盖的内容被限制为实践理性之运作所需的必要因素,那么说这一概念与肾脏相关就是可疑的。正是这种区别使得墨菲(Murphy)与卡拉汉(Callahan)能够质疑立论事态概念蕴含自我所有权的论断。然而,正如我们所看到的,与其说这种质疑针对的是立论伦理学,不如说它挑战的是上述平凡见解与严格内涵之间的差异。我们当然可以进一步追问自我所有权概念包括肾脏(乃至毛发等等)的依据究竟为何,但是,这一论题似乎更应当出现在

---

① Stephan Kinsella, *Defending Argumentation Ethics*: *Reply to Murphy & Callahan*, http://www. anti – state. com/article. php? article_id =312,最后访问时间 2013 年 2 月 15 日。

以运气平等主义为主题的论辩中。况且,即使行动者对其肾脏的事实性占有不能得到立论事态之概念的证成,也不意味着我们就应该采纳一种竞争性的再分配肾脏的方案——论证的负担依然在我们的批评者那边。

结论

至此,我们已经讨论了立论伦理学的核心论证所遭遇的一些关键性质疑,并给出了相应的尝试性辩护。正如前面所强调的,本文的旨趣并非就立论伦理学的前因后果展开全面的讨论,而是揭示后设伦理学的相关论题如何能够被引入规范伦理学与政治哲学的论辩之中。我们能够看到,一种强健的、道德实在论的实践理性理论对于以自然权利为核心的自由意志主义政治哲学来说是必不可少的:前者提供了一个基础的规范性的语境,又将规范性主张成功地限制为定言命令,从而帮助后者挫败了一系列挑战。看起来,这样的结果是令人满意的。

2012. 12

重思支配概念
——对菲利普·佩迪特《共和主义》的评论

　　菲利普·佩迪特(Philip Pettit)在本书的前两章作出了精致的概念分析,以为其建立在支配概念之上的自由观念提供支持。但是,其分析与论证是令人生疑的,甚至可以说陷入了灾难性的错误之中。这使得其政治理论面临着巨大的困境。

　　在第一章中,佩迪特尝试将"支配"概念从"干涉"概念中剥离出来。他的关键论断是:"无干涉的支配(domination without interference)与无支配的干涉(interference without domination)都是可能的。"①

　　但问题起于接下来的表述:"我可能是他人的一个奴隶,但实际上我的选择并没有受到任何干预。……就我有一个主人而言,我受到了支配;但就这个主人无法实施干预而言,我没有受到干涉。"②

　　我们要问,这样一种状态是否意味着在将来的某个时刻主人"能够"对我进行干预? 然而,这里的"能够"是什么意思? 主人-奴隶关系是

———————

① 菲利普·佩迪特:《共和主义》,28 页,江苏人民出版社,2006。
② 菲利普·佩迪特:《共和主义》,28 页,江苏人民出版社,2006。

一个正当关系,或者仅仅是一个为我所处的社群所支持的关系? 如果是前者,这就意味着这一事态中既不存在支配,也不存在干涉;如果是后者,那么可以合理地想象,我成为某人的奴隶是为强力所迫。以此为前提,"能够"的意思就是:主人有干预我的能力,但这种能力在此时此刻并未转化为干预的事实。令人疑惑的是,佩迪特居然将这样一种状态称为"无干涉的支配"。有任何一位消极自由理论家会根据仅仅在一段时间之内主人未干预奴隶的情况而认为奴隶在这段时间内的自由未受损害吗? 主人-奴隶的关系意味着这样的状况,即成为奴隶的人要服从于主人的命令。命令或许不是每时每刻都存在,但"服从"的概念却总在起作用。如果 A 以强力迫使 B 服从于他,那么随后无论 A 是否实际地发出了命令,B 的自由都受到了损害。事实上,当 A 没有发出命令时,B 尽管没有受到 A 的直接干预,但他却总受到这样一条规则的干预:"当 A 对我发出命令时,我必须服从。"正是这样的规则确保了主人-奴隶关系,而其根源依然是 A 的行动。因此,说 B 在此状态下没有受到干涉,显然是不正确的。

更进一步,佩迪特认为存在着"无支配的干涉"的状态:这种状态据说"不涉及奴役或屈从"。具体而言,"当且仅当对我的干涉是为了保证我的进一步利益,并且是根据我所接受的观点而实施时,干预就是可取的"。① 显然,这一条件不等同于自愿:有一些行动是出自我所接受的观点且能够保证我的进一步利益的,但我未必会想到去那么做,或者未必会在下一刻去那么做。看起来,在这种状态下,我就可以被干涉。

在这里,为消极自由理论家所反复批评的"真正的自我"的花招又出现了。佩迪特指出:干涉者应该被视为我的"代理人",而不是主人。

---

① 菲利普·佩迪特:《共和主义》,25－26 页,江苏人民出版社,2006。

该代理人能够代替我做决定,因为他归根到底是从我自己的观点出发、为了我自己的利益而进行选择的。在此,查尔斯·泰勒(Charles Taylor)的相关论述是富有教益的。在著名的《消极自由有什么错?》一文中,泰勒曾举出三个常见事例:我害怕在公众面前讲话,这对我的事业构成了障碍;我想要从事旅游探险活动,但同时又沉浸于舒适安逸的生活;与人交流时我不善于控制自己而时常表达出恶意,这伤害了我想要维续的人际关系。在这些情况中,我有着深思熟虑的人生目标,它们首先属于我自己的观点,继而构成了我的重大利益;但同时,在达到这些目标的过程中,我受到了来自自身的阻碍,而这些阻碍背后的欲望看起来都是浅薄的或非理性的。佩迪特的观点似乎是说,在这类状况下,干涉就是有必要的,或至少是被允许的。这一结论的荒谬不言自明:任何人都不可能每时每刻都遵从所谓的至高理性,更不可能每时每刻都认准自己的长远利益并为此约束自我,但这无论如何不构成支持干涉——不管那是不是"无支配的干涉"——的理由。与一些理论家的观点不同,我认为,在这类情况中显露出的不完美或不理智,恰恰是我们的道德人格不可或缺的组成部分。

　　总之,"没有干涉也会出现支配,因为支配的条件只是某人拥有任意干预你事务的能力,而不是事实上的干预"[1]。但这是错误的。消极自由概念并非由狭义的事实干预而得到定义。后文表明,佩迪特的支配概念恰恰是通过这种对干涉概念的歪曲而找到容身之处的:他指出,强权者碰巧不施加干涉的状态并不违背消极自由,而为了拒斥这种可能性,就必须引入无支配自由的概念。我们发现,强权者与奴隶主不尽相同,因为这里似乎并不存在一条明确的服从规则。因而,情况在逻辑上是简

---

[1]　菲利普·佩迪特:《共和主义》,26 页,江苏人民出版社,2006。

单的:如果强权者不施加干涉,那么我们的自由就没有受到侵犯;如果干涉必定伤害自由,那么自由就是没有干涉。显然,如果我们一直拥有自由,那么强权者就一直无法施加干涉。因此,我们看不出消极自由概念如何不能达到阻止强权者的目的。

佩迪特或许会告诫说,即使没有干涉,强权者依然是强权者。这一点远非清楚。我们首先应该确定"强权者"的定义,强权者指的是拥有足够的干涉他人的能力的人或团体吗?如果我的邻居合法地拥有一支威力强大的枪支,对我而言他是否算是强权者?答案当然是否定的。继而,让我们假设这位邻居在几天前凭借其武力迫使我为他搬运物品,而之后他未再对我有过干涉行动。这似乎就是佩迪特所考虑的状况:现在"你在现实世界中没有受到干涉,但是你无法确保自己不会受到强权者的干涉,无法健全地或富有弹性地享有无干涉"。[①] 但我们不明白这样的论断如何是有意义的。我的邻居先前令我丧失了对自己劳动力的控制,这使得他成为强权者;但在其武力强迫之后,只要消极自由的原则没有再被违反,我今后所享有的无干涉当然就是"健全"而"富有弹性"的。实际上,佩迪特无法为支配概念找出一个确切的作用范围。他想要表明的是,没有施加干涉的强权者依然构成了严重的威胁,而这种威胁似乎不同于合法持枪的邻居所带来的。但何谓"强权者",这本身就是不清楚的。(当然,一个非法持枪的邻居大概可以被算作"强权者",但这只是因为他在持枪的过程中侵犯了他人。对于此,消极自由原则依然是完备的。)

在接下来的第二章中,佩迪特尝试对支配概念给出一个规范定义——

---

① 菲利普·佩迪特:《共和主义》,27 页,江苏人民出版社,2006。

某人拥有支配他人的权力,某人支配或压迫他人,是因为:

(1)他们拥有干涉的能力;

(2)建立在一种专断的基础之上;

(3)在这种情况下,他人有权作出某些抉择。①

一言以蔽之,A 支配了 B,当且仅当 A 拥有在某些方面专断干涉 B 的能力。这样一种定义不能令我们满意:按照这三点,我合法持枪的邻居就支配了我,虽然他并没有做出任何干涉的举动。无支配的自由理想将能力而不是行动视为自己的敌人,这使我们感到疑惑:如果我在获取一种能力的过程中没有侵犯到他人,那么无论这种能力是什么,我都应该可以拥有它。仅仅是拥有一种能力——比如持有并使用枪支——不可能危及他人的自由。

佩迪特对干涉概念的分析也有可质疑之处。他认为,干涉是故意恶化他人状况的行为:"一切干涉行为,不管是强制的还是操纵的,其干涉者的目的都是旨在通过改变可以获得的选择范围、改变分配给这些选择的预期收益以及控制选择的结果或实际收益,来恶化行动者的选择状况。"②然而,正如诺齐克在《强迫》一文中所指出的,使状况恶化这样的标准并不清晰:比如,我们无法指出威胁与施予这两种行为有什么明显的区别。按照佩迪特的意见,我们似乎可以在不考虑受影响者的意志的前提下判断干涉的有无,但是,究竟怎样的行为才算是使状况恶化的?如果我们仅仅以施行者的动机为标准,这就无异于说,一个人是否受到

---

① 菲利普·佩迪特:《共和主义》,70 页,江苏人民出版社,2006。

② 菲利普·佩迪特:《共和主义》,71 页,江苏人民出版社,2006。

干涉、是否受到强制、是否自由竟然与他自己的意见毫无关系。然而，一般认为，为个人所自愿接受的影响因素并不构成干涉——不管这一因素是否"恶化"了其选择状况。换言之，只有在个人认为其行动受到了人为阻碍时，才算作被干涉。我们不难发现，佩迪特之所以执意将干涉定义为第三人称的所谓"恶化"选择状况的行为，正是为了给不起恶化效果的干涉——非支配的干涉留出空间。这样的论述不能令人信服。

佩迪特在后文认为，为了达到无支配状态，可以采取两种方法，一为相互权力（reciprocal power）策略，即"使支配者和被支配者拥有的资源更为平等"；二为宪政预防（constitutional provision）策略，即"向局势中引入一个合宪的权威"，以之"剥夺他方专断干涉的权力以及惩罚这种干涉的权力"。[①] 且撇开这两点如何实现不谈，我们不难发现，它们所指示的社会政策无疑是荒谬而危险的：资源平等与剥夺专断干涉权力的主张都意味着一种激进的再分配理想，即将各方所具备的能力完全地平均化。如果我的邻居持有一支枪，那么他相对于我就拥有更多的资源与更高的专断干涉的权力，按照上述策略，要么我也应该拥有枪支，要么政府就要夺走他的枪支。或者，假设我比你更富有，那么除非平均分配我们的财产，否则我就支配了你。问题的根源就在于：Pettit 通过对支配关系的规定，极大扩展了自由概念的作用范围，这使得无支配的自由最终走向了积极自由。

在后面的分析中，佩迪特将无支配自由与法治之下的自由等同了起来。如果我没理解错的话，这一点实际上是求助于自由主义传统中两种自由理论的对比。当洛克将自由维系于权利概念时，边沁却认为"所有法律都是对自由的侵犯——即使这种侵犯导致自由的整体增加"。显明的差别出现在对以下问题的回答中：假设我想杀人，那么一条禁止杀人

---

① 菲利普·佩迪特：《共和主义》，77 页，江苏人民出版社，2006。

的法律原则是否构成对我的自由的侵犯？边沁的答案为"是"，而洛克的答案为"否"。这样的区别似乎表明，如果我们将自由理解为法律秩序之下的自由，那么消极自由观念就被否定了。佩迪特的逻辑是，公正的法律对我们施加了"无支配的干涉"，同时也保障了我们的自由；所以，自由就应该是无支配状态，而绝非无干涉状态。

但是，这种区别实际上是非常表面化的，并没有深刻的意义。消极自由概念仅仅是一个经由语言分析而确定的规范定义，它并不是、也没有人会认为是对政治自由的完整说明。消极自由立足于第一人称视角，而政治自由则基于第三人称视角，其中后者必须将平等视为不可变易的约束条件——其结果即是平等的权利或平等的自由——否则秩序便是不可想象的。由此，上文中洛克与边沁的冲突可以通过澄清概念而得到化解：当问题中的"自由"指的是消极自由时，答案应当为"是"；而当它指的是政治自由时，答案就应当为"否"。

长时间以来，消极自由理论家已经被无数批评者误解为在鼓吹"无限制的"或"胡作非为的"自由，但这无一例外是将消极自由与政治自由混为一谈的结果。消极自由论者正确地将禁止杀人的原则称为对自由的限制，但这样的论断无论如何不构成对该原则的批评或反对；相反，正是通过这样的原则，我们的政治自由才得以确保。而与之相比，佩迪特所构设的"无支配自由"的方案既面临着理论上的失败，也蕴含着政治上的危险：对自由的如此再定义本身便是混乱的，进一步又导向了令人无法接受的再分配政策。而在后面的论述中，无支配自由的概念被径直用来支持一种由善观念主导的、非中立的国家理想，这清楚地警告我们：对消极自由原则的任何微小偏离，都有可能引出一种破坏我们已有的自由的政治秩序。

2012.5

为自由意志主义申辩:效益辩护与两种自由观

最近枫林仙与周保松两位老师在新浪微博上就《周保松谈当代自由主义》(http://www.dfdaily.com/html/1170/2012/5/19/794370.shtml)一文中的"广义的异化"等概念进行了讨论(http://www.douban.com/group/topic/29830140)。其中周老师谈及,他的另一篇文章《资本主义最能促进自由吗?》(http://21ccom.net/articles/sxpl/sx/article_2010102322621.html)对自由意志主义的学说进行了详细的批评。一般来说,相比于访谈与微博,一定篇幅的理论文章更有价值,也更能代表作者的核心思路与立场。因此下面我就要表明,该文的观点为何是无法成立的,以及自由意志主义为何是——至少在理论上是——一种正确的主张。

该文的观点集中于以下两个方面:一、对不受干涉的自由市场的功利主义辩护是不成功的;二、自由意志主义对自由概念的两种理解——"中立化的自由观"与"权利式的自由观"(我将称之为"消极自由"与"政治自由"。注意,此处之"政治自由"并非指狭义的参与政制运作或表达政治意愿的自由,而是指政治-法律制度之下的自由或者说诸种自由权项)存在着不可调和的矛盾,这使得它在理论上是不可能自治的。

周保松指出,诸项自由具体的有无多少,是一个非常复杂的问题,如果我们在确立一种政制的时候一味遵循功利原则,就会犯下错误。文中提到了查尔斯·泰勒所举出的著名的假设,即既然交通灯限制着大部分人的自由,而宗教禁令却只对教徒有效,那么,由于阿尔巴尼亚的交通灯数量远较英国为少,即使前者禁制了宗教而后者没有,按照功利原则,我们似乎仍然可以说,阿尔巴尼亚比英国更自由。当然,这样说显而易见是错误的。周文建议,为了拒斥这样的简单比较——将出行自由与宗教自由等量齐观,就必须在政治理论中引入对诸项自由之"重要性"的考虑。

然而实际上,诸项自由之重要性的观点本身同样是一种粗糙的功利主义主张,即试图将对行为的限制规则立基于对行为本身之价值的排序之上。根据这样的排序,据说,因为宗教自由比出行自由更具"价值",所以像英国这样不存在宗教禁令而存在大量交通灯的国家,比情况相反的阿尔巴尼亚更自由。这一结论确乎符合我们的直观,但论说过程并不正确。交通灯的设立本身可以得到强有力的辩护:它应当被理解为对我们每个人都平等拥有的出行自由的合理保护。若无这样的限制,某些人的自由便会被另一些人侵犯,例如,驾车者对其移动自由的任意行使必将破坏步行者使用道路的自由。与之对比,显而易见的是,对于宗教禁令不可能给出这样的有效辩护。正是建立在这样的理解之上,我们才可以说英国比阿尔巴尼亚更自由。

上述理解完全不依赖于对诸项自由的"重要性"的比较。这种比较不可能成功,因为并不存在对人类行为之价值的客观评价:这样的评价,以及政制将这样的评价引为其政策之论据的做法,势必会破坏我们思考并修订自己的生活方式的根本道德能力。而且,如果果真将政制的具体内容与自由的"重要性"联结起来,那么查尔斯·泰勒与周保松似乎就是在说，英国能够设立如此之多的交通灯，部分原因就在于出行自由不太重要。这一点显然是荒谬的。

当周保松反对将出行自由与宗教自由等量齐观时，他声称自己是在拒斥功利主义，但实际上，他所给出的解决方案——给不同的自由加上不同的权重——归根到底也是功利主义的。这样的论证在形式上是无效的。当然，英国与阿尔巴尼亚的例子可以被很好地用于反对最为粗糙也最具知名度的古典功利主义的观点，但无法对当代精致的功利主义尤其是规则功利主义理论构成任何威胁。规则功利主义者可以轻松地回应周文的批评：功利原则并不是一个直接作用于具体的政策的原则，而是一个判断政治-经济制度总体而言是否有利于最大多数人之最大效益的原则。因此，周文所提到的"一个种族歧视的社会，人口占大多数的甲族人，为了有更多自由享受生活，决定联合起来强迫属于少数的乙族人为他们工作"的情况便完全不会得到规则功利主义者的认肯。在此例之中，甲族强迫乙族工作这一具体做法并不是功利原则关注的对象。规则功利主义者要审视的是，歧视政策是否可以成为一个普遍规则，即是否任何多数群体对少数人的强迫都能够增进社会中最大多数人之最大效益。显然，答案是否定的。

因此可以说，周保松对功利主义展开的批评不仅没有动摇对自由意志主义的效益辩护，更没能拒斥功利主义观念本身。在此值得指出的是，本文迄今为止所作出的澄清，不能被理解为对作为一种道德哲学的功利主义的证成。我们应该注意到，对自由意志主义的辩护是否成立，与功利主义自身是否正确，是不相干的两个论题：即使功利主义是彻头彻尾的错误，也无碍于我们将自由意志主义在效益上的优势视为选择它的重要理由；即使功利主义最后被证明为无法成为一种有效的道德理论，也无碍于我们认为其观点有助于支撑自由意志主义的合宜性。最后我还想指出,效益辩护无论如何不是一个易于反驳的论点,只要我们注意到精致的规则功利主义与义务论在外延上的一致,以及长久以来功利主义理论家将罗尔斯的正义原则解释为功利原则之衍生结果的努力,就完全可以理解,为何历史上的自由主义者在其他论题上的立场如此不同,以及为何许多政治理论家认为政治上的自由主义并不需要将某种特定的形而上学与道德哲学理论引为前提——毕竟,一种功利主义的自由意志主义理论完全是可能的,也是值得认真对待的。

周文下面转向对自由意志主义之核心理念——私有财产权的探究与批评。我们相继看到这样的论断:"如果私有产权才是自由放任主义的最后道德基础,那么'自由论旨'便不成立,因为个人自由不能再被视为社会的终极价值";"'促进自由'根本不是放任自由主义的目标。它只是消极地要求人们有义务不去侵犯他人的权利,却不要求人们有责任去积极促进别人的自由";"私有产权在保障某些人自由的同时,也限制了其他人的自由";"私有产权同时涵蕴了自由和不自由"。周保松断言,自由意志主义已经陷入了以下两难困境之中:

一、如果免于干涉的自由市场所造成的严重贫富差距破坏了穷人所享有的自由,那么将自由作为自身目标的自由意志主义就不应反对再分配政策;

二、如果自由意志主义通过将自由解释为权利(消极权利)而认为严重贫富差距未伤害穷人的自由,那么就无法解释,为何穷人因贫困而受到的各种各样的限制不能被视为自由的反面——因为按照消极自由观念,自由即是未受限制,受限即是缺乏自由。

所以结论就是,自由意志主义所声称服膺的两种自由观——消极自由观念("中立化的自由观")与政治自由观念("权利式的自由观")——存在着严重的龃龉,不可能同时正确。继而,如果自由意志主义理论家将权利作为其制度构想的最后基础,那么就等于偏离了自由这一核心概念。

不难看出,这样一种批评所诉求的是权利概念与自由概念之间的矛盾或者说裂痕。然而,这一点构成了深刻的批评吗?周文正确地指出,消极自由与政治自由不是一回事;但遗憾的是,它并未详察这两种自由在什么意义上不同,以及它们是否处于政治理论的同一层面。本文下面能够证明,正是由于周文没能作出完整而深入的概念分析,才使得其观点完全无法构成对自由意志主义的有效挑战。

周文所指出的两种自由观的冲突古已有之。当洛克将自由维系于自然权利概念时,边沁却声称"所有法律都是对自由的侵犯——即使这种侵犯导致自由的整体增加"。如果令这两种自由观同时面对以下问题,其差别就更加明显:假设我想杀人,那么一条禁止杀人的法律原则是否构成对我的自由的侵犯?显然,边沁的答案将为"是",而洛克的答案则为"否"。但问题是,如果我们依照洛克的方式将"自由"视为自然法的运作结果,而不是按照边沁的方式将其理解为任何规则限制的反面,难道就会使得自己叛离了自由主义立场吗?并非如此。区分两种自由观的实质内涵是必要的:消极自由概念——自由即是免于限制仅仅是一个经由语言分析而确定的规范定义,而政治自由——政治-法律制度之下的自由则构成了我们的秩序所要追求的目标。消极自由并不是,也没有人会认为是自由政制所要直接满足的约束条件。

我们注意到,按照周文的理解,政治自由与消极自由相冲突。但似乎不会有人认为,这种看起来不同于消极自由的自由观已经接近于或倒向了积极自由的理念。这一点从一个方面说明,消极自由与政治自由并非处于非此即彼的矛盾关系之中。事实上,政治自由恰恰正是消极自由概念作用于群体境况之上的自然结果。在鲁滨逊世界中,鲁滨逊本人享有着完备的消极自由;但如果此时第二个人进入了这一世界,那么他们之间就必定会建立起一种规则(无论这种规则是主人-奴隶式的还是自由民式的)。更进一步,如果将两个人平等的道德地位作为约束条件,那么唯一合理的制度便是合乎政治自由的制度——一种以保证平等的权利为己任的制度。这样,第一人称视角之下的、自我中心式的消极自由概念就自然而然地引出了第三人称视角之下的、立足于多人秩序的政治自由概念。鲁滨逊先前所享有的完整的消极自由不复存在,但这并不意味着他不是自由的——这里的"自由"指的正是政治自由。

这表明,这两种自由观之间的区别实际上是非常表面化的:它们并非处于同一个层面,因而并无冲突。周文未能深入理解消极自由与政治自由的关系,便匆忙地宣称在自由意志主义的理路中发现了矛盾与花招——所谓"中立化的自由观"与"权利式的自由观"的矛盾,以及将后者冒称为前者的花招。然而,这里没有任何矛盾和花招,有的只是批评者的误解。

最后,周保松指出:"如果依照这个权利式自由观,那么放任自由主义便难以批评左派自由主义不重视自由,因为后者大可以应用同样逻辑,指出前者根本没有充分的道德理由证成绝对的私有产权。相反,他们会主张,每个公民应有同样的受到政府相同的关注和尊重的权利(a fundamental right to equal concern and respect)。"这样,"左右两派自由主义的争论,遂变成个体应有什么权利的问题,而不是哪一派更为重视自由的问题。放任自由主义一旦采用这样的自由观,它便难以有任何必然的道德上的优越位置,声称自己最能促进自由"。这样言之凿凿的高论并没有什么说服力。自由意志主义者反对左翼自由主义者的武器是强有力的:通过对比自然状态与国家、自然法与实在法,类似"受到政府相同的关注和尊重的权利"这样的积极权利便不可能得到证成。"个人应有什么权利",这本身就是一个重要的道德论题,并且,它关乎我们对于个人自由以及自由意志的理解。我丝毫看不出,为何自由意志主义者在这一论题上与各路论敌展开论辩,就会使自己远离自由这一核心目标。而且,上述论断恰恰再次警示我们,通过对自由概念的歪曲,任何家长主义者都可以将其主张称为"追求自由的"。这也正是我们坚守消极自由与政治自由这两种观念的原因所在。

2012.5

The Webs We Weave

——对理查德·罗蒂《后哲学文化》的评论

　　一个典型的哲学传统教导我们说,对于一个政治-伦理观点,如果我们不能在形而上学的意义上最终证明它是正确的或是错误的,或者如果我们不能判断它与客观世界最深层的真理相融贯或是相矛盾,我们就无法放心地接受或拒斥它。实用主义者断然拒绝这样的看法。他们不相信存在这种能够"证成"一个政治-伦理主张的知识,或者退一万步说,即使真的存在这种知识,它对于我们也是无足轻重的,因为对一个政治-伦理主张的接受或拒斥,可以也应该只基于我们对生活实践的自我理解,而这种理解总是可错的、处于变动之中的。

　　于是,就存在着两种不同意义上的拒绝。第一种是,由于这种知识是不正确的,所以要拒绝它;第二种是,由于这种知识对于我们来说是无意义的,所以要拒绝它。考虑到实用主义的核心立场是对真理、实在与客观性之标准的放弃,因此后一种拒绝更值得认真对待。当然,也正是因为有着这样的立场,与实用主义者进行争辩即使不是不可能的,也是非常困难的。但在本文中,我并不是要说服他们重返那个经典的哲学传统。我想分析的是,在实用主义的语境中,拒斥对真理、实在与客观性,特别是对作为伦理学主题的自由主义与权利客观性的论题(这一论题被罗蒂恰切地简称为"自由主义形而上学")的考察是否是可能的乃至可取的。我要表明,即使是实用主义者,也不能拒斥这种研究。实用主义的要求是改变我们的哲学活动的现状,在自由民主社会中建立起一种对基础性观念不感兴趣的后哲学文化以适应他们的纲领,但在我看来,最适合实用主义纲领的主张恰恰就是维持现状。

　　实用主义者对他们的哲学家朋友的指责是直截了当的,简单地说,他们认为哲学是没有多少作用的。在实用主义的语境中,哲学似乎确实是没有多少作用的,正如棋牌游戏在某种意义上也是"没有多少作用"的。当然,对于后者,为其辩护的人们可能会指出,棋牌游戏的实用性非常明显,比如它能够增进人们的智力,能够满足人们娱乐的需要,或者说可以支撑起一些经济活动,如棋牌赛事等。但是,如果认真考虑这个类比,我们不难发现,如果棋牌游戏能够在实用主义的语境中得到辩护,那么哲学活动就一定能够得到类似的而且更有力的辩护。不甚严肃地说,或许哲学与棋牌游戏唯一的不同点,就是后者不宣称自己能够表征世界。但这一点对于否认真理、实在与客观性的实用主义者来说是不重要的。仅对于"实用性"这一概念而言,我们无需细致的概念分析,就能够作出下述区分:直接意义上的实用性与间接意义上的实用性,或者说一阶实用性与二阶实用性。粗糙地说,基于娱乐活动与非娱乐活动的两分法,棋牌游戏或许不具备直接意义上的实用性,但我们并不能说棋牌游戏因此就是没有多少作用的。同样,如下文要详细讨论的,哲学至少具备着不能被轻视的二阶实用性,通过展示这种理论活动是如何起到它的巨大作用的,我希望可以直接反驳实用主义者的相关指责。

　　首先,我们应当追问,当罗蒂指出自由民主制度无需一个哲学基础的时候,这个观点究竟是什么意思,以及它如何可能是正确的。我们马上可以举出一个相似的论断来理解它。在数千年前,人类尚未拥有初等物理学的知识,但他们依然能够修建起简陋的房屋。于是,我们似乎可以说:修建房屋无需一个物理学基础。但是显然,如果这句话的意思是即使不存在物理规律人们依然可以修建房屋,或者即使物理规律发生了变化人们依然能够以同样的方式修建起同样的房屋,那么它就大错特错了。在我看来,这样的论断只能被理解为对人类实践能力及其知识基础的一种平凡的见解:就"基础"这一概念的某种意义来说,仅为从事一项实践性活动,我们的确不需要将其背后存在或有可能存在的理论知识作为行动的"基础"。

　　如果这就是罗蒂的观点,那么它就是不堪一击的。但实用主义的辩护者进一步指出,这个论断只有在"民主先于哲学"(或者说"政治/市场先于哲学"、"社会分工先于哲学")的根本立场中才能得到正确的理解。对于其具体意涵,辩护者可能会强调:它指的并不是时序上的在先——只有先行确立一个基本的政治宽容的社会框架,哲学才能够有效运作;也不只是制度构设上的在先——这一般表现为对典型的自由民主国家中中立化的政治领域与社会诸领域(而哲学的学术活动仅作为其中之一元)严格分离的境况的要求;它指的毋宁说是知识上与实践上的在先——哲学思考不能再引领政治事务,哲学对自由民主制度的证成或拒斥,都不具备实践意义。如果这一理解是正确的,那么民主先于哲学这一观念的含义就是十分严格的。它意味着,即使在哲学已经"证明"了自由民主制度——或者宽泛地说政治宽容——不"正确"之后也要坚持为之大声疾呼,才是一个合乎实用主义精神的正确做法。与之相比,自由主义形而上学论者之所以服膺自由民主制度,则仅仅是因为它为他们的哲学论证所"证成"了。于是,这些形而上学家不能达到实用主义者的境界:相较于后者的政治觉悟——要注意到,罗蒂一方面认识到了自由民主制度的相对于西方世界的历史性与偶然性,一方面却依然将它描绘为人类社会的福音——自由主义形而上学论者对这一制度的支持并不能让人们放心。

　　然而,如果"民主先于哲学"的立场必须被理解为当自由民主与哲学相冲突时我们应当放弃后者,那么这种观念就是令人惊讶的。它似乎将哲学直截了当地视为一种作为自由民主之对立面的整体有害的活动。在我看来,这样的理解不仅是对哲学的粗暴贬低,而且是对自由民主的过分简化。若仅作为政治事务,则自由民主的运转不可能独立于其他领域的事务;因而在许多情况下,"自由民主"这个概念必须被理解为为许多不同领域中的积极活动所共同支撑起的一个整体性的社会秩序。譬如,既然自由民主是我们的直接生活形式,我们也可以按照实用主义者的逻辑得出民主"先于"战争的论断。但是,如果这时出现了一场意在摧毁民主的战争,那么我们就只能迎上前去,以战争的方式制止战争,而不是通过传播民主福音的方式保护自身。同样的,如果实用主义者能够领会到当代世界复杂的知识境况,领会到极权主义的或者说拒斥政治宽容的哲学理论依然大行其道,对于自由民主来说,他们就不会认为自由主义形而上学相较于实用主义是多余的。相反,自由主义形而上学是维护民主先于哲学之原则(尽管不是以实用主义者所要求的那种自我取消的方式来维护)的最佳知识形式(比如,诺姆·乔姆斯基这样的著名教授一方面在著作中竭力反对市场,一方面又在现实生活中尽可能地利用市场规则逐利。这种言论与行动上的矛盾表明了自由主义在当代世界的重大胜利。另一方面,自由主义形而上学的一小部分作用就是继续与这样的人进行话语上的斗争);也只有自由主义形而上学,才能够支撑起对哲学的一种自我理解,即将哲学仅仅视为社会分工之下的诸学科之一,从而消解哲学帝国主义的历史传统。

换言之,既然我们并非只能在一个不存在战争的时代才能谈论自由民主,那么我们同样无需在取缔了哲学之后才开始谈论自由民主;如果战争对于自由民主是有用的,那么哲学对于自由民主同样是不可或缺的。显然,除非我们已经能够用战争的方式保卫自由民主,否则自由民主就不可能控制战争;除非我们已经能够用哲学的方式保卫自由民主的优先性,否则民主先于哲学就是一句呓语;只有首先在哲学内部确认了自由主义政治-经济制度的独立性与合理性,我们才能开始向往将自由民主置于哲学之前的美好前景。如果实用主义者否认这一点,那么他们就无异于说,自由民主只有在一个实用主义者的共同体——不存在哲学活动的共同体——之中才有可能是优先的。

实用主义者会反驳说,这一切都只不过证明了哲学活动是有一些作用的;而罗蒂并不是真的要“取缔”或“取消”哲学,他所描绘的后哲学文化中,仍然有哲学的一席之地。但那样的图景不同于我们在这里所辩护的哲学现状。罗蒂试图让哲学活动在公共生活中成为政治信念的附庸,这一点是不可思议的。因为如下文要表明的,实际上不可能将自由民主秩序中的公共对话与哲学尤其是伦理学、政治哲学与法哲学之中的学术辩论区分开来,因而也就不可能在不危及前者的前提下改变后者。

接下来令我们特别感兴趣的问题是,在面对不同的政治意识形态时,实用主义者会报以何种回答。比如,对于自由民主制度的批评者,特别是像列奥·施特劳斯这样的理论家来说,罗蒂的自由左派观点如何能够表明自身(在经验上,而不是在形而上学上)是正确而实用的? 施特劳斯指责自由主义忽视了人类社会中随处可见的自然差异。这种差异是不同事物之价值的差异,因而它是规范性的;但自由主义悬置了这种规范性,转而将拥有平等之自由的抽象个人形象作为支撑其政治-经济制度的核心观念。在这样的构设之中,自然差异的事实与规范意义被限制于社会领域,因而没有影响到政制的运作。我们由此就注意到,施特劳斯对自由主义所作出的批评,可以被理解为对平等自由重于自然差异之状况的不满。自由主义者如何能够回应这种批评?考虑到两者均具有规范性意义,那么一种经典的思路就是将平等自由论证为人类实践行动的前提,而将自然差异仅仅视为经验世界的特征。在此理解之下,政制就必须先满足平等自由的原则。这样一种论证思路建立在康德式的实践理性理论之上,因而是典型的哲学式的。这个论题向实用主义者发出的挑战是:如果拒斥了哲学的进路,实用主义者如何能够为平等自由的优先性作出辩护?考虑到自然差异在经验世界中随处可见,我们很难想象,仅凭借对生活实践的理解,一种自由主义的基本秩序就能够被稳固地建立起来。实用主义者所向往的政治宽容——尤其是对为自然差异论者所大加贬抑的"低价值"的事物、文化与生活方式的宽容——的良好氛围,就有成为无源之水的危险。

　　实用主义者可能会回答说,这一批评所依据的理念,依然体现了那种将哲学辩护作为政治理想之基础的看法,而这种看法已经为实用主义的基本立场所拒斥了。在实用主义者看来,如果哲学辩护真的是政治理想的某种所谓基础的话,这种基础也顶多是形而上学意义上的;即使丢弃了形而上学,人们也不会认为这一基础的缺失构成了一个问题。具体而言,政治宽容是一个政治事务的主导原则,它教导我们的自由民主制度应该对不同的事物、文化与生活方式保持开放,同时又要拒绝相对主义,对自由民主的敌人说不。实用主义者对该原则的倡导是且只是一个政治实践上的要求,它并不将哲学上的论证引为前提。这样的回答似乎摆出了一个决绝的姿态,并在"我们"与"他们"之间画了一条线:"我们"对自由民主制度的服膺仅仅基于"我们"的生活实践,而那些不接受这一制度的人们则大可根据"他们"自己的生活经验而结成另外的共同体。

　　但是在我看来,实用主义者可能没有正确理解上面的批评。这一批评之所以将施特劳斯与罗蒂相提并论,并不是为了对后者的立场在哲学上的正确性提出质疑。正如施特劳斯所指出的,自然差异在人类社会中随处可见,因而构成了一个不可否认的规范性的经验事实;所以,它同样成为"我们"的共同体——自由民主国家——所拥有的生活经验的一部分。因此,上述批评对实用主义者所提出的实际挑战是,是否真的可以说,仅基于"我们"对生活实践的认识,自由民主制度就可以被建立起来。当然,罗蒂曾强调说,历史地看,自由民主制度是偶然的;实用主义者并未承诺那种认为西方世界乃至整个世界都一定会走向自由民主的历史决定论,因此,"我们"的生活实践并不能"证明"——尤其是不能在哲学意义上"证明"——自由民主制度。但是,无论如何,这一制度已经是事实了,因此那个挑战并无意义。然而,既然实用主义者承认他们并不能乞题地用自由民主制度的事实反过来说明生活经验相对于政治事务的充分性,他们的盔甲上就出现了一个致命的漏洞。不考虑哲学自我宣称的形而上学意义,仅就其作为一种教条体系、一种意识形态、一种智识活动而言,我们应该承认,从现代政治的历程看,哲学活动对于自由民主制度的发展毫无疑问是有巨大作用的:若不存在道德权利、实践理性、作为理性选择者的自我形象乃至自然法、社会契约、"守夜人"国家等哲学观念,不仅现代世界的政治秩序不会是自由主义的,甚至当下的政治-法律实践也不可能是自由主义的。在自然差异的规范性力量面前,如果不存在一系列哲学信条为以基本权利为主旨的清晰的宪法理念提供支撑,自由民主国家就不可能成功地回应现代性的各路敌人,以及共产主义者的挑战。

杜威在《经验与自然》中强调：

> 哲学的基本使命就是把自然产生的经验功能所具有的好加以
> 明确、发挥和推广。它并没有从头创造一个"实在"世界的职责，也
> 没有揭发常识和科学所看不见的"实有"的秘密的使命……它的任
> 务就是为了某一个目的去接受和利用它当时当地所可能得到的最
> 好的知识。而这个目的就是对信仰、制度、习俗、政策就其对于好所
> 发生的影响，来予以批评。这并不意味着说，它们对于如哲学中所
> 达到和陈述出来的一种独立自在的东西一样的所谓惟一的好，发生
> 有什么影响。因为正如哲学并没有它自己私有的知识内容，或获得
> 真理的特殊的方法一样，它也没有一种私有的取得好的捷径。①

如果说哲学要在事实知识方面对科学保持尊重，那么它也应该在政
治-伦理秩序方面对人类生活实践中出现的善保持尊重。这个观点低估
了(尽管不是完全忽视了)这个事实，即我们的生活经验往往包含着相
互冲突的内容。实用主义者会指出，恰恰是为了妥善对待这些冲突的价
值，我们才需要那种倡导政治宽容的自由民主理论。这样我们就抵达了
为罗尔斯所倡导的那种非整全性的政治自由主义立场。但是正如一些
批评者所指出的，政治自由主义如果只专注于将诸整全性学说吸纳于一
个中立框架之中的目的，就会忽视社群内部之个人的处境：社群间基于
共识而达成的相互宽容并不蕴含着社群对其成员的宽容，而政制对个人
自由的保护可能会反过来对社群造成实质性的破坏；基于自由主义的根
本立场，比起宽容不同的社群，更重要的是坚持个人自由相对于理性多

---

① 约翰·杜威：《经验与自然》，258－259 页，江苏教育出版社，2005。

元状况的优先性。罗蒂曾竭力表明："在相对主义与一种道德主体理论之间，……还有一块中间地带。罗尔斯正是力图想把这块中间地带挑明。"①但在我看来，这样的遁词不能帮助我们化解这里的张力，正如阐明正确与错误之间存在一块中间地带并不能帮助正确战胜错误一样。伴随着自由民主制度的论辩可以被理解为：为自由主义自我观所支持的那种权利本位的观点与竞争性的规范性主张就一系列社会议题——如堕胎问题与持枪权问题乃至政治议题——如魁北克问题所展开的争论，而这样的争论完全是哲学性的，并且因此对于哲学理论家而言是参与性的。罗蒂坚持认为哲学、甚至是自由主义形而上学也不能够为这里的论辩提供帮助，这就使得他的观点缺乏足够的智识吸引力。

　　抛开罗尔斯的真实用意不谈（虽然罗蒂试图帮助罗尔斯回绝社群主义的批评，但必须澄清的是：在与社群主义的论辩中确定下来的政治自由主义理念对自由主义自我观的阐述，并不支持罗蒂的一厢情愿。根据罗尔斯对康德之义务伦理学的道德建构主义解释，并不能认为自由主义的自我就只是一个实用主义式的——临时的/可变的/历史性的——自我。相反，自由主义仅仅认为能够与自我发生关联的诸种善观念是临时的/可变的/历史性的；并且承认，对于任何自我，都存在着时序上在先的善观念。但是无论如何，自我所拥有的两种实践理性能力——正义感与建立、修正、追求善观念的能力必定是奠基性的，即使是时序上在先的善观念，也总是可以被这两种能力所重新理解、评价、选择。这样看来，罗蒂的观点——政治自由主义是无关于形而上学的——就是可疑的。很难说这样一个坚持为人类的心灵结构提供哲学心理学图式的理论不是一个形而上学学说），仅就罗蒂版本的政治自由主义而言，我们能够从中

---

① 理查德·罗蒂：《后哲学文化》，179 页，上海译文出版社，1992。

发现贯通于实用主义文本中的一种辩论方式,我将之称为"无需……就能……"的逻辑。实用主义者试图证明,无需一种强势的哲学,我们就能过上一种可欲的公共生活;无需一种基础性的自由主义形而上学,我们就能维持一个自由民主的共同体。这种逻辑在以下意义上是完全说得通的:对于一个实践目标而言,如果我们已经获得了如何达成它的明确的行动指南,那么那些与此指南无直接关联的背景知识相对于这一目标来说就是无用的。但是,如果实用主义者进一步认为这一分析可以被用来改变哲学活动之现状的话,就不能让我们认同了。可以注意到,实用主义者引入了两个未经阐明的假定:第一个假定认为,我们可以断然地将哲学活动从自由民主制度的公共论辩中分离出来;第二个假定认为,当代公民社会的生活实践是一个显白的知识源泉,我们可以从中轻易地发现一整套行动指南。然而,正如前面所表明的,如果说自由民主社会中公民的自我理解可以成为这样的指南的话,哲学也没有理由被排除在外。而对于包含着多种相互冲突的规范性主张的公民生活实践而言,若不存在一个哲学上的原则帮助我们理解并处理这些复杂的观点,具体而言,若不存在一个基础性的对话-商谈语境——如哈贝马斯的理想对话情境或罗尔斯的作为代表性设置的无知之幕构想,则我们就不能指望会得到一些足以指引政治事务的结论。

　　实用主义的直觉基于对理论活动与实践行动当然的两分法:比起坚定的信念与执着的希望,理论距离政治事务要更遥远。它拒绝哲学,也拒绝历史决定论的视角,并且坦然地拥抱"我们"/"他们"的非普遍主义。实用主义者强调,他们对自由民主制度的服膺不基于任何形而上学思辨,也不源于对历史必然性的理解,更不是因为他们持有一种悲天悯人的世界主义的国际政治观点,而只是因为他们对自身所处社会之生活实践的认知。如果有一些人对自由民主制度持不可变易的敌对的态度以至于不可能与之团结共处于同一个社会中,那么实用主义者就不期望与这些人达成所谓的理性共识,而只是将这些人划为与"我们"相对的"他们"。以上几个特征使得实用主义者的立场显得格外的圆滑:鉴于拒绝理论、强调反讽的基本策略,看起来他们只是将自由民主制度视为一种纯粹的信仰,而这正是哲学思考所不能及的。

　　当然,虽然信仰总是自洽的,但如果它试图对自由主义形而上学与自由民主制度指手画脚——尤其是这一观点:由于事实上总是"我们"的生活实践(偶然地)选择了自由民主制度,而不是哲学"证明"或"证成"了自由民主制度,因此哲学就是没有多少意义的——批评它就并不是不可能的。为此我们已经讨论了几个论证。第一个论证求助于对一阶实用性与二阶实用性的区分:在实用主义的语境中,不具备一阶实用性并不是拒绝一项活动的理由。第二个论证指出,实用主义者可能对政治实践与哲学的关系作出了错误的理解。与修筑房屋和物理学的关系相似,作为一项理论性的活动,哲学本身当然不是实践性的,但这尚不能得出政治实践不需要一个理论性基础的结论;而与战争和自由民主的关系相似,如果战争能够保卫民主,那么哲学同样能够保卫它。第三个论证强调,从现代政治的历程看,哲学显然具备着二阶实用性。即便在当下,只要反自由主义的知识主张还具备影响力,只要自由民主国家的法律实践还是(德沃金意义上的)实质性/参与性的,哲学活动就不可能不是实用的。这几个论证想要强调的是,政治实践不可能与形而上学词汇分离,同时,对形而上学词汇的使用更不可能与形而上学真理分离。虽然在罗蒂的叙述中,哲学可以在不宣称自己拥有"真理"、"实在"或"客观性"之知识的前提下继续发挥其仅存的作用,但在我看来,这种要求是十分荒谬的,因为这样的宣称本身就是哲学所起作用的必要因素。于是罗蒂换了个说法:他指出,实用主义主张我们可以追求"所谓的'绝对'

真理,只是否认绝对真理的概念可以根据'事物实际存在方式'的概念来说明。实用主义者根本不想说明'真',并且认为,无论是绝对-相对的区分,还是评价问题是否真正出现的问题,都是没有意义的"。① 这意味着实用主义一方面建议我们要继续追求真理,但一方面又认为我们所追求的"真理"实际上不是真理,并要求我们要放弃这种哲学上的自大。这就相当于使哲学成为一具假装自己还有生命力的僵尸。

这些批评并不是说实用主义在根本上是错误的,将一种信仰"证明"为错误的是不可能的。我们认识到,基于其信仰,实用主义者不仅认为形而上学没有意义,甚至认为对是否可能存在形而上学真理的讨论也没有意义。作为对诗化的、文学化的观念活动更感兴趣的知识分子,这种态度当然是可以理解的,正如修筑房屋的工人完全可以认为物理学没有意义一样。但是,作为一个绝佳的讽刺逻辑,我们可以指出:实用主义本身恰恰是非实用的,或者说,实用主义及其各项主张只有在一个实用主义者共同体之中才是实用的。换言之,一种强调实用性的话语本身恰恰是不实用的,因为按照实用主义的标准,这种话语并不能满足人们的实际需求。相反,一种讲"道理"的话语,最终会因为人们需要"道理"而具备实用性。这意味着,实用主义者实际上不能论证实用主义,正如一个自我宣称为非理性的人不能"论证"非理性主义的观点一样。

必须再次强调,上面的批评并未预设这样的立场:自由主义形而上学是"真"的,或者说作为理性选择者的自我形象的确是"实在"世界的一部分,或者存在着像道德"事实"那样的东西。它只不过强调了如下完全符合实用主义逻辑的观点:一种自我宣称代表了真理的东西同时也是一种实用的东西;并且恰恰因为它是实用的,所以它对真理的宣称就

---

① 理查德·罗蒂:《后哲学文化》,70 页,上海译文出版社,1992。

是不能被动摇的。哲学乃至自由主义形而上学就是这样的东西。我认为,这样的观点足以表明实用主义改变哲学现状的理想是自我挫败的。

由此可以说,如果我是一名实用主义的信仰者,基于对当代哲学的理解,我会对罗蒂对理论活动的不耐烦感到惊讶。如果一种理论活动的确能够让这个世界变得"更好",那么我不明白罗蒂为何要对其大张挞伐。罗蒂对自由主义形而上学所表现出的严苛态度,与他所强调的对人类生活实践的那种开放性的宽容格格不入,以致于不得不让我们怀疑他能否一以贯之地遵守实用主义的美德。之所以出现这样的情况,部分是因为罗蒂过度强调了生活实践与哲学的界限,另一方面又过度淡化了生活实践与科学的界限;部分则是因为罗蒂过于执着于将后哲学文化的理想变成一个被普遍接受的社会观念,而不仅仅是当代自由民主国家中的一个社会事实。(如果后哲学文化指的是学科之间、知识之间的平等的话,难道这种平等不已经是一个事实了吗?难道说有谁会真的认为哲学知识与哲学理论家在生活实践中高人一等吗?)一种工具主义的、人类/种族中心主义的世界观能够割除围绕着生活实践的多余的东西,但反过来也保卫了那些对于生活实践的确有实用价值的东西。我们不能因为一种东西是虚构的就要拒斥它,一种虚构的东西未必是不实用的,这正是实用主义的信条。在这个意义上,实用主义者反而比他们的哲学家朋友更远离了实用主义的核心。

最后我们要指出,实用主义具有两个面向:第一个面向,按照罗蒂清晰的描绘,实用主义就仿佛是那架因维特根斯坦而为人熟知的"梯子",压倒哲学这匹骆驼的最后一根稻草。作为思想史上的一个重要标志,现代哲学、尤其是自由主义形而上学已经认识到,如果人们专注于个人的生活计划而不对哲学发生兴趣,这是完全正常的,并且不能被谴责为不理性的或不够深谋远虑的。虽然这一点已经使得哲学放弃了自我宣称的那种优势地位,但令人惊讶的是,实用主义者反过来要求他的哲学家朋友们进一步承认:将哲学活动作为人生的主要内容是一个糟糕的选择。对此我们说,如果不能表明自我取消的哲学比自我限制的哲学更可取,罗蒂的说法就是无稽之谈。一种后哲学文化当然是可以想象的,而且的确是可能的;但如果不能给出有力的证据,那也顶多只不过是"可能的"。

　　而在另一个面向中,实用主义者既没有福山式的乐观,也没有斯宾格勒式的悲观;夹在这两种态度之间的是一种关于社会希望的学说,它指出,自由民主制度的福音是一剂安慰剂——虽然不存在一个关于"真理"、"实在"或"客观性"的哲学理论能够证明这个药方有效,但只要我们相信它有效,它就能够发挥作用。应该承认,即使对于自由主义形而上学论者来说,这种观点大概也是可以接受的——虽然它未能给我们提供抵抗各种极权主义的弹药,虽然人们的心中依然充满疑问。

2013. 1

以赛亚·伯林:价值多元论与自由主义

以赛亚·伯林爵士去世十余年,其学术旨趣仍以一种特别的方式紧密联结于当代政治哲学。所谓特别之处,就在于他并不像那些经典作家一样思考问题。他拒绝那种静态的分析方法,而是力求在思想史中旁窥人类的处境。可以更进一步说,伯林本人并不关心我们的应然选择。他只是向我们展示历史的些许片断,并审慎地提出一些新论题。但后来,我们总会发现,这些论题最终依然落实于我们所观照的世界。对于此,伯林对自己的评价甚为恰当:"我总是活在表层上。"在后人看来,一头血统纯正的狐狸总不免有这些缺憾。

当然,学者本人的述而不作并不妨碍我们对其思想内涵作创造性的发掘与阐释,并与当代话语对接。伯林的思想母题,即是所谓"价值多元论"。经历二十世纪诸多灾难之后,他对观念史的两大基线——一元论与多元论体味甚深。他认为,人所偏好的各种价值是不可通约的,因此永远处于无尽的冲突之中。"在重大的美好事物中有一些是无法共存的,这是一个概念性的真理。我们注定要做出选择,而且每一个选择都可能要承担无法弥补的损失"。① 这就是说,价值多元现状是人类的本质境况。伯林指出,现时代的重大问题,几乎都来源于这样的思想倾向:试图以一种单一的"终极"价值取代其他价值,进而统摄整个社会。在这一过程中,必定伴随着价值的战争与强迫同化。正是在这样的深刻认识之上,伯林赞成一种开放的、自由的制度,它认可多元价值的存续与不可动摇。

但是,对于这样一种制度,伯林并未作系统的描绘。我们仅能够在他的著作中找到一些不甚清晰的叙述。正是这种模糊损害了其思想的深邃,并附带引起了些许争议。譬如,我们往往会把伯林称为"自由主义者",甚至他自己也不反对这样的称呼;而且,自由主义理论也的确极大受益于他的杰出思想。但另一方面,许多思想家,乃至伯林本人,都感到其价值多元论与那种"正统的"自由主义有龃龉之处。这导致伯林在面对后者时,总抱着一丝犹疑——他担忧,这样的自由主义有倒向他所毕生反对的一元论的危险。

这一担忧是正确的。自洛克始,自由主义在限制政府权力、强调个人自由之余,也蕴涵着某种德性的要求。它一方面申说对权利的保护,一方面又营造出一种道德氛围——尽管贡斯当与伯林竭力倡导消极自由,但国家对某种良好价值非强制性的倡导,并不涉及两种自由概念,因此也一直为自由主义所赞成。例如,在洛克看来,人只有在不违反理性的情况下才是自由的;而在密尔看来,公民应具有向往自由的天性,或者说是相当的批判精神。统而言之,我们不难从自由主义传统之中辨识出一种价值取向,它尽管甚为宽松,但却一直牢固留存于其政治话语之中。

正是这一标志,使得人们自然而然地将自由主义理解为一种生活方

① 马克·里拉等:《以赛亚·伯林的遗产》,66 页,新星出版社,2006。

式;更重要的是,它虽然较为开放,但依然可能会与其他生活方式发生冲突。换句话说,在自由主义社会中,某些有价值的生活方式是不被容许的,因为它违逆了自由制度中内在的善观念。这就描绘出了伯林所忧虑的情况。而相比之下,我们或许会断然认定价值多元论所谋划的社会图景是天方夜谭。

所谓生活方式,无非指人在其生活中所拥有的一系列偏好。在此理解之下,如果说上述生活方式是不被允许的,那么经过细察,我们就会发现一些疑难之处。首先,这是否表明,自由制度剥夺了个人拥有某些偏好的权利?更进一步的问题是,是否某些偏好的存在会引发严重的后果,以至于自由社会也要将其驱除?让我们回过头来审视这些范例:伊斯兰原教旨主义之所以受到批评,是因为它包含一种"反自由主义的"生活方式,还是因为它企图强行推广某种生活方式?同样,在自由制度下,我们真的没有权利像法西斯理念的服膺者那样生活吗?在这里,应该将价值、偏好和生活方式与权利区分开来。仅仅是拥有一种价值立场,或者在私人领域中践行这种立场,并没有问题。问题在于,某些生活方式可能鼓励人们侵犯他人的权利,如果人们如此这般行动,就违反了自由制度。这就是说,自由主义仅仅关注行动,而且是那些足以影响到他人的行动。在个人与他人的权利之间存在一个边界,虽然很多情况下它并不是天然地清晰,但毫无疑问,这就是自由主义的根基所在。自由主义要求我们将自由理解为联结自我与价值的中介——正如法律是行动者与道德观念之间的中介一样,它不承诺任何价值。如果法律与道德能够分离,那么自由与价值也必定是分离的。在这里,"分离"意指:我们无需借助任何价值观念,就能够辨识出人们拥有各种各样的权利;同时,只有借助权利,人们才能够追求他所偏好的诸多价值。

尽管我们对古典自由主义在智识与政治实践上的成就深怀敬意,但不能不承认，它在理论家的笔下，变成了一种掺杂着古代社会所要求的德性观念的政治理论。这些观念致使自由主义走向了自我矛盾——如果国家应当宣扬某种价值立场，那么其所需的资源无疑来自税收；也就是说，国家会将个人资产转而用于支撑他很可能不感兴趣甚至不认同的价值。另一方面，国家压倒性的力量也将严重威胁言论领域的纯粹性。以上均构成了对个人自由的极大挑战，并使得自由主义失去了其融贯性。在此之上，伯林敏锐地看到了所谓"德性自由主义"所蕴含的危险倾向，并将其与价值多元论区分开来，尽管他从未对此作出明确的论断。这一区分，我们在伯林的批评者那里能够看得更清楚。桑德尔曾诘问道："假如一种信念只是相对来说是有效的，那么为何还要坚定地守护它们呢？在像伯林所假定的那样的悲剧性的道德领域里，自由的理想比竞争的理想更少隶属于最终价值的不可通约性吗？如果是这样的话，那么自由的优先地位能存在于什么之中呢？如果自由在道德上没有优先地位，如果它只是许多种价值中的一种价值，那么对于自由主义又能说什么呢？"①在这段话中，我们既能看到伯林的错误，也能看到桑德尔的错误。伯林将自由当成了一种价值——在其著作的许多地方，的确如此——因此它没有特殊地位；但他又不得不接受自由独特的重要性。我们可以说，伯林实际上并不接受那种把自由看成是纯粹中介的康德式观念。他相信，自由是深切相关于人类的发展繁荣的——在历史上如此，在政治上亦如此。个人自由之界限的划分，是关系于我们所持有的价值立场的。这完全可以被理解为对善优先于权利的主张。在这里，伯林又变成了社群主义者，也正因为此，对社群主义的批评也同样适用于伯林。追溯自由的历史，与其说源于对幸福的追求，不如说源于人的自我——

---

① 约翰·格雷：《伯林》，155－156 页，昆仑出版社，1999。

自我决定的能力与愿望。自由是实现自我决定的途径,而不是实现群体繁荣的途径,与善观念更无关系。社群主义的观念复兴了功利主义,并将自由置于危险的地位——其后果是,自由的存在依赖于它欲实现的特定目的,而不是相反。而桑德尔的错误在于:他试图让我们相信,自由的重要性只能以价值的形式体现出来;自由之所以重要,只可能因为它是一种首要价值。这就混淆了自由的价值与自由本身。真实情况与桑德尔的理解恰恰相反:不是因为自由有价值所以它重要,而是因为自由重要所以它才有价值——显然,我们追求自由,并非因为它有价值,而是因为它有某种重要功用——它是实现我们的诸种偏好的前提与基础。社群主义者在此存在严重的混乱:不仅是语词上的,而且是事实上的。

伯林的思想中存在着一经深思即会显露的矛盾。他认同善优先于权利,又惧怕它的一元论前景;但同时,价值多元论却支持着相反的主张:国家中立与权利优先。与自由主义相对,社群主义者试图以另外的路径关注这一论题。他们曾多次提到自由主义社会内部的共同体现象。这些共同体处于个人与国家之间,有着自己所珍视的特定价值;然而,在权利制度之下,它无法干涉成员的个人偏好与自由进出,其稳定性也因此受到影响。看起来,这里存在一个矛盾:要么坚持自由主义的立场,要么给予共同体以更高地位。罗尔斯在《正义论》中并未考虑到这一疑难,之后在《政治自由主义》中,他企图向社群主义者证明:无需特殊的举措,自由主义就能够解决这一问题。他指出,即使是共同体,也会支持各种自由,比如,即使是教派也会认同宗教自由的观念,因为不可动摇的价值多元境况与不可动摇的宗教信仰具有某种密切联系。在现代社会,只有通过保护前者才能保护后者,即只有自由才能保障诸种宗教的存在——否则,教派间只会产生无尽的冲突。罗尔斯期望,共同体的支持者能够采纳这样的逻辑,并认肯诸种自由的地位。这就是所谓的"交叠共识"：各方从不同的角度出发，最终共同承认自由制度。在这一论证中，暗含了一个关键步骤：各共同体对其他社群的宽容，会同时带来对个人的宽容；它们对其他价值立场之存在权利的认可，会过渡为对个人权利的认可。在此，罗尔斯无疑是过于乐观了。没有什么证据表明，从共同体的自由能够衍生出个人自由。一个教派可以在承认其他教派之存在的同时又阻止其成员脱离。也就是说，在个人-社群关系上，共同体能够为自己的维续而不惜采用一切手段；在社群之间，它又可以持有互不侵犯的和平立场。这两种状态并不矛盾，而且在历史上，尤其是在罗马帝国与奥斯曼帝国这样的跨文化社会中，这种宽容与强制并存的局面曾长时间存在。在现代社会，我们同样能够发现一些例子，它们能够为交叠共识的失败提供更好的参考。查尔斯·泰勒在《承认的政治》这一名篇中提到了加拿大魁北克地区：该地主要语言是法语，却身处英语国家之中，其法语偏好因而受到英语环境的扰乱。为保护这一特殊性，该地通过了几项旨在保护法语使用的强制性法律。毫无疑问，这些象征着共同体自我维系努力的法律与个人自由发生了不可调和的冲突。对此，社群主义理论家直截了当地指出：为了保护这些共同体——这些多元的价值，我们必须容许对个人的适当侵犯。看来的确如此：对共同体的宽容就等于对个人的强制，反过来亦然。在个人与社群之间，没有什么空隙能够让我们作出综合。我们要么采纳自由制度，要么向社群主义者敞开大门。

依照不同的解释进路，价值多元论作为一种对人类本质境况的论说，既可以被用来支持社群主义，也可以被用来捍卫自由主义。但我们还能从伯林的思想中发现一些对这一论题大有助益的遗产。从前述的"德性自由主义"到社群主义，不难看出，古代政治对善观念的仰赖之情在现代世界从未消失；甚至毫不夸大地说，当代政治哲学的核心论题，就是重估善与自由的关系。那么，我们就应该在此重新提起几乎已被人遗忘的《两种自由概念》。关于这一重要区分，一个几乎被全部批评者所接受的逻辑是：消极自由，即"免于……"的自由不足以支撑起一整个自由概念。因为，仅仅是免于外部限制，不等于人拥有各种行动的能力；而如果涉及到能力，就势必牵扯到积极自由。所以，真正的"自由"说到底依然必须被理解为消极自由与积极自由的综合。的确，免于限制不等于自由，正如没有人会说石头是自由的一样。但是，石头所处的状态虽不能称为"自由"，但也绝非不自由，自由显然是一个只能被用于人身上的概念。这就表明，人身上必定拥有一些独特的本质属性，以承载自由之意涵——这就是自我决定的能力。我们绝不会将自由概念用于不拥有这一能力的客体，例如精神病人之上。批评者误以为，任何能力都是积极自由的一部分，因此，某些能力的必不可缺就能够确证自由概念中积极自由的必需性。但实际上，一方面，自我决定的能力并不属于任何一种自由，另一方面，我们所需要关注的并不是能力，而是能力的增减。当能力的减少来自于自然原因时，我们并不能说人因此丧失了自由，正如霍布斯的经典例子所言——当人因病症而只能躺在床上时，并没有丧失自由。年老之人没有年轻人跳得高，这是自然现象，显然不能称之为自由的缺失。与之相对，当人因他人所强行施加的锁链而被迫居于床上时，其自由的减少是毫无疑问的。这里的差别在于，能力之增减原因不同：后一事例属于人为，因此可以说是对自由的限制。这一分析表明，自由与权利具有相同的内涵；换句话说，当对自由的积极理解被清除之时，"纯粹的"权利自由主义立场就得到了捍卫。因此，上述对两种自由概念之区分的阐明，足以揭示出伯林所持有的鲜明的个人主义观念；进而我们就可以确定，价值多元论首先是一种个人本位的理论，因此，它只会支持自由主义。

　　我们或许应该为这样的结论感到高兴,因为它表明,伯林与自由主义的同盟是坚不可摧的。在除去了笼罩在价值多元论之上的混乱理解之后,我们最终欣慰而荣幸地发现:作为一位富有盛名的理论家,伯林之思想的逻辑结果,不仅是自由主义,而且将是纯粹而毫不妥协的自由主义。但在得此结论之余,我们也必须承认,尽管伯林的确与当代政治哲学保持深刻联系,但就价值多元论而言,他本人居于表层的思考对深层问题的澄清并无多少助益。伯林在这一论题面前的逡巡不前,有可能是其对自由与善观念之关系的错解所致;但更有可能,是由于他所终生持有的狐狸性格——的确,"狐狸知道很多的事,刺猬则知道一件大事"。不过,我们也不必为此感到惋惜。回顾二十世纪的历史,某些所谓"大事",还真未必比那些小事重要。

2011.8

"我没有敌人"：论施密特

　　施密特在汉语学界的流行，与近年来中国的意识形态氛围密不可分。八十年代之后，学界面对业已延续数百年的自由主义-普世主义传统，自然而然地走向了道德虚无主义/道德相对主义。而在国际政治语境中，相当一部分汉语学人为了对抗康德以来的世界公民政治理想，反复强调现实政治的非道德性质（甚至"本质"）。在此种境况下，施密特便顺理成章地进入了我们的视野。

　　要理解康德理想与现实政治，莫过于从"正义战争"入手。与自由主义-普世主义传统相同，正义战争的概念同样起源于古希腊斯多葛学派的自然法-自然理性思想，同时又结合了众多思想家对国家、法与政治正义的理解。正义战争的最终着眼点依然是正义与和平，但同时也强调了：战争同样可以成为实现正义的工具。这一概念就蕴含着以下观念：给某些战争赋予道德维度是正当的。

　　根据以上理解，作为一名将政治的本质理解为"区分敌友"的现实主义者，施密特对正义战争概念表示了忧虑。他论辩道："当一个国家以人类的名义与其政治敌人作战时，这并不是一场为人类而战的战争，而是一场某个具体国家试图篡取这个普世概念以反对其军事对手的战争。

以损害对手为代价,这种国家把自己等同于人类,这与人们对和平、正义、进步和文明的滥用如出一辙,其目的无非是把这些概念据为己有,而否认敌人同样拥有它们。"①换句话说,所谓正义战争,无非是某个国家将和平、正义等概念意识形态化,打着冠冕堂皇的旗帜发动的利益之战。施密特进而指出,此种战争很有可能走向其反面——一般来说,正义/邪恶或善/恶两分极易引起前者对后者的彻底消灭,至少会为这种消灭提供口实;打着人类旗号的战争,最终将变成反人类的犯罪。"我们懂得这些词的微言大义,也知道,今天最恐怖的战争是打着和平的名义进行的……而最恐怖的非人性也是打着人性的旗号进行的。"②

正如上文所述,施密特的逻辑忠实于对正义战争的道德普遍主义理解:首先将此种战争的目的看成是维护某种道德原则,进而对这种"泛道德化"表示质疑——泛道德化(善/恶两分)将破坏国际政治中"形式化的公正",酿成无节制的破坏;而只有回到自然秩序(敌/友两分、利益之战)中,战争才有可能在变动不居(回到欧洲古典国际法!)的敌友关系中受到足够有效的限制。

显然,如果道德普遍主义是正确的,施密特就握有了真理。然而,回顾自由主义传统便会知道,数百年来,对政治正义之本质的理解已经发生了巨大的转变。

政治正义的内核是人权,或者说自然权利。自然权利当然有其道德内涵,但这并不表明它本质上是一种道德权利。正如康德所指出的,自然权利不仅在实践判断中优先于善,而且在逻辑上也是独立于善而被提出的:诸种自由,只要能与其他任何自由平等共存,便是人所皆有的原始

---

① 卡尔·施米特:《政治的概念》,134 页,上海人民出版社,2004。
② St. Shue, S. Hurley(Hg.), *On Human Rights*, New York, 1993. 转引自尤尔根·哈贝马斯《论康德的永久和平观念》,载《包容他者》,216-217 页,上海人民出版社,2002。

权利,这一过程与道德并无关系。而且,这一点同时表明,自然权利对法律的基本框架构成了某种程度上的限制——它明确指示了何种法律是规范的、何种法律是不正当的。同样,尽管国际法只具有"形式化的公正",也必须服从于自然权利。

这样,施密特的错误便显露出来了。自由主义传统的自我完善,同时也使正义战争理论脱离了道德范畴,成为真正的规范。关于泛道德主义的指责的根本错误就在于将自然权利误认为普遍善;因此,使政治摆脱泛道德化,也并不需要复原古典国际法。康德早已证明了这一点。

不幸的是,施密特为了远离道德普遍主义,走向了虚无主义的深渊。敌/友两分意味着,一切战争只具有道德中立性。这就导致他在为纳粹申辩时,仅将战争看成纯粹的暴行,并直截了当地拒绝将"反人性"看成是犯罪。在施密特眼中,泛道德化是规范政治的反题;但他没有认识到,形式规范同样是实质规范的反题。他忽视或者说误解了自然权利观念,只沉湎于非此即彼的论辩,匆匆推出了"划分敌友是政治的标准"的观点。

实际上,施密特拒绝的是一切对政治的实质(本质)定义。他认为,敌/友两分是"一个合乎规范的定义,它既非一个包揽无遗的定义,也非一个描述实质内容的定义";他极力拒绝对政治的"本质"进行讨论。从另一个角度来说,他认为敌/友两分有其独立性,"它能够在理论和实践上独立存在,而无须同时借助于任何道德、审美、经济或其他方面的划分";它独立于任何本质观念,也不与后者发生冲突。

然而,正如前文所述,世界公民政治理想,因其建立在康德永恒和平理念之上,便为消除敌/友观念提供了可能。这一理想致力于超越狭隘的国际政治环境,提供了个人-世界政治的前景。施密特对这种乌托邦不屑一顾,他似乎认为:人类的阵营划分是永恒的,敌/友观念绝不会消失。这种理论势必需要一种关于人类本性的理论作为基础，但他并不打算讨论这些。这表明，施密特已经陷入了某种自相矛盾之中——一方面认为划分敌友是人类的本性，一方面又拒绝谈论一切实质（本质）定义。难道政治的本质不是与人性息息相关的吗？

　　作为一名几乎在自己作品的每一页都提到了"现实性"的著作家，施密特所关切的永远是现实政治。现实政治与利益之战的紧迫性当然毋须强调，但他所犯下的错误，正在于将政治的某些暂时性特征当作永恒的标准。正如上面的讨论，施密特对敌友划分观念的辩护显然是十分脆弱的。如果他能够敏锐地将自己的论域限定在现实政治之内，或许就不会犯将自然权利误认为道德权利的致命错误——不过话说回来，如果他不是如此地自负，又岂能在今日的汉语学界借尸还魂呢？

2010. 10

帝国：关于一种政治解释

当代社会的双重性在于：它一方面是自由主义的，另一方面又是现实性的。更准确地说，尽管现实世界受到了自由主义理想的强烈影响，但依然由权力运作与利益追求所主导。这一特征在当代美国的身上尤为突出：应该承认，若撇开为其所宣扬的自由民主观念，美国就是一个典型的"帝国"，尽管是历史上诸帝国中最为弱势者。这一概括的背后是一种现实主义立场，一种将政治视为主权者间纯粹生存斗争的立场。

现实主义是对世界之状况的诸种解释中最流行的一个。这种解释与前述自由主义-现实性的双重性解释相比，存在重大差别。现实主义拒绝承认自由主义理想的独立性，不认为它可以被单纯理解为政治思辨的产物；进一步，任何观念先导的理论均被看成是政治意识形态的一种，因此它们都只不过是现实秩序的依附者。这一根深蒂固的立场除了表现出对人类智识能力的不信任外，还指示我们：我们只能以实证主义的方式理解当代世界，除此之外，别无他法。

接受一种概括，就等于接受包含该概括的描述，而构成描述的除却命名，还有一整套解释理论。粗略地说，解释一件事态就意味着对其作因果说明，即指出引发它的原因与它所可能产生的后果。对于经验科学来说,仅此一项便已足够,但对政治研究而言,还必须考虑人类行为的目的性。自然事态与社会事态的区别就在于后者无时无刻不受到价值考量的影响,因此,在某种程度上,政治理论若不以提出价值判断为目的,便必定是贫瘠而空洞的。

"帝国"解释既是对美国之状况的理解,又超出了描述的界限。它主要展现了一种道德批判:它指出,美国基本上是不公正的现代国际秩序的创建者、维护者与获利者,因此应该受到批评。吊诡之处就在于:这一解释所提供的说明本身依赖于纯粹的、拒斥政治理想的现实主义观念,但它最终却导向了对某种道德立场的申明。如果现实主义是正确的,政治就完全是一种自然事态,其秩序既算不上公正也算不上不公正。因此,在对它作出价值判断之前,我们必须先行确立一种正义理论,并为其辩护。这一研究逻辑正是当代政治哲学所持有的共识,即可欲世界的设想必须建立在足够稳固的基础上,无论是"无知之幕"(罗尔斯)、"自然权利"(诺齐克)、"商谈民主"(哈贝马斯)还是"钝于禀赋的公平分配"(德沃金),均属于为政治理想确立地基的努力。而这一方面正是左翼批判理论所欠缺的,从经典马克思主义理论,到晚近的典型著作——大卫·哈维的《新自由主义简史》,均多多少少存在此类问题。它可能不会影响到理论的实际内容,但依然是对其批判锋芒的严重损害。

自罗尔斯《正义论》发表以来,左翼批判理论的重心明显转向了政治正义论题,具体而言则是试图在经典论述的基础上,通过构造普遍民主化与非私有制之理想社会,来对自由主义传统进行非难。一般来说,左翼批判理论均将美国视为现代性政治实践的典型代表。这一立场所蕴含的对当代世界之基本境况的判断是:现代性已经成为世界秩序的核心,或者说自由主义已然成为政治事务的主导思想。因此,通过批判世界之现状,尤其是批判美国之国家行动,就可以形成对自由主义的挑战。

如果能够表明现行秩序的不公正,就足以证明自由主义的不合理。然而,这里存在一个基本逻辑:如果当代世界果真是一个自由主义世界,尤其是,如果美国确实是一个真正的自由主义国家,将它称为"帝国"就是不可思议的,进而,对它进行现实主义解释也就变得不可能。而如果说美国之国家行动仅是利益主导的,它就不可能被称为"自由主义国家",所谓自由主义的世界秩序也不可能存在。即使宣称自由主义仅是依附于西方帝国主义统治力量的政治意识形态——根据一种陈词滥调所言——强调这一罔顾思想史的论点也无法构成对作为真正政治理想的自由民主观念的反驳。摆在面前的事实是:现代批判理论必须首先在自由主义批判与现实主义批判之间作出明确的选择,而不能混同此二者。这就需要对当代世界之境况作出正确的判断。

大卫·哈维在《新自由主义简史》中向我们提供了混同上述批判理路的绝佳范例。哈维在书中选择的主要论敌是一套被称作"新自由主义"的理念,其主张有:资本主义全球化、市场化,限制劳工组织与国家权力,反福利政策,等等。这些主张在1989年的《华盛顿共识》中得到了更加清晰的表达。哈维指出,当代世界的状况就是这些理念的实践结果;并且,这一实践造成了大量问题,对此新自由主义应当负责。其中,他尤为强调市场开放政策对民众权益的伤害,其主要体现即是:工会组织与福利制度成为牺牲品,被政府借自由经济为名消除掉了。这导致金融资本再无忌惮,全力侵蚀各个领域,并以工具理性压倒价值理性,从而产生了社会、生态及政治上的严重后果——按哈维之言,环境破坏与金融危机即是新自由主义一手造成却无法解决的重大问题。

作为一项历史研究,对于新自由主义理念的追本逐源当然富含价值,但哈维批判的问题不仅发生在对这一理念本身的评判上,更发生在历史解释之中。其关键是,能否将上述"社会、生态及政治"问题理解为新自由主义理念施行之纯然后果:如果答案是肯定的,那么就可以说,当代世界已经成为自由主义观念先导的社会。然而,哈维又以大篇幅提到西方主要发达国家尤其是美国在上世纪最后十年里以威逼利诱手段对华盛顿共识的大力推行,更强调了这一做法给这些国家带来的巨大利益。这又似乎说明,新自由主义远非一种由主流经济学所提出的学术观念,而是一场由帝国主义势力所策划的阴谋,并产生了前述不公正的社会状况。由此,我们就在哈维的论述中同时读到了自由主义批判与现实主义批判,如果说作为马克思主义者的哈维可能更倾向于对当代世界的现实主义解释,那么其评判就无法构成对自由主义观念的威胁。实际上,我们饶有兴味地在《新自由主义简史》中发现了这样的叙述:哈维承认他"无法依靠哲学论辩——指出新自由主义权利制度是不正义的——来说服人们",但是,他依然坚持认为"反对这种权利制度相当容易:接受它,等于接受我们没有别的选择而只能生活在一种无止境的资本积累和经济发展的制度下,不计社会、生态、政治上的后果"。这些叙述多少透出了现代批判理论的困境:一方面,它不能反对自由主义的政治正义观念,另一方面,它又误以为当代世界之实际状况是自由主义实践的结果,这种错解又一次导致了它自身在智识上的贫瘠。哈维的上述论述的荒诞之处在于,他竟然认为并非不正义的自由主义理念能够产生不正义的实践结果。这种错误来源于左翼批判论者对当代世界采取了非此即彼的理解:要么是自由主义解释,要么是现实主义解释。如此简单的理解无法承载现实世界中观念力量与利益驱动交织的复杂境况,因而使得其批判显得含糊不清。

如上所述,我们并不直接讨论左翼批判理论之内部内容,而是从解释-评判的政治研究范式出发,澄清一个并非不重要的外部问题。让我们回到本文开头:自由主义理想的核心是去国家化,进而是去政治化,在此"政治"一词特指"身份政治"——迄今为止人类之政治事务的普遍形式——因此,它指向着一种建立在权利之上的、真正的平等待人理想,同时也构成了对现实主义解释的超越。自古典自由主义出现始,这一超越过程已经持续了三百年,并且还将继续下去,当代社会的双重性正来源于此。

2011. 3

意象癖

再没有比写一本纵览世界之"总体秩序"的政治学术著作更有快感的事情了,然而,将整个世界抽象为一种模式,继而指责其现实境况如何偏离这一理想范型,则更令人感到轻松愉快。很大程度上,左翼之学术生产,正是采取了此种逻辑。而随着后现代主义哲学的兴起,学院左派又沾染了一种流行病:他们乐于生造奇异的意象,同时又拒绝对这些概念的内涵作出清晰明确的阐释。这导致了知识上严重的浮躁与不诚实——在"武器的批判"失败后,思想家们就转而以打造一把又一把"批判的武器"为乐。如果这些武器能够将当代社会的种种问题归咎于他们所切齿痛恨的敌手即自由主义,就再好不过了。

意大利著名的激进左翼知识分子安东尼奥·奈格里,在上世纪末与美国年轻学者迈克尔·哈特合著了一部严格遵循上述知识逻辑的著作:《帝国:全球化的政治秩序》。这本书于2000年出版,很快就获得了两方面的成功:首先是成为左翼批判政治的代表作,得到了学院左派的瞩目与赞扬;继而又作为学术媒体业的明星,以不同语言版本畅销于世界各国。一部"旧日的"政治著作有助于我们回想起当代世界那些短暂而复杂的历史事件,而两位作者也保持了鲜明的历史感。在此书序言的最后一段，我们能够看到这样的有趣论述："本书的写作开始于波斯湾战争结束不久，杀青于科索沃战争开始之前。因此，读者可以把这一论争放置在帝国建立的这两个标志性事件的中间来看待。"

《帝国》一书认真地讨论了"正义战争"这一概念。它指出，这一概念在当代世界的重现是一个重要标志——战争不再仅仅是国与国之间利益之争的结果，而开始被当作是伸张正义（超国家的、普遍的正义）的手段；而上述两场战事即是这一变化的体现。这表明：在古典国际法所描绘的民族-国家的传统秩序之上，出现了一个崭新的政治层面，它无关于，至少是不依赖于现行的国家体制，并表现为——按科耶夫的话说是——"普遍均质"的总体结构。这一结构即是两位作者大肆渲染，以至于用作书名的所谓"帝国"，其典型表现就是联合国这类国际性组织，它们的直接来源是凯尔森的自由主义法律理想，而后者又可被追溯至康德的永久和平观念。

换句话说，在政治秩序的历史上，"正义战争"的出现代表着一次重大转折。起先是自由主义式的总体理念的产生，它在思想上打破了国家间的边界；进而，这一理念催生了一些政治行动，其中的典型即是两次世界大战之后建立国际性联盟的努力；最后，正是这些超国家的组织以普遍性的正义原则主导了苏东剧变之后的诸次战争。值得注意的是，两位作者在此反复强调："帝国"结构指的并不是这样的世界秩序——某个超级大国以某些国际组织为掩护，扮演幕后操纵者并借以建立霸权统治。众所周知，这样的叙事已在学院左派中流行了近百年，它甚至已构成了左翼话语的核心。《帝国》能够撇开陈旧的历史解释范式，值得赞赏。

作为与自由主义之"帝国"相对的政治秩序，古典时代的国际关系形态表现为"纯粹的"敌我利益之博弈。这时，我们就必须在此提起施密特在这一领域的精微理论。古典政治,尤其是欧洲诸国前现代的政治事务,表现为国家确立其实质统治边界,即划分其内部/外部范围的行动。在此基础上,自然而然地产生了敌/我关系。国家——更准确地说,群体——构成了政治的本质。更进一步,施密特提示我们:任何一种秩序都有一个源头,因此在国家之内部,法律体系的创立与其"例外"事例更值得我们重视。也就是说,政治秩序绝不可能是包罗万象的:一方面,其内在原则的变迁必定遵循某种逻辑;另一方面,它必然规定了某些法外之例,以应对威胁其自身的紧急状况。两位作者将这一思想迁移到"帝国"意象身上,他们指出:从历史上看,毫无疑问是美国承担了创立、生成这一超国家秩序的任务。联邦宪法本身就具有非国家化乃至非中心化的倾向,因此,美国就是普遍性政治正义的源头与制定者,并自视为"世界警察"。换句话说,美国正是施密特笔下的所谓"例外",即超国家性法权结构的"例外"。它主导着自由主义世界秩序,支配、打破、重构,最后又重新支配了现代民族国家。

我们能够看出,当美国以这样一种角色出现在"帝国"叙事中时,这一理论就丧失了上文提及的那种可贵优点。将美国视为世界秩序的源头与"例外",这与左翼话语中的单极霸权神话并没有什么不同。而如果我们能够将"帝国"秩序的扩张理解为美国政治范式的全球化,这一论述所隐含的批判意味甚至比学院左派的一贯逻辑更加强烈,毕竟,经济领域的剥削与政治制度的重构完全不能相提并论。之所以如此,关键就在于《帝国》直接承接了左翼批判政治的核心错谬,将其推广至政治领域,并用之建构了一整套历史解释。

所谓"意象癖",即是将世界秩序归纳为某个单一模式,并用某个符号或意象指代之的癖好。正是这一意图促使许多学者将资本与国家、自由市场与政府管制、自生秩序与人为操控这些完全矛盾的概念或倾向理解为某个利维坦侵蚀世界的结果。毋庸讳言,这就是左翼知识界念念不忘并口诛笔伐的"资本主义"。换句话说,"资本主义"既孕育了自由运作的市场,又孕育了管制市场的政府;双方相互勾结,协力统治世界。为了表明对这种叙事的忠诚,两位作者在书中将布罗代尔的论断引为圭臬:"资本主义只有在它与国家一致,在它就是这个国家的时候才会胜利。"这一神话使得他们没有对市场的独立运作与政府的干涉行为作出任何区分;更进一步,他们还将"资本主义"利维坦理解为自由主义,更准确地说是康德-凯尔森传统的产物:资本最终与政治权力合二为一,共同形成了"帝国"意象的血脉。

通过这种勾勒,两位作者似乎认为,这就足以构成对自由主义的强有力批评。因此,他们的错误就在于,没有看到自由主义观念与现实政治操作的实质冲突,反而将后者混同为前者的一部分;继而,又将前者凝结为一个肃杀的、带有历史终结意味的批判靶子,即所谓"帝国"意象。总的来看,左翼话语对当代世界的判断,一方面过于复杂——从恃强凌弱的阴谋到精微的统治技术,从意识形态国家机器到金融工具;一方面又过于简单——执意将自由主义与现实性这两种倾向混为一谈。如果学院左派对经济学原理有所了解,就不会将自由市场的兴起与扩张理解为资本与政治相勾结的结果,那么,所谓自由主义与现实主义、公司与政府私结同盟的妄言也就不会获得如此之大的影响力。

《帝国》对当代世界的论述是一种"意象的批判"——左翼知识界在这一方面新意频出。大卫·哈维曾在《新自由主义简史》中直言不讳地承认,他"无法依靠哲学论辩——指出新自由主义权利制度是不正义的——来说服人们",但是,令人惊奇的是,他依然能够坦然作出这样似是而非的论述:"反对这种权利制度相当容易:接受它,等于接受我们没有别的选择而只能生活在一种无止境的资本积累和经济发展的制度下,不计社会、生态、政治上的后果。"以此为例,我们能够发现,许多著作都采用了这样的绝妙策略:站在高绝的伦理立场上,以一种人莫辨其虚实的乌托邦理想非难现实世界。这种逻辑能够使批判者轻松立于不败之地——这或许就是福柯所说的"永恒的批判姿态"的真实含义。另一个典型例子则是齐泽克在一次演讲中对当代自由主义社会所作的指责:"你可以随便说和写——条件是你的所说和所做不会实质性地质疑和影响到主导性的政治共识。""只要你对现存的自由共识构成了严重挑战,就会被贬斥为放弃了科学客观态度,而倒退到老式的意识形态立场上去。""真正的思想自由应包含对当今占主导地位的自由-民主的'后意识形态'共识的质疑,否则它就只能是一句空话。"①这些站在道德制高点上的批评要求一种"反自由的自由"。这种自由能否存在,是不清楚的;左翼批判理论所主张的那种世界秩序是否就能够容纳这种自由,是不明确的。事实上,这一问题也无需让逻辑混乱,以至于无法区分思想自由与行动自由的齐泽克来回答。自由制度当然不可能为一种能够推翻它自己的"自由"提供容身之地——在这一点上,施密特是对的。这一制度保障了自由,同时也就保卫了它自身。

补记:

　　安东尼奥·奈格里曾经是意大利恐怖组织"红色旅"的实质参与者。这层联系——左翼话语与所谓"抵抗性政治实践"的联系——随着今年五月奥萨马·本·拉登的死亡,突然变得引人注目起来。对此,我们能够看到这样的叙

---

①　斯拉沃热·齐泽克:《回到列宁》,http://www.leftlibrary.com/zizek1.htm,最后访问时间 2013 年 1 月 25 日。

述:"'去中心化',几乎是基地组织近十年最突出的特征。这一领域的专家将基地组织如今的特征归纳为'SPIN'——分离的、多中心的、意识形态化的、网络化的(segmented, polycentric, ideologically, networked)组织。即使依然头顶伊斯兰,但今日的基地组织已演变为一个全球化的、后现代的现象,而不是一个紧密的宗教团体。"而事实上,十余年之前,《帝国》对此就有着精妙的论断——反抗当前已充分结构化的世界秩序,只能靠离散的新型组织。不过,这一任务到头来居然落在了恐怖主义者头上,岂不让我们哑然失笑?

　　但正因为此,我们也绝不能仅仅把意象癖当成一种智识上的错误偏好——堂吉诃德向想象中的敌人挥动的,可是真正的长矛。

2011.7

论费耶阿本德:两个非关键问题

——对保罗·费耶阿本德《自由社会中的科学》的评论

一 政治

在第160页的脚注中,费耶阿本德写道:

> 读者不要因我经常赞扬左派政治家而误解,因为你显然误解了。我赞扬他们不是因为他们是左派,而是因为他们既是政治家又是思想家、既是行动者又是理论家,因为他们关于这个世界的经验使他们的哲学既现实又灵活。右派或中间派中没有可与之比拟的人物,知识分子(黑格尔是唯一的例外)一直满足于相互称赞或破坏对方的空中楼阁,而这并不是我的过错。

回到第159页,我们马上就能够明白他具体指的是什么:

> 我以赞成的态度看待50年代共产党中国的党和专家之间关系

的某个插曲。我建议今天的民主团体以相似的方式行事。我认为
中国共产党在那种情况下的做法是合理的,我建议民主政体以完全
相同的方式反对它们自己的专家的沙文主义。

当然,熟知中国当代史的人们会发现这并非完全正确。但是,下面
我们就会看到,抛开历史事实不谈,这一建议——用民主反对专家沙文
主义依然值得严肃对待。

在第159页的脚注中,费氏补充道:"理性的无情驱使力一旦压倒
了无政府主义者的迅速变化的程序,更容易与反人道主义的思想并驾齐
驱。罗伯斯庇尔是一个理性主义者,而不是一个无政府主义者;烧死数
万受害者的十六和十七世纪的宗教法庭的审判官是理性主义者,而不是
无政府主义者;发现了一些非常复杂的论据以支持一种极为精致的种族
主义的厄尔巴赫是一个理性主义者,甚至是一个批判理性主义者,而不
是无政府主义者;西班牙内战的动乱不是由于存在无政府主义者,而在
于虽然他们拥有多数,但他们拒绝建立一个政府,因而把舞台留给了更
'理性的'政治家;不要忘记,'敬畏上帝'这个词只是在荷马的众神被色
诺芬对存在的更合理的解释取代以后才在希腊产生的,他的解释是巴门
尼德的无所不包的'一'的先驱,而对上帝态度的这种变化是理性主义
得到加强的一个直接结果。要是我有你的概括才能,我就会说,理性主
义者比无政府主义者更容易建立奥斯维辛集中营。无政府主义者毕竟
想清除一切镇压,包括理性的镇压。防止残忍的不是理性主义,不是法
律与秩序,而是人类'不凭理智的仁慈冲动',正如乔治·林肯·伯尔在
给 A·D·怀特的一封信中所说的那样(怀特试图用理性主义的产生来
说明巫术狂的消失),'但仁慈是一种非理性的力量'。"

这里出现了两方的直接对立。令人困惑的是,费氏在这里使用的

"理性主义"一词到底指的是什么？看起来,它和奥克肖特笔下的"理性主义"以及哈耶克笔下的"建构理性主义"颇为接近。但是,当"法律与秩序"被指斥为"理性主义"的糟糕果实,而"无政府主义"被直接视为"非理性的"却又是人道主义的同路人时,我们不免会问:费耶阿本德是不是走得太远了？当然,已经有无数理论家劝告我们,要放下动用理性规制某些——甚至可以说是大部分——领域中的人类事务的念头。然而,这样的劝告本身就建立在审慎的理性思考的基础上:规制之所以是不可欲的,就在于我们既无法掌握足够的信息,也缺乏足够的能力,而不是因为我们应该放弃自己那可鄙的理性,并引入泛滥的情感条件。(我们还应该问,同为非理性因素,要引入的为什么只能是仁慈或同情,而非愤怒或仇恨？我想,费氏甚至都无法告诉我们非理性主义的政治为什么要坚持仁慈——他一旦进行论证,就落入了理性的范畴。)回过头看,费氏所描绘的历史恰恰告诫我们,战胜理性的只可能是理性自身,而不是其他什么力量。

费氏赞扬左翼政治家,认为他们既能研究理论,又能实施行动,"既现实又灵活";并煞有介事地指责"右派或中间派"中没有这样的优秀人物。看起来,这是在批评非左翼的知识分子统统是眼高手低的知行不一之辈。但我们应该注意到,左翼政治首先是一种反对既有的"法律与秩序"的理论,它号召人们立即展开激烈的行动——这些行动正是在费氏所在的二十世纪达到高峰——去颠覆当代世界的政治-社会制度。因此,处于这一理论传统中的人们所表现出的那种令人瞠目结舌的积极性,并没有什么特别之处,恐怕也不足以赢得多少赞赏。相反,"右派或中间派"并不认为现实秩序已经彻底腐朽,更不认为需要靠激进的、整全性的措施去重建一个新的世界。正是源于这一根本立场,行动才没能在非左翼力量中占得重要地位。所谓"空中楼阁"式的理论活动,本身也是因为非左翼的知识分子持有着如上所述的基本共识。诚实地说,这一点恰恰是知行合一的体现;而费氏的指责,则多少有无中生有之嫌。

我们可以这样概括费氏的复杂观点:建立在对理性之崇拜的基础上的科学活动必须服从于民主;因此,为了将专家从神坛上赶下来,就必须重构我们的政治-社会制度,而显然只有服膺激进手段的左翼政治才能够满足这一要求。总结性的论断就是,应该将足够的非理性/无政府主义因素引入当前的理性主义政治。

当然,以上这些主张的基础是对科学乃至理性观念的批判性诊断,众所周知,费氏为此花费了大量的精力。但在此暂且绕过这一点,让我们先假设以下论断是正确的——科学与理性只是不可靠的神话,再看看能够从费氏的观点中得到什么。

费氏认为,像美国这样的自由民主国家,实际上正受到科学-理性联盟的侵害,其表现就在于:大量税收被用于促进科学研究,但非科学的领域未能获得相当的支持。对比医疗科学与中医或巫术,我们很容易就能发现这一现象。它在以下方面破坏了民主:第一,科学因其"正确性"与"合理性"而获得了高于非科学的地位并获得了国家的全面扶助,但这一点并未经过充分的公共审议("全体社会成员参加的自由辩论",见书第二部分第三节);第二,以就医为例,如果一个人想要尝试巫术的诊治,他不得不付出很高的成本,因为在国家干预之下,巫术治疗机构非常少见。

我们发现,这两点可以在某种程度上获得政治自由主义者的支持,因为它们与国家中立性的主张非常相近:后者说的是,在不涉及正当性的前提下,国家必须在诸善观念之间保持中立;因此,无论医疗科学与巫术的差别是什么,国家都无权动用强制获得的税款去支持其中的任何一方。但此时要注意到费氏的另一个论断:应该引入非理性/无政府主义式的左翼政治以消除科学的特殊性。这就完全抹掉了他的观点的自由主义底色。

我们能够发现一些难以解释的矛盾:例如,显而易见的是,左翼政治无论如何都不是非理性/无政府主义的,在上述奥克肖特与哈耶克的意义上,左翼国家恰恰是整全性理性主义的典型代表;另外,不能一方面对科学与非科学要求平等的公共审议,一方面又说这一程序是非理性/无政府主义的——除非费氏认为公共审议只是一个不需要任何规则的混乱的过程。尽管在费氏那里"理性"这一概念只是对知识证成标准的称呼(见书第一部分第二节),但即使如此,我们也不能说在公民的自由辩论中证成因素完全没有作用。比如,若一名科学人士试图说服当地教育委员会将智能设计论的教材替换为进化论的,他必定要强调"进化论观点是更加可靠的"。(费氏或许会毫不留情地评论说,这种说辞是虚假的;但这顶多表明证成失败,而不是不存在证成。)费氏之论断的错误就在于,不能因为行动者(个人或社群)有权利遵从并施行任何观点——科学的或非科学的——就认为在行动者的眼中任何观点均没有区别。对于特定的标准,不同观点有着客观的差异,在上述情况中,如果科学人士与教育委员会就可靠性的标准达成了共识,关于教材的辩论毫无疑问就是理性的。因此,费氏至多拒斥了无标准时的理性,但并没有拒斥标准之下的理性;而我们可以说,当代公民社会中的大多数辩论,恰恰在后者的意义上是理性的。(而我相信科学的优越性也可以在这一意义上得到辩护。)

在本书的第二部分第十节,我们高兴地看到了这样的观点:"自由社会"即是"所有传统在其中都有平等权利和接近权力中心的平等机会的社会"。这表明费氏正面接受了自由意志主义的立场。但之后,出现了令人惊讶的论断:"存在着战争,存在着权术,存在着不同文化的自由辩论。因此,客观性传统可以用各种方式引进。假定它是通过自由辩论而引进的——那么,为什么我们要在这一点上改变辩论的形式呢?知识分子说,这是因为他们的程序具有'客观性'——正如我们已经看到的那样,可惜这种程序缺乏正确观察事物相互关系的能力。即使理性是通过自由辩论而获得的,也没有理由而坚持它。如果它是通过暴力强加的,那就更没有理由坚持它。"

首先,我们在前面已经指出,至少存在着建立在共同标准之上的理性辩论的形式;而进一步可以说,费氏所期望的那种排除一切证成因素的"辩论"纯属天方夜谭:例如,假设 M 和 N 两人分别定义了两个不同的符号系统 P 和 Q,其中在 P 下 1 + 1 = 2,在 Q 下 1 + 1 = 3;那么很明显,M 和 N 就 1 + 1 的取值所进行的所谓"辩论"完全没有意义。

其次,如果自由辩论是可欲的,那么战争与权术就不能被接受。我们不可能在不采认任何道德原则的前提下使用"辩论"这一概念——战争与权术会带来强制,而强制因素不能作为自由秩序的一部分。或者说,既然有一些行为属于自由辩论而另一些行为不属于自由辩论,那么,划定这两类行为之界限的原则必定先于自由辩论本身——我们不可能用自由辩论决定什么是"自由辩论"。因此结论就是:规则先于辩论,而不是相反。

更进一步,对照哈贝马斯的商谈民主理论或罗尔斯的无知之幕观念,我们将会毫不困难地接受这样的观点:在一切可能的合作-交往秩序出现之前,群体中至少应存在着关于某些最低限度的道德原则的共识。而相应地,费氏这样的相对主义者的最后努力就集中于强调这些原则本身并没有得到证成。当然,许多非相对主义者同样坦然地承认这一点:例如,波普尔就曾在《开放社会及其敌人》中明确地指出,我们不可能理性地选择理性;对理性与非理性的选择本身只能是非理性的。但这或许并不是一个问题：我相信即使是费氏本人，也不会为自己的理性感到苦恼。

二　语言

在第 163 页出现了下述令人耳目一新的论述：

"你（和许多其他读者）喜欢的也许是生动刚健的、但仍然是学者派头的风格。我发现，对我的趣味来说，这种风格以及它对对手巧妙的旁敲侧击和对文明的扼杀太枯燥、也太不诚实（我用这个字眼很奇怪——对吗？）。甚至学者的风格也是以并不完全有益的方式改变着。在十九世纪中，文科的学者跳出来相互对峙，其气势甚至会使今天脾气真正不好的人感到震惊。他们这样做是由于感情的丰富，而不是由于伤害人的愿望。古代语言词典，如中世纪的拉丁语／英语词典，收集了很多猥亵的英语同义词——等等。后来，更有分寸的语气开始慢慢产生，并成为规则。我不喜欢这种变化，我试图恢复较古老的写作方式。在这种努力中，我的向导是新闻工作者和诗人，如布莱希特（他青年时期所写的文笔华丽的戏剧批评，而不是他晚期更有影响的笔记）、萧伯纳、阿尔弗雷德·克尔，或更早的人道主义者，如伊拉斯谟和乌尔里希·冯·胡登（更不必说路德了，他曾经称伊拉斯谟为恶魔的气息——这与当时有教养的方式是完全一致的）。对于我的这种偏爱，我没有任何论据，我只是把它表述为癖性。我这样说是因为，人们只有首先知道了句子写作的风格，才能正确地判断句子背后的情感（如"'厌恶'或'不厌恶'）。"

　　这段话属于对他人之批评的回应。在前一页，费氏提到，有一些学者认为他的很多言论都属于所谓"尖刻抨击"；他的说话/写作方式是"憎恨狂"式的。换句话说，他似乎很不文明。

　　当然，有这样的指责并不奇怪，比如我们可以看看费氏为本书第三部分起的嘲讽式标题："与无知者的对话"。很有可能，每位与他进行论争的人都曾感到自己那脆弱的心灵受到了伤害。但是，正如上面引文所说，面对令人不适的语言，我们首先应该区分"感情的丰富"与"伤害人的愿望"这两个原因。（题外话：毫不夸张地说，国内许多学者对某些争议性话题——如对抄袭剽窃的批评——的回应比费氏所说过的任何一句话都要接近"尖刻抨击"，以至于我们很容易就想象到文本背后那张典型的"憎恨狂"的脸。）

　　公允地说，学术语言的自律并不是什么重要的论题：刻薄的语句多少总会令人不适，而白水一般的话语产出更谈不上是美德。但可以猜测，费氏的论述会让很多人——其中当然包括我自己——心有戚戚焉：即使我们本身不愿或不能遵循这样的说话/写作风格，但在面对类似的建立在"感情的丰富"之基础上的文本时，至少不会产生负面的反应——这就足够了。

2012.6

霍克海默：启蒙理性反思与现代性批判

　　批判理论，准确地说是前哈贝马斯时期的批判理论，基本将思辨的锋芒集中于两个领域：首先是现代性及其背后的技术理性，其次是资本主义社会大众文化或者说是"文化工业"。作为法兰克福学派的开创者，霍克海默与阿多诺在《启蒙的辩证法》中着力揭露启蒙意识形态的实质——极权主义观念。准确地说，我们不能将这种意识形态局限于十八世纪的社会运动——因为，它根本上体现了古希腊以来的主要哲学精神，即理性主义观念。现代性即是这种精神在现代结下的最新果实。

　　自出现始，启蒙意识形态就担负了打破迷信的任务：它所对抗的首先是人类早期神话，进而是诸种宗教思想。因此，它致力于推翻"神"的地位，建立起人对自身的统治。这一过程体现出两个要求：一是正确地认识世界，二是在认识世界的基础上充分地支配世界。霍克海默指出：这些意图不仅没能实现，恰恰相反，它们均走向了自己的反面。

　　尽管人在祛神之魅的过程中破除了神话之迷思，却又以绝对化的态度建立起了对自身理性的迷思。换句话说，人对自然界的神化最终转移到自己身上——将自己视为神明，而将自然视为纯粹的工具性资源。在这一过程中，启蒙精神的批判特质消失了。启蒙意识形态批判了神话所设立的禁区,最终却又建立起一个人的禁区。人的理性由此变成了某种不可怀疑的、万能的上帝式的能力。在启蒙理性主义观念中,我们所能够看到的是如下过程:人通过压抑他们的人性而学会把握经验世界,并由此树立起自己的高大形象。也就是说,在启蒙的历史运作中,人类一方面不断远离他的本质,一方面却并没有真正摆脱掉神话所施加的"魅影"。彻底理性化的世界只是在表面上实现了解魅,扭曲的,或者说异化的想象还是萦绕不去。最后,神话以拜物教的形式得到了重生。

在政治上,启蒙意识形态起先以反对统治——神话迷思对人自身的统治——为任务,但随着技术理性的兴起,建立在约定俗成、准确地说是经验之事实重复基础上的理解压抑了人类自由的本真行为方式,继而,一种僵化的政治重生了。法国大革命的历史事实充分证明了这一点——战胜了独裁者的革命者很快又变成了独裁者。在此意义上,正是启蒙观念导致了极权主义。首先,这是一种奴役自然的统治,经验科学及机械论唯物主义正是其结果;进而,这种统治作为包罗万象的意识形态的产物,很快被施加于人身上。法兰克福学派毫不讳言:现代"发达工业社会"正是全面处于这种统治之下。

归根到底,批判理论并不是一种历史研究;因此,它最终还是以现代性批判为意旨。霍克海默在分析现代垄断资本主义之运作时指出:市场中的诸企业主与个体劳动者看似自由,实际上均不得不依附于垄断产业;而垄断产业因其自身的复杂性与敏感性,又必定受到非理性因素与国家统制的影响。如此发展的结果,便是独裁国家秩序与经济混乱的出现。霍氏进而认为,现代市场的核心——所谓"自由契约"——其实远非自由意志的结果。事实上,雇主不仅占有生产资料,而且拥有着国家机器,在如此压力之下,工人所谓的自由不过是不得不接受强制性劳动的自由。资产阶级一方面标榜反对一切不合理的社会关系,一方面将基本劳动者置于一种专横的经济环境之下：在此环境之中，劳动者别无选择，只能"自愿地"接受雇主的安排。由此，资产阶级就可以说，并非是雇主强迫工人接受工作，而是工人"自主选择"了该经济关系。霍氏总结道："那种认为屈从不再由出生决定，而是私下个人之间的自由契约决定的看法；那种认为不是雇主，而是经济环境专横地强迫人处于屈从的社会地位的看法，这些资产阶级的工作观念，事实上是极为生产性的而且会产生有益的结果。"①

霍克海默对现代性的批判，实际上存在着两个思想根源：一是对启蒙历史观念的分析，二是对资本主义秩序的考察。尽管这两者间存在着或多或少的联系，但思想史与经验研究显然不能被混为一谈。事实上，我们也的确难以将资本主义市场的非正义理解为人类理性之自负的结果。因此，将此两者区分开，就是非常必要的。

在理性主义哲学出现初期，古希腊社会的特征是道德-法律-政治决议的三位一体——这就是说，公私领域的区分尚未出现；而这正是自然神论-自然法之作用的结果。而自罗马共和国/罗马帝国成为跨民族国家时，一种单一道德对社会全方位的控制就已经难以维系，基督教对整个欧洲的统治即是这种控制的最后环节——很快，随着启蒙运动发生，基督教道德便失去了它的地位。在这里，深刻的变化是道德-法律-政治联盟的解体。自此，启蒙观念祛神之魅的作用才真正体现出来。

对于韦伯关于工具理性与价值理性的区分，需要明确的是：在事实/价值二分法的基础上，如果说理性仅仅是对手段之考量，那么目的就当然只属于价值领域。因此，无论是工具理性/技术理性还是价值理性，均需要面对价值问题。中世纪之后，我们的确面对着尼采之"上帝死了"

---

① 霍克海默尔：《批判理论》，85 页，重庆出版社，1989。

的论断——也即，面对着神性失落后虚无主义兴起的危险。然而，既然古希腊式的、道德同质化的、一元论的城邦政治已不可恢复，我们就必须接受跨民族国家乃至跨文化国家的世界秩序。因此，与其说启蒙意识形态催发了技术理性的勃兴，不如说是道德观念的多元化不可避免地给技术理性创造了机会。也就是说，与其说它是启蒙理性所带来的致命错误，不如说它是一种难以避免的选择。何况，技术理性所带来的问题，依然要在现代社会内部加以解决。

相对于僵化的启蒙意识形态批判，霍克海默对"发达工业社会"的分析更显其谬误。在资本主义市场秩序的反对者那里，国家与资产阶级"合谋"以迫害劳动者似乎成了一个公认的结论。霍氏认为，这种"合谋"的目的是使得劳动者不得不接受为雇主工作；或者说，如果工人不接受这种工作，那么就没有工作。而此类工作的结果即是被资产阶级"剥削"——"剩余价值"被强迫转移。"剥削"是一个非常有趣的概念，它所描述的情况实际上是：劳动者所创造的产品的价值并没有被劳动者完全获得。也就是说，马克思主义所要求的是：个人所创造出的价值应完全为个人所有。这一论述恰好符合自由主义所谓"自我所有权"的立场。在这里，我们发现：马克思主义与彻底的财产权观念不谋而合了。

因此，自我所有权导致了自由契约，而自由契约则引发了自由市场的出现。这一链条表明，劳资关系确实是一种自愿关系；那么，国家与资产阶级的"阴谋"就不可能是事实。

霍克海默对现代性的批判充分表明：马克思主义在道德哲学上是一种完善论的学说。实际上，若要对现代社会进行真正深刻的批判，的确必须持有一种理想化的"终极理论"。霍氏以异化理论为基础，相继指出现代性所导致的"启蒙异化"、"理性异化"与"科技异化"等结果，其论辩均建立在这样的假设上：好的政治秩序应能够使得人们实现自己"真正的卓越特质"，或者说实现自己的"本真自由"、"本性"或"类本质"。这一点与道义论或者功利主义的自由主义大不相同。后者认为，好的政治秩序不应促进某一种特定的生活价值，而是要让每个个体去自由实现他们所意愿的生活方式。

完善论的真正困难就在于，如何解释"真正的卓越特质"之内涵；如何才能使得某些行动（按照异化理论，自由而富有创造性的合作生产即是这样的行动）成为最富价值的人类活动。只有这种活动才能使我们"成为人"。这似乎是在说，人之为人就在于生产劳动。但即使如此，将人的特质与它在我们生活中的价值联系起来，依然不得要领。生产劳动的确是人类有别于其他动物乃至其他生物的特殊之处，但这并不意味着它就应该拥有至高的价值。

因此，异化理论同样面对着复杂的困难。这就使得霍克海默与阿多诺对"文化工业"的批评受到了严重打击。作为一种在历史研究与经验考察中多次出现的道德哲学，它尝试以一种建立在莫名其妙的价值排序上的良善生活理论取代个人权利的观念。实质上，它意图以哲学家的好恶取代我们每个个体的好恶。

如前所述，霍克海默的批判理论基本上可以被理解为两种论述的杂糅，他试图给马克思主义传统带来一种崭新的，同时也更为精致的历史哲学。这一努力没有成功，但比起同事马尔库塞，他的理论无疑明晰得多。马尔库塞在《单向度的人》中所做的工作，基本上是以一种（与黑格尔相比）更加含混不清的辩证法混淆自由与奴役。更令人不满的是，通过在书中对"否定"概念这一有利位置的占据，他成功地将对自己关于"发达工业社会"的批判变成了不可反驳的：因为，任何（经验的）反驳都是对该社会秩序的"肯定"，因此就丧失了批判精神，沦为了工业社会中极权主义统治的牺牲品。在马氏身上，我们或许能够窥见法兰克福学派衰败的原因。

　　哈贝马斯在访谈录中指出:"西方社会在过去的两百多年中,经历了一个社会公正和人的基本权利逐步实现的过程,这一过程尽管充满缺陷,一再出现失误和倒退,但仍然朝着正确的方向前进。可以说,这一过程几乎穷尽了关于人类生活理想的选择可能性。否认一种仍然存在于破碎与断裂之中的理性的作用,那么,一种理想的、公正的社会秩序无论如何也不可能全面地建立。"① 观察哈氏几十年来的学术旨趣,我们或许能够得出这样的结论:法兰克福学派对现代性不遗余力的批判,恰恰表明了现代性的深厚基础与不可替代性。批判永无止境,但现代政治理想的生命力犹存。

2011.6

---

　　①　哈贝马斯等:《作为未来的过去》,123 页,浙江人民出版社,2001。

法律、社会偏好与承认的政治

承认（recognition），对人来说必不可少。它是人之为人的必要条件，只有得到承认的生活才具有意义。作为对实证主义哲学之原子主义观念——所谓"独白式理想"——的纠正，交往的重要性在此得到强调：事实上，意义只能通过与他人的对话而显现。因此从另一个角度来说，拒绝承认（无视）或扭曲的承认（偏见）就构成了伤害或压迫的某种形式。以上即是查尔斯·泰勒在其重要论文《承认的政治》中提出的关键观念。

承认同时具有另一种内涵——平等，或者说公正。在一个相当长的时期黑人被认为是下贱而低等的，这是一种明显的不公正对待。之后，随着平等隔离法案的出现，他们似乎获得了与白人平等的地位，但事实上，单纯对法律地位上的平等的强调并未改变黑人社会地位的实质低下。在当时，法院支持平等隔离法案的理由之一是，黑人的地位低下实际上是某种社会偏好的表现，法律不能加以干预。而在1954年的布朗诉托皮卡教育局案（Brown v. Board of Education of Topeka）中，最高法院最终废除这一法案的理由则是，种族隔离政策不可能保证完全的平等。换句话说，即使社会中确实充盈着对黑人的贬低气氛，甚至即使大多数人均认为黑人是低贱的族群,法律也必须使黑人得到事实上公正的对待,虽然它无力、更无权改变人们的认识。

在上述例子中,值得思考的是法律与社会偏好的关系。在什么样的意义上,社会偏好才是不可侵犯(免受法律干预)的?试想如下情况:美国南方举行了一场全民投票,决议是否对当地黑人施行歧视政策,结果是90%以上的民众对其表示支持。我们可以说,南方社会对于种族歧视表现出了相当强的社会偏好。那么,在南方实行相应的政策就是合理的吗?

答案显而易见。除却卢梭这样的激进民主主义者,没有人会认为公意——社会偏好——会为这种法律提供正当性。恰恰相反,社会偏好在某些领域必须经过法律的审查。对于平等隔离法案的例子而言,最高法院之所以敢于挑战社会风气,就是因为种族不平等状态的合理与否,与社会偏好无关。而种族歧视之所以不正当,亦不是因为公意对其表示了厌恶,而是由于它损害了黑人的利益,破坏了人的平等。因此,我们可以说,在很大程度上社会偏好不仅无法左右法律,相反,当它与个人权利的原则相冲突时,便要受到法律的干预。尽管法律实际上无法直接改变公众的观念,但它应该、也必须那样做。最高法院用它的判决,捍卫了第十四修正案,同时也使得个人本位这样一种自由主义观念得到了辩护。

让我们把目光转回泰勒的文章。他提出了两种政治的区分:平等尊严的政治与差异政治。前者认为,抹平(无视)差异是达致平等的必要条件,因为人之所以要获得平等的尊重,仅仅因为我们都是人。而后者认为,对族群/文化的特性作出足够的保护无疑要比粗暴地抹平差异更好,因为前者无法满足族群对承认的需要——它过分地要求了一种貌似中立的同质性,对特殊的自我认同构成了伤害。换句话说,我们所要求的不仅仅是平等对待,还有对殊别性/特殊认同的承认,而且后者更重要。

在这样的分析前提下,泰勒介入了加拿大魁北克问题。魁北克地区先前是法国殖民地,主要语言一直是法语。这在主流语言为英语的加拿大社会中相当特殊。魁北克人发现,他们所引以自豪的法语文化,在一个英语国家中显得岌岌可危。英语具有更多的受众和更强的传播能力,如果坐视不管,法语将难以维系当前的地位。因此,魁北克省通过了三条旨在保护当地法语文化、保护其族群特性的法律,即密基修正案:

(一)只有非法语居民或移民才可以将他们的子女送到英语学校;

(二)拥有五十名雇员以上的企业必须使用法语;

(三)不用法语签署的商业文件无效。

很明显,使用法语、捍卫法语文化的地位,在魁北克人那里是一种强烈的社会偏好。然而,使用英语在整个加拿大境内表现为更强、更广泛的偏好。前者面对冲击,不得不将这种集体意愿强化为自治法律。泰勒在为这种明显违反自由主义观念的行动辩护时,特地强调:在自由主义社会——个人权利高于集体目标的社会——中,魁北克人无法实现他们的想法。在他们看来,问题不仅仅是消极地保留法语特性(推行联邦双语制,让人们自愿使用法语)这么简单。为了应对英语世界的影响,魁北克人作为一个法语共同体,有权利积极地创造其成员,即主动推行法语的使用。在这里出现的依然是消极自由与积极自由的古老区分。

将平等隔离法案与密基修正案进行对比是富有教益的。我们可以把魁北克人的决定看成是一种"自我隔离"。他们决心脱离与英语文化的关系,并且强化自己的文化特性。在泰勒看来,这种愿望比对平等的追求更重要。当然,仅就密基修正案而言,魁北克人的决定与平等无关;但如果我们将泰勒的论证套用于种族隔离的案例上,其逻辑结果就是:以法律形式保护美国南方的种族歧视偏好同样是正当合法的——因为,种族歧视是南方社会的族群特性，从差异政治的观点来看，保存特性比抹平差异更重要。

上述结论的荒谬不言自明，其根源就在于，泰勒在断然区分两种政治并将政治自由主义划为平等尊严的政治之一种而加以批判时，他就对所谓"抹平差异"的平等话语采取了拒斥的态度。然而实际上，两种政治并不是像他所说是处于同一层面且相互冲突的。因为，尊重差异、保全特性的基础恰恰就是对平等尊严即个人权利的承诺。自由主义之所以试图赋予个人权利以（无视差异的）普遍性，是因为社会的多元文化发展需要一个平台和底线——只有如此，文化多元主义才不会沦落为文化相对主义。

泰勒指责僵化的自由主义无法为保全特性的集体意愿提供空间。这是事实，因为自由主义绝不会为集体目标敞开大门，只要它对个人权利构成了挑战。在魁北克的例子中，这种挑战看起来并不违反直觉，因而尚可接受；但在种族隔离的例子中，差异政治会造成极其严重的后果：只要南方社会愿意，其社会偏好就会合法地强化种族歧视的状态。黑人在此遭受的合法歧视，与魁北克的英语居民在密基修正案下所遭受的相比，只有程度上的差别。法律在处理这种明显的不正义时无动于衷，甚至完全沦为社会偏好的帮凶，是不能令人接受的。

政治自由主义所提供的模式，在泰勒那里被称为"某一种文化的政治表述"。他认为，在类似伊斯兰世界这样的社会中，不存在西方所谓政教分离的问题。这就是说，我们应该坐视作为一种道德体系的伊斯兰教义所拥有的专断地位。在这样的文化相对主义下，自由的多少有无，就真正成了一个无法讨论的问题。然而，如果进一步推进相对主义的原则，难道个人不也有权利选择自己的生活环境与行为方式吗？多元社会恰恰需要坚固的观念作为基础，当这种观念本身"被多元化"从而导致自我否定时,单一社会的独断论也可以宣称自己是多元观念中的一份子了。这种错误逻辑,我们并不感到陌生——以赛亚·伯林如此,今天的社群主义者依然如此。

"僵化的"自由主义之所以获得了这样的形容,恰恰是因为它具有无可争辩的明晰性。然而泰勒所赞成的"温和的"自由主义无法对社会偏好的权限作出明确的规定。为什么他会支持密基修正案而(想必会)反对种族歧视的例子呢?它们都对个人权利构成了挑战,正如前述,仅有程度上的差别。当然,泰勒对拉什迪事件的评论是,"煽动暗杀"也"不应该被视为一种矛盾","没有任何讨论的余地"。这说明他最终还是求助于道德直觉。其实,只要这种直觉——它实际上就是对个人权利的肯定——得到贯彻,政治自由主义的方案就依然是最可欲的选择。

2010.7

自由主义与族群歧视问题

在《法律、社会偏好与承认的政治》(以下简称《法》)中,我讨论了社会偏好与法律的关系,并指出:某些社会偏好——比如族群歧视——是不正当的,因为它使被歧视者受到了不公正的待遇。我继而认为,法律不应当保护这种偏好,倘若有些法律以此种偏好为基础,便是恶法。

平等隔离论题

当年关于平等隔离法案的争论,其核心论题是:它是否违反了宪法第十四修正案中"平等的法律保护"条款。1896 年普莱西诉弗格森案(Plessy v. Ferguson)中,最高法院指出:司法系统只能保证人在法律上的平等(legal equality),而对社会偏好所造成的实质上的不平等无权插手。从权利自由主义的立场来看,这一结论并无问题。人人"平等"的内涵只能是"权利平等",而不能是"实质平等",否则就要产生均贫富的可怕后果。

然而,当时这一结论却被用来确立平等隔离法案的正当性。那么,摆在自由主义面前的难题就是,应该如何理解"隔离但平等"的观念?

自由主义能否既坚持权利平等的立场,又反对平等隔离法案?

所幸,1954 年布朗诉托皮卡教育局案(Brown v. Board of Education of Topeka)表明,将权利平等与平等隔离联系起来是一个错误。最高法院借助自我认同概念与相应的心理学研究结果指出,隔离本身就不平等,因而"隔离但平等"是不可能的(而这反过来也说明,倘若隔离和平等可以共存,平等隔离法案便没有问题)。也就是说,废除平等隔离法案,恰恰是因为它伤害了权利平等。

似是而非的逻辑混乱

如果坚持自由主义,即坚持权利平等立场,《法》一文关于社会偏好的论述,逻辑混乱是非常明显的。我问道:"在什么样的意义上,社会偏好才是不可侵犯(免受法律干预)的?"随即举了如下例子:

"美国南方举行了一场全民投票,决议是否对当地黑人施行歧视政策;结果是 90% 以上的民众对其表示支持。"

我试图用这样的例子说明,像族群歧视这样的社会偏好,即使再强烈,也不能为相应政策提供正当性支持。然而,真正的问题是:

社会偏好有可能不正当吗? 如果是,在什么情况下? 相应的,法律在什么情况下可以干预社会偏好?

种族歧视的社会偏好首先是一种偏见。更严重的歧视——比如奴隶制度——将直接侵犯少数族群的权利。但这也意味着,应该将"偏见"和"侵犯"区分开来。任何一种意见,实际上都是偏见,正如古希腊传统所指示的 doxa(意见)与 episteme(知识-真理)的区别。尽管相对而言歧视可能是一种更为严重的偏见,但只要它没有侵犯权利,法律便无权置喙。

随随便便将一种社会偏好斥为不正当,这是理性的僭妄作祟:它将正当性与合理性混为一谈,并期盼用 episteme 取代 doxa。就上文美国南方的例子而言,90% 以上的偏见,当然不能使歧视政策成为正当;但更重要的是,法律也不能干预这种偏见,即使它广泛而强烈。歧视政策固然可怕,但若以理性与道德为名,堂而皇之地消灭偏见,那将是更严重的灾难。

民权法案与3K党

兰德·保罗(Rand Paul)是美国共和党候选人、著名的自由意志主义者罗恩·保罗(Ron Paul)的儿子。他在接受肯塔基州路易斯维尔市《信使日报》(Louisville Courier – Journal)的采访时,表达了对 1964 年民权法案的些许质疑,随即陷入争议之中。

1964 年民权法案是废除平等隔离政策的后续产物,它的目的是消除社会中各式各样的歧视现象。值得重视的是,其中第二章第一条指出,任何人都有权完全平等地享受公共设施(Public Accommodations)所提供的服务,并不受歧视或隔离。所谓"公共设施",指的是饭店、影院、旅馆、体育场等提供公开服务的经营场所。也就是说,不仅仅是政府提供的社会公共服务,就连私人开设的各类商业设施,也均必须为所有人开放。

争议就发生在这里。兰德·保罗(以下简称"小保罗")认为,这一条款是对私人企业的限制,是对商业经营权的侵犯。有人指出,这种看法将会允许饭店拒绝为某些人提供服务。而他回答道:"餐馆究竟是属于它的老板,还是属于政府呢?"

小保罗的立场是,不管出自什么理由,经营者都有权决定是否为别人服务。可能有一家化妆品店,它的女老板拒绝为男性服务;也可能有一家特立独行的商店,它周一只为白种人开放,周二只为黄种人开放,周三只为黑种人开放;当然也可能有一名 3K 党人开了一家只为白人服务的饭店。3K 党的做法看似罪大恶极,但在法律上,这三家商店并没有区别。

不能否认,化妆品店拒绝为男性服务,可能是一种独特的经营策略;3K 党的做法则是彻头彻尾的种族歧视。在道德和理性上,后者应该受到谴责。但正如前文所言,3K 党的歧视,固然是一种严重的偏见,但拒绝为黑人服务,并不侵犯任何人的权利。因此,这种行为尽管不合理,但并非不正当;而反过来,民权法案对此行为的禁止,却是对 3K 党人的侵犯。

有人怀疑,如果放弃了法律限制,仅靠道德和理性便不足以遏制族群歧视。但是,自由市场天生具有开放的基因,3K 党主动减少客源的做法,不可能得到鼓励,更不会形成社会偏好。让我们作此假设:倘若南北战争不了了之,则如何?答案是:奴隶制的美利坚联盟国即使得以存续,今日也必定是一个贫穷落后的国家。大到国家,小到市场,道理皆是如此。

3K 党的自主经营权——或者直截了当地说,"歧视权",是一种消极自由。与之相对,黑人当然也有免受歧视伤害的权利。这两种权利的冲突可以被视为关于民权法案的争论的一个分支。在美国历史上,类似的争议并不鲜见:烧国旗、烧十字架都属于言论自由,但同样会对爱国者和基督徒造成伤害。权利的冲突最终表现为意愿、行为与主张的冲突,甚至是理性与非理性、道德与恶行之间易于决断的矛盾;但即便如此,政治自由主义依然决定不偏不倚,而这,也是理性多元社会的可贵之处。

2010.8

私人国家:承认与自我统治

1933 年底,十九个主要美洲国家签定了《蒙特维多国家权利义务公约》。公约给出了"主权国家"的定义。一个主权国家必须拥有:

一、永久的人口(a permanent population);

二、确定的领土(a defined territory);

三、政府(government);

四、与他国交往的能力(capacity to enter into relations with the other states)。

在这里,值得关注的是第四条。一般来说,它意味着:一个国家的正当存在依赖于其他国家的(普遍)承认。这一标准被认为比前三条都重要得多。这一要求的合理性在于:国际社会具有某些程序,而一个国家若想参与这些程序,显然需要国际社会本身的认可。换句话说,一个政治实体若仅仅是自认为国家,至少是没有意义的。

这种自认——独立建国的政治实践在人类历史上屡见不鲜。其结果是,产生了许多"私人国家"(micronation)。如其名所示,私人国家往往仅由个人或某个小团体建立,所辖领土也小得可怜。然而,它们却煞有介事地组建政府机构,发行货币,有些还建立网站,并试图与其他国家

"建交"。正因为此,此类国家不仅得不到任何承认(除了它们之间的相互承认),而且往往被看成是闹剧或者炒作的产物。

但事实上,如果我们能够脱出现行国际法的窠臼,重新审视私人国家现象,就会发现,这种政治实体的地位,不能凭一个简单的"未获承认"就可以否定。这一论题关系到国际关系领域中自由主义传统与现行现实主义观念之间的冲突,以及国家与人的自我统治权之间古老的矛盾。

诸私人国家中最著名的一个,是位于英吉利海峡上一座人造建筑怒涛塔(Roughs Tower)的西兰公国(Principality of Sealand)。怒涛塔修建于二战期间,实际上是一艘沉船。战争结束后此塔被废弃,直到 1967 年,前海军上校派迪·罗伊·贝茨(Paddy Roy Bates)根据他自己对国际法的解释,宣布对怒涛塔行使主权。同时,他还认为塔周围半径 12 海里的水域都是其领海,并据此对侵略者进行了还击。

1968 年,英国海军的一艘巡逻舰进入了西兰公国,引发了派迪和他的儿子迈克尔的武装反抗。两人随即被传令受审。然而,英国法庭最后判决认为,怒涛塔所在并非英国领海,所以此事他们无权干预。由于英国是判例法国家,这也成为英国不再干涉西兰公国存在的先例。

自此之后,英国虽反复重申过对怒涛塔的主权,却默许了西兰的运作。事实上,为了避免争议,英国也并不真正打算处理这一问题。西兰公国一直像一个真正的国家那样,正常地存在于海峡之上。

与西兰公国不同,位于澳大利亚的赫特河公国(Principality of Hutt River)是个典型的内陆国家。这个国家的全部领土即是其国王伦纳德·乔治·卡斯利所有的农场领地。某种程度上来说,赫特河公国比西兰公国更典型,因为和怒涛塔相比,卡斯利之农场的所有权是无可辩驳的。

1970年，由于与西澳大利亚州政府在小麦配额问题上长期存在争议，卡斯利与一些支持者宣布其农场独立，成立国家。同样，澳大利亚政府也没有对此采取任何行动，仅对外解释说卡斯利的建国行动是商业炒作。而赫特河公国屡次试图挑战澳大利亚政府的行为——不缴税、发行货币邮票、提供公司注册等等——也没有引发什么后果。显然，也是出于避免争议的考虑，澳政府像英国一样默许了这个国家的存在。

位于美国境内的摩洛西亚共和国（Republic of Molossia）则是由凯文·鲍（Kevin Baugh）建立于其房产上的私人国家，它依然向美国纳税，却是以"经济援助"的名义。而原为意大利一小城镇的塞波加大公国（Comune di Seborga）则由当地居民一致同意而建立，它甚至拥有自己的法律、电讯服务乃至教育卫生系统。同样，这些私人国家均未得到承认，却与原属国家井水不犯河水，双方从未产生什么冲突。

私人国家的出现，实际上向我们提出了这样的问题：自我统治能否为国家提供正当性？换句话说，如果一个人，或者一群人在其所有的土地上建立了国家，宣布他们将自己统治自己，这是否合法？

按照自由主义传统，人当然有权统治自己。即使原属国家建立在洛克所说的"同意"理论，即某个契约程序之上，也不能限制个人单方面脱离国家的统治。"同意"至少意味着反对是可能的。如果说人在自由民主制度下能够自愿出让自己的部分权利服从国家，他当然也可以收回它（更毋论非自愿出让的情形）。极端地说，他甚至有权拥有自己的武装——美国的民兵传统恰恰为这种权利提供了证明。

当然我们也可以反驳说，自我统治乃至建立国家是一回事，但其他国家是否承认，则是另外一回事。是否承认说明了国际社会是否接纳一个国家进入国际关系的程序。但是，若"承认"指的是建立或准备建立外交关系，则与国家的正当性无关；若指的是国家正当性本身，则属本末倒置——事实上,应当是国家的正当性令其获得承认,而不是承认使其获得正当性。

　　承认之所以如此重要,在于长久以来把持国际关系的现实主义观念。在实力政治大行其道的时代,决定一个国家之地位的,往往是利益与实力。在这样一种弱肉强食的环境下,自我统治成了一种乌托邦式的梦想。也正是因为此,"承认"这种与处境和关系相关的概念取代了国家的本质属性——建立在契约或自发过程(诺齐克)上的自我统治——而成为正当性的来源。

　　实际上,独立建国的政治实践者,有相当一部分都只是富有想象力或幽默感的人。就像另一个私人国家海螺共和国(Conch Republic)的国家格言所说,其国家的目的只是"在实践幽默中缓解世界的紧张"(The Mitigation of World Tension through the Exercise of Humor)。但从另一个角度来说,私人国家的出现,无疑是对当前国际社会与国际秩序的反讽。私人国家因其不受承认,而在现实主义观念中成为"非-国家"(non - state);但我们也看到,在英、美、澳乃至意大利这样的自由民主国家里,私人国家虽并未得到承认,却也未被干涉、破坏。这就表明,自由主义观念正在发挥力量,保卫着真正合乎正当性的国家的存在。零和游戏式的国际关系所带来的世界的紧张,也将会被这种带有幽默感的政治实践所缓解。

2010.6

两种自由

以赛亚·伯林于1958年在牛津大学发表的演说《两种自由概念》，提出了"积极自由"与"消极自由"的区分。时至今日，这已经成为自由主义的经典概念。这种区分之所以重要，是因为在观念史上，"自由"的内涵含糊不清，令人困惑。许多哲学家都在谈论"自由"，但一部分人指的是"积极自由"，另一部分人指的是"消极自由"；而更多的人，把这两种自由混为一谈。

当我们谈到一个人拥有"自由"时，大多指的是他不受限制。监狱中的犯人没有行动自由，是因为他被高墙限制住了；开车的司机没有自由，是因为他必须遵守交通规则。所以说，"自由"指的就是"免受限制"。这个概念稀松平常，简单易懂。

从上面的解释可以推出，当一个人拥有全部的、绝对的、完整的自由时，他就可以不受任何限制、为所欲为。可以想见，没有多少哲学家会喜欢、认同这一结论。他们不约而同地指出，为所欲为所带来的不是自由，而是混乱；进而，他们提出了对自由的"深刻"阐释——"积极自由"。

理解积极自由的关键，在于"自由意志"这一概念。积极自由观认为，一个人是否自由，不在于是否受到外部限制，而在于其意志是不是自由的。换句话说,当人能够真正地自我决定(而不是为他人意志所操控)、能够真正成为行为的主体(而不是无主见的、被动的行动)时,他才是自由的。进而,当人丧失理智时,他便不能被称作是"自由的";只有当他确确实实处于有理性的、有思想的、有自主意志的情况下,才配得上"自由"二字。

这种阐释看起来没有什么问题。如果一个人不能控制自己的行为,那他可能是个疯子。疯子难道有自由可言吗——即使疯子不受任何限制,说他是"自由的"也显得非常奇怪。从另一个角度来说,能够自我决定的人,就是他自己的主人,而不是他人意志的奴隶,这就表明他拥有自由。我们当然能够接受这一点。

在这里,让我们引入汉娜·阿伦特的观点。阿伦特在探讨纳粹大屠杀的根源时,认为人的"平庸之恶"是关键。她曾指出,关于大屠杀的指令之所以能够在纳粹的体制中由上至下顺利地传达执行,是因为体制的参与者不关心人和社会,放弃甚至不具备理性反思的能力,丧失了足够的道德感。他们没有体察到大屠杀的血腥和非正义,只知服从,变成了体制内的一颗螺丝钉。阿伦特认为,要避免大屠杀惨剧,首先要提高人的理性能力。

这种观点与积极自由观如出一辙。它们都强调理性能力在政治中的关键作用。它们指出,人只有拥有这种能力,才能实现好的政治;否则,便没有自由,便难以避免大屠杀之类的惨剧。

这种观念的强化,为卢梭所点明。卢梭首先指出,道德问题的关键,就是是否能够听从我们内在天性的声音。因此,在人的感性和欲望影响下这种声音被淹没,即是不道德现象的根源。然后他又极力强调,民主制度下多数人的意志(公意)至高无上,具有上帝般神圣不可侵犯的地位。个人之所以必须服从公意,是因为公意不会受个体的感性和欲望影响,代表了法律和主权,更代表了"更高层次"的理性。它显然比脆弱的个人更具理智。因此,若公意以某种名义(正义、财富或公益之类)强迫个人做某事,便不能被视为对个人的侵犯:因为,个人之所以不愿那样做,正是因为受到了感性和欲望的影响,没有领悟到真正正确合理的行为为何。

卢梭曾说:"若有人不愿自由,我们便强迫他自由。"这里的"自由",指的便是积极自由。如果个人很难意识到怎样做才是"理智的",那么强迫他们服从更高的意志,就是必要的选择。这种强迫不仅不构成对自由的限制,反而提升了人的"境界",使其获得了更深刻的自由,是一种莫大的帮助。所以,如果说好的政治需要足够的理性能力,那么服从更高层次的理性意志(更正确的伦理观念、道德标准)便是过"好的生活"的必经之路。而且只有这样,人才能获得真正的自由。

由此我们看到,积极自由观一开始强调人的自主性,进而强调"人应当服从自己的理智",再转为"人应当追求更好的理性能力",最后变成"人应当服从更高的理性意志",从而将自主变为服从,将自由变为奴役。或许应该承认,人的确应该更加自主、更加理性;然而当我们追问,怎样才可称为"更加"时,其答案便隐藏着"唯一正确"的危险。而这种唯一正确,势必构成对人的限制。

积极自由是一个肯定性的观念,它指出了人这样做才"更好""更合理""更正确",也指出了那样做是"不合适的""错误的"。因此,它天然地强迫人进行选择,天然地构成了对消极自由的侵犯。自苏格拉底以来,知识与美德一体两面的观念深入人心,促使知识分子体察到自身有一种责任:指引大众过上"更好的"生活。由此,知识分子要令大众接受"更好的"道德观念,让他们获得理性能力(服从理性意志),使他们"更加自由"。从柏拉图到黑格尔,从卢梭到马克思,这种崇高理想一次又一次地介入私人领域,破坏个人对其生活的理解与控制。事实上,这种理解与控制,与其说与某种莫名其妙的"理性能力"相关,不如说与外在的种种限制关系更大。因为,它不仅在权利的意义上属于个人,而且在本质意义上就是私人化的。只有如此,生活才可能脱离某些既定观念的独断控制,重新显示它的多元特征。

2010.6

再论两种自由:能力、意愿与自我决定

消极自由与积极自由——按哈贝马斯的用语是私域自律与公域自律——是当代政治哲学的关键议题,不仅深植于古今之争,也关涉到现代社会之架构。自以赛亚·伯林断然区分它们以来,围绕着"免于……"(liberty from)与"去做……"(free to)的争议便从未中止。由于伯林的学术旨趣主要集中于政治思想史,其《两种自由概念》也更倾向于历史考察,因此,当静态的语言分析方法应用于其上时,这一区分似乎便不那么明晰了。但下面我将试图表明:撇开伯林本人过于简化的表述,消极自由与积极自由的区别是显然的;它们毕竟是人之境况的不同方面。换句话说,此两种自由概念依然属于不同的事实判断。至于经典自由主义抬高前者而贬低后者的意图,则是立足于繁杂的历史事实之上,并不能因两者间存在千丝万缕的联系而任意否定。

杰拉尔德·麦卡勒姆(Gerald McCallum)在其论文《消极自由与积极自由》中指出:自由这一概念就意味着"免于 X 而去做 Y",也就是说,一个人有做某事的自由,这一状态本身就包含着他未受某些限制的事实。因此,消极自由和积极自由都是自由概念的必要组成部分,无需分开论述。然而,当我们说人拥有"做 X 的自由"时,就相当于说他"能够做

X"，换句话说，即是"有做 X 的能力"。如果我没有强健的体魄，便没有爬山的能力，进而就没有爬山的自由。这里的转换是耐人寻味的：能力被当成了自由的前提。仅因某人没有某种技艺，我们便说他没有该种自由——显然，这在用语上是非常荒谬的。积极自由的谬误就在于此。

无论如何，这一谬误只能算作对自然语言的误用。令人不解之处在于，伯林坚持在政治思想史上将柏拉图-卢梭-黑格尔-马克思谱系所犯的错误归咎于积极自由概念。在贡斯当那里，"古代人的自由"有如下特征：它具有鲜明的价值立场——高扬政治参与的价值，并贬低私人事务；个人无法抵抗公共决议对自己的干涉，在此意义上，公私领域之二分尚未出现；"个人在公共事务中几乎永远是主权者，但在所有私人关系中却是奴隶"。在卢梭那里，公共决议更进一步被神圣化，民主制度本身被认为拥有更高的理性意志，因此可以控制个人；个人必须服从这种控制，因为它更"好"、更"正确"。应该承认，伯林对这一谱系的批评是正确的，但那与积极自由并无关系。真正的要点在于，如何理解私人领域及其中心概念："自主"或"自我决定"。

上述谱系所坚持的核心观念在于：个人尤其是普通民众并不能理解真正深刻的善观念，他们不知道应该如何过有意义的生活，他们无法领会何种事务是最有价值的。换句话说，在生活世界之外存在着某个价值标准，它可以为不同内容的生活方式划分高低层次。至于此标准的制定，要么由出众的智识能力（哲人王）承担，要么由高层次的理性意志（公共决议）承担。在这里出现的倾向是对人之自主性，即在自我决定的基础上追求好生活的能力的全面否认。

可能有人注意到，我在上一句中使用了"能力"一词。自主性-自我决定与积极自由有何关联？如果一个人没有这种能力，还能称得上是"自由"的吗？这里可能存在一个更隐微因而也更为重要的细节：自我决定与一般意义上的"技艺"或"做 X 的能力"并不属于同一类。如果不澄清这一差别，就不可能清晰地理解两种自由概念。

我们之所以会说人是"自主的"，是因为他能够产生种种意愿，并且能够根据它们行动。意愿当然同样有其原因，就此点而言，人依然服从于决定论；而且，只有以决定论为前提，自由意志才成为可能。自我决定的能力即体现于意愿之制造，它作用于人自身——用一个不甚严格的概念来说是"自我"——并且与物质条件无关。或者说，自我决定的对象是一般意义上的"技艺"或"做 X 的能力"；自我决定是一种决定人之能力之使用的能力。因此，自我决定与积极自由概念无涉，更进一步说，尽管自由不应与能力关联，但自主性-自我决定应当是自由状态的必要条件。

自我决定应当被理解为人的本质能力，也就是说，如果一个人不拥有这种能力，便不会被当作人来对待，正如我们不会在治疗事务上征求精神病人的意愿。自由主义的重要观念即是：拥有这一能力便意味着拥有追求自我认定之好生活的权利，并且国家必须在"何为好生活"的议题上保持中立。也就是说，自我决定最终应落实到对生活内容与生活方式的决定，并且，前述柏拉图-卢梭-黑格尔-马克思谱系所宣称的价值标准并不存在。这一观念引起了大量批评，而自由主义对它的捍卫则主要集中于：一，就个人而言，源于内心、合乎意愿并为他所选择的生活，对他来说才有可能是好生活——也即，强迫人过一种好生活是毫无意义的；二，对行动之价值的评价与行动者自身的观念强烈相关，一种行动的价值高低，很大程度上是主观的。因此，国家中立意味着：在好生活议题上，不仅不能有强迫之举，甚至不能施以诱导。只有在这些条件下，国家才是纯粹"政治的"（political，相对于"整全性的"或"形而上学的"）。当代自由主义在这一问题上达成了共识：自由帮助我们认识到对于我们什么才是好(罗尔斯),帮助我们"追踪最好"(诺齐克)。

那么,自由究竟由什么构成?当我们说一个人处于自由状态时,又意味着什么?我想,正确的回答是:自由应该由消极自由——免受限制——与自我决定能力组成。鉴于自由概念只对人有意义,伯林的研究在很大程度上依然是正确的。而他的错误就在于将对自决能力的否弃归因于积极自由——然而,前面已经表明,人之自主性-自我决定与两种自由概念均无关系。对于观念研究而言,撇除用语的混乱固然重要,但关键的是能否产生洞见。严格地说,在《两种自由概念》中,伯林做到了前者,却没能在更大视野下的思想史研究中提出令人信服的论述,在这一点上,当代自由主义无疑做得更好。

补记:

霍布斯在《利维坦》中详细讨论了消极自由概念与能力的关系。他对比了两种情况:一是某人因病而只能躺在床上,二是某人被锁链限制在床上。他认为,前者没有行动能力,因此谈不上自由或不自由;后者显然是被限制了自由。这一讨论揭示出前文的欠妥之处,即能力之缺失未必与自由无关。

在霍布斯的例子中,前者之病症如果是一种自然状况(即非由他人所造成),就没有限制他的自由。因自然状况而缺失的能力与人的自由无关,任何人均不是全能者,其能力必然有限,若我们因此说所有人均不自由,就犯了语言错误,至少是使得"自由"一词丧失了原先的意义。而第二种情况下,锁链显然由他人所施加,其自由的丧失是毫无疑义的。

这里的关键是:我们应该关注能力的增减。如果能力的减少由他人所引发,就侵犯了自由;如果仅属于自然状况,就不能视为对自由的侵犯。这说明,伯林的原始文本对消极自由的分析依然是正确的。

　　以上结论使我联想到 Edward Feser 在其论文"There is No Such Thing as an Unjust Initial Acquisition"中提出的有力论证:有一无主物 R,A 想获得它,这种获得并不是不正义的。因为,如果它不正义,那么必定是由于侵犯了他人的权利;但是,由于 R 本身是无主物,没有人对它有权利,所以,对无主物的获取——最初获取(Initial Acquisition)既谈不上正义也谈不上非正义。这一论证揭示出的是:公平正义的内核是权利,而权利的增减只可能来自人为原因。我们应该说:自由即权利。除消极自由外,对自由的其他理解,均超出了权利之界限。

2011.2

消极自由有什么错？

　　这的确是一个真正可以被称作"老生常谈"的论题，却关涉到一些关于人类行动的最令人困惑的疑难。像"自律"、"自我实现"和"做我们真正想做的事情"之类的历史悠久的概念，究竟具有何种涵义？在康德主义-自律伦理学之中，"自律"所指称的是人遵照通过自我反思而确立的普遍道德律令行动的状态，而自由意志则是一种不被其他任何外在因素决定的理性力量。但这并不能解除我们的疑惑。在积极自由理论家那里，前述概念显明地相关于对人类生活的统制，或者说对自我的调整与引导；按照查尔斯·泰勒的区分，它纯属一种操作概念（exercise concept）——通过对个人生命的再安排以达致自由。坚定的自由主义者或许会对这样的观念嗤之以鼻，因为依照边沁的经典论述，将自由与内在的自我状况联系起来，要么是语言混乱，要么就是把论证的责任推予形而上学。康德本人同样认为，"自由不能由某种所谓对人类本性的经验来充分证明"，而只能"先天地被证明"；他继而指出，只有在不依赖任何经验概念的前提下，由纯粹理性规定的意志才是自由的。这似乎指示着如下结论：前述自律式概念不可能经由经验分析而得到证立。

　　当然，这种康德式的先验主义理路不会受到现代积极自由理论家的欢迎。泰勒指出,为操作概念证成,并不必然需求那种关于高层次自我与低层次自我的形而上学理论,"辨别真正和虚假愿望的基础实际上广泛得多"。其论证分为如下三个方面:

辨别动机。泰勒举例说,在路口放置红绿灯可以被视为对出行自由的限制;与此相似,宗教封杀政策当然也是对信仰自由的破坏。但这两种举措有着根本的差别:相比于无价的宗教自由,红绿灯可以说是微不足道的,以至于在政治实践中几乎不会被认为是一个问题。因为,与其说红绿灯是在限制自由,不如说是在保护自由——它并未干预人们出行的自由行动,反而是对这种行动的保障。紧接着,泰勒虚构了一种论断,该论断声称社会主义的阿尔巴尼亚比英国更自由,因为尽管前者废止了宗教活动,但考虑另一方面,地拉那的红绿灯比伦敦要少得多。由于每个人都要出行,而只有少数人有宗教信仰,因此从定量的观点看,红绿灯限制的行动的数量肯定比宗教禁令所限制的行动数量多得多。两相比较之下,似乎就得出了前述的荒谬结论。泰勒据此宣称,由于诸种人类行动的目标不同,因此诸种自由具有不同的重要性;如果我们不辨动机,将出行自由与宗教自由等而视之,就无法讨论自由问题了。

自我评价。上述辨别是重要但初步的,因为它还没有触及操作概念所要真正区分的两种愿望或目标。我们在进行自我反思的时候,经常要对某些愿望或目标的必要性进行审视。泰勒举出了几个至为常见的例子:可以设想,我害怕在公众面前讲话,这对我的事业构成了障碍;或者,我沉浸于舒适安逸的生活,这对我想要从事的旅游探险活动构成了障碍;又比如,与人交流时我不善于控制自己而时常表达出恶意,这对我所想要维续的人际关系构成了障碍。这些都是关于内在冲突的典型事例。因此,在许多情况下,我都会将内在于自我的愿望、动机或目标(有时表现为习惯)视为障碍——达致我所真正希求的目的的障碍;进而,当受到这些障碍的控制时,我无疑不是自由的。这些事实属于经验范畴,同时又相关于操作概念,但消极自由理论显然并未触及。

瓦解主体的优先地位。泰勒注意到,即使承认对内在因素的评价和取舍与自由状况相关,消极自由论者依然可以持守一种个人主义观念,即这种评价与取舍在根本上仍属于个人事务。在上述事例中,对诸种愿望进行审视与取舍的是主体,而不是他人。换言之,决定人是否自由的依然是自己,在此方面,任何人都不会犯错。泰勒敏锐地看到,与私人语言论题相似,自由问题的私人化会使得操作概念毫无价值,而只有在解除主体的优先地位之后,自律式概念才有意义。他进而区分了生理性的感觉与"给予意味"(import - attributing)的感觉:前者指疼痛之类主体具有最后评判权的感觉,而后者指"对我非常重要"、"满足了我重要的、长期的需要,是一种自我实现或者是我核心的事情"、"让我更加接近真实的自我"的感觉,如拓展事业、追求爱情、从事探险的愿望等。必须注意,后一种感觉并不都是正面的:譬如,前述对公共演讲的恐惧同样富有意味,只不过那是一种应予排除的错误意味。在这里,两种感觉的本质差异清楚地显露出来:生理性感觉并无对错之分,而给予意味的感觉却可以经由操作概念而取舍。泰勒继而指出,尽管在很多情况下主体都能够对愿望进行对错区分,但在查尔斯·曼森(Charles Manson,美国著名连续杀人犯)和安德烈亚斯·巴德尔(Andreas Baader,德国恐怖组织"红色旅"首脑)这样的人那里,主体毫无疑问是错误的。泰勒问道:"假设一个像曼森这样的人,对于派遣门徒出去随意杀戮这件事,他克服了良心上仅存的最后一丝不安,因此行动不再受到抑制,我们会毫不犹豫地认为他同摆脱了恶意和非理性的恐惧的人一样,变得更加自由了吗?"①显

① 达巍等:《消极自由有什么错》,89页,文化艺术出版社,2001。

然不会,因为曼森式的自我是由混乱、错觉以及扭曲的观点塑造出来的。在这一事例上,我们能够清楚地看到,既然存在曲解目标的可能性,主体便并不能居于优先地位。

在最后,泰勒给出了清晰的结论:"自由不会只是没有外在的障碍,因为也可能有内在的障碍。对自由的内在障碍也不能仅仅按照主体所认识的样子来定义,主体不是最终的裁定者。因为对他真正的目标,对什么是他想要摒弃的这个问题,他可能是完全错误的。"①应该承认,这一复杂论证为操作概念提供了有力的辩护,同时也的确构成了对消极自由的全面挑战。但话说回来,当我们发现其主要逻辑仅仅是将对真实/虚假愿望的区分联结于自由/不自由状态上时,它的说服力就显得不那么强烈了。

在关于红绿灯与宗教政策的论述中,泰勒试图说明诸种自由有着不同的重要性,并认为信仰自由显然比出行自由更关键。然而,这种看法只是对私人观点与法律观点的混淆。一方面,无神论者或许并不会认为信仰自由更重要,如果两者果真不可兼得的话;另一方面,法律内容不会也不应受到所谓自由重要性的观点影响,因为其原则只在于尽可能地拓展自由:红绿灯实质上是对出行自由的保护,但宗教封杀政策无论如何也不会对信仰自由更有利,因此,前者比后者更为合理。不需要求助于实际上因人而异的重要性概念,我们同样可以为英国何以比阿尔巴尼亚更自由提供解释。

无论如何,辨别动机论证看起来并不重要。即使诸种自由之重要性的差异只源于个人视角,也无碍泰勒的主要逻辑,因为接下来涉及重要性概念的仅仅是对不同愿望或动机的区分,而这单就内容而言是完完全

① 达巍等:《消极自由有什么错》,90页,文化艺术出版社,2001。

全地私人化的。面对泰勒提出的三个例子,我们的直觉反应往往是:这些情况似乎并不能被称为"不自由"。如果仅仅是因为害怕公共演讲就丧失了部分自由,这种说法即使在宽松的自然语言中也只能被认作一种不太常见的修辞。至为关键的是,按照消极自由概念,一种障碍能否被视为对自由的限制,并不在于它是否属于外部范畴,而在于它是否由他人引起;也即,外在-内在的标准无关紧要,重要的是自然-人为的划分:外在障碍有可能是自然的,内在障碍亦有可能是人为的——这就直接反驳了泰勒的结论。而通过审视事例,我们不能认为那种常见的恐惧、庸碌或恶意是他人造成的,因此,前述障碍也就不应被视为对自由的限制。反过来,假若我们认肯泰勒的观点,那么就无异于说:一切障碍都损害了自由,甚至包括纯粹的自然障碍。照此逻辑,就会产生如下语言混乱:我不能飞,因此我就没有飞行的自由。

查尔斯·泰勒第三方面的论证还掺杂着一些不能忽视的副产品。他提到,对公共演讲的恐惧虽然同样是一种给予意味的愿望,但却是错误的;而另一方面,主体对于对错并无最终的评判权。这两个条件指示着如下结论:即使"我正在自己最强烈的愿望的引导下做我想做的事情",也不意味着我是自由的——查尔斯·曼森与安德烈亚斯·巴德尔即是真确的例证。但是,若愿望的对错并不依赖主体,那么其标准何在?泰勒解释说,当某种愿望"给予我们的意味或者善并不是真正的意味或善"时,就应予舍弃。这一论述是至关重要的,因为从它出发,便可推出以下结论:对我们而言,"真正的意味或善"与主体,即与我们自己的观点无关;取舍愿望的确实依据只能出自一种非个人化的善观念。这种表达毫无疑问属于至善论。由此我们可以说,泰勒的论证虽然表现为经验分析,但实质上却严重依赖于一种殊异的道德观点,后者试图将恐惧、庸碌与恶意之类复杂而特殊的人类感觉或情感贬为不合理的、错误的乃至完全多余的。这一点表现得如此明显，以至于令我们怀疑：泰勒的立场是否真的与积极自由的极权主义观点保持了足够的距离？一种以消除我们自然的感觉或情感为己任的道德哲学，是否会拐向改造人性的通往奴役之路？

积极自由的失败并不意味着消极自由的成功。我们认识到，操作概念——对个人生命的再安排——若不立足于一种非个人本位的立场，便只会是空洞无物的。但另一方面，排除了操作概念，并不等于排除了自由理论内含的疑难。泰勒正确地指出，仅靠机会概念（opportunity concept）——免于人为限制——并不足以支撑起"自由"背后的复杂状况。显然，只有当人能够自我决定时，我们才能将免于限制的状态命名为"自由的"；也即，只有以自我决定的能力为前提，消极自由理论才构成对自由的完备解释。然而在许多消极自由理论家那里，自我决定概念与其说是一个说明，不如说是一个潜藏的设定——它不加论证地设定了人之为人即具备自我决定能力。这显然并未解决问题："自我决定"其义究竟为何，仍需要更进一步的解释。

问题原封不动地回到了我们面前。"自我决定"看起来无非也是一种自律式概念，因而，能否为它给出一个完备的、自然主义的或者说经验科学意义上的说明，依然是紧要的任务。如果这是不可能的，我们就只能回到康德，先验地为它在因果律世界图象之外找一个无足轻重的位置——而这当然不能令理论家们满意。罗伯特·诺齐克在一篇名为《强迫》的开创性论文中论及这一论题，具体而言，他尝试讨论"某人之行动完全出自他自己的选择"这一说法究竟有何意义，也即，考察行动与自我决定的联系。

一般认为，强迫与自由关系密切，但按照消极自由概念，免受强迫似乎并不等同于自由，因为他人所设的障碍并不都构成强迫。强迫一般来说是自我决定的反题：如果我受到了强迫，我的行动就不能说是经由自我决定而作出的。但这一论断同样存在疑难。在论文中，诺齐克起先对哈特关于强迫概念的著名定义进行了冗长的讨论，之后便转向对两个次级概念的分析：威胁与施予。以下论述是不难接受的："一个人如果因为某人的好意做某事，一般来说，他不是被迫的，但一个人如果按照别人的威胁不能不做某事通常是被迫的。"[1]这符合我们的常识。但许多研究者有不同的意见，他们认为威胁与施予并没有本质的差别，两者都对自我决定形成了某种干预，因而都构成了强迫。具体而言，如果 P 的行为改变了 Q 的选择序列 A，使得其中的某些选项对 Q 的效用比其余选项相对高了（或低了）很多，并且当 Q 最后选择了（或未能选择）这些选项时，就可以说 P 强迫了 Q。常识当然会继续反对这种意见：我们会认为，在威胁的情形下，行动者实际上受制于别人的意志，但在施予的情形下则不是；受威胁时我们不是自愿的，受施予时则是，等等。但事情远非如此简单。诺齐克注意到，威胁与施予都可以让行动者选择（或放弃）去做他原先不会（或想要）做的事情；而且，它们都有可能令人在理智上无法接受。换言之，就自愿或自由意志而言，威胁与施予所起的作用实际上是一样的。

　　至此，我们可能陷入了某种定见之中。以第三人称的角度区分威胁与施予或许根本就是徒劳而不必要的，而确定何为强迫也未必要借助次级概念。在这里，第一人称的意见本身就构成了一个重要标准，因为行动者在大部分情况下都会愿意接受施予而拒绝威胁，因此，重要的不在于有效地区分威胁与施予，而在于行动者会以何种态度面对他人的干预。经过一番讨论，诺齐克最终到达了这样的结论：

---

① 　罗伯特·诺齐克：《苏格拉底的困惑》，35 页，新星出版社，2006。

"如果 P 有意改变 Q 必须从中做出选择的选项,且 P 这样做是为了让 Q 做 A,且在变化发生前,Q 不会选择(也不愿选择)发生这样的变化(变化发生后,Q 更愿意它未曾发生),且变化发生前,Q 不会做 A,变化发生后,Q 做 A,那么,Q 做 A 不完全是自己的选择。"[1]

这一结论是浅易的,它无异于说:如果我不愿接受他人的干预,我就是被强迫的;反之则不构成强迫。这实际上是在用自愿概念定义自我决定概念。诺齐克清楚地看到了这一问题,他认为,这些讨论只适用于"我所描述的那部分人,我把这些人叫做有理智的人,遗憾的是,我们都不是这样的人"[2]。有理智的人才能以自愿标准来衡量自己的行动是否出自自我决定。但这同时也是一个彻头彻尾的同义反复论断——何为"有理智的"仍需进一步说明——未对消极自由概念的研究有任何帮助。

至此,我们已经看到了两位理论家的失败。尽管立场不同,但他们的失败是相似的:均无法为自律式概念给出经验解释。这一疑难隶属于自由意志论题,是一项更为复杂也更为困难的哲学课题的一部分。我怀疑,单靠语言分析并不足以解决它,或许在心灵哲学的帮助下,自由意志——无论那是否存在——才能重新获得它的意义。

消极自由有什么错? 鉴于我们至今都无法完全获知"自由"的准确涵义,在此情形下,消极自由理论的最大优点莫过于:它通过对机会概念的把握,消减了自由概念的模糊性。也正为此,正是在现代自由取代古代自由之后,自由才不再被视为政治(实践)问题,而仅仅是一个哲学问题。机会概念使得政治行动能够沿着无比清晰的逻辑自我发展,而无需再将一种似是而非的至善论引为前提。对照查尔斯·泰勒对英国与阿

---

[1] 罗伯特·诺齐克:《苏格拉底的困惑》,41 页,新星出版社,2006。
[2] 罗伯特·诺齐克:《苏格拉底的困惑》,37 页,新星出版社,2006。

尔巴尼亚政治状况的分析,我们能够清晰地看到:积极自由概念对于理解政治自由不仅毫无助益,反而使论者严重曲解了现代法律理念。必须指出的是,现代积极自由理论家对消极自由概念的不满,反而在积极自由的论域下能够得到更适宜甚至更丰富的表达。若说自我决定概念是欠缺完备解释的,那么操作概念无疑面对着更加严重的困难——后者似乎只有在一种美德政治的既有秩序下才是有意义的。鉴于如此境况,在一种更适宜的自由理论出现之前,消极自由概念还不应被我们放弃。

2012.1

正义战争与政治虚无主义

2009 年的诺贝尔和平奖被授予给美国总统贝拉克·奥巴马。消息一出,世界舆论哗然。大多数人的困惑在于此:一个以世界和平为意旨的奖项,难道可以被授予给当代世界战争的主要发动方——美国的领导人吗? 左派知识分子更是义正辞严地指出,给"帝国主义者"发奖,表明了现代道德的沦丧,更表明了正义向殖民主义投降。

鉴于此,奥巴马特地在领奖时发表了一番精心准备的演讲,为自己辩护。面对指责,他指出,美国所发动的阿富汗、伊拉克战争,都是"正义战争"(他又补充说,后者可能没那么正义),而不是殖民主义。因为,塔利班与萨达姆都已成为和平的威胁,如果不立即以战争手段予以制止,势必造成严重后果。另外,美国军队已经尽可能避免让战火波及平民,尽管仍有伤亡,但那确属无奈。无论如何,战争虽然会带来各种灾难,但如果没有必要的战争,后果将更加严重。正是在这种意义上,战争是正义的。

在支持或反对奥巴马之前,需要澄清的是"正义战争"的概念本身。如果这一概念是有意义的,就意味着存在某些律则,赋予战争以道德性质。换句话说,当我们在谈到战争的"合法性"时,首要问题就是:这种

"法"——干脆地说,政治正义的标准——有可能存在吗?

我们想必会认为,这种律则当然存在,否则像反对希特勒这样的战争,就不会被公认为是正义的了。然而,在惯常思维中,纳粹一方之所以非正义,是因为它是侵略者——主动对其他国家实施了军事行动,侵犯了后者主权;而英美等国一方之所以合乎正义,则是因为它们的目的是保卫己方主权——或者冠冕堂皇地说,是保卫"独立与自由"。看起来,将主权作为政治正义的标准并没有什么问题,但接下来,我们就会看到一些疑点。

在这里,发生于二十世纪末的科索沃战争是一个具有代表意义的范例。很明显,当时以美国为首的北约军队,是南斯拉夫国家主权的侵犯者。正是基于这样的逻辑,南斯拉夫政府认为军事干涉是不正当的,知识界也站在了北约的对立面。然而此时,德国哲学家哈贝马斯却为北约出兵辩护。他的理由简单易懂:一、北约的目的是调解,是制止正在发生的惨剧;二、北约的行动是十分审慎的——即使这造成了平民伤亡,但就其"外科手术"式的手段来说,误伤的存在毕竟是可接受的。当然,这一辩护的直接后果是招致了无数的口诛笔伐。

让我们回顾此次战争的过程。它起源于南斯拉夫境内科索沃地区塞尔维亚族与阿尔巴尼亚族的冲突。两个民族历来不和——南斯拉夫政府有失公平的民族政策难逃其咎——而在东欧剧变之后,矛盾日益突出。阿尔巴尼亚族在被压迫的情况下,试图反抗政府统治,获得独立地位,这招致军队的严厉镇压。阿族武装与塞族武装、阿族平民与塞族平民之间连续数年流血不断,而在南政府的偏袒与支持下,塞族很快取得优势地位,阿族则面临着被灭绝的命运。此时国际社会开始调停,北约发出最后通牒,命令南政府立即停火,但后者认为此举干涉内政,不予理会,反而对阿族实施了大规模种族清洗。屠杀造成三十万人丧生。1999

年3月24日,最后时限已过,美国宣布外交努力失败,北约便出动舰队与飞机,以空中打击的形式,瓦解了南政府的抵抗,最终将南总统米洛舍维奇送上国际法庭。

科索沃战争引起了巨大争议。北约选择以暴力达到目的,这到底是侵略行径,还是正义做法呢？问题并不在于以战争制止屠杀是否合法,而在于当米洛舍维奇选择将"国家主权神圣不可侵犯"的律则作为其屠杀正当性的来源时,和平手段还能够制止惨剧吗？答案应当是明确的。

所以,从上面的范例来看,即使我们先将战争手段搁置一边,将主权作为政治正义的标准也是不合适的。仅从国家的历史来看,主权观念与人的财产权观念并不相似:后者是绝对严格而实存的私权,而前者仅是一外铄性概念,是在国与国的国际政治背景下的假设。既然如此,政治正义便不能以国与国的现实关系为基础;与之相反,这种现实关系,恰恰应当以根植于政治本身的、普遍的、绝对的正义为前提。

在古希腊时代,政治的目的是让人——天生的"政治动物"——过上"良善生活"(good life)。这表明,人只有在符合政治律则、参与政治活动、服从政治决议的情况下才是合乎道德的。古希腊民主政治的特点正在于此:它不仅可以决定城邦公共事务,也可以对个人进行控制。事实上在这一时期,公-私或者说公共-个人的分野还不存在,财产权等一系列个人权利也付之阙如。例如,从今天的眼光来看,苏格拉底的言行虽然违逆了当时的道德,却还谈不上犯罪;但在古希腊这样一个不存在言论自由的时期,道德-法律-政治决议是三位一体的,个人在其面前必须服从。然而,随着文明的碰撞、宗教的冲突不断发生(当世界上第一个真正意义上的超级大国——罗马共和国/罗马帝国统治了多个民族时,单一族群便不可能具有法律的地位了。事实上,万民法之所以具有这样的名称,正是因为它超越了特定族群的规范。现代政治的雏形正是出现于此),一种单一道德对人全方位的控制已经难以维系,基督教对整个欧洲的统治即是这种控制的最后环节——很快,随着启蒙运动发生,基督教道德便失去了它的地位。在这里,深刻的变化是道德-法律-政治联盟的解体。不同民族、不同地区乃至不同信仰的人们,不可能具有相同的道德观念;随着视域的扩大,多种文化、多种价值观进入了同一个社会,政治对"良善生活"观念便不再拥有解释权了。这时,公-私或者说公共-私人的观念才真正成为现实。

既然多元社会使得单一文化不复存在,那么良善生活也就不可能具有唯一的内涵。私人领域的出现意味着:人有权追求他/她所期望的生活而不受公共声音与政治权力的干扰。只要不侵犯他人,个人便可以完全掌握自己。这便意味着个人自由的出现,也意味着政治已经不再和良善生活存在任何实质联系。

这时,政治的意义又成了关键问题。显然,当个人自由与文化多元成为社会良好秩序的前提时,政治的任务便是维护这一秩序。当政治不能,也无权提供良善生活的标准时,它至少应为个人选择乃至多元社会本身提供稳定可行的架构。在这里,我们看到了与古典政治不同的现代政治,与之相伴的还有作为政治之根的正义标准。

我们想必都会认同"正常社会"这一概念。它表明,存在着某些共同而普遍的律则,当一个社会违反这些底线时,便不能被称为"正常的",其政治也不能被认可为正义的。这一标准即是:社会能否为个人选择与多元文化共存提供足够大的空间,个人能否有足够的自由选择他/她所期望的生活,以及诸种文化、诸种价值观是否可以得到公正的对待、是否得以免遭政治权力的干涉。换句话说,当政治能够为上述标准提供保障时,才是正义的。这正是我们将希特勒德国、塔利班阿富汗与萨达姆伊拉克称为"非正义"的原因。尽管对非正义国家采取战争手段仍有巨大争议,但仅从结果来看,正常社会在德国、阿富汗和伊拉克的复兴或初现依然是令人高兴的。

为某一场战争(尤其是以遏止莫须有的"大规模杀伤性武器"为由而发动的伊拉克战争——很难说这是正义战争)进行"评估"是无比困难的,也不是此篇文章的任务。我想争辩的是,将主权、地域(西方/东方)、国力(强大/弱小)甚至人种(白人/有色)作为政治正义的标准是完全不能接受的:这是一种政治虚无主义观念,它可能会为各式各样的威权统治提供合法性。一个流行看法是:欧美对非欧美国家的战争是殖民战争。在这种看法中,欧美-西方-强国-白人被同化为一方,而非欧美-东方-弱国-有色人种被同化为另一方,前者总被称为"殖民者"或"霸权主义",而后者则被看成是反抗霸权的英雄,或者是非西方价值观的保卫者。在这里需要澄清的是:正常社会的标准与某种特定价值观或文化并没有任何关系;正常社会意味着存在一个开放而公正的架构,使得不同文化得以良好共存。价值观论者没有看到如下事实:在日本、韩国、印度和中国台湾地区这样的正常社会中,其传统价值观并未因社会架构的转型而受到损害,所谓西方价值观也并未趁机取得强势地位。

还有人争辩说,战争严重损害了后者的国家利益。这与政治正义的主权标准大同小异——事实上,当主权被拿来作为侵害人权的挡箭牌时,国家利益也成了侵害公民利益与社会利益的保护伞。"国家利益"是一个相当抽象的概念——当苏联成为超级大国时,它的国家利益指的是什么呢,是那些核弹头,是枪支与坦克,还是各种垄断部门? 会有人为这些利益的丧失而不满吗? 更重要的是,非正常社会中脆弱的公共利益没有得到重视,沦为统治者私产的"国家利益"却有人为之痛心疾首,这不得不令人慨叹。

虚无主义的政治正义标准之所以是危险的,在于它倒转了国家与个人的关系。国家合法性的来源是公民契约,政治正义的标准与它应当有深刻的联系。然而,在主权或利益论中,我们看不到哪怕一丁点个人的影子;正义仅来自于国家事实统治的现状,而这种统治本身是否正当,没有被当成问题。在如此范围的政治中,个人退隐了;正义非但不是来自个人-国家的法,反而来自权力存在的既成事实。但是,权力可能正当,也可能非法;可能被充分限制,也可能肆意妄为。米洛舍维奇、希特勒与萨达姆等人的权力,如果被这种虚无主义观念保护起来,后果只能是惨剧。

　　回顾历史,以国与国关系为基础的国际政治,很长时间以来都是暴力与利益的演出舞台。然而,尽管国家存在在事实上来自暴力,但其正当统治的根源还是来自法(契约)。这便意味着,只要法的精神存在,政治就不会被虚无主义观念把持。政治正义就根植于个人-国家的关系中。而其之所以重要,则在于它对个人-国家-世界的现代政治图景作出了规划。好的政治应当是承载个人-世界关系的框架,国家则应该成为其中最重要的工具。因此,合乎正义的政治必须使得国家成为个人自由与文化多元的支持者,这种要求深植于人类历史,它超越了狭隘的国际政治语境,而为个人-世界政治提供了可能。

2009.12

平庸之恶与政治神学

汉娜·阿伦特的名篇《耶路撒冷的艾希曼》是对纳粹大屠杀和战后审判的有力反思。阿道夫·艾希曼（Adolf Eichmann）是盖世太保犹太事务部主任，纳粹种族灭绝计划的主要执行者。战争结束时他被美军俘虏，但很快逃脱，并藏匿于阿根廷布宜诺斯艾利斯，直至1960年被以色列特工秘密逮捕，并在1961年2月11日于耶路撒冷接受审判，最终被处以绞刑。

耶路撒冷审判对于以色列这样一个新生的犹太人国家来说，具有重要意义。由于悠久的排犹主义传统，犹太人在历史上几乎始终处于"被侮辱和被损害的"地位，而纳粹屠杀又是欧洲排犹运动的高峰。在此之后，犹太人终于拥有了自己的国家，终于在现实政治中获得了正当存在的地位。而对于这场审判而言，犹太民族从受害者转为审判者，这一180°的转变，从一开始就宣示了此场审判终究只能是一个符号——政治中立性受到了极大的损伤。正如我们所看到的，在审判之中，犹太民族的苦难被一股脑地宣泄出来，而毫无疑问地，加害者一方——艾希曼本人则被视为纳粹刽子手的缩影。

这种非此即彼的、符号化的审判，作为犹太民族之集体控诉的窗口，不仅可以理解,而且无可厚非。但审判就是审判——它不等于批斗会,更不能仅限于几句激情而政治正确的口号的反复播放。它应当被赋予与大屠杀针锋相对的作用,即反思。也正如阿伦特所指出的,耶路撒冷审判最为缺乏的即是反思的成分。

在审判中,犹太民族与艾希曼被描述为正邪两极,尤其是后者几乎被说成是人间一切罪恶的化身,即撒旦。然而所有人都无法否认的是:艾希曼终究只是一个人,他显然不能承载撒旦之身份。犹太民族的怒气找不到一个足够重量级的对象来宣泄,这也严重损害了审判的正当性。但这都不重要——重要的是,艾希曼毕竟犯下了撒旦的罪行,而作为一个人,他又是非常正常的。他既不是疯子,也不是种族主义者;他外表英俊,心智健全,和我们身边的普通人并无二致。阿伦特注意到了这一点,她问道:为什么一个正常人会犯下撒旦般难以想象的罪行呢?为什么一个完全不会与血腥屠杀沾边的人,最终却超越了所有的刽子手呢?

阿伦特给出的答案是:像艾希曼这样的人,或者说,绝大多数正常人,都具有"平庸之恶"的特征。这些平庸之人不思考人和社会,放弃或者说不具备理性反思的能力,甚至丧失了足够的道德感。当平庸之人处于现代国家的成熟体制之中时,便只会沦为服从命令的螺丝钉。即使在接受屠杀指令时有良心上的些许不安,也不足以使他们拒绝服从。也就是说,平庸看起来既不是善也不是恶,但在一架驶向罪恶的严密机器之中,平庸就成为屠杀的帮凶——因为不反抗就是服从。

齐格蒙特·鲍曼(Zygmunt Bauman)在其名著《现代性与大屠杀》中支持了阿伦特的判断,并将思考引向了对现代性本身的反思。他指出,大屠杀发生的必要条件即是现代社会,即是其科学、理性与科层制成分。大屠杀归根到底是一个大规模、组织化的行动,而这种全体动员的行动,不借助缜密的计划和成熟的科技手段是无法想象的。鲍曼指出:"纳粹分子集体屠杀犹太人不仅是一个工业社会的技术成就,而且也是一个官僚制度社会的组织成就。"①

如上所言,对于大屠杀的反思,最终被导向了对现代性与人之局限性的反思。这种思考当然是深刻而发人深省的,但我们必须指出,它也是偏狭甚至危险的。从历史链条来看,纳粹屠杀的本原是极端日耳曼民族主义思想,而当希特勒通过民主选举上台当政,极端思想与政治权力结合在一起时,屠杀的导火索就已经被点燃了。从政治自由主义的角度看,日耳曼民族主义只不过是诸完备性学说之一种,其正当影响范围,只能是公共领域。当它获得权力时,其偏狭特质便被无限放大,最终酿成惨剧。也就是说,大屠杀的主因是制度缺陷,是意识形态的肆意妄为——它不再受理性多元社会之良好秩序的控制,反而成为前者甚至每个个人的支配者。它按照自己的逻辑前行,个人在其力量面前,始终是弱者。这也正可以说明,为何相当一部分德国知识精英在这样一种看起来极为粗陋和反智的思想面前,丧失了自己的反思与批判能力。

对于人的所谓"平庸之恶"的批判,使得我们陷入这一对于人类个体理性能力的怀疑中。这种柏拉图式的思想试图将政治架构于个人理性之上——比如,理想国的统治非常依赖于哲学王本身的智慧与理性——并且以对道德形而上学的要求圈定政治权力的界限。然而,个体理性能力对政治框架来说,真的十分重要吗?或者说,平庸之恶与大屠杀的联系已经深到相当的程度,以至于足以让我们放下对制度缺陷的反思吗?答案是否定的。

以赛亚·柏林在《政治理论还存在吗?》中指出:"假如我们提出一个康德式的问题,'在哪种社会里,政治哲学(其中包含着这种讨论和争

---

① 鲍曼:《现代性与大屠杀》,18 页,译林出版社,2002。

论)在原则上可能成立?'答案必然是,'只能在一个各种目标相互冲突的社会中'。"而与康德传统联系密切的阿伦特,坚持认为防止政治权力酿成悲剧的有效措施是解除人自身的平庸,或者说,达到理性意志对个人的完全驾驭。即,人必须在任何情况下——包括在成熟的现代社会中、在结构严密的纳粹政权中——保持强烈的理性能力。人在现代社会中要具有敏锐的反思意识,服从于内心的道德律而不是服从于上级命令、长官意志,并且在两相冲突时勇敢地拒绝附恶。

这种论述与古典美德至为相近。古典伦理强调人们对于"善"(good)的认同,将社会架构于"善"的道德基础之上。但是,现代伦理之所以放弃了这一目标,即是如前面柏林所言:社会的各种目标是相互冲突的,所以不可能存在对某一既定"善"的共识;并且,如果现在还有人试图复原古典美德,试图规定这种完备的、排他的"善",他要么是独裁者,要么是刽子手。希特勒恰恰是这种人——他试图以日耳曼民族主义作为德国社会的根基,并在将其付诸实践的过程中,不可避免地犯下了巨大的罪行。讽刺的是,阿伦特对个人理性能力的要求,也有这一危险的倾向。当个人具有了强大的理性素质(不管它指什么)时,难道不意味着某种同质社会的诞生吗? 当柏拉图谈到"哲学王"时,当黑格尔谈到"精神的绝对自由"时,其中内在的联系,不都是对个人理性能力的诉求吗?

善恶两分在此是简单而危险的。如果阿伦特认为人的平庸(而不是正常!)是恶,那么什么是善呢? 在这里,平庸(正常)被视为人的无能,而这一无能被视为其理性能力的缺失,这一缺失导致个人不能实现对"真正的善"的追求,不能实现"精神的自我完成"(黑格尔)。就这样,对人之平庸(正常)的批判,导向了对古典美德的诉求,又导向了专制与强迫。

关键是:人的平庸(正常)不应当被视为一个问题。完备性学说侵蚀了政治权力之后，其力量是很难为某个个人所抵御的。德国知识精英尚且成为极权的附庸，就连海德格尔也不例外。这是否说明了他们同样平庸？还是说，那样一个看似清晰的理性乌托邦，实则既模糊又不切实际呢？恐怕是后者。无论如何，即使个人理性能力果真是一个有所指的概念，阿伦特的阐述也将我们引向了错误的地带——这一地带即是政治神学（而不是政治哲学）。政治哲学应当把人的普遍平庸（平常）当作思考的前提，而不是大加鞭挞的对象。既然人的平庸（正常）是不可否认的现实，为政治哲学所观照的就永远应该是理性多元的现实，永远应该是参差多态的公共领域与自由市场（并认识到这一参差多态是人类理性的成就，而不能试图以看似深邃的思辨破坏之）。这一区别绝不仅仅是策略或手段上的，它反映了两种思想进路的截然区别。

　　柏拉图与黑格尔力图将政治架设于模糊而抽象的超凡理性能力上，无论是"绝对精神"还是"哲学王"，都表现了这样一种思想倾向：将绝对的、完美的、超越了"必然王国"的主体与经验的、平庸（正常）的、现实的人对立起来，并企盼以对前者的申说达致完全的确实性与稳固性——把握道德与政治秩序的"真正根基"。因为它与基督教有千丝万缕的联系：基督教所反复申说的，即是"神圣性"与"世俗性"的二分——它们共同接受的前提，即对纯粹世俗化的政治秩序的不信任，强调现实政治之根基必须处于非经验、非世俗、非平庸（正常）个体的领域内。鲍曼对现代性的批判同样如此：尽管科学、理性计划与科层制只不过是现代性所提供的工具，鲍曼却以道德冷漠的名义对其大加批评。然而，问题不在于现代性是否冷血、是否"非人化"，而在于对一种或多种工具进行道德评价是否适合——显然这是搞错了对象。如果想以此来证明世俗化的现代性不能承担政治秩序之根基，当然也是没有说服力的。毕竟，没有现代性，屠杀依然是屠杀。

　　而我们又如何为政治哲学辩护呢？已经有无数哲人——最成功的莫过于罗尔斯——为非神圣、非超验的政治提供了方案。但从另一个角度，对于政治神学来说，其可能成立的前提还尚待充分辩护，即世俗/神圣二分本身就需要强有力的证明。世俗性当然是不证自明的；而神圣性尽管富有诱惑力，却无法回应人斩钉截铁的"不信"——它无法在坚定的"不信"面前立足（这种"不信"来自最为明晰的经验主义立场）。

　　政治神学期望使政治秩序立足于符合一种道德形而上学的非世俗领域。关键问题是，如何能够将实质性的规则安放于纯粹虚构的思辨语境中？即使这是可接受的，又如何让普遍平庸（正常）的人理解并认同神圣性本身？那么逻辑结论就是：倘若政治神学还试图对现实保持哪怕一丝一毫的观照，就势必对人的普遍（平庸）正常形成根本而彻底的拒绝。毫无疑问，此即波普尔所言的"全面社会工程"。

　　所以结论是，平庸之恶的观念蕴含如下推论：维护良好政治秩序、避免类似大屠杀的集体悲剧之愿望的实现，极大依赖于个人理性能力的提高与完善（而不是通过对政治权力、公共领域与自由市场三者的隔离）。而这又成为确立社会诸价值根基的前提：即只有当人从普遍平庸中解脱出来，达到"精神的自我完成"（或对"必然王国"的超越、或成为"哲学王"）时，才有可能形成对某种排他的道德形而上学的普遍接受与认同。然而正如自由主义诸家所指出的，在这一过程中，一种虚构的"理性意志"被当作完美的自我，而正常的自我被斥为"平庸的"并带有仿佛是原罪的恶；个人只有在满足了那样的条件时才是"自由的"。在这里，我们只能看到对一种非经验观念的狂热信仰，以及将强迫说成是自由的逻辑混乱——这就是政治神学带给我们的唯一有价值的东西。

2009.11

后无政府主义希望①

一 困境

洛克的政治哲学起源于这样的假设：人对于其自身有绝对的、唯一的统治权。对这个假设的解释是，人生而平等、自由、独立，没有人可以高人一等。这个解释目前看来是没有任何一个政治理论敢于明目张胆地否定的（但暗中的、无意识的否定层出不穷）。但是，如果这一假设可以被理解为"可以统治个人的只有他自己"的话，那么就必然面临国家的合法性问题。不管是王权国家还是民主国家，都意味着某个高于个人的系统对个人的统治。这就是无政府-资本主义（自由意志主义，以下简称无政府主义）的论述基础所在。

当然，王权国家或者福利国家意味着类似家长制的统治，这在古典自由主义看来也是不合法的。然而即使是受到古典自由主义支持的"守夜人"国家、最弱意义上的国家，也不可避免地受到质疑。

何谓"最弱意义上的国家"？国家有两个特点：

---

① 题目剽窃自理查德·罗蒂。

1.对暴力的垄断。国家宣称,在其统治范围内只有它自己有使用和监督使用暴力的权利,而且这一权利一般被认为是合法的。

2.对所有人的保护。国家(理论上)会承诺为处于其统治范围内的所有人提供保护。

最弱国家即有且只有以上这两条特征的国家。一般认为,这种国家只会为个人的消极自由提供保护,而不像当今世界的国家一样或多或少地提供一些福利(积极自由)。但是无可否认,最弱国家也拥有警察、法院与军队,这些机构代替个人,惩罚那些侵犯他人权利的人。而这是对暴力的垄断,意味着个人的惩罚权利被剥夺了。

同时,"对所有人的保护"也是与原始假设相矛盾的:国家为穷人和富人、付得起钱的人和付不起钱的人提供相同的服务,但维持这一功能(包括以上所说的警察军队等机构)需要税收,而税收就意味着再分配,就意味着对个人财产权的侵犯。个人要付钱为他人提供服务,这确实是不道德的。

以上分析揭示了个人自由与国家统治之间令人困惑的矛盾。面对这些矛盾,有些学者声称它们是不可解决的:要么否定国家的合法性,要么否定原始假设。无政府主义选择了前者;而左派理论则迫不及待地选择后者,制造出许多以"平等"代替"自由"之优先性的奇特理论。但是,自由主义者只能选择调和它们,否则他们所坚持的理论就不能得到证明。

二　自然状态

洛克将原始假设所描述的状态称为"自然状态",诺齐克则直截了当地称为"无政府状态"。可能许多人认为,处于这种状态中的人实际上不可能存在自由,因为它不能阻止某些人对他人非法地使用暴力、抢占财产或剥夺权利。换句话说,人们往往相信,如果没有一个管理机构收纳、代管个人的某些权利的话,自然状态就不可能是一个好的状态,反而会充斥着暴力压迫与对自由的严重损害。甚至可以说,它会变成霍布斯所言的"人对人是狼"的糟糕情况。但问题在于,自然状态是否曾经产生过,或可能产生吗?

"自然"不等于"原初"。国家产生之前的人类社会肯定不会令人满意,那么,自然状态如果可能的话,至少也应该是"后国家"时代的事。从未来着眼,是否可以想象人类本身会变得越来越文明,从而彻底消除"人对人是狼"的可能性呢?

这种解释寄希望于人性的改变。这在自由主义者看来是难以接受的。阿克顿的名言是:"权力使人腐化,绝对的权力绝对使人腐化。"这意味着要制订制度以对权力作出足够的约束。自由主义所体现的是对政治家的极端不信任,与对人性的极端警惕——它绝不会将"好的政治"的基础建立在"好的统治者"上,而是要建立在"好的制度"上。这彰显了与柏拉图所宣称的"应该让好人来统治"(柏拉图认为最好的统治者应该是"一群好人",即最好的政治应该是贵族政治。他将雅典民主制划归到了坏政治一边)完全相反的政治观。

以上对自由主义传统的追溯证明,将对自然状态的辩护建立在人性改善的基础上是没有说服力的。

而且洛克指出,如果每个人都将对自然法的解释权与惩罚的执行权划归自己,那么在与他人发生争议时,可能永远也达不到共识。缺乏第三方裁判的结果将会是,双方因为对自然法的解释不同,和因"自爱……恶意、忿怒或报复"而偏袒自己,从而难以消除矛盾。这其中含有的意思是,可能只有机器人才会在自然状态中建立起正常的社会。这显然是对自然状态的一种强有力的批评。

以上论述近似地表明,某种意义上国家可以被理解为是人类历史上的一个巨大进步。而对于坚持原始假设的自由主义理论家来说,就必须提供一个理论,来为自然状态与国家状态的转变提供合理的解释。在强调了原始假设之后,是否有一种可能是,人们主动地或者是自然地出让了某些权利,使得一种高于个人的机构是合理地出现的呢?

三　社会契约

洛克清楚地认识到这一任务,于是发展出一套"同意"理论。他指出,人们是主动同意将一部分权力出让给国家的;对国家统治的服从,以个人的"同意"为前提。这就是说,国家的合法性建立在社会契约之上。

这个解释耳熟能详。社会契约论是解释国家起源最有力的理论之一,它清楚地表明,国家的建立与统治是合法的,因为这一合法性正是其国民的一致"同意"所赋予的。

然而,尽管这一理论在逻辑上无懈可击,在现实中却没有说服力。难道说,每位国民都明确表示了"同意"吗?世界上的大部分国家难道不是都产生于暴力之中,而非"同意"之中吗?或者说,真的可能有社会契约这种形式吗?

对此洛克论辩说,一种符合形式的"同意"当然并不现实,然而当我们在享受了国家的服务时,我们就是默许了对国家的同意。当个人占有或享用政府领地的任何部分时,都应当被认为是对政府统治的默许、对国家合法性的"同意"。但是,如果默许的同意也能够被看成签订社会契约的一种表现,那么国家是个人主动出让权利而建立的说法就不可避免地受到了损害。默许的同意难道是一种自愿吗?休谟指出,对于不通外语、生活强烈依赖土地的农民,难道可能自由地选择拒绝国家统治吗?

"同意"至少意味着反对是可选的。然而默许的同意更像是一种强制:如果出生就意味着你"同意"了该国家的统治合法性,那么该如何提出反对呢?社会契约在这个意义上岂不就是一纸不平等条约吗?

所以,按照"同意"理论,国家也不能在原始假设的基础上被合法地承认。必须注意,正是因为个人相对于国家机器的微不足道,对于社会契约的反对才实际上成为不可能的选择——现实中没有人可以反对他自己的"同意"——无政府主义完全可以理直气壮地指责"同意"理论是在为国家的强制性作虚伪的辩解,而且,洛克对此无言以对。

四　看不见的手

通常,我们将自由市场自发地维持其秩序的力量称为"看不见的手"。在这里它指的是秩序自然的产生与维持,而诺齐克借用这个词来概括他为国家辩护的理论。他指出,即使自然状态下没有人想去建立国家,国家也会在"看不见的手"的促使下自发出现,并且自动具有上面所说的国家的两个特征。诺齐克希望通过这种解释,将国家的合法性建立在非强制但也非自愿的决定论-必然性过程之上。这看起来比洛克的理论更加有力,因为它无需洛克所要求的个人对"国家比自然状态更好"的共识。

诺齐克首先承认洛克所指出的:自然状态下人们恐怕不会很好地处理争议,因为"自爱……恶意、忿怒或报复"等原因人们会偏袒自己。而且,人们也会发现,从一个较强的对手那里要回权利也是比较困难的。这些情况自然而然地促使人们组成一个"互相保护团体"以保护成员的权利,以及避免被较强的对手侵犯。

这样一个新的状态将会减少大量个人间无谓的争议。然而人们可能并不愿意为他人的问题而付出劳动,即不愿意实际成为团体的成员。那么在劳动分工之下,就会产生一些专门的团体,提供一些类似雇佣军的服务,而个人为此付钱——这就是国家税收的来源。

然而雇佣军和国家的不同之处在于,前者并不要求对暴力的垄断。那么一个团体为什么会要求个人放弃他们的惩罚权利呢?试想个人惩罚权会产生什么问题:正是它可能会引起不公正的惩罚、引起自然状态下无穷的争议、引起团体的出现。那么出于这样的理由,团体似乎有理由剥夺个人行使暴力的权利以及对暴力的垄断,以避免可能出现的问题。

但是对个人权利的剥夺必须伴随着补偿。这一补偿就是国家的第二个特征所在:对所有人的保护服务。而对于这一特征引起的再分配质疑,诺齐克回答说,强迫一些人为给他人提供的服务付钱,并不是因为不付钱就不能享受国家的保护,而是因为他们必须为那些被迫放弃惩罚权的人作出补偿。这一强迫看起来是再分配的,但背后却具有必须实行的原因。

那么,诺齐克就论证了由自然状态向国家状态转变的必然性。他指出,如果能够说明以下两点,那么国家就得到了辩护:

1. 国家状态比自然状态要好;

2. 国家的产生过程并没有经过道德上不允许的步骤。

从这两点来看,"看不见的手"可能是对坚持自然状态、反对国家状态的理论家的重大打击,但并未打击一种弱立场,即国家尽管可以从自然状态中推论出来,但实际上没有一个国家是这么产生的。即使诺齐克是对的,那也只不过证明国家的产生过程可以不经过道德上不允许的步骤,而事实上不可否认的是历史上国家产生过程的强迫性。无政府主义者可以坚持,这样的国家依然是不道德的。

虽然诺齐克没有完全成功,无政府主义依然被压缩到了一个前所未有的狭小空间中。之前在古典自由主义者与无政府主义者之间的差异是多方面的,而现在可以说,双方的目标(自然状态/最弱国家)已经重合了。而且有一个问题必须回答:即使现实中的国家是不道德的,那么在诺齐克的证明之后,将我们现有的国家向最弱国家的方向推动是否能够获得无政府主义者的认同? 这就好比到达一个目标可以走两条不同的路,洛克和诺齐克并不否认无政府主义的路是正当的,但当走另一条路也可以到达时,会不会获得无政府主义的认同?

五　结论

上面的问题可能有点迂腐。几乎没有多少人认为无政府主义是个实践问题。事实上,当洛克表明了国家状态比自然状态要好时,所有来自无政府主义的批评就已经只是理论上的了。

那么为什么古典自由主义的理论家们要花费时间和精力,与一种不可能付诸实践的观念作战? 值得重视的是伴随人类历史的一种倾向,即将价值与正当性混淆在一起的政治观念。这种观念认为,如果一种政策是好的/实用的,那么就是正当的。但问题在于,没有一种邪恶的政治制度不宣称自己是好的/实用的,甚至在极权制度之下也依然会有值得赞赏的政策;马基雅维利的政治甚至也可以说是好的政治。但是它们都不可能通过正当性的审查——它们所依据的理论要么无法实施,要么本身就非常荒谬。这就是我所说的“作为目的的政治”和“作为手段的政治”的区别。

正是认识到价值无法证明正当性,自洛克始,理论家们从来没有满足于对国家价值的论证,而是坚持不懈地迎接来自无政府主义这样一种单纯维护自然状态正当性理论的挑战。从这个角度来看,无政府主义毫无疑问是一剂良药(剽窃自费耶阿本德。费氏曾说:认识论无政府主义是一剂良药)。

自从罗斯巴德逝世以后,没有人再会把无政府主义看成是对政治实践的可能回答,这表明无政府主义作为一种"运动"已经结束了。但我所指的"后无政府主义"则是作为参照物而存在的,它还会对自由主义提出难以回答的诘难,而后者则将在挑战和回应中继续发展下去。

2009.3

无政府、国家与政治义务

一

我们经常被教导要服从国家。在许多地方，这是一种实实在在的要求，甚至构成了一股强制性的力量；与此同时，"服从"这一概念也经常被替代为"忠顺"乃至"积极保卫"——这正是现代极权国家梦寐以求的目标。当然，并没有哪个理智的人会认为不分青红皂白地服从国家所下达的一切命令是可取的。因此，值得讨论的并不是离开或反对一个糟糕而邪恶的国家的可能性与合理性，而是在什么意义上可以说国家与个人存在一种道德关系。毕竟，直截了当地说国家破坏了个人自由或侵害了个人利益，并不能威胁到人们普遍持有的下述看法，即国家对于群体合作秩序而言依然是有意义的。虽然无政府主义者已经展示出了一幅关于人们如何在没有国家的社会中安居乐业的美妙图画，但这并不妨碍我们合情合理地断定：在当前尚可接受的国家中维系现在的生活，比在缺乏现实证据的无政府理想社会中度过未知的人生更可欲。

上述对比似乎指示着一种必要性，即满足某一特定标准的国家（我将之概称为"良好国家"）——例如，由罗尔斯在《万民法》中指谓的"秩序良好的人民"（well - ordered people）所组成的国家——对于每一个人的良好生活来说都是必不可少的。这一论断受到如下事实的支持，即我们每个人都从国家中受益。无政府主义者当然会站出来表示反对：他们指出，任何国家都只会或多或少地窃取民众的利益，总体上不可能带来正面的作用。但这并不是一个深刻的反对意见：首先，只有在证明了无政府社会的效益确实高于国家之后，国家才能被视为负面的；其次，我们考虑的是现有的制度所提供的重要的善，例如法治秩序与宽容的风气等等——不能否认，这些善的的确确是有价值的，不能因为无政府社会（可能）同样会提供这些善，国家相比之下就不被视为有益的。

基于这样的结论，许多理论家推论说，既然我们每个人都从国家中受益，那么如果个人反过来却不对国家负担与这种利益相对应的道德责任，显然就是不公平的。对这种不公平的最适宜表述莫过于搭便车问题，可以想象，假若全然不存在这种道德责任，搭便车现象就只会愈演愈烈。从中就可以恰当地确定个人与国家应具有的道德关系：简单地说，个人应当对国家负有一种政治义务，这种义务要求个人服从使之获益的良好国家的命令，具体而言，即要求个人服从该国家的实在法，尤其是包括征税的法律。接下来，这些理论家力图将国家解释为群体合作的产物，由此，这种立基于公平之利益关系的政治义务就随之被转换为个人对于所处之群体或者说个体对于其他人的义务。

这样的原则——合作-受益-义务的确能够切合我们的某些道德直觉。H. L. A. 哈特在《是否存在自然权利?》（Are There Any Natural Rights?）一文中对这一原则的经典定义如下：

"如果一些人根据某些规则从事某种共同事业，并由此而限制了他们的自由，那么那些根据要求服从了这种限制的人就有权利要求那些因他们的服从而受益的人做出同样的服从。"

　　哈特认为,这一原则恰切地说明了像国家这样一种处于"相互限制"(mutual restriction)的情形之中的群体组织的道德境况。换言之,只有认肯这一原则,政治义务才能被理解。

　　罗尔斯在1964年发表的《法律义务与公平游戏责任》(Legal Obligation and the Duty of Fair Play)一文中将这一原则正式命名为"公平游戏原则"。罗尔斯的表述如下:

　　"假如有一个互利且正义的社会合作事业,只有每个人或几乎每个人都参与合作,它才能产生出利益。进一步假设,合作要求每个人都作出某种牺牲,或者至少要求对个人自由施加某种限制。最后,假设合作产生的利益直到某一点上都是免费的:就是说,这一合作事业是不稳定的,因为,如果任何一个人知道所有或几乎所有其他人都将尽他们的一份力,那么,即使他不尽自己应尽的一份力,他仍然能够从该事业中分享到好处。在这些条件下,接受了该事业好处的人就受到公平游戏责任的约束去尽他的一份力,而且他不能在不合作的前提下分享免费的利益。"

　　乔治·克劳斯科(George Klosko)在1987年发表的《推定利益、公平与政治义务》(Presumptive Benefit, Fair and Political Obligation)一文中对公平游戏原则作出了更为精致的辩护。其核心论证立足于"推定利益"这一概念:所谓"推定有益的"利益,即指类似罗尔斯之"基本善"(primary goods)的东西,"这些利益对一个群体所有成员可接受的生活来说是必需的"。克劳斯科认为,如果群体合作所产生的利益满足下述条件,即"(1)值得受益者为提供他们而努力;(2)而且是推定有益的",受益者就负担了相应的义务。这种说法试图通过对可有可无的利益与必不可少的利益这两者的区分来抓住我们关于政治义务的道德直觉。

　　上述三种观点属于同一谱系,本质上并没有什么不同。但应该注意到,诺齐克在《无政府、国家与乌托邦》中曾经有力地批评了公平游戏原则:他论辩道,假设我的 364 位邻居在一年时间内轮流为公共广播服务,即使我从中获益匪浅,这也不意味着我就有义务接续他们的工作;或者说,"你不可以决定给我一件东西,比方说一本书,然后强夺我的钱来偿付书款"。如果没有预先的自愿协商,单纯施益的行为无法构成任何形式的交易关系,更不能建立一项义务。这一点严重地威胁到了公平游戏原则:的确,个人不能仅仅因为接受到了利益——不论它是否来自于群体合作——就背负上了义务。

正是为了回应这一驳论,克劳斯科才致力区分上面所提到的两种利益。克氏认为,诺齐克的论断只对那些无足轻重的情形有效,却不适用于推定利益的状况。的确,应该承认,有一些由群体合作而产出的利益——如基本的安全环境——是如此地根本、如此地重要,以至于任何具有最起码的理智的个人也会需求它们。但这一点是否蕴含着道德义务,还尚待分析:如果一个人并未主动地、有意识地要求或接受这些利益,同时却又确实不可避免地享受到了它,那么在不存在自愿协商的前提下,此人是否应当承担相应的义务? 让我们假设在将来的某个时期,地球上可供呼吸的空气完全由一家公司生产,而为此它将花费大量的成本;再假设在一个闭塞的地区,居住着一些对此情况一无所知的人。显然,这些人对空气这一推定利益的获取完全是被动的、无意识的。问题即是,这些人是否负担为空气付费的义务? 答案应当是否定的:正如前文所说,这些人与空气公司之间并不存在任何形式的交易关系。当然,如果他们某一天获知了空气生产的事实,那么拒绝为此付费就显然是错误的。约翰·西蒙斯(John Simmons)在《道德原则与政治义务》(Moral Principles and Political Obligation)一书中举出了另一个值得讨论的事例:一个社区的水井出现了问题,需要人们自己去维修。在居民会议中,大多数人同意付出相应的劳力或费用,但少数人坚决拒绝。幸运的是,在这多数人的努力下，水井依然恢复了运作。这时出现了新的情况：有一位先前的拒绝者由于心生嫉妒而开始每晚从水井偷水。毫无疑问，即使井中的水不会因此而减少，这种行为也是错误的，偷窃者必须为自己所主动获得的利益付费。我们看到，这一情况恰好构成了上面空气之例的反题。这从正反两方面说明，政治义务的部分前提是对利益主动地、有意识地要求或接受，亦即存在自愿因素。公平游戏原则的支持者试图忽略这一条件而证成政治义务，这没有获得成功。

二

实际上，在契约论者看来，公平游戏理论家对自愿条件的拒绝是非常怪异的：如果将政治社会理解为契约的产物，那么在缺乏自愿之同意的前提下就声称个人对所处国家负有义务，显然是不合理的。洛克在《政府论》中给出了立基于自愿因素的政治义务理论的经典表述："任何人放弃其自然自由并受制于公民社会的种种限制的唯一的方法，是同其他人协议联合组成为一个共同体，以谋他们彼此间的舒适、安全和和平的生活，以便安稳地享受他们的财产并且有更大的保障来防止共同体以外任何人的侵犯……当某些人这样地同意建立一个共同体或政府时，他们因此就立刻结合起来并组成一个国家。"这一观念今天被称为"同意理论"。

同意理论所面临的主要难题，就在于"同意"这一概念具体指的是哪些行为，并不十分清楚。洛克论述道："通常有明白的同意和默认的同意的区别，这是与我们所研究的问题有关的……困难的问题在于应该把什么举动看作是默认的同意以及它的拘束力多大——即是说，当一个人根本并未作出任何表示时，究竟怎样才可以认为他已经同意，从而受制于任何政府。"像口头的承诺或纸上的签约这样的表示行为构成了明示同意,这一点没有疑义。但问题在于,如果仅仅以明示同意为条件,那么实际上就没有多少人曾表达过对国家的认可。为解决此问题,洛克在下文中提出了对默示同意的定义:"只要一个人占有任何土地或享用任何政府的领地的任何部分,他就因此表示他的默认的同意";"只要身在那个政府的领土范围以内,就构成某种程度的默认"。这一论断是粗糙而没有说服力的。休谟在《论原初契约》一文中有力地批评了洛克的契约论神话:

"对于一个贫困的、不懂外语或外国风俗、靠着微薄工资维持日食的农民或工匠,我们能够认真地说他对于是否离开自己的国家具有选择的自由吗?如果能够这样说的话,那么,对于一个睡梦中被人搬到船上、若要离船只有跳海淹死的人,我们岂不可以同样宣称他留在船上就表示他已自由同意接受船主的统治。"

更重要的是,"如果有人问我们为何必须服从政府,我可以立即回答说:这是因为不如此则社会无法生存下去。这个回答对于所有人都是明白易懂的,而你却说这是因为我们应当遵守自己的诺言。没有哲学头脑的芸芸众生既不能理解也不能欣赏这种回答……什么东西能直接地、不拐弯抹角地说明我们有义务服从政府呢?你作不出任何回答。"

我们当然不能说,仅仅是因为我生而居住在某个国家,我就同意了它的统治并因此负担上了政治义务。简而言之,同意理论正面临着这种窘况:理想的同意不存在,存在的同意不理想。

但是,自现代民主国家兴起之后,同意理论又获得了生命力。由于民主制度的根本特征是选举程序,许多理论家便据此认为,参与选举——投下选票似乎是明示同意的又一个典型例示。约翰·普拉门纳茨(John Plamenatz)在一本名为《同意、自由与政治义务》(Consent, Freedom and Political Obligation)的早期著作中提出了下述论断:"如果对于一种职位有一套既定的选举程序,那么只要选举是自由的,任何参与该程序的人就同意了当选者(无论是谁当选)的权威。"更进一步说,只要人们主动参与了政制所给定的程序,就应被视为对政治社会的同意。这一结论似乎有一定说服力,但其中仍然存在着关键性的跳跃。个人投下选票(如果不是弃权票的话)可能仅仅意味着他更乐意让某个人当选,这并不蕴含着对此人、对任何当选者乃至对政制的权威的认肯。单纯的选择,或者精确地说,单纯地作出类似选择那样的行为,这完全不意味着服从的意思表示。当然,无论是投票还是参与其他形式的政制程序,在一些人看来确实包含了自己的认可之意,但我们绝不能说,只要是参与,就都必定意味着同意,都必定意味着承诺服从政治社会的统治。即使不考虑弃权票与投票率的因素,参与也不能被视为对一种普遍义务的证成。

另一方面,同意理论的失败也可以由对可能的默示同意行为的分析来得到说明。默示或者说未经表达的同意,指的是:在某些条件下,沉默或不作为的状态也可被理解为同意。西蒙斯对这些条件的表述是:

第一,默示同意的情境必须完全清楚,即以沉默表示同意是适当的,人们对此也是完全知情的。这要求潜在的同意者是清醒的,对所发生的事情完全了解。

第二,必须有合理充分的时间来让人们拒绝或表达不同意见,而且可接受的不同意见的表达方式必须让潜在的同意者理解或了解。

第三,表达不同意见如果是不可接受的,这一点也要以某种方式让潜在的同意者清晰明了地知道。

第四,表示不同意的可接受方式必须是合理的,而且是十分容易操作的。

第五,不同意对潜在同意者所带来的后果不是极端有害的。(这一条值得思考。西蒙斯的用意是排除强迫因素,但实际上,并不是所有极端有害的选项都构成了强迫:容易设想,对于一个极端依赖于福利制度因而认可国家的穷人来说,拒斥政治义务——这意味着他必须放弃所能获得的福利——就是极端有害的;但这并不意味着他就是被迫服从于国家的。)

这里出现了一种类似言语行为理论的观点。根据第一条,逻辑是简单的:默示同意之可能的部分前提是沉默在情境中确实可以被理解为同意。这就需要一个合宜的场合,甚至是预先确定或约定俗成的规则以保证这一点。无论如何,显而易见的是,我们(至少是绝大多数人)从未在这样的条件下对国家表示过默示同意。因此结论就是,足以促成政治义务的那种强效用的同意行为——无论是明示的还是默示的——并未普遍出现。(这也正是公平游戏理论家执意忽略自愿因素的原因。)

三

同意理论的失败恰恰又一次表明,真正的自愿因素在证成道德义务的环节之中具有举足轻重的地位。罗尔斯在《正义论》中接受了这一点:他意识到,因为无法绕过自愿这一必要条件,先前所服膺的公平游戏理论就不足以说明个人与国家的道德关系。于是,书中第十九节正式地引出了一种无需自愿的自然责任(natural duty)理论:所谓自然责任,即是一种不依赖于个人之同意的特殊的"先天"义务,比如不杀人的责任、不妨害他人的责任、帮助弱小者的责任等等。罗尔斯认为,个人同时也承担了所谓"支持与推进正义制度"的自然责任。这种责任甚至不能被理解为个人与政治社会的关系,它并不取决于个人对政制的特定看法,而应被视为附着于理性行动者的道德原则。

这样看来，相较于其他竞争观点，自然责任理论就有着特别的优势，比如，它不必去设想个人由自然状态选择进入国家这样一种假定的行动。同意理论致力于为这种行动提供道德解释，但没有成功。而在罗尔斯那里，进入并支持一个正义的秩序是理所应当的。但是，"理所应当"这一概念尚不足以为政治义务提供理由，因为这种责任——相比于帮助他人这样的善观念——似乎并不是自明的。罗尔斯尝试将它解释为无知之幕下立约者的必然选择，具体而言，人们支持与推进符合两条正义原则的制度的理由即是对自身有利。这一点在大部分情况下是有说服力的：不难想象，在一个互相帮助的社会之中遵循其道德原则生活，所得到的利益必定超过所付出的——这正是合作秩序的本质特征。但是，这些结论如何能够使得一种合宜选择成为一项道德责任，则尚不清楚：如果仅仅因为支持与推进一个正义制度对人们是普遍有利的，它就演变为非做不可的政治义务，这种跳跃显然是不可接受的。在这里需要做的是将某些自然责任与义务区分开来：帮助他人或许属于不证自明的善，但肯定不属于义务；同理，服从正义制度或许属于可欲之举，但它（在道德义务的意义上）无论如何并不是必需的。换言之，罗尔斯的理论面临着我称之为"退出契约"的问题：不能因为某个制度是正义的，不服从或退出它就是非正义的——除非个人负担了偿付某些利益的义务（如差异原则所指示的那种再分配义务）；而这又回到了业已被证明失败的公平游戏原则上。

有一些理论家从其他角度对自然责任理论提出了批评。克劳斯科论辩说，虽然帮助他人构成了一种道德责任，但它并不是无条件的：罗尔斯自己就曾指出，互相帮助的前提是"帮助者能够这样做而不必冒太大的危险或自我牺牲"。但相比之下，支持与推进正义制度的责任却包括了缴税、服从法律以及在特定情况下服兵役的要求。不难想象,这些要求将不可避免地极大改变个人的生活,甚至在某些境况下会危及个人的重大利益,例如,服兵役的公民有可能在保卫国家的战争中死去。这就使得这一责任变成了一种过高的、近乎不合情理的道德高调,它是如此之强,以至于不可能是"自然的"。这一点揭示出,罗尔斯在论证过程中错误地从一些一般性的、简单而轻松的行为过渡到了极端的、复杂而困难的行为,并试图说服我们将它们一并视为自然责任所要求的。而这一花招的失败无可置辩地表明,自然责任这一理由本身并不足以支撑我们通常所指的那些强势的政治义务。

另外,我们能够在上文中注意到,罗尔斯(以及许多理论家)在支持政治义务的时候使用了一些来自功利主义的理由。比如,他们声称,群体合作能够给参与者带来巨大利益,因此服从国家就至少是一项可欲的选择。实际上,这样的表述是非常可疑的,它暗中传递了这样的因果关系,即如果不服从乃至退出国家,个人就必定陷入可怕的境况之中。这一点混淆了国家与自由的经济关系,事实上,在现实世界中就存在着一些"私人国家",它们有力地驳斥了政治义务之功利的神话。位于澳大利亚西部,已有四十余年历史的赫特河公国(Principality of Hutt River)正是其中一个典型范例:它立基于私人所有的农场上,并在多项事务上违反澳大利亚的法律(如提供公司注册)。这种退出国家并进行自我统治的举动并未引起功利上负面的后果——相反,该国家已从各项业务(如农业与旅游观光)中获得了大量利益。在这样的事例中,我们发现,支持政治义务的功利理由很难站住脚;而且,将服从国家统治的要求解释为群体合作之必需,这一点亦从根本上偏离了政治义务论题所真正应涉及的领域。个人与国家的道德关系的瓦解并不意味着个人将不得不疏离于社会或者不得不改变自己的生活方式,更不意味着会引起功利上的必然变化。这一点从一个角度证明,政治义务或许并没有一些理论家所想象的那种重要性。

四

至此,我们已经批评了三种试图证成政治义务的主要理论,以及一种常见的功利主义说辞。在此,讨论政治义务概念的核心——服从(良好国家之)实在法的初确义务(prima facie obligation)是切题而富有教益的。后者具体指的是,在一个良好的政治社会中,个人应服从其法律,且这种服从是普遍而理所当然的。有很多似是而非的理论试图证成这种要求,它们或者诉诸法律的功能,或者诉诸法律的性质,或者诉诸支持法律的民主制度,但这三点没有哪一种能够达到目的。

第一,一部法律或许对正确与错误的行为作出了有益的规定,但这不意味着我必须服从它——我应该遵循的是道德义务,而不是法律内容。逻辑是简单的:如果实在法与道德义务矛盾,我显然没有义务服从前者;如果实在法与道德义务并无冲突,我要服从的也仅仅是后者。任何超出或违背道德义务的要求,都没有资格要求个人的服从。

第二,一部法律是良好的,这一般来说是因为它对政治社会中的绝大多数成员都有利,或者是体现了社会中的某些道德共识。但这一点也不足以构成普遍的服从义务:良好的实在法可能能够有效防止对他人利益的侵害,因而在许多领域中享有权威,但在不足以或实际上没有侵害他人的情形(如吸毒与拒服兵役)中,个人便没有义务服从法律。

第三,一部由合理的民主制度支持的法律只能被理解为获得了多数人的认肯,但它既无权要求不认肯者服从,甚至也无权要求那些多数人服从。如前文所述,投票并不等于认可,对一项法律条款投(赞成)票更不能被视为对整部实在法的完全认可。

上述三点的确构成了我们服从法律的部分合理理由，但无论如何，它们都无法证成任何初确义务。在实际情况中，我们的法律秩序的基础恰恰就只是这些形形色色的服从的理由，而不是服从的义务。

五

本文所持的立场已经清楚地显露出来：并不存在初确的政治义务。这一论断或许会引起一些理论家的不安。他们认为，取消政治义务的后果是灾难性的：如果政治社会不能立基于个人的相应义务之上，我们就只能倒向无政府主义；另外，即使政治义务难以得到直接的证明，我们也不能无视下述事实，即的确存在着关于服从良好国家的普遍信念甚或道德直觉。然而遗憾的是，这些论断并不能构成深刻的反对意见。首先，不能仅仅因为无政府主义看起来是难以接受的，我们就要顽固地无视证成政治义务之失败的事实而拒斥它；更何况，认肯无政府主义的道德立场并不意味着人们就有义务反抗国家。其次，只有在非常含糊与不可靠的意义上，才能说存在着关于政治义务的信念与直觉：我们有理由相信，这种观念本身就依赖于一种特定的意识形态与强势宣传。而且，心理学的事实本身难以充当证成一项道德义务的充分理由——信念与直觉的强度与广度不能保证其内容必定是融贯或无偏见的。

虽然无政府主义的立场得到了辩护，但它会给现实境况中的个人与国家带来何种影响，还尚不清楚。一般来说，传统的无政府主义的主要观点可分为消极与积极两类：前者指的是，任何国家都是不正当的；而后者则指的是，人们应该主动地反抗——这包括不服从、退出乃至解散——一切国家。对政治义务的拒斥以下述逻辑支持了无政府主义的观点:鉴于并不存在普遍的政治义务,而国家却将其命令(如法律)强制性地加诸所有公民,因此它就是不正当的。这使得一些保守主义者大感慌张。但我们应该注意到这一点,即在无政府主义的消极观点与积极观点之间存在着一条不可被忽视的鸿沟。具体而言,个人没有初确义务服从国家,并不意味着个人有对应的初确义务反抗国家;政治义务是错误的,并不能推出服从国家为不可欲之选择的结论。换言之,国家的普遍强制性不能得到证成,这也不意味着个人不能认肯国家的政治行动乃至服从、忠顺乃至积极保卫国家。

　　按照同意理论,虽然并不存在普遍的、服从意义上的同意行为,但公民依然可以对国家表示各种形式的认肯——例如,在未受到强迫的条件下选择不离开国家,这本身就意味着对生活在国家中之好处的获取。这一表述可能会引起一些理论家的质疑,我们应该记得,上文在讨论公平游戏理论时所得到的结论是:"政治义务的部分前提是对利益之主动地、有意识地要求或接受。"批评者可能会据此指出:在现实境况中,公民的正常生活(如不离开国家)已经满足了这一条件,因而政治义务实际上就是普遍存在的。这一说法是否是对事实的恰切表述,的确难以判断;但下面我将表明,即使答案是肯定的,政治义务也不会随之产生。同时,对这一问题的讨论也有助于我们理解国家在无政府主义理论中的地位。

　　这一点没有疑问:主动地、有意识地要求或接受国家所带来的利益,当然随之产生了相应的义务。但这种义务与政治义务有着巨大的区别,后者的确切意义是,仅仅因为所在政治社会下达了命令(包括法律命令),个人就应该服从并循其行事。如果这一原则的前提是个人对该政治社会所提供的利益的主动追求,那么,这种利益必定是极其普遍的,以至于任何法律命令都能够带来它。换句话说,只有当任何法律命令都能够带来利益,并且个人对这些利益的要求或接受都属于主动选择时,才满足政治义务产生的条件。以下例子能够说明这一点：

一个人走在路上，正好经过一个公共广场。他感到劳累，便走向广场上的座椅，坐下休息。

这样一个非常平凡的事例由两类情况组成。当这个人休息的时候，他有意识地要求并接受了国家所布置的座椅所带来的好处；但实际上，当他走在路上的时候，他同样享受到了利益，包括人身安全与基本的社会秩序等等。但是，这个人对这两种利益的接受存在着质的差别：对于前者，他是积极主动的；而对于后者，他并未主动要求这些好处。按照西蒙斯的话说，前一情况属于"接受好处"（accept），而后者属于"单纯的受益"（receive）。两个概念的差别是明显的。

这样，试图将政治义务立基于个人对利益之主动的、有意识的要求或接受的论断就失败了。由于未能注意到下述事实，即在现实境况中个人从国家所获得的利益仅有一部分属于其自身之主动追求的结果，这种政治义务理论最终可能会引出一个不可接受的结论：由于任何国家——包括极权国家——之中的个体都或多或少地主动从国家中获取利益，那么任何国家就都有资格将政治义务加诸人民身上。这一点当然是荒谬的。

上述分析能够帮助我们对国家的性质作出判断。国家的一大特征即是对某些资源的垄断，并且，它总是通过一系列强制手段以保证自己的垄断地位。基于这一理解，我们就可以将国家比作一家处于强迫性垄断之状态的服务公司。显然，由于它具有这样的本性，因而就必定是不正当的，但是，这也不意味着我们不可以为它所提供的服务付费。假设街上有一家欺行霸市的商店，那么我进入其中并与之交易，并不是不合情理的。极端地说，一个组织是强盗团体，这也不意味着我们就有权利抢夺他们。而另外一种非主动获利的情况是，如果这家商店清扫了门前的道路,那么我从这条干净的道路上走过,也没有随之负担上任何义务。把握个人与国家的道德关系,就需要理解并区分这两种事态。

因此,结论便是:尽管国家存在着严重的缺陷,但现实中绝大多数愿意生活在国家之中的个人也不能被视为犯下了道德错误。在屈从与积极反抗这两种做法之间依然存在着宽广的区域,个人有权利不服从或退出国家,同时当然也有合宜的理由去认肯一个国家。事实上,亟需反对的是旨在营造一种服从国家的义务感的公共话语,而不是国家本身。

当然,无论人们的选择是什么,值得首要关注的永远是个人的自由境况。从不服从禁毒与兵役等无关于道德义务的法律,到退出国家进行自我统治,无政府主义理论通过对政治义务的拒斥,为这些行为提供了有力的道德辩护。虽然现状并不完美,但根据二十世纪以来自由民主国家在面对诸私人国家时所表现出的值得赞赏的默许态度,我们就有理由期待一个更好、更自由的政治环境。

2012.6

自由意志、自主与现代性批判

一

　　自由意志论题起于我们生活中的一些根深蒂固的直觉:某个选择是"我自己"作出的,某个事件是"我自己"控制的,等等。根据这些直觉,我们认为自我决定是人的一种本质能力,并由此将道德规范设立于它之上。换句话说,人可以成为引发事件的原因,并因此为其后果承担责任。因此,自由意志依赖于因果概念:如果后者不复存在,经验现象之间就没有任何联系,我们亦不可能对世界有哪怕一丝一毫的理解。也正因为此,康德将因果律设定为人类理性的先天产物,它是理智活动的先决条件。

　　因果概念引发了我们的另一个直觉:一个事件的发生,必定有其充足原因。为了理解某个事件 X,我们想方设法找出可能成为其原因的所有因素,直到确认这些因素能够确定性地引发 X 为止。这一过程常见于日常生活与经验科学研究中,并因此成为我们人生必不可少的组成部分;如果没有这种活动,面对所发生的事件,我们只会感到不可动摇的困惑、无力甚至绝望。进而可以说,正是这一直觉支撑着决定论观念,并构建了一个因果链世界图像。

　　然而，当后一直觉被应用于人类的心智，或者说自我决定能力之上时，就产生了深刻的困难。如果每个事件都有其充足原因，那么人的选择当然也应该由某些因素确定性地决定。随着经验科学取得巨大成功并成为近世以来唯一具有说服力的知识体系，心物二元论逐渐失势，机械论乃至物理主义世界观愈发流行；这些事实，令决定论获得了前所未有的支持。我们的确有充分的理由认为，人的心智是大脑的产物，应当并可以得到完全的解释。如果心智不在因果链世界图像之内，就只能被视为某种神秘的、不可理喻的东西，这恰恰不符合我们的直觉：人们所作出的选择，应当是可理解的、有意义的，而不是凭空而无因果的。对于一个理智的决定而言，必定存在强健的理由支撑它，正是这些理由引发了该决定。如果心智不服从于决定论，我们就不会认为自己的行动是可以得到辩护的，而这将摧毁我们的自我认同。然而反过来，如果人的选择遵从于因果律，也即，由一些因素所充分决定，那么在何种意义上可以说我们拥有自由与道德责任？这一疑难更为明显的表现是，在决定论的前提下，将一个人的行动用第三人称的语言所完全解释，是可以设想的：选择做 M，是因为理由 A 与 B；之所以持有 A 和 B，则是因为因素 P、Q 和 R，等等。这似乎使得自由意志陷入危险之中：它没有为第一人称留下"空隙"。

　　以上粗略描述可能引起如下反对意见：人类自我是一个极其复杂的系统，不应该被简单理解为自动机。但是，这种复杂恰恰是因果律意义上的复杂，哪怕自我处于混沌状态之下，也不构成对决定论的反驳。自我的开放性与可修正性并不是它可以免除被充分决定的命运的理由。正是出于这样的考虑，许多人认为，为了挽救自由意志，就必须在理由与选择之间引入非决定论。在这里存在的观念是：一个自由的选择必须是不被充分决定的;如果 A 和 B 必然地引发 M,M 就不可能是自由作出的。这当然不是说存在无原因的选择,而是要瓦解"结果只能由充足原因所引发"的观念。换句话说,决定论的因果链世界图像并不是一个能够完备地描述所有事件的模式。接下来的问题就是,即使我们能够理解并接受这一立场,继而承认一幅非决定论的世界图像是可能的,这又能否为自由意志的存在提供空间?

按照上述立场,可以设想 A 与 B 并不必然引发 M,还有可能引发 N。那么令人困惑的是,当面临 M 与 N 两个选择时,我会如何做? 换个角度说,若我最终选择了 M,又如何为它提供足够的理由? 实际的生活经验是:在面对多个具备同样权重之理由的方案时,如果没有任何其他相关条件,我们根本就不会作出选择。令非决定论者难堪的是:按照他们的观点,恰恰只有此时的选择才是自由的。即使我们退一万步假设选择有可能在此时神奇地出现,也无助于解决问题,因为该种决定要么是根据一种不可思议的机制作出的——因而是神秘的;要么是借助掷骰子或抛硬币等事件作出的——因而是随机的。总而言之,在这一境况下,选择即使存在,也并不合乎理性。因此,关键的问题似乎并不在于非决定论的世界图像是否可能,而是一个理性的决定如何可以不充分地作出。

二

自由意志的直觉被非决定论者解释为:自我能够参与到因果链中,同时却可以免于被充分决定;它可以成为原因,又不完全是结果。上述分析表明,这并不是一个有意义的处境,对它的描述必然蕴含着自相矛盾。因此,对自由意志论题的解决必定有赖于对自由意志的直觉作出新颖的解释,并使它与因果链世界图像相容。但这又意味着:自我只能服从于决定论,人的每一个选择都是被决定的。这一结果之所以让我们感到难以接受,第一是因为它经常与宿命观念混淆;第二是因为我们确实在面临选择时感受到了强烈的不确定性;第三是因为我们自己显然有一种控制事件进程的能力;最后是因为我们无论如何都没有被决定的感觉。任何一种相容论方案,不仅要将自我完全镶嵌于因果链世界图像中,而且必须对这四者作出令人信服的解释。

1. 宿命论的内容是:不论我们做什么,都不能改变事件的进程。如果这是真的,那么我们的心中必定无时无刻不充满了一种强烈的无力感。另一方面,宿命观念恰恰反驳了决定论,因为,不能被动摇的事件进程只会是独立于因果链世界图像的。总的来看,这两点要么不是事实,要么预设了在物理世界观中并无地位的非经验因素,因而并不值得认真对待。

2. 在作出选择之前,我们的确面对两个或更多的潜在决定。相对于我们的知识而言,这种不确定性是确实存在的。在此意义上,做出一个选择,即是我们借助理性逐渐消除此种不确定性的过程。但这并不能解除我们的困惑。在我们看来,决定论使得这一过程变成了固定不变的,直截了当的描述是,若限定其余因素,他必然还会选择这一个。换言之,我们的疑虑就集中于任何选择都可以被严格重现这一关键结论上。但是,抛开"严格重现"概念的形而上学地位不谈,若限定其余因素他或许会选择另一个,这就符合了我们自由意志的直觉吗?我们必定会问:为什么你选择了 M,而不是 N? 对此,非决定论者还能说什么呢? 如果关于 M 和 N 的选择无法借助理性而成为确定的,自由意志又如何可能?

3. 控制事件进程的概念极大依赖于消除不确定性的过程。一般来说,在作出决定时,我们都会设想:如果选择 M,会发生什么;反之如果选择 N,会发生什么。这种有限的、尝试性的预测同样构成了选择的部分理由。这就已经穷尽了"控制"概念的全部内涵：我能够控制事件进程，当且仅当我能够设想采取不同的行动，并且外部因素没有完全限制我作出相应选择。这当然不意味着在世界的严格重现中我有可能会有不同的决定。有些选择我可能永远也不会作出，但这并不意味着我没有那样做的能力。

4. 在面临抉择时，我们不可能就一个理由无穷尽地寻本溯源。例如，我们能够毫无困难地明确：由于理由 A 与 B，选择做 M；由于理由 H、I 与 J，选择做 N，等等。然而，是什么引发了我们提出 A、B、H 等理由？经过回忆与反思，我们或许还能够得到结论：它们由 P、Q、R 等因素促生。但是，这种理智活动不可能永远进行下去。事实上，能够清晰地追溯至这里，已经是难能可贵了——实际经验往往是：在作出选择之前，头脑中突然凭空"蹦出"一些理由，继而我们再进行进一步的思考。换句话说，由于人类头脑的局限性，我们的心智图像遮蔽了因果链，并制造出了一种深刻的错觉，我们行动的理由并没有充分原因。在这里，第三人称语言的优越性再次显现出来。

三

决定论可能会使人产生这样的隐忧：如果存在一位全知者，那么在他看来，整个世界都是被事先确定的。早在 1814 年，拉普拉斯就提出了这样的思想实验："我们可以把宇宙现在的状态视为其过去的因以及未来的果。如果一个智者能知道某一刻所有自然运动的力和所有自然构成的物件的位置，假如他也能够对这些数据进行分析，那宇宙里最大的物体到最小的粒子的运动都会包含在一条简单公式中。对于这智者来说没有事物会是含糊的，而未来只会像过去般出现在他面前。"因此，未来是确定的。这似乎是因果链世界图像的可怖后果。

令人困惑的是,如果未来确实是已经确定的,那么宿命论就是真的——显然事实并非如此。让我们举一个相近的例子。假设你正沿着道路散步,此时有一位晨练者正从后面跑步过来,速度很快。再假定只有你知道前面路面上有一个隐蔽的坑洞,经过者必定掉下去。对你而言,这位锻炼者的未来是确定的——他将不幸地落入坑洞中;而后者对自己的命运一无所知,对他来说,之后会不会出意外是不确定的。我们的问题是,即使如此,难道我们能够说他是不自由的吗?答案当然是否定的。在因果链世界图像中,知识的增加的确会使得我们对未来了解得更多,但这与自由无关:我们不会认为,一位大学教授比一位不识字者更加自由;我们更看不出全知者会在何种意义上比我们更自由。全知者并不是传统意义上宿命论的"先知",如果它同样处于我们的世界中,甚至根本就无法进行拉普拉斯式的计算。就像卡尔·波普尔所揭示的那样,我们在逻辑上就不可能预知自己所处世界的未来。

以上论述不仅解除了对决定论的误解,还产出了一个值得关注的副产品。以下论断似乎是令人难以接受的:知识不能对人的自由产生丝毫影响,即使对于婴儿也是如此。在这里所遵照的是以赛亚·伯林的经典区分:自由就等于"未受外部限制"。显然,知识本身不能对我所受到的外部限制产生任何作用,它只能改变我的内心——我的精神状况。至此为止,看起来我们并没有得到什么有意义的结论。当然,这一论证无论如何并不是一种简单的概念游戏,它有助于我们更深刻地理解现代自由制度。

第一个对成熟的现代性-现代政治秩序进行系统批判的是法兰克福学派。现代社会——按这些理论家的话说是"发达工业社会"——的典型特征是意识形态方面的极权统治:这种统治较少或完全不求助于强迫手段，而是通过各种各样的话语输出、消费-娱乐活动使人沉沦于庸俗的日常生活之中。马尔库塞的论述是："公共运输和通讯工具，衣、食、住的各种商品，令人着迷的新闻娱乐产品，这一切带来的都是固定的态度和习惯，以及使消费者比较愉快地与生产者、进而与社会整体相连结的思想和情绪上的反应。在这一过程中，产品起着思想灌输和操纵的作用，它们引起一种虚假的难以看出其为谬误的意识。然而，由于更多的社会阶级中的更多的个人能够得到这些给人好处的产品，因而它们所进行的思想灌输便不再是宣传，而变成了一种生活方式。"①据说，正是这些活动、这些设施使得人丧失了自由，成为了现代社会中的行尸走肉；而与之相对的，则是"真正的人"的形象：生产-劳动的、批判-创造性的、未被异化的，等等。显然，后者建立在一种至善论的道德哲学之上，它试图为人的诸种偏好给出普遍成立的排序：只有具有上述价值立场的人才是正常的；发达工业社会中的人们没有这些特质，正是因为他们被意识形态统治所扭曲了。

　　批判理论家笔下的"自由"，相当于积极自由，也即"自主"。根据康德，这意味着自己做自己的主人，真正地控制自己，且不受外界所欺瞒、蒙蔽。换句话说，它要求一种纯粹的自由意志：能够决定外界，同时又不被外界所决定。这种境况当然令人神往，但令人遗憾的是，它严重地违逆因果链世界图像，因而并没有存在的可能性。问题的症结就在于此：我们的自我当然无时无刻不受到其他因素的影响，而这也正是它的开放性与可修正性所决定的；从另一个角度看，恰恰是因为自我拥有这些特性，我们的理性才成为可能。一种坚硬的、不可塑的自我，不管有多么丰富的内容，也无法表现出任何生机。因此，既然发达工业社会中的诸种

① 马尔库塞：《单向度的人》，11 页，上海译文出版社，2008。

活动、话语、设施并不是以强迫的形式发挥作用的,那么也就不存在任何标准能够将它们认定为对自由意志的威胁。

批判理论家很容易提出这样的反对意见:即使非强迫性地影响自我的因素并不构成对自由的限制,但这些因素之间依然存在优劣之分,因而,我们有理由让那些更好的因素影响自我。值得注意的是,在非强迫的前提下,"优劣之分"显然代表着一种价值排序。换句话说,这依然体现了至善论的立场:将某些偏好确立为普遍的至善观念,进而向所有人推行。但是,既然这种推广是政治性的,它就将不可避免地对个人自己所拥有的价值立场构成挑战:它强行出现在每个人的视野中,进而,它强行对每个人的自我施加影响。如果接受前面对自由意志的分析,就应该承认:当人面对某种价值冲突时,处于优先地位只可能是自我;能够消除不确定性并最终认肯一种善观念的只可能是人的理性。因此,个人自由地、免于强迫地选择善观念的权利应当优先于某种特定的价值序列。这就构成了对至善论道德哲学的致命反驳:被镶嵌于因果链世界图像中的自我并不能因为其开放性与可修正性而被由政治力量主导的善观念所任意填充,它一方面是可塑的,一方面又必须得到足够的尊重。

2011.10

取消物理主义与解释空缺论题^①

对跖人与取消物理主义^②

罗蒂设想：

> 在远离我们星系的另一端有一个星球，上面栖居着像我们一样
> 的生物：身上没有羽毛，双足，会建造房屋和制造炸弹，写诗和编计
> 算机程序。这些生物不知道他们有心。他们有"想要"、"企图"、
> "相信"、"觉得恐惧"、"感觉惊异"一类的观念。但他们并不认为，
> 上述这些被意指的心理状态——一些独特而与众不同的状态——
> 很不同于"坐下"、"感冒"和"性欲被挑动"。

为了详细说明"不知道他们有心"是什么意思，罗蒂继续设定：

---

① 以下三篇文章在内容与写作时间上依次递进，反映了一种思路的变化。
② 本节摘引内容来自理查德·罗蒂：《哲学和自然之镜》，73 页，商务印书馆，2004。

（在这个世界）神经学和生物化学是技术突破在其中取得成就的首要学科，而且这些人的大部分谈话都涉及到他们的神经状态。当他们的幼儿奔向热炉灶时，母亲喊道："它将刺激他的 C 纤维。"当人们看到精巧的视觉幻象时就说："多奇怪！它使神经束 G14 颤动，但是当我从旁边看时可以看到，它根本不是一个红的长方形。"他们的生理学知识使得任何人费心在语言中形成的任何完整语句，可以轻而易举地与不难识别的神经状态相互关联起来。当人在说出、或企图说出、或听到这个句子时，该神经状态就会出现。这种状态有时也会出现在孤身一人之时，人们在报道这类情况时会说："我突然处于 S296 状态，所以我扔出了奶瓶。"有时他们会说出这样的话："它看起来像一匹象，但我想起象不出现在这块大陆上，所以我明白了，它一定是一头哺乳动物。"但是他们有时在完全相同的情况下也会说，"我有 G412 以及 F11，但是然后我有 S147，这样我明白了，它一定是一头哺乳动物。"他们把哺乳动物和奶瓶看成是信念和欲望的对象，并看成是造成某些神经过程的原因。他们把这些神经过程看作信念和欲望相互有因果作用，其方式正如哺乳动物和奶瓶一样。某些神经过程可能是蓄意自我引生的，而且某些人比其他人更善于在自身内引生某些神经状态。另一些人善于发现大多数人不可能在自身内认出的某些特殊状态。

这一设想的内涵为何？当发现这种生物（罗蒂将他们戏称为 The Antipodeans ——"对跖人"）总是用" C 纤维颤动"代替地球语言中的"疼痛"概念，用 S296、G412 等名词代替我们的某些信念与欲望时，我们——地球人哲学家——又会有怎样的看法？看起来，这一情况完全不同于语言翻译问题。根据我们的常识观念,疼痛虽然与神经纤维有关,但像对跖人那样使用神经科学概念,似乎就忽略了一些具有重要意义的内容。毋庸讳言,这些内容,即是所谓"心智图象"——第一人称的经验。以下疑问是显然的:我们感到疼痛时所具有的那种私人感觉,如何能够用神经科学语言加以描述?

在常识观念看来,私人感觉是一种内部现象,试图用"C 纤维颤动"这样外部的、公共的概念予以指称,是不得要领的。在这里,根深蒂固存在的是内部-外部的区分——也就是说,存在一些不可能被公共地描述的事件。然而,当对跖人用"C 纤维颤动"替代"疼痛",准确地说是将"疼痛"这一感觉说成是由"C 纤维颤动"所引发的自身感觉时,发生了解释的退步吗? 看起来并没有。与常见误解相反,对跖人并非无法阐述私人感觉,对跖人语言相对于地球语言也没有缺失任何东西。

让我们大方地假设某位地球人与某位对跖人拥有相同的私人感觉——相同的心智图像(如果可能的话)。此时,地球人会说 A"我感到疼痛",而对跖人会说 B"我的 C 纤维颤动了"。这里面存在什么差别? 许多理论家指出,感到疼痛,也即具有某种特定的私人感觉,是使用"疼痛"概念的充分必要条件。这意味着,A 是一个不可检验的语句:即使医学检查表明该地球人的身体没有任何异常,也不能反驳 A。然而,同样的检查却可以对 B 进行否定,因为后者采用了公共概念,进而,我们能够对该对跖人说:"不,你的 C 纤维并没有颤动。"必须注意,这并不是否认此人所具有的私人感觉的实在性。或许是对跖人的经验科学出了一些问题,又或许是此人被幻觉所欺骗,等等。

采用对跖人语言的后果是,A 类不可检验的语句从此消失了。我们可以进一步设想:在对跖人世界中,或许会有个别人试图使用一些只有他自己知道的概念,比如用符号 W 指称一种私人感觉。但正如维特根斯坦所揭示的,这种私人语言完全不可能存在。很容易借此引申出这样的反驳意见:如果疼痛果真只是一种私人感觉,我们为什么能够借助日常语言谈论它? 事实是,很大程度上,"疼痛"概念正是借助某些外部现象——人的行动(言语以及表现)、经验科学研究、医学检查等等建立起来的。可以说,自始至终,我们都在依靠上述要素尽力消解疼痛的内部性。然而,只要这一语词还没有被"C 纤维颤动"这类公共概念替代,私人感觉就依然具有前述的权威。人们对它,准确地说是由内部-外部之区分所引发的困惑依然不会消失。

起初,我们将"疼痛"这一概念纳入日常语言,仅仅是因为现有知识尚无法对它作出合理解释。而当经验科学研究已经揭示了此种私人感觉背后的原因时,这一概念就没有任何存在的必要了。以上就构成了我们采纳取消物理主义(Eliminative Materialism)的理由。经验科学有能力也有必要改变我们的语言,进而撼动内部-外部区分,最终完全消除心智的神秘。正如丘奇兰德所指出的,在历史上,经验科学已经无数次光荣地完成了这一任务,就像"女巫"、"燃素"与"以太"一样,"相信"、"欲求"、"恐惧"与"疼痛"等常识心理学(Folk Psychology)概念也将面临同样的命运。

解释空缺、常识理论与经验基础[①]

物理主义者所面对的巨大挑战即是所谓"感受质"(qualia)的问题,迄今为止,对物理主义方案的主要辩驳都采取了设计一个"解释空缺"

---

① 本节摘引内容来自保罗·丘奇兰德:《科学实在论与心灵的可塑性》,28 页,中国人民大学出版社,2008。

(the explanatory gap)式案例的方法,比如:托马斯·内格尔的蝙蝠论证
(我们不能设想作为一只蝙蝠是什么样的);弗兰克·杰克逊的知识论
证(居于黑白房间之内的科学家玛丽拥有关于物理世界的所有知识,但
在她走出房间时,似乎仍获得了新的知识);奈德·布洛克(Ned Block)
等人的颠倒光谱论证(两人观察同一个对象时感知到了完全不同的颜色
却用同一个语词指称它们),等等。实际上,如果我们乐意的话,这样的
例子可以有无数多个。此类论证均立足于以下立场:如果物理主义是正
确的,那么我们的意识经验,或者说心智图象就应该能够被完全地还原
为物理事件。换言之,解释空缺式案例就构成了对物理世界图象之完备
性的反驳。

对此,取消物理主义者持有不同的看法。上述立场归根到底还是属
于还原主义观念,意即将高阶的心理事件还原为更为基础的物理事件;
如果无法还原,只能证明物理世界图象的失败。然而,还原不成功或许
还有别的原因:很有可能,我们的心智图象本身就是错误的。

这一结论令人大惑不解。在我们的眼中,意识经验只是一种"现
象",而现象是无所谓错误或不错误的;如果取消物理主义者的意思是我
们的所观所感都不存在,那更是万分荒谬。但事情绝非如此简单。实际
上,充盈在我们的经验之中的并不是纯粹的"感受质",而是被语言——
概念-语义网络——重构过的"理论事件"。这意味着,我们的心智图象
本就是由一种粗糙却根深蒂固的常识理论建构而成的,而绝不是"原初
的"或先天无误的。丘奇兰德在书中构设了以下两个例子:

　　　　简单地想象一个人种,他们具有更大的眼球和/或高度折射的
晶状体,这个视网膜完全由视网膜杆组成的人种对于远红外线区的
某个波长的电磁辐射非常敏感。既然任何物体在远红外线区的辐

射具有的强度或多或少是由于它的温度的直接作用,并且既然这些物体的映像将在所描述的这种眼睛的视网膜中形成,因此,从生理上说,它们的拥有者随时能够从视觉上感知普通物体的温度,因为与此对应的映像的"亮度"是它的一个作用。

这一构想似乎与蝙蝠论证非常相似。蝙蝠是靠人所没有的声呐或超声波来辨别周围物体的;而上述生物——红外线人是靠人所没有的特殊视觉器官来判断周围温度的。对此,内格尔想必会非常有理地评论道:因为受到我们的"心理资源的严格限制",所以无论怎样想象,我们都不可能知晓所谓"看到温度"是什么意思。事实并非如此。红外线人所能感知到的是对象的"亮度",譬如,如果一个物体看起来非常亮,他们就会说它很热。那么,当他们和我们说着同一句话"杯子很热"时,什么地方存在差异? 显然,区别就存在于神经-生理机制上。但真正值得回答的问题是,在关于"冷"和"热"之概念的意义方面,我们和红外线人存在不同吗?

令人惊讶的事实是:虽然我们口中的"冷""热"来源于触觉而他们的则来源于视觉,但双方的概念所指的都是物体的温度。这一事实所揭示的结论是深刻的:观察语词的意义似乎并不是由感觉决定的。一方面,我们不能说"冷""热"只能被触摸到而不能被看到,正如红外线人也不能说"冷""热"只能被看到而不能被触摸到一样;另一方面,我们与他们就温度论题进行交流时也并不会感到有什么障碍。

或许会有这样的反对意见:尽管我们与红外线人的"冷""热"概念具有相同的外延,但无可否认,双方所感受到的是不同的性质。为了考虑这种辩驳,我们可以转而讨论一些非一元性的知觉特质。丘奇兰德建议我们设想:有一些看起来是圆形、摸上去也是圆形的物体;再假设有两

个人想要获知这些物体的形状,但不幸的是,其中一个人由于先天麻痹
而丧失触觉,另一个由于先天失明而丧失视觉。关键的问题即是,他们
在进行感知的时候,是感受到了不同的性质,还是以不同的方式感受到
了同一个性质? 显然是后者。如果我们承认"圆形"这一概念归根到底
属于这些物体自身而不是源自人们的感觉,那么,说两人所感知到的是
根本不同的内容,就是不可思议的。

假设一个由人构成的孤立社会,这个社会中的人在生理的任何
方面都与我们相同:相同的感觉器官,相同的感觉,相同的客观意向
性。他们的语言也与普通英文没什么区别,除了以下方面:在我们
认为或者谈到物体是暖的,正在变冷,正在发白热光等诸如此类的
地方,他们认为与谈论的与我们完全不同。按照他们构想事物、而
且自从有历史纪录以来他们就是这样构想事物的方式,所有物
体——无论是固体的、液体的,还是气体的——都含有一种极其难
以察觉和描述的可压缩的被称为热质(caloric)的流体。正如水在
海绵里存在的方式一样,热质存在于物体里,数量变动不居。热质
在任何均衡的物体中均匀地流动和扩散,如果两个物体存在物理接
触,并且一个物体中的热质流体压力高于另一个物体中的热质流体
压力,那么热质就会从前一个物体流向后一个物体。人们也许会
说,如同水一样,热质"寻找自身的平衡"。

然而,在对于这种流体的亲和力,以及在吸收这种流体的能力
上,不同的物体各不相同。也就是说,与其他物质相比,某些物质是
更好的"海绵"。一些物质能轻易的大量吸收热质流体,而被吸收
流体的压力却只有轻微上升。但是在其他一些物质中,只是从外界
增加少量的流体,被吸收的流体的压力就会急剧上升,并且它很快

与给予这种流体的物体的压力达到平衡，流动就在这里停止了。例如，水是一种极佳的热质海绵，但是铝就相对差一点。最后热质在其间的流动速度上，不同的物质当然也各不相同。

在如上"热质社会"中的人——热质朋友似乎持有一种业已被我们世界的科学家证实为错误的热理论，但他们并不认同这一点："热质"概念以及对热质之种种性质的认识构成了一种"理论"。他们认为，热质的存在是显然的——它直接源于经验（比如触觉），而无需任何理论的证明。这一观念并不能为那种常见的怀疑论所打倒，若我们问热质朋友："你真的触到流体了吗？"他们也会带着嘲弄问出同类问题："你真的看到物体了吗？""你真的听到声音了吗？""你眼前的世界是真实的吗？"甚至，它也不能为正确的热的分子运动说所击败。若我们向热质朋友指出所谓"热质"实际上是一些微粒、所谓热质的压力也不过是微粒的平均动能，他们也不会放弃热质观念，反而会为弄清了热质的内部构造而感到喜悦。

上述失败当然不意味着热的分子运动说与热质观念是全无矛盾的。我们可以继续问，粒子的无规则运动何以构成一种流体物质？或者说，物质与无规则运动之间何以互相转化？这或许会让热质朋友们困惑不解，但热质观念并不会被放弃。"热质社会"中的理论家们可以发明出无数的说法：热质直接来源于经验因而比理论更加基础；分子运动说只是一种工具假说而不说明实在，等等。最终我们认识到，放弃这种陈腐观念的困难之处并不在于人们直接感知到了热质。人们实际上并没有、也不可能感知到热质——关键在于，人们所拥有的只是一种感觉，而在接触分子运动说之前，这种感觉就已经被认为是对"热质"的感知结果了。对"热质"概念的支撑来自于语言，来自于"热质社会"中的概念-语义网络：人们将感觉的来源定义为一种流体物质，又为它构设出一系列性质。这一套理论假说是如此深入地嵌入了"热质社会"的语言世界，以致于不管它多么难以还原为分子运动说，人们也不愿意放弃它。这一现象被丘奇兰德称为"概念惰性"（conceptual inertia）。

正如热质说是一种大大超出感觉的理论而不是直接的感觉信息一样，我们的常识概念-日常经验也应该被视为理论。丘奇兰德随后举出了一个浅显的例子：常识关于热的概念实际上是与正确的科学理论相矛盾的，比如，常识一般认为，正常条件下人们感觉较热的物体就是更"热"的；但实际上，由于导热能力的不同，一块温度比木块低的铁块反而可能会让人感觉更热。在这里，常识理论所提供的说明——"热"即感觉较热明显地与科学理论——"热"即温度较高发生了龃龉。这就又一次证明了前面的结论：观察语词的意义并不能由感觉决定，在一种更优的理论面前，感觉不应该居于基础地位。

解释空缺式辩驳立足于心理事件与物理事件的两分法。这意味着存在一些能够被称作"经验基础"的信息，它们能够被我们客观、中立而无误地接收，并作为评判物理世界图象的可信凭据。以上研究已经表明，这样的观念是错误的。首先，我们总是、并且只能通过理论概念理解世界，并且这种理论目前很大程度上是常识化的；其次，为了提供必要的解释与说明，理论概念的意义总要超出感觉经验；再次，不同的理论之间存在竞争与优劣之分，解释空缺论者所依赖的上述区分，实际上是常识理论与科学理论的区分。正如理查德·罗蒂在《哲学和自然之镜》之中指出的，如果我们有朝一日能够摧毁原有的心智图象，直接以"C 纤维颤动"而不是"疼痛"指称自身 C 纤维颤动所引发的感觉，亦即用神经-生理概念代替——而不是翻译——错误的常识心理学概念，心智的神秘就会完全消失，解释空缺疑难当然也将随之迎刃而解。相对于常识理论，科学理论在诸多方面都有巨大优势,而常识理论的优势仅仅在于它处于一个已建成的、根深蒂固的概念-语义网络之中,理论的更替必须以该网络的重构为前提。事实上,这种重构在科学史的每一页上都在发生。

重思解释空缺
——对丹尼尔·邓尼特《意识的解释》的评论

初看起来,解释空缺(The Explanatory Gap)论题只对立足于严格还原论的物理主义方案构成挑战,而对于取消物理主义而言则并无威胁,因为后者相信:在经过充分的知觉开发,或者说自然信息的概念开发(conceptual exploitation)之后,我们当前实质上立足于常识心理学(Folk Psychology)理论的心智图象将被宣判为错误的,它最后必然会被经验科学所提供的神经-生理图象所代替。理查德·罗蒂进一步指出,我们完全可以从语言角度想象这样一种替代过程:如果有朝一日我们用"C-神经纤维颤动"代替自然语言中的"疼痛"概念,用 S296、G412 等名词代替我们的某些信念与欲望,所谓心理状态与物理状态,或者说内部状态与外部状态之间的界限就消失了;进而,成功迷惑了几代哲学家的所谓"一个身体正常的人宣称自己疼痛"的难题也将告解决。统而言之,在取消物理主义者看来,解释空缺式案例并不构成深刻的挑战,物理主义方案不需要,也不可能去容纳常识心理学这样的错误理论。

然而,即使我们能够承认自己的知觉功能已经深陷于错误的理论之中,但毫无疑问,知觉本身是存在的。上述论断可能马上就会遭到取消物理主义者的质疑:"知觉存在"是什么意思?我们的确能够接收各种信息,但说我们"拥有知觉"有何意义?功能主义无比正确地指出,知觉是一种能力,其物理基础是大脑中的神经-生理活动。但是,这构成了一个充分的解释吗?

我们对知觉概念的用法之多,已经严重干扰到了对它的深入思考。我建议将知觉视为一种第一人称的体验。体验当然是"第一人称"的,但这绝不意味着它是维特根斯坦意义上的"私人语言"。事实上,如果上文所提到的替代工作是可能的,那么我们就可以将心灵状态最终转译为物理状态,甚至可以通过精密的手段达到对神经元的操控;也即,任何一种所谓私人的心理事件都可以通过其物理基础而转化为物理事件,最后传递到其他人那里。具体而言,借助对其他人大脑中神经-生理活动的研究,我们将有可能拥有别人的体验——比如体验到成为一个红绿色盲是什么感觉。知觉当然是可转移的,在这一意义上,私人语言论证与托马斯·内格尔(Thomas Nagel)的蝙蝠论证起不到任何作用。但是,如果取消物理主义者以为这种可转移性,或者说对内外状态之区分的取消就能够解除关于心灵的最终疑惑,就大错特错了。

这里有一个有趣的例子。邓尼特在书中以不屑的口气提到了著名的颠倒色觉实验。他大方地承认,某一天某人突然发现"草变成红色,天空变成黄色",这毕竟是可能的,并且,这一情况意味着"事物在你看来的样子大不相同了"。让我们就此打住! 问题出现了:这一事态究竟改变了什么,什么发生了变化? 当然,我们都同意,变化的是大脑内的神经-生理状态。但是,难道取消物理主义者能够否认,这样一位不幸者的体验同时也发生了变化么? 如果这样说是可行的,那么我们就没有理由怀疑,这样一种第一人称的体验的确存在。

让我们以一个更清楚的方式描述问题。前面已经提过,痛觉由大脑内的 C-神经纤维所引起。这意味着,如果刺激某人的 C-神经纤维,他将拥有一种特殊的体验。如果我们对这一公式没有异议,那么相同的问题就又出现了:为什么刺激 C-神经纤维,人就会有痛觉? 进一步,认知科学家如何可能在不借助内省报告,准确地说,在不相信受试者具有心灵的前提下确定疼痛与 C-神经纤维的关系? 邓尼特相信他的异现象学(Heterophenomenology)的方法与意向性立场(The Intentional Stance)的设定能够解决这一疑问,并举出小说作为例子:我们不必相信小说与真实世界存在必然联系就能够研究其内容;同样,我们不必相信受试者有意识就能够研究其报告。在研究中,我们只需将小说与报告看成一种构成了某个异现象学世界的纯化的文本即可。但我怀疑,如果我们不预设受试者拥有心灵,那么无论异现象学探究进行到什么程度,都不可能确定第一人称体验的存在。尽管邓尼特将戴维·罗森塔尔(David Rosenthal)的高阶意识理论视为一个对象是否拥有意识的决定性的经验证据,但我看不出,他所构想的能够进行递归的自我表征的"升级僵尸"(zimbo)如何能够被视为拥有二阶意识。事实上,关于高阶意识,罗森塔尔要么是错的,要么就是给出了一个正确却毫无用处的结论。

二元论者戴维·查尔默斯(David Chalmers)正确地将心灵问题划分为 easy problems 与 hard problem。最终,同时也是最困难的疑惑只有一个:为什么在认识感觉信息的过程中伴随着知觉——简单地说,为什么存在第一人称的体验? 这一问题是成立的,但是,这是否就意味着我们要在存在论的范畴上抛弃物理主义,还值得详细讨论。这部分是因为,上述对第一人称的体验的描绘很可能引起了一个哲学上的疑问,即知觉在世界图象中的地位究竟为何。知觉是一个非物理对象,还是某个由非物理对象构成的非物理事态,还是某个由物理对象构成的非物理事态? 遗憾的是,这一问题一经提出,就走入了错误的路口。在我们不假思索地接受某个存在论系统之前,首先值得考虑的是:知觉概念是否果真处于世界图象之内? 我认为答案是否定的:知觉并不属于经验范畴,而是一个先验概念。这一结论意味着,知觉可能是关于某些经验对象亦即物理对象的存在论成立的前提。下面我将尝试给出一个关于知觉的先验论证。

A：一个世界图象即是一组陈述。

B：一组陈述的意义必然最终依赖于一个特定的基础概念-语义网络。

C：因此,处于这一网络之中的概念不可能处于该世界图象的内部,亦即,其自身不可能成为该世界图象中的对象或事态。

实际上,上述论证适用于任何一个语言系统。对于物理主义的世界图象而言,因果概念是其基础概念-语义网络的一员,因为不可能使用物理学语言解释因果概念;相反,因果概念是物理学陈述之有意义的必要条件。知觉概念同样如此:如果没有知觉,也即,没有任何第一人称的体验,便不可能存在任何有意义的陈述,正如盲人无法理解关于颜色的陈述一样。(在此我提请读者关注卡尔·波普尔的一篇看起来在当代哲学中不甚重要的名为《语言与身-心问题》的论文。该文试图向我们表明,任何物理机器都不可能将语言用于描述与论证。其中一个关键的论述是,命名——将一个语词赋予一个对象——不可能是因果作用的结果,或者说,任何单纯的物理过程都不会产生命名活动的效果(注意:这只是反对了心-脑同一论,而没有危及物理主义方案的硬核,特别是非还原论的物理主义),因为后者必然伴随着知识与意向性;进而,如果命名不可能,那么对语言更复杂的运用就更不可能实现。今天看来,如果我们忽略这篇论文中想当然的二元论的意旨,那么它似乎就构成了约翰·塞尔(John Searle)中文屋实验的一个精简版本,同时又具有免于繁琐构设之干扰的优点。)因此结论便是,知觉(至少)是物理主义世界图象的基础概念-语义网络的组成部分。

取消物理主义者保罗·丘奇兰德正确地指出,并没有纯粹的,或者说先天正确的感觉信息,我们的知觉总依赖于一个概念架构(conceptual framework),而常识心理学即是这样一种架构。但他没有意识到,在此意义上神经-生理科学(乃至整个经验科学)同样是一种概念架构。希拉里·普特南(Hilary Putnam)清楚地看到了这一点,其著名的内在实在论(Internal Realism)强调:"构成世界的对象是什么这个问题,只有在某个理论或某种描述之内提出,才有意义。"尽管这一论断经常被认为是相对主义式的,但这绝不意味着我们应该采认相反的形而上学实在论的立场,事实上,认为一切概念都应该得到(同等程度的)"终极解释",这正是形而上学实在论的观念。正如物理学陈述需要因果概念才有意义、道德论断需要自由概念才有意义一样,认知科学把知觉概念设定为先验的,看起来也没有什么问题。显而易见的是,不可能用物理语句解释因果概念,不可能用道德语句解释自由概念;同理,也不可能用神经-生理语句(当然,物理语句同理)解释知觉概念。并不存在所谓最后的、根本的解释——对构成世界之对象的说明必然依赖于一个基本的概念系统,而这一概念系统自身不可能得到解释。在此意义上,解释空缺永远存在。

2012.3

自愿为奴与践诺义务论题

在《自由的伦理》第 19 章中，穆瑞·罗斯巴德提出了两个重要论点：自愿为奴自相矛盾；承诺本身不具有强制可执行性。其中，前者作为一项易于理解的思想实验，引发了自由主义者广泛的讨论兴趣；但是，相比之下后者无疑更加深刻，也更加重要。下面本文将分别讨论这两个论题。

罗斯巴德认为，由于人对自己的意志，亦即"对自己的心智和身体之控制"有绝对的控制权，不能被让与，于是自愿为奴的契约不具有任何效力；如果有人作出了这样的承诺，将自身意志让与他人，那么这将没有任何法律意义——具体而言，虽然作出并服从承诺本身并非不可行、亦非不正当，但法律并不会认为这一承诺应当被遵守。在此我们不难发现，"自愿为奴"这一概念的确切内涵，以及它与让与意志行为的关系，在罗斯巴德的文本中并不十分清楚，需要进一步分析。

首先可以给出"自愿为奴"的定义：A 对 B 作出表示，承诺将 B 的命令接受为引发自身行动的排他性理由；也就是说，A 承诺 B 对他拥有权威。这显然不是罗斯巴德所说的"让与"自身意志的情况。"让与"一词在这里并不符合实际，只是一种修辞而已。很明显，我们在日常状态下经常将来自外界的命令视为排他性理由:比如,如果我认肯了法律效力,法条对我来说就属于排他性理由。这里面并没有什么矛盾之处。实际上,是 A 基于自身的意志而接受了 B 的命令(这种接受由在先的承诺引发),而不是 A 将自身的意志"让与"给 B。的确,罗斯巴德正确地指出了"让与"的不可能,但这里并没有什么"让与",这个概念几乎没有任何现实意义。(当然,作为题外话,我们还可以设想这样一种情况:A 同意 B 在其头中植入一颗控制芯片,该芯片将使得 A 的大脑完全由 B 所控制。这似乎就是"让与"意志的事例。但是,实际上,在植入芯片之后,A 的意志就已经消失了:此时的 A 应该被视为由 B 所控制的"机器人";进一步,A 的同意应当被视为其自杀意愿的表达。因此,我们可以说,并不存在罗斯巴德理解的那种"让与"意志的情形。)

　　基于上面的分析,自愿为奴之后反悔,无非是一种违背承诺的行为;它的道德-法律意义,归根到底可以通过对一般意义上的承诺-违诺行为的处理来得到揭示。于是现在要区分两种具体情况:一是 A 的反悔行为给 B 在某些事务上造成了实际损失;二是 A 仅仅承诺了成为 B 的奴隶,但这一关系尚未开始运作。第一种情况似乎是简单的:A 有赔偿这一损失的义务。但是,赔偿是一回事,践诺是另外一回事;或者说,赔偿顶多体现了一种衡平的法律要求,但对应着承诺的真正的道德行为是践诺,而不是毁约之后的赔偿。所以现在需要考虑的问题是,在何种条件下,A 的承诺使其拥有一种践诺的道德义务?

　　罗斯巴德直截了当地认为,"单纯的承诺或期待并不具有强制可执行性"。这意味着,对于第二种情况来说,A 不承担任何义务。支持这种论点的理由是,由于第二种情况中并不存在可让与的"有体物",所以它不涉及任何所有权因素。同时,我们又可以在《自由的伦理》第 15 章看到:一切人权都可以被还原为财产权。于是,人权就被理解为一系列只与"有体物"相关的权利。这样的逻辑显然并不适宜:具体权利的根源应当是个人的利益,而非仅仅是具物理属性的"有体物"。对于法律制度而言,真正值得保护的总是人们认为有价值的合理因素,而这种因素可以表现为任意形式,如物体、机会、时间、空间乃至期望等等。(这当然不意味着任何个人认为有价值的因素都应当纳入法律权利所保护的范围。考虑到法律制度应满足的稳定性、可行性与普遍性等要求,我们不难发现,具体权利的边界总是一个法律实践的经验问题。)罗斯巴德期望通过先验方式一举演绎出法律权利概念的全部内容,这并不能使人信服。

因此,根据上文,我们可以说,在第二种情况中,具有价值的即是 B 的期望。并且,这种心理状态不同于单纯的、平白无故的空想,而是在一个严格的立约环境下所产生的、有足够理据的合理信念。更进一步看,期望的价值又来源于 A 的承诺表示所具有的"保证的价值"(the value of assurance)——托马斯·斯坎伦(Thomas Scanlon)语。或者换个角度看,既然双方皆为自愿,那么 B 对 A 的信赖也意味着 B 将自身的利益建立在 A 的承诺表示之上:B 获得了一种从这种表示中获益或避免损失的机会。这些分析揭示出,B 的期望蕴含着有力的道德理由。除此之外,在我们看来,践诺的义务同时还蕴含着这样的核心要求:如果 A 对 B 确实承担了做 X 的义务,那么除非存在权重更大的理由(如做 X 将伤害第三方的权益,而这是不允许的),否则只有当 B 同意 A 可以不再做 X 时,A 才可以不做 X。也就是说,践诺义务意味着 B - A 的命令-服从关系,其来源是 A 的承诺表示。这一点就要求 A 的承诺表示的目的中包含着对上述核心要求的意愿,并且 A 与 B 一致接受了它。至此,可以给出一个比较完备的原则(改编自斯坎伦):

当且仅当以下条件得到满足时,在没有其他权重更高的理由的情况

下,A 有义务做 X,除非 B 同意 A 可以不再做 X:

一、A 对 B 作出承诺表示做 X;

二、A 的承诺表示的目的之一是使 B 产生如下内容的信念:除非 B 同意 A 可以不再做 X,A 才可以不做 X;

三、B 知道并认肯 A 的承诺表示的如上目的,且确实产生了相应信念;

四、A 知道条件三。

这些条件看起来令人满意。这样我们就可以说,存在着一种严格的、核心意义上的践诺义务,它一方面不依赖于承诺者实际的践诺意愿(而依赖于双方是否具有相对应的信念内容,这防止了作假承诺的情况),一方面不相关于违诺行为是否给受诺者带来损失。承诺关系有其自身的道德力量:事实上,承诺表示本身就应该被理解为对义务的接受——在这里,存在着两种观点:阿蒂亚(P. S. Atiyah)认为,一种承诺表示应当被视为对一种外在义务的接受,也即,它可以被用作证实承诺者对义务的服从的证据;但斯坎伦认为,一种承诺表示本身即衍生出一种义务与对这种义务的承认,也就是说,义务因素并不是外在的。我认为,双方观点中的“义务”概念并非处于同一层面:阿蒂亚指的是践诺的义务本身,而斯坎伦指的则是做 X 的义务,两者并不相同,因为“做 X”是诺言的内容。可以说,践诺的义务是按照“做 X”的诺言行事的义务,它作为一项外在义务,是做 X 的义务的根源——若非如此,承诺与道德义务的关系就无法被把握。

至此,我们就论证了践诺的道德义务。但是,这一结论尚不能完全回应罗斯巴德的理论,它并未证成践诺的强制可执行性,也即,无法支撑起一项法律义务。这一难题可以通过将承诺的本质理解为个人权利的转让来得到解决:如果上述原则得到满足,承诺者就将自身的部分权利转让给受诺者(具体而言,我们可以说,A 对 B 承诺做 X 就意味着 B 有权利令 A 做 X),这使得受诺者有权要求使承诺成为事实,或者获得相应的补偿。如果这一权利无法施行,正当的法律力量便可以在得到受诺者之授权的前提下介入,并在合理的范围内强制承诺者践诺或进行补偿。这里的关键是,可以将承诺转化为权利转让的法定契约,并因此获得法律效力,最终证成强制可执行性。基于此,回过头审视罗斯巴德所提出的 A 承诺与 B 结婚之后反悔的例子,我们就可以恰当地回答:如果前述原则得到了满足,A 的承诺表示就应当被视为对自身部分权利的转让,这使得 B 有权利令 A 与其结婚;因此,这种结论并不能被理解为对强制性婚姻的支持。当然,对于现实中的法律实践而言,令 A 对 B 作出赔偿似乎是更加合理的方案(虽然法律惩罚的核心目的是实现 B 因 A 的承诺表示而产生的合理信念,但考虑到可行性因素,一味强令违诺者完全按照承诺之内容行事在很多情况下并不可取)。与之类似,自愿为奴之后反悔的情况也可以得到合理的处理。

2012. 7

第二部分　三复斯言

白圭之玷，尚可磨也；斯言之玷，不可为也。

自由主义与理性多元社会

在阅读两位当代自由主义政治哲学的巨擘——罗尔斯和诺齐克的著作时，我感受到了莫大的思想魅力。这主要还是因为，他们的著作引发了我强烈的共鸣。其中，诺齐克对自由意志主义的辩护与罗尔斯所要求的非完备性的、政治框架化的自由主义，我认为是极富价值的。这篇粗糙的文章即主要受益于罗尔斯。

现代社会是理性多元社会，其最主要的特征即诸完备性学说（整全性意识形态）共存于公共领域（市民社会之文化领域）之中，并且这一多元局面是几乎不可能改变的。这是因为，一种完备性学说之所以被称为"完备性"的，就是因为它付诸并申明了某些超验价值（如宗教），这就导致其在经验上是不可证实/证伪的。所以，它们之间虽然互相冲突，但在现实中也缺少足够的依据，使我们支持或拒斥某个完备性学说。从另一角度来说，我们至少应承认以下事实：现代社会中，任何一种完备性学说均不可能得到全体公民的认同。

那么，为什么这样一种多元共存的局面应该得到肯定呢？这是因为，在历史上经过反复的诸宗教间的战争、诸意识形态间的冲突以及各类观念迫害之后，各方均认识到：将一种完备性学说变为现实，要么不可能,要么会付出难以想象的代价。换句话说,当人们的观念由"排斥异己"转变为"宽容异己"时,多元共存的社会就浮出水面了。之前的共识往往是,消除异己观念有利于社会稳定;但现在我们认识到,保持观念的多元共存现状,比追求观念的一元化要好得多。这样的转变当然是人类理性的作用——也就是说,对理性多元社会的拒斥,就是对人类理性的拒斥。这样一种拒斥是站不住脚的。

诸完备性学说在理性多元社会的公共领域中共存,而自由主义应充当一个框架的角色。作为一种关于政治权力的制度,它一方面不能干涉公共领域中的多元共存局面,另一方面必须成为理性多元社会、公共领域和自由市场的根基与维持者。换句话说,公共领域应当向自由市场学习,而自由主义应当成为守夜者本身。

所以,自由主义不是,也不应当成为一种完备性学说(这就对其传统形成了重要的反驳)。它只是关于国家或社会运作的规范,并不表现出对某种道德价值的偏好。即,传统的自由主义若要成为一种严格的政治哲学,就必须放弃任何超验的申说,这种申说将不可避免地形成对其他完备性学说的拒斥,而这种拒斥,恰恰是非规范的、不正当的。它反驳了自身。

作为理性多元社会之框架的自由主义,不存在任何"野心",因为它无权拥有野心。一旦政治权力拥有理想,不仅其公共领域将不复存在,哈耶克所指的"理性的自负"亦会出现,甚至波普尔所称的"全面社会工程"也并非不再可能。所以,作为框架的自由主义只能是纯粹否定式的。

在理性多元社会中,诸完备性学说不可能,也不应当要求将其申说扩展至公共领域之外,更不被允许将其付诸行动。也就是说,当公共领域成为类自由市场时,它的边界(或者说底线)是十分明晰的。这一边界即多元共存本身。一方面,诸完备性学说在多元框架中自由地辩难与竞争；另一方面，这种竞争只能限于框架之内而不能危及框架本身，更不能越过公共领域之疆界与政治权力勾肩搭背。政治权力始终应当被视为一把双刃剑，它有可能成为维持平衡的力量，更有可能成为秩序（特别是既成秩序）的破坏者。尤其是当自发秩序已经被证明为优于人为秩序之时，政治权力更应当被勒令撤出大部分领域，即使它曾经掌控着许多资源，即使大政府曾经是我们的悠久传统。

　　于是，理性多元社会的现状与自由主义框架，就势必导向了对某种"基本善"的要求，即对良好秩序、对理性多元现状本身的认同和肯定。（但必须注意，此基本善并非是完备性的，而是一种基于理性多元现状的、经验的、现实的偏好，它是理性多元社会的必要条件。这意味着，如果这种偏好不被认可，理性多元社会就不可能存在。）公共领域中的完备性学说虽然总是倾向于追求价值的一元化，但在个人层面，对于公民来说，当一个社会充分架构在公共理性之上，当政治权力经由自由主义之理念而得到完善的安排和分配，尤其是当民主制度得到全面而真实的运用时，他们就会意识到，维护秩序良好的社会合作、维护理性多元的现实，乃至维护公共领域和自由市场，在理性和基本善的意义上，即等于对个人自由的捍卫。这样，个人理性与公共理性一起构成了自由主义的理性多元社会的良好环境。同时，这样一种社会并不存在任何共同目标，尤其是政治权力无权拥有任何偏好和理想。更加准确的描述是：理性多元社会唯一正当的目标只能是维持使它无权拥有目标的社会秩序，即维持理性多元秩序状态本身。

　　我们应当看到：理性多元社会的形成过程，在历史上恰恰就是诸完备性学说在自由主义制度中达成互相宽容状态的过程。虽然这一历史制度距作为框架的自由主义仍有较大距离，但在这种意义上说，理性多元社会的构想，仍将几个世纪以来的自由主义传统与自由民主制度引为同道(尤其是,如果可以抛却英美/欧陆的重大区分,将西方几个世纪以来的思想主流概括为自由民主思想的话),并认为自己是认同、肯定并倾向于维护当前基本完善的社会秩序的最佳选择,并且将成为公共领域和自由市场的有力支持者。

2009.10

理性设计:政治理论漫谈

　　我在以前的文章中提到了这个观点:自由主义也是一种乌托邦。这一说法的根据是,自由主义也是一种要求实现作为理性设计成果之社会的政治理论。尽管和马克思主义不同,前者不提供任何承诺,更没有将社会变化建立在改革甚至革命上的具体希冀,但这都不影响大体上的判断。也许在马克思主义者看来,自由主义和所谓"空想社会主义"——社会民主主义更为相近,都没有对马克思所谓的"改造世界"提出任何主张。这就是历史主义乌托邦与非历史主义乌托邦的区别所在,而且自由主义诸家更进一步指出:对乌托邦的具体实现谈得越多、越具体,就越危险。

　　自由主义者并不反对理性设计本身,但如果设计的结果是社会秩序将会来自于控制或集权,自由主义者是坚决反对的。自由主义的基石之一是自发秩序论证,它强调权威、国家、市场和契约将会自发产生,无需借助任何强制。更进一步来说,任何试图靠强制手段产生秩序的尝试终将失败。——但如果是这样,我们还能说自由主义是理性设计的结果吗?——必须注意,现实社会的秩序基本上都是非自发建立的,而这在自由主义者看来根本不合法。所以"理性设计"其实是相对于现实社会而言的,只要对现实社会有根本批判,就会产生新的、理性设计出的社会理论,和理论的具体主张并无关系。

所以,理性设计/乌托邦的对极是保守主义,不是自由主义。在这一层面自由主义与保守主义甚至也是对立的。保守主义从根本上反对设计,认为设计本身就会带来危险;而自由主义认为真正危险的是设计的具体实现,设计本身不仅不危险,反而是必要的。因为,没有设计就没有政治哲学——保守主义的政治哲学只是"政治维护学"甚至统治哲学,其批判作用有限,无法替代真正的政治哲学,更有可能起到限制自由维护专权的负面作用;在中国,我们更应该避谈保守主义,因为现在并没有什么东西可供我们保守。

2009.5

垄断与言论自由

　　自由主义最为精粹的观念,是下面这条"损害原则":人拥有一切自由,除非他的自由侵犯了别人的自由。表面上看起来,它简单而且完满,具有近乎专横的简洁。它可以被解释为"每个人具有平等的自由",也可以被并非不准确地解释为"每个人拥有同样多的权利"——这正是"起点平等"的另一种表述。

　　在任何一个社会中,每个人的自由都会发生冲突。损害原则似乎正适合于调节此类情况。例如,一个人谋杀其邻居的自由和后者生存的自由之间出现了矛盾,很明显前一种自由是应该被剥夺的。但情况并非总是这样清楚,弗里德曼在其名著《资本主义与自由》中问道:

　　"我的土地有所有权,以及我能任意使用我财产的自由是否能准许我拒绝另外的人乘飞机飞越我的田地呢? 或者他是否有权优先使用他的飞机呢? 或者这是否取决于他飞得多高呢? 或者是否取决于飞机的噪音有多响呢? 自愿交换是否要求他为了飞越我的田地而付款给我呢? 或者我是否必须付款给他,以禁止他飞越我的田地呢?"

　　在这里,我处置土地的自由与他人使用其飞机的自由是冲突的,而且哪一方应该做出让步,委实难以判断。损害原则在这里无能为力。那么,国家是否应当介入呢?

　　古典自由主义理论指出:国家是自由的敌人,但为了保护自由制度本身,国家必须存在——这是一种"必要的恶"。但随着时间推移,当时的理论家未曾讨论到的问题,在今天变得非常明显而且严重,以至于古典自由主义的根基也受到了强烈的质疑。

　　众所周知,如果要在媒体上发表言论,就需要付出金钱;一般来说,言论的影响力与付出金钱的多少是直接挂钩的。那么是否可以说,富人的言论可以得到更广的传播? 进一步设想,媒体是否有被富人把持之虞? 当言论被加上了金钱的门槛时,垄断是否就会出现?

　　垄断是自由的敌人。只有当相近的选择成为可能时,人才拥有自由;因为垄断削减了选择,所以才会有反托拉斯法的出现。而如果一个人的发言不能被听到,其言论有多少自由呢? 为了避免这种情况,国家是否应当介入,以扶植公共辩论甚至强行催化不同意见的产生呢?

　　在这种思路的影响下,1969 年,催生了"红狮广播公司诉联邦通讯委员会案"(Red Lion Broadcasting Co. v. FCC)。美国宾夕法尼亚州的红狮广播公司(以下简称红狮)在一个节目里播出了哈吉斯(Hargis)神父对《极权主义者哥德沃特》一书作者库克(Cook)的抨击。事后,库克根据"公平法则"(联邦通讯委员会制订的法则,规定如果广播公司播出了攻击某人的节目,它就必须给予此人以免费的回应机会)向 FCC 申诉,要求红狮免费提供回应哈吉斯的时间。FCC 认为,公共利益要求公众应当具有获知另一方观点的机会,即使红狮必须承担这段播出时间的费用,它依然负有这样的义务。红狮对此不服,认为 FCC 违反了宪法第一修正案,向最高法院提起上诉。

　　结果,最高法院维护了"公平法则",支持 FCC。怀特大法官指出:"第一修正案的目的是保护和促进传播交流,如果它不允许政府通过颁发广播许可证的办法、限制许可证的数量来避免频率堵塞的办法来实现无线电通信,这显然是不可思议的。"政府注意到,无线电频率是有限的,所以必须通过颁发许可证的办法,限制、筛选媒体,以防止私人垄断广播业。最高法院认为,在广播电视上发表言论,必须付出高额金钱;倘若一定要先付费才能播出,那么将只有少部分人能够承担这一成本,这会使公平法则形同虚设。

在这一案例中,库克所拥有的言论自由,在公平法则的支持下,被提升为在广播公司免费发表回应的权利。然而,广播公司显然拥有决定其播出内容的自由(这当然是言论自由的一部分),这两者发生了冲突。此时国家介入,前者得到了支持,因为第一修正案被解释为更加积极的涵义——保护和促进传播交流,而不仅仅是对言论自由的消极保护。这样,后者就必须服从于上述积极目的。

如果最高法院的思路是正确的,古典自由主义就得到了反驳。在红狮案中,国家不再是自由的敌人,而变成了自由的朋友。相当多的左翼自由主义者论辩道,如果不采取"国家积极主义",公共利益和自由就会同时受到损害;在库克的权利和红狮的自由之间,如果必须做出抉择,那么就应该支持前者即听众一方,而牺牲后者。

我们都承认垄断的危险,也承认自由会在垄断之中受到最大的伤害。但根据自由主义的立场,红狮案的危险后果在于,它为媒体管制提供了公然的支持。有人认为,国家并没有背离其价值中立的立场,它只是通过支持库克的权利,间接扶植了公共辩论(这就类似在辩论赛中,为弱势一方提供资金赞助,使辩论更趋激烈)。关键在于,如果库克不能得到公正法则的支持,他就几乎不可能在同等状况下回应哈吉斯。这里的疑难,在"哥伦比亚广播公司诉民主党全国委员会案"(Columbia Broadcasting System, Inc. v. Democratic National Committee, CBS v. DNC)中表现得更加明显：简而言之，一方面，金钱直接关系到言论，限制金钱就是限制言论自由；但另一方面，金钱又增加了言论垄断的倾向，而垄断同样危害了言论自由。

我们可以看到，长久以来形成的自由主义原则，无论在左翼或是右翼那里，都无法对这一疑难作出令人满意的解释。在洛克时代，金钱与言论的联系还不很密切，这一问题并不明显；但当科技发展使得媒体的门槛越来越高时，言论的门槛也随之升高了。这才是问题的关键所在——弗里德曼在论述垄断问题时，直截了当地指出私人垄断至少比国家垄断更好（FCC 的公正法则本身就是一种国家垄断）——降低言论与金钱挂钩的程度，是解决它的最佳方案。这一方案将随着科技进步变得愈发清晰：互联网极大地降低了传统媒体的权重，并且使得发表言论变得更加容易；至少，与几十年前的读者、听众或观众相比，我们将更加平等，更加难于控制。

2009.8

强迫垄断与效率垄断

　　很长时间以来,我虽然认为自由市场不仅最符合于自然法,而且在功利主义的意义上也是最优越的制度,但它却不能够自发稳固。(相反的例子是:一个不倒翁或许处于剧烈摆动的状态之中,但它却总能在最后自发地稳定下来。)也就是说,如果没有政府的支持甚至强力维持,自由市场最终会走向崩溃。

　　众所周知,垄断之所以妨害到自由选择,是因为取得了垄断地位的企业很有可能会操控价格,甚至漫天要价;而归根到底,它将严重损害各方利益,最后危及经济秩序。所以,政府应该,也必须扮演维持自由市场的最重要角色——其主要行动即是制定《反托拉斯法》。

　　从经济学意义上来说,自由之所以重要,并非因为它是"自然权利",而是因为它既能带来最高效率,也能实现正义(指"获取的正义"、"分配的正义"、"起点平等"、"过程平等"等概念)。所以,垄断所带来的负面后果主要是危害了市场经济的效率及其所提供服务的质量。

　　很长时间以来,我对垄断的认识仅限于此。正是这样的认识,使得我对古典自由主义所宣称的小国家("守夜人")理论心存疑虑,因为如果自由市场是如此地不稳定,那么政府就不可能充分地"小";虽然《反托拉斯法》本身就是对经济自由的破坏,但如果没有国家权力的介入,似乎连经济秩序都无法保证。

但是,自由意志主义对这一疑难早就做出了回应,而惭愧的是,我在最近才接触到关于垄断的进一步论述。

欲达到垄断状态,有两种方式。一是通过政府的行政律令,强制排除其他竞争对手并持续阻止其进入市场,从而保证某特定企业的垄断地位——最常见的手段就是国有化;二是某企业通过纯粹市场手段,如凭借价格与质量的优势,击败其余对手,获得垄断地位。关键性的差别在此出现:如果企业通过市场竞争取得垄断,可以想象,其余对手仍然虎视眈眈,随时试图再次投入竞争。这样一种压力使得垄断方不可能向消费者漫天要价或输出劣质产品。但是,如果政府采用了非市场的手段阻止竞争,那么可以想象,除非政府放弃相应政策,否则垄断方是不可能失去其地位的。在第二种状态下,企业几乎必然会降低其服务质量或极力提高价格——它完全、彻底而且持续地掌握了市场,而这一状态,恰恰是由于政府介入了自由市场,打破了已有的或可能的竞争态势。

所以,垄断并非如此简单。前一种垄断被称为"强迫垄断",而后一种垄断则被称为"效率垄断"。此两种状态之间的差别,就在于它是否是市场自发形成的。效率垄断既没有侵害各方利益,也没有使得市场变得无序;而且在历史上,效率垄断从未持续过太长的时间。而与之相反的是,一切长时期的垄断都是强迫垄断。当年在邮政领域,美国邮政管理局受到了法律的保护,取得了强迫垄断的地位;而伟大的无政府资本主义者莱桑德·斯波纳创立了美国邮政信件公司,以低至3美分的邮票价格与之竞争,取得了巨大成功(但美国政府将斯波纳告上法庭,并以旷日持久的诉讼耗尽了他的资财)。在航运领域,曾经也存在着强迫垄断,而企业家柯内留斯·凡德毕尔特通过更加廉价的轮船营运与诉讼等手段,彻底打破了它。

　　类似的例子数不胜数。强迫垄断实际上是中央计划的表征。政府以为,在某些领域以国家统制替代自由竞争可以带来更高的效益;但垄断方很快就会发现,它们并没有任何理由维持低廉的价格与优秀的服务——在半市场经济的中国,当我们一方面在某些领域享有着市场竞争所带来的消费者主权,另一方面又不得不接受邮政、电信等国有企业的压榨时,就能深切体会到强迫垄断的害处了。

　　另一方面,不能够断然区分强迫垄断与效率垄断的反托拉斯法,也制造了无数冤案。最著名的例子是标准石油公司被拆分为数家小公司的案例。现在看来,标准石油是凭借着完全正当的手段才取得64%的市场占有率的,它既没有贿赂政府要员,也没有享受某些偏向于它的政策法规;换句话说,它是效率垄断,而不是强迫垄断。我们不禁要问,政府有什么权力拆分一家以合法手段在市场上取得了领先地位的公司?难道企业凭借更为优秀的服务和更为低廉的价格占领市场是一件违法的事情吗?

　　任何能够提供更好产品或更低价格的公司都有资格成为非强迫性的垄断者——只要是在其他竞争者可以自由加入的情况下。这再次显示了非市场的力量(尤其是政府力量)是如何毁掉自由市场的。显然,只要政府结束干预,那么就没有哪个市场是竞争者所不能自由加入的;只要国家不再插手,那么一切垄断现象都只会是效率垄断。效率垄断不仅不需要干涉,而且需要保护——保护任何正当竞争的优秀企业免受政府的强横决断。在激烈的市场竞争之中取得的领先地位,本身就具有至高的正当性;任何对此局面的人为干预,恰恰是对正当性的损害,而不是修正或改进。

2009.10

深刻的失败

——对约翰·菲尼斯《自然法与自然权利》的评论

此书所犯下的错误同时也是其最深刻之处。

古代自然法的根基在于形而上学,在于对终极真理/终极善的把握;而现代自然法的根基在于实践理性。但是,具体而言,究竟是实践理性的纯粹形式的自我立法,还是实践理性对某些基础价值的证认?作者在此反对康德,认肯后一个方案。这意味着,如果作者试图使自己的立论更有说服力的话,就必须具体列出那些基础价值。它们是:生命、知识、游戏、美感、社交、理性与宗教。作者认为,这些价值都是不证自明的,它们是道德秩序的基础,无需加以分析。最令人不满的莫过于此:似乎还没有一部现代学术著作会在没有任何论证的情况下强横地让我们接受如此丰富的设定,就好像它们都是"野蛮的事实"一样。后面我们将会发现,这里是全书最混乱、最薄弱的环节。

而更使人困惑的是,作者一方面服膺价值多元论,一方面又认为前道德的基本善可以干涉私人领域。其中,多元主义仅仅是人类秩序的"表象",而归根到底,鉴于存在着一些基础价值,人类行为就依然有合理与不合理、善与恶、好与坏的最终区别。我们究竟应该如何理解这种左右逢源的立场呢？

上述柏拉图式的观念实为作者不肯放弃古典自然法的结果。它在现代世界面临着严重的困难：如果果真存在着一些为理智直观所把握的基本善观念，那么那些普遍存在的、分别为不同共同体所认肯的诸种殊异的价值立场将不可避免地与之发生冲突。基于何种理由，我们应该放弃后一种"意见"（doxa），而采认前一种"知识"（episteme）？更为关键的是，我们实际的道德生活是否真的依赖上述两分法？如果现代多元社会中确实很少，或完全不存在立足于 doxa 与 episteme 的价值冲突（这恰恰符合我们的经验），那么作者的观念是否有倒向施特劳斯式的精英/大众之区分的可能性，具体而言，是否有主张划分基于道德真理的智识精英的高尚生活与基于多元主义的"破铜烂铁"的庸俗生活的嫌疑？遗憾的是，作者并不能令人信服地回应这些显明的质疑。

回到具体论述层面，作者强调，前述七种基本善是不可通约的，它们同时也是多元价值的基础；也即，正是因为这些基本善无法被化约为更加基础的概念，不能相互替代、也没有优劣之分，多元价值才得到支持。这意味着，任何"高阶"（如果可以这么说的话）的价值都可以被还原为基本善，也正因为此，作为表象的多元价值必须服从于作为核心的实在的德性。这样一种理解引出了以下结论：合乎实践理性的任何价值实质上都属于基本善；进而，当作者给出基本善的具体清单时，人类所能合理追求的所有价值就已经被穷尽了。当然，这一点没有，也不可能得到证明。

让我们深入考察作者与康德的差异之处。康德指出，只有权利——选择的自由才有可能是为任何理性存在者所采认的原则。权利是任何自律行动的前提，自由选择本身是纯粹形式的，不附带任何价值观念。

在此意义上，一个不可侵犯的私人领域恰恰是实践理性的运作结果。但是作者认为，康德既然将道德立足于空洞的选择之上，就没有对实质的伦理规范作出任何承诺。然而，如果想要捍卫道德的客观性，就必须选择一种基于 human well‑being 的视角——这意味着，关于实践理性的论断不应当是同义反复的：如果仅仅强调人类行动的根本特征是先验的自由，那么这实际上没有说出任何东西。基于这一理解，作者特别指出，鉴于人类总在追求七种基本善，那么它们就构成了人类行动的"基本理由"。当这一论题呈现为目的论的形式时，作者最终意识到，捍卫道德客观性的唯一手段就在于将道德原则与客观世界联系起来。这样，关于基本善的论断就构成了一个全称经验命题。

至此，我们就捕捉到了对它不满的根由：作为一个经验命题，它竟然未能建立在任何形式的经验研究之上；同时，它也不是一个能够证伪或证实的陈述；最后，它甚至无法为我们的直觉所捕捉到。在一部严肃的道德‑法律哲学著述中预设这样一个命题，就相当于在一本现代天文学书籍中将论述的基础预设为地心说。

因此，最终我们沮丧地发现，作者在书中提出的所有重大结论，都依赖于基本善的无理设定。在古典自然法与现代自然法之间寻求折中的努力失败了——这种失败不仅仅是认识论与法律实践上的，更是论述结构上的。以此类推，我们似乎可以说，所有意图恢复古代政治理念的论说都是不可避免地武断的：这类学说面对着太多的困难，一方面是可行性/可接受性的，一方面是可证成性的。既然古代政治秩序所依赖的终极善观念在当时没有得到证成，我们就更没有理由认为它能够在现代多元社会得到任何支持。

2012.3

民族主义笔记一则

民族主义的兴起，伴随着拿破仑的征伐与消亡，以及德、法、意等主要欧陆国家民主革命的爆发。可以看到，拿破仑的征服破坏了欧洲原有的政治秩序，而对征服者的反抗又引发了各国民族意识的凸显。更重要的是，卢梭式的民主理念间接地加强了民族内部普遍的政治活力。由此，一种将民族而不是其他对象作为国家主体与政治权力之最终依据的观念，就成为民族主义政治的内核。

民族主义特别强调以下三点：民族的殊别性、民族利益的至高无上、民族的独立自主性。必须看到，以本民族立场为据的民族主义，与以多民族共存为据的民族主义完全不同：前者有滑向种族中心民族主义的危险，而后者由于以承认各民族之独立自主为前提，就形成了一种多元主义的世界观。

同时，由于民族意识被置于重要的领导地位，民族主义就势必要求民族内部的一体化；若不强调这种"齐一性"，民族就难以成为一个实存的独立体。

所以，民族主义对外强调殊别性，对内强调普世性；对外抵抗普世化、坚持本民族国家的意志与权利不可侵犯，对内抵抗殊别化、坚持具有民族特色的文化特征应当为民族内部全体成员所接受。这种"内部的普世化"易被忽略，但实际上，它是民族主义发展的逻辑结果——将自由生长、复杂多变的诸民族特质加以普遍化、标准化，如伊斯兰教之于土耳其、东正教之于俄罗斯。

最可指摘的是，尽管内部的一体化有助于引发全民感情、产生所谓"民族凝聚力"，但它与民主政治并无任何联系，反而易于产生威权体制——如纳粹之德国，如纳赛尔之埃及。必须注意到，全民政治完全不等于全民民主，一种高度组织化的国家形态，势必极大侵犯个人自由；与此相比，雅典民主更像是个特例。

尽管民族主义所带来的反殖民潮流依然是国际政治的一大推力，但自联合国成立以来，国际间的普世主义倾向又一次出现（所以，它被左派称为帝国主义-全球资本主义的重现），并且已经成为制衡民族主义的重要因素。令人忧虑的依然是各民族国家内部的民族主义势力，它们往往表现为一种分离主义的趋势，由此引起的民族自决要求，已经成为诸民族-国家的心头之患——一个典型的例子，是业已不复存在的南斯拉夫，南斯拉夫的消亡史就是一部民族的分离史。超越民族国家形态，是否应当作为未来政治秩序的希望所在？

在此，美国依然是一个值得仿效的例子。美国政府坚守价值中立，对于其国内多民族多文化的现实，不仅从不强调某种民族传统，而且在宪法中也明文规定了各级政府须保持严格中立立场——在黑人民权运动之后，甚至采取了种种"矫枉过正"的措施，以维护黑人利益。更重要的是，美国健全的政治体制保护了以个人为单元的有效政治参与，同时并未损害爱国主义精神与国家凝聚力。这足以证明，现代国家完全可以超越民族-国家形式之窠臼，而建立在某种政治架构之上。

同样的例子，或许还有英国及瑞士。英国人对皇室的尊重，与伊朗人对哈梅内伊或日本人对天皇的尊崇并不相同：皇室更多地被视为一个符号，其意义与民族主义无关。而瑞士则更是成功地在三大民族的现实之上维系了一个现代非民族国家的形态。近几十年来的欧洲联盟运动，更是不容置辩地揭示了如下事实：传统欧陆民族国家已经向一个普世性的政治组织靠拢——在这个组织之内，多民族多文化得以共存，更重要的是，在一个成熟的国际环境下，民族认同必然愈发弱化，而"民族解放"则更不再具有吸引力。以个人-国家取代个人-民族-国家的政治前景，正在愈发清晰。

2009.7

民主与"观念的暴政"

这个时代最令人惊讶的特征之一是:人类的事务是由各种观念支配着的,而且它们还大模大样地凌驾在不容抹煞的事实之上。——迈克尔·诺瓦克(Micheal Novak)

关于民主制度转变为"多数人的暴政"继而退回至专制统治的可能逻辑,不仅在法国大革命中得到证实,而且对这种观念的批判也早已成为老生常谈。让-雅克·卢梭作为古典民主理念的首倡者,坚信多数意志的至高无上,以至于可以超越一切规矩甚至法律。正因为此,他尤其推崇雅典民主——众所周知,雅典的公民大会就是一个不受限制的决议机构。而关于民主决议与个人自由之间的博弈,则要至少延后至古罗马时期成文法的出现;至于"群己权界"的成熟概念,则还要晚上一千余年。今天我们都已经明确,民主之群域不能侵犯个人之己域,个人必须有足够的自由以免受来自社会的侵犯——即使这一侵犯以"多数意志"为名。

然而卢梭对于自由的理解,与自由主义大相径庭。他特别指出,人拥有一种在群体之中才能实现的自由,即"人的自由"。这种自由与动物式的冲动不同,它建立在人的特质之上,以"高贵而完整"的道德品质为必要条件。卢梭尤其厌恶当时的社会环境,他认为那样的生活是沉沦而庸俗的,完全不能满足人之为人的品格。因此,他所强调的"人的自由"拥有强烈的道德责任感,并且以将人从庸俗生活中解放出来为己任。

这或许是卢梭喜爱古希腊城邦民主的深层原因。在城邦生活中,公民是城邦的主人,对城邦有着强烈的认同感与深厚的感情。公民的自治,就意味着公民的个人利益与城邦的集体利益合二为一,形成了一种超越自然状态的普遍意志。这种状态以民主为必需制度,最后达到人与群体的完全结合——这就是卢梭所指认的人在群体中才能实现的"人的自由"的最终达成。在这一状态之下,全体意志即是个人意志,而理所当然的是,在社会中只有一种观念,它表现为一个整全性意识形态,为每个人所完全接受,此即卢梭尤其是马克思所向往的理想社会。

这样一种充斥着道德高调与崇高责任感的民主观念,却在英美传统中毫无市场。数百年来,英美思想的共识是:人性是自利而有限的,不可能拥有那种"高贵而完整"的道德品质。所以,民主制不应当被赋予过高的意义与过重的责任,而只是抗衡统治者、调和公民利益的政治形态;处于民主制之中的公民,也不应该被要求与集体达到高度统一。在十六世纪后期,人的自利更被赋予了正当性而被写入宪法文本,而卢梭式的统一观念则被称为威权体制的起源之一。

将民主视为实现某个至高道德观念的工具,还是适应人之自利天性的制度,是汉语思想所面对的一大抉择。令人遗憾的是,一个多世纪以来的知识分子,大都选择了前者。在"救亡压倒启蒙"的时代,民族主义思潮与民主思想结成了同盟;在人们看来,民主的价值主要在于其集体主义精神,在于个人利益与集体利益的统合。后来,民主思想又与儒家传统结合起来:"天下为公"、"大同"等思想,在某种程度上就体现了统一观念、团结一心的意旨。值得注意的是,当知识界激烈批判传统对个人的禁锢时,依据的立场依然是国富民强、"挽救国家于危难之中"的要求;而这一要求,则又体现着集体主义的观念——个人的独立自主不能危及社会的整体秩序,这依然是汉语思想的基调。

对统一观念、"民众的大联合"乃至所谓"正确思想"的强调与向往,在中国与世界范围内造成了怎样的后果,自不必再提。二十世纪以来,中国所发生的民众运动之中,"民主"的地位远在与个人利益关系更加密切的"自由"之上,曾是一个难解的现象。现在看来,汉语传统对集体和社会秩序的重视,可以回答这一问题——个人脱离了群体尤其是家、国,就没有任何地位。这与卢梭的思想存在令人惊叹的巧合——"自由"对于民众,竟然属于完全陌生的他者。而中国知识分子大都存在如下思想悖论:他们既相信人民是历史和社会的主人,掌握着正确的观念;又认为人民是短视的,难以产生正确的认知,所以要靠他们的引导。当后者成为思想主流时,威权统治也就呼之欲出了。

2009.7

现代性的地平线

现代性正不可避免地成为一个强势的意识形态，并且尚未显露出任何倾颓的迹象。在大批的批判者看来，现代性的两大特征——民主政治与市场经济，正在被西方尤其是美国的实力政治所推行，并且，其间夹杂着许多副产品——比如文化，比如商业，甚至还包括科学。他们指出，这些无一例外是霸权的结果。无论现代性的扩张是不是一个阴谋，它至少含有一个并不乐观的后果——在现代性所承诺的多元化背后，实际隐藏着一元化的未来；以开放和自由为意旨的现代化浪潮，将很有可能走向其反面。

上述忧虑产生于一种对世界的整体性观看方式之中。这种方式当然起源于柏拉图，而其直接倡导者，则是马克思。穷其一生，马克思都将资本主义看成是一个整体来批判：在他眼中，资本主义是一个征服了整个世界的机器，而工人、资本家等则是此机器的零件。在考察了几个欧洲国家之后，马克思就断言：这一机器必将解体，新的时代必将到来。如此宏大的批判方式，确实令人神往。弗雷德里克·詹姆逊就曾大方地承认："马克思主义是唯一把资本主义整体作为研究对象的科学。"

如上所言，对现代性的批判继承了马克思，或许还有尼采的哲学。

全球化被看作是某个整全性意识形态的扩张过程；而当这一"观念霸权"占领世界时，只会带来悲惨的负面结果。更进一步，有观点指出，这一结果必将伴随着全球资本主义的弹性化、去中心化，所以已经不可能依赖某个普遍主义的理念与之对抗，取而代之的只能是地区化、特殊化的"身份政治"——讽刺的是，这居然与另一阵营中的福山那刺耳的"历史终结论"形成了某种程度上的共识：它们都预言了意识形态时代的完结。

真理或许并不重要。真正的问题是，当后现代主义——欧陆传统与自由主义——英美传统（如果可以这么概括的话）在今天形成了如此深暗的沟壑时，它们之间还有可能进行对话吗？如果答案肯定的话，双方又能从对方那里学到什么？

英美传统中的保守主义因素值得重视。它所对抗的，正是上承柏拉图乃至马克思主义的整体性观看方式——关键在于，这一方式势必引出一种全面革命观念。而保守主义恰恰对全面社会变化嗤之以鼻，并且坚信，以尊重传统为前提的改良才是变革的唯一正当方式。这一因素当然是自由主义中自发秩序论证的起源，但似乎也注定了分别以经验主义与理性主义为大前提的两大传统的互相排斥——这在判例法与大陆法的区别中尤为明显。

这一特征是危险的。自由主义者已经接纳了欧陆传统中康德的绝对律令观念，并将它与英美传统中休谟对自发秩序的结果至上辩护相提并论；我完全相信前者将取得最终的胜利。而当二十世纪下半叶，理论家们对乌托邦／理性设计观念进行史无前例的批判时，他们可能忘记了：古典自由主义的自我所有权主张，同样是理性设计的产物。以上事实证明，两大传统并非不可接触；或许之前逻辑经验主义破坏了这一机会，但在后现代主义对现代性持续关注的当下，对话至少是可以尝试的。

在我主要关注的英美传统内部,理论家似乎已经做出了某些努力。理查德·罗蒂将一种被"创造性误解"的实用主义作为桥梁,试图同时对两边发言;而亨廷顿、弗里德曼等人则尝试将政治民主程度与经济发展程度解释为互相依赖的标准,以此为现代性寻找辩护。阿玛蒂亚-森特别指出"要强调民主的功能性作用",因为"用这样的方式来分析民主,具有强大的说服力,而且不受地区的局限"。这已经是对现代性的普遍主义辩护的新形式,如果后现代主义者愿意沟通,他们将会发现:这一建立在实证方法上的逻辑的确是强有力的;即使对自由主义的正当性阐述不屑一顾,他们也不应该蔑视事实论证。

真正的敌人是态度——最明显的现象是,双方都把对方的话语斥为"无意义的"或"不重要的"——当不经阅读就肆意批评欧陆哲学已经成为英美哲学家的时髦举动时,我们对这种流行性表现出来的无知和偏见也就不难理解了。但无论如何,即使互相蔑视的观念难以改变、即使双方均否认对方提出过"真正的问题",也应该承认,至少现代性的确是一个"真正的问题"。因为,无论话语之间的裂痕有多深,它们所涉及的世界却总是同一个。

2009.7

很多人成为左派都是不由自主的，但是

　　我敢说，如果左派是学院出身，那么大多都是不由自主的。这并不是说左派受到了强迫——"不由自主"的意思是：很多情况下，一个人成为左派并不是因为他经过选择与思考认同左派的理念，而是因为他举目可见的只有左派的观点，所能使用的只有左派的语汇。如果我们看一看相关专业的课程安排、相关教师的自身立场，就不难明白这一点。

　　另一方面，我对"真正的左派"这种似是而非的概念也很不以为然。如果我们问一个"真正的"政治左派："你们为什么只批评市场，不批评政府？"他会回答："谁说我们不批评政府？我们认为市场和政府是一丘之貉，它们都是资本主义利维坦的组成部分，我们批评资本主义就等于批评政府！"因此，如果你真的认为存在着一些"真正的"、以批判政府为志业的大无畏的左派，那么你首先就应该接受这个基本命题。但是，市场与政府共谋的观点本身就是左派历史发明家的杰作。正因为市场与政府事实上天差地别，所以当左派谈论"资本主义"时，实际上还是在攻击前者。这就使得左派从来都不可能真正地从事批判政治，因为他们无法注意到，自由市场与大政府本质性地相悖，任何一种将两者混为一谈的理论进路，都势必忽略真正的政治问题，并不可避免地成为一种自娱自乐的游戏活动。

最终，为了使自己的观点在实践中有效，政治左派要么依赖政府的力量去干涉市场，并期望政府能够成为完美道德的化身，最后通过一个不可思议的过程实现自我消解；要么就像福柯那样，破罐子破摔地将一切可能的合理政制绝望地斥为不可实现的空想。当乔姆斯基还在大谈特谈建立在对"人性本质"的理解之上的无政府主义社会政治理论时，福柯就直截了当地说，任何一种诉诸人性的理论都是可疑的；他进而指出，无产阶级之所以同资产阶级争夺权力，并不是因为他们是正义的，而是因为他们要取得统治资格。这一论断分别于 1968 年与 1971 年成为扇向萨特("Foucault répond à Sartre")与乔姆斯基("Human Nature：Justice versus Power")这类正统政治左派的响亮耳光，并且神奇地与卡尔·波普尔在《开放社会及其敌人》中对马克思主义阶级分析的批评达成一致。所以说，为什么在几十年来的当代论争中自由主义者持续地请求他们的左派朋友在无穷无尽的批判之余贡献一些建设性的意见，而这些高深的理论家却始终无法回应？这是因为，在左派的体系中并不存在任何正面的智识资源能够帮助我们追求一个更可欲的政制。每当他们面对政治思考所要求的规范性时，就展现出惊人的无能与更加惊人的实用主义话语智慧：由于无法在这一方面同他们的自由主义同行竞争，他们就埋首于批判现实的沙堆，专事八股骈文的工业生产，并顺带着将学术语言佶屈聱牙的程度推向一个又一个高峰——这表明，学院左派实际上比任何人都更依赖他们每日都在批判的专业化的社会分工与自由经济制度。

这是一个深刻的悖论，它点出了当代左翼学术的吊诡本性。当然，话说回来，在成熟的自由民主国家中经过选择与思考成为一名左派，作为一项功成名就的捷径，对于个人而言也未必是坏事；但如果是在另一种制度中不由自主地成为一名左派,则是另一回事。我们没有必要认真对待这些所谓的学术人士,更没有必要与他们对话,正如罗尔斯从不浪费时间与专制对话一样。

2012. 9

观念史二论(一):民主与宪政

　　民主是一种历史悠久的制度,而"宪政"的概念,至少要晚上一千余年。对民主的夸赞,历来是意识形态所发出的主流声音,无论在威权国家还是自由国家,皆是如此。但有趣的是,威权国家只谈民主,不谈宪政;而在自由国家,它们往往会分别成为两股政治力量的指引,譬如美国的民主党与共和党。

　　宪政与民主的关系远不像人们普遍以为的那样和睦。让我们把目光投向古希腊:雅典既是古典民主的开创者,也是历史上将古典民主置于政治体制之尖顶的唯一国家。古典民主背后是一种平等主义的观念,它代表了人作为政治参与者的基本朴素理想,即公民在参与纯粹政治的时候,应当舍弃财富、出身等无关因素,达到无条件平等;而一人一票的选举制,就是对这一诉求的直接表达。

　　然而这种平等主义,在雅典走向了令人啼笑皆非的极端——在一个时期,选举制居然被抽签制代替。人们认为,以选票决定统治者的制度也是不平等的;若要实现真正的公平,统治者之间就不应该有优劣之分。平等主义最终指向了这样的诉求:把权力交给随机性而不是交给公民意志,才是真正的、绝对的公平。毫无疑问,这一结果是荒谬的,它与政治的本原目的完全脱节,是一种"为了平等而平等"的观念。

　　而在两千年后,这种极端民主的弱形式又为卢梭所重新提出。卢梭认为,多数人的意志就是上帝的意志,就是唯一正确的意志、必须听从的意志,任何反对它的,都要被彻底消灭。正是在这种理念的指引下,法国大革命为一种革命恐怖主义所控制。以多数人的意志之代表自居的罗伯斯庇尔等雅各宾派,试图以说服乃至强迫措施改造人性、达致建立在雅各宾主义整全性意识形态基础上的全新社会秩序,为此,不惜对法国的传统进行了歇斯底里的毁坏,甚至对贵族阶层乃至一切反对者实施了惨烈的屠杀。可以说,对于原先的封建开明专制,革命者不仅清除了"封建",也抛却了"开明",却留下了"专制"。

　　民主的两大特点:平等主义与多数决定,在上述两个历史片断中,昭示了它们所蕴含的邪恶指向——不受约束的平等主义产生乱政,肆意而为的多数决定引发极权。而以实现"最好的民主"为最终目的的政治,更会使公民产生法国大革命式的扭曲心态:如果不能达到平等的自由,宁可实现平等的奴役!而这种心态更蕴含一种直通极权的意愿:宁可所有人一贫如洗,也不能容忍贵族阶层的存在!很明显,这一意愿直接导致了革命恐怖。

　　如果以更高的角度来看待政治理论就会发现,自由主义与其余哲学真正对立的地方,在于对待权力的态度与做法。柏拉图创立了一个影响深远的传统观念:政治哲学的任务,就是回答"哪种制度最好"、"谁来掌握权力最合适"的问题。两千年来,各种回答层出不穷:"让哲学家掌握"(柏拉图)、"让明君掌握"(儒家)、"让多数人民掌握"(卢梭)、"让无产阶级掌握"(马克思),百家争鸣、花样翻新。然而自由主义指出,谁掌握权力并不重要,重要的是权力如何运转、能否得到制约。波普尔的一句话更能说明问题:"不管统治者是无产阶级还是资产阶级,谁握有权力，谁就是统治阶级。"（大意）权力总是可怕的、必须防范的。无论掌权者是君子还是小人、是集体还是君王，都不可能使权力得到制衡；而民主期望以多数民意对抗权力，又会产生"多数人的暴政"。所以，不仅是为了消除威权体制，也为了防止民主走向极端，更为了澄清政治的真正目标，就必须引入权力制衡机制，即宪政体制。

无宪政的民主，要么是雅典的平等乱政，要么是法国的恐怖政治；而哪怕是"无民主的宪政"，虽然算不上好的体制，其庸碌无为也总胜过乱弹琴。应该承认，在以个人自由为主旨的现代政治环境中，建立在对公权之有效限制上的宪政制度，比民主更为重要。进一步来说，平等再关键，也不能引发乱政；民意再重要，也不能改变制度。

民主与宪政的分野，直接导致前现代之古典民主国家与现代之代议制共和国的区别，这也是法国革命与美国革命、欧陆理性主义政治传统与英美经验主义政治传统的区别。宪政民主所透出的对制度规则的尊重、对现行秩序的保守，更重要的是对权力的有效限制，都代表了对社会/政治之整体的审慎态度，这种态度由古而今、由西至东，值得我们所有人认真思考。

2009.6

观念史二论(二):自由与传统

　　自由主义者们在对柏克和托克维尔致意时,总要对保守主义精神夸赞一番,更要反复强调传统的伟大作用。据说,自由必须依靠对传统的反复申明与"创造性转化"来实现。这种观点,把自由说成是一个由对文化传统的保守态度所带来的概念;或者说,自由至少依赖着传统,传统生成了自由。

　　如果承认文化/文明间的巨大差异,自由-传统的联盟就要遭到挑战。显然,不管如何考察、不管采取何种视角,东方和西方都有着完全不同的传统;即使缩小范围,英美传统和欧陆传统之间的鸿沟亦如大西洋一般宽不可测。"传统"一词是如此含糊、如此难以把握,就连柏克本人,也有以皇权之传统否定民权之传统的遗憾之举。而就算是人所齐称的同一思想流派成员,之间亦差异颇大:孔子的儒就与董仲舒的儒相去甚远,下溯至程朱,更是面目全非。对汉语传统影响巨大的儒家思想,其内部都如此纷杂,更何况禅道之学、法墨之说?

　　传统仿佛是一锅粥,所有人都能从中找到思想后援。自由主义者能够发现普世价值与宽容精神,文化保守主义者能够发现安守旧制与复古思潮,传统左派能够发现朴素的共产主义思想与对革命的正义辩护。但问题在于,无论汉语传统的关键词是专制还是自由、主要身份是权力的护卫者还是威权的反抗者,都不能否认,历史性与殊别性才是传统的最大特征。

传统是历史性与殊别性的传统,然而自由却是普遍性的自由。普遍性不可能也不需要靠殊别性与历史性为其辩护,亦不需要它们的证明,更不可能由它们生成。虽然作为人文观念的"自由",其历史不过三四百年,但自由本身是一种被动状态,是人的本质属性,其普遍性是无庸讳言的。倘若自由依靠传统来生成,就丧失了这一特征;而自由主义的自我所有权论证,就更不可能架设在形而上学的绝对基础之上。

自由-传统的偏见,会将自由拉回人造物的祭坛,将其与国家、社会等概念放在一处。然而自由既不是失业救助金,也不是存款利息,和福利、民主等亦不是同一层面的概念。其实,把自由说成是一种"概念",本身就会带来以历史性篡越普遍性的些许误解。

对自由的言说与申明,毕竟只有很短的历史;而传统却无时无刻不在施加影响,传统生成自由的误解,确实在所难免。正因为此,我们就更需要对自由之作为人之本质、作为超历史性/普遍性的概念作出澄明,这一澄明并非取自柏拉图的本质主义,而是直接追随康德的绝对律令观念。除却康德哲学之外,自由主义的另一大潮流是功利主义的自由主义,一种将自由作为实现集体目的之工具的理论——而这,实际上就是把自由当成人造物的理论后果。而具体到现实政治层面,我们应当澄清将自由混同于价值的错解:自由既不是殊别价值,也不是普世价值——它根本就不是价值,而是容纳价值的框架。

自由与传统,有融合亦有对抗,但归根到底,它们之间不可能是证明、辩护或衍生的关系。而对汉语思想而言,无论是要自由舍传统还是要传统舍自由,抑或采取"创造性转化"的策略,都不仅大而无当,而且在可操作性层面也毫不可取。若如前所述,从传统中专取我所乐见之言为己所用,这恰恰不是尊重传统,而是六经注我;而被如此修剪过的"传统",再被拿来证明修剪刀本身的正确性,这显然毫无说服力。对自由主义者而言,不管我们能从传统中获得多少价值,也不能忽视其整体特征,尤其不能忽略中国文化的"撒娇"特质,以及知识分子、主流思想对权力的强烈依附性。恐怕必须承认,我们的传统离自由还是远了一些。重要的是,将极具可操作性的、作为一种体制的自由主义与虚无飘渺的文化传统联系起来,对当前紧迫的现实不可能有任何帮助。

与其说传统的历史性生成了自由,倒不如说自由的普遍性重构了传统。幸运的是,这三四百年来,自由正在被写入历史。也许我们的后人有一天会这样说——人类的自由就是传统,人类的传统就是自由。

2009.6

儒学的政治之维：公羊学与现代世界

内圣-外王

儒者之理想号称"内圣外王"，其意为：一方面要达致个人修为的完满，一方面要在政治层面有所成就，亦即创制所谓的"天下秩序"。这两点的关系一般被理解为线性的——内先成圣、外继为王，人们熟知的"格物、致知、诚意、正心、修身、齐家、治国、平天下"之言即意指此处存在一个递进次序；但是，它们也可以被理解为并行的——内圣归内圣，外王归外王，两者所指的是儒学在不同领域中的目标。由后一理解出发，儒学便可分为"心性儒学"与"政治儒学"两支：前者是精神方面的、内在的、个人化的、超越性的、形而上的学说，后者是制度方面的、外在的、公共性的、经验性的、形而下的主张。政治儒学的知识源点是《春秋》之《公羊传》，因此也被称为"公羊学"。

心性儒学与政治儒学

东汉以来，政治儒学日渐衰落，心性儒学遂成主流。究其原因，无外乎与前者直面政治,对君主制度有颇多言说,坚持"实与文不与"的批判态度有关。"实与"指的是立足于历史-现状的判断,而"文不与"指的是以毫不妥协的政治理想为标准进行评价。昔时孔子论管仲,一言其治国助于人民安居乐业,是为现实上的功绩;二言其助齐国称霸是不臣于周王之举,是为对理想秩序的违背。这就使得公羊学能够一方面把握历史境况与政治实践的博弈-妥协特征,一方面又不放弃其终极关切;但也正是这一点,使君权政治对它颇有顾忌。历经汉代官学身份的辉煌之后,公羊学几近消亡,直至清代才真正地迎来复兴,旋即又倾覆于民国之激进反传统运动之中。起起落落,使得公羊之系谱难存。

比起心性儒学的局促与琐屑,政治儒学自认更能体现儒家本义。孔子讲仁,从未脱离礼法制度——仁是礼法之中的仁,而不是精神生活中自在自为的仁。心性儒学——无论是心学还是理学——沉浸于书斋中的抽象思辨,所思的仅仅是个人层面的道德理想-实践问题,根本上忽视了社会-政治层面实实在在的制度问题。道德不等于政治,道德论说无助于使儒学面对残缺并处于变化之中的现实,因而只能离内圣外王的目标越来越远。外王的论题一方面是学理上的,另一方面更是历史中的;而心性儒学既没有就内圣如何衍生外王给出有说服力的回应,也无法处理当下世界紧迫的不合理性。

大一统论-政治神学

在"大一统"之中,"大"是"尊大、推崇"的意思,"一"是元,"统"是始。这一概念有两个层次的涵义:形而下层面,是指天下诸侯皆统系于周王;形而上层面,是指万物(乃至政治社会)具有单一的根基。大一统论认为,宇宙万物背后存在一个本体,万物皆归于一,此即所谓"元始";

而王作为天子,联结了"元始"与现实世界。公羊学指出,王应该具备一统世界的权威:王把握住了万物之基原,因而具备了统治的合法性。这种合法性不同于常俗政治观念所指的民主-契约学说所意蕴的"一致同意",而具备了神圣因素。大儒董仲舒在此基础上提出了"天人感应"学说,将上天人格化,并为自然现象赋予政治意涵。当天现祥瑞,即是帝王受到表彰;而天降灾异,则是对帝王的谴责。此即儒学视野内的政治神学。

三世-三统

公羊家以孔子诞生为基点,将《春秋》中鲁国十二世君主划分为所传闻世、所闻世与所见世,又将这三世假托为据乱世、升平世与太平世。据乱世是人类历史演进的第一阶段,是衰乱之世;升平世是指由乱世进入平世,是稳定之世;太平世是人类历史演进的最高阶段,是最理想的社会,也是人类最终的希望。在此必须注意的是,《春秋》十二代纯属乱世,而且愈来愈乱;但公羊学理想中的三世则逐步改善、逐步完满。因此,三世说并未构成一种历史描述,而是作为儒者的信仰而存留于文本中。这使得政治儒学超越了历史理性,成为一种乌托邦学说。公羊学反对一切历史决定论,因此与马克思主义式的必然性观念无关;它表现的是道德意义上的应然,因而是一种至善论的政治理论。

通三统说指王在改制与治理天下时,除依自己独有的一统外,还必须参照其余之统。一般认为,三统在公羊原典中指殷制、周制和春秋制。当新王之统加入三统架构时,一旧王之统会退出,但仍应受到新王的尊重。它体现了政治的宽容精神,同时也表明天下非一姓独有。这一方面避免了纯粹的人治——人间王朝必定是暂时性的,在它之上还有永恒的天道,具体而言,政治实践必须服从于高阶的《春秋》义法;另一方面,又表现出鲜明的政治保守主义气质——现实政治的精神即是妥协与调和,对于旧的政制乃至社会秩序,切不可采取法国大革命式的全盘推翻行动。

王道抑或民主

前述大一统论与西方自由民主思想存在着极大的龃龉:一是由上至下式的,一是自下而上式的。自由民主思想的核心是平等权利观念,而这就意味着每个人都拥有同等的政治参与资格;而且,如果个人权利能够超越道德秩序,政制就只能对高尚与低贱的生活方式一视同仁,人生的价值与意义无从彰显。公羊学进而指出,统治的民意基础不能体现为程序化的民主选举,而应是所谓"天下归往"。这是一个后验标准,而真正关键的标准则是"法天",即握持天道、遵守上天之法,即成为天子。只有满足这些条件,统治才能被儒者承认为合法的。

王道政治根本上反对平等的自由观。圣贤与常人乃至善人与恶人不应当处于同等的地位。人性先天具有腐蚀性的力量,在此意义上,普通民众的自由必须受到充分的限制;他们的道德品质必须受到有德者的指引。为实现这一目的,社会中必须存在等级或身份等设置,即以道德标准证立政治制度。总之,政治儒学要求保障一种有限的、区别对待的个人权利与合理的等级-身份制共存的社会秩序。

奇理斯玛型威权

若要达致对公羊学的现代理解,首先就应该将它视为一种纯粹的政治观点，而不是附带着昔日的经验知识或宗教话语的复杂的文化产物。因此，撤除"天人感应"等陈腐思想后，公羊学便可以被纳入政治哲学的视域，并与自由主义等典型学说一较高下。然而在此值得注意的一点是，政治儒学所借重的并不是现实之中的程序或规则——亦即不是某种理性设计，而是来自上天的律令，世俗的法来自天道，因而低于天道。这与古代自然法观念甚为相似——彼时古希腊哲人同样将自然视为政治智慧的来源。但是，今日之自然法理论已经放弃了这种超越性的、神秘主义的思考方式。一般认为，人的自然权利并不是上帝或上天所赋予的，而是人的意志和行动的必要前提；进而，构筑于个人权利之上的法亦不需要任何非经验性观念的参与。从这一立场出发，政治儒学的困难之处就会显露出来：关键问题并不在于"上天"或"天道"那可疑的实存性，而在于一种求助于信仰而非理性、训导-服从而非平等沟通的政治构想对于民众是否有足够的吸引力。众所周知的事实是，虚幻而模糊的"天"的形象在古代中国的政治实践中几乎无足轻重；在彼时，一种好的社会秩序只可能建立在"圣君贤臣"的纯粹人治之上。这就使得公羊学无法再高扬其原初的合法性标准，而只能建立起马克斯·韦伯所概括的克里斯玛（CHARISMA）型威权政制，即一种将政治权威架设于个人魅力之上的制度。

中西之争抑或古今之争

　　政治儒学的主要意图在于：将已然被击碎的历史中的中国形象填充于现代政治的框架之内。这就首先需要证明：在古代中国与现代中国之间不存在空隙，一以贯之的儒学传统足以处理这片土地上的政治问题，不管它产生在何种年代。这就是说，儒学试图取消旧时代与新时代的界分。但无论如何,中国在现代性浪潮之中所遭受的困厄依然亟需一个解释。在此,儒者创造性地转化了"夷夏之辨"概念,将这一困境归咎为西方思想乃至西方国家的冲击,换言之,即是用中西之争取代古今之争。

然而,儒学在何种意义上构成了中西之争的一方,以及由古至今、由传统至现代的观念系谱的连续性在中国是否存在,都是大可讨论的话题。无可争辩的事实是,儒学尤其是公羊学义理对于现代中国已经相当陌生;即使数千年以来的汉语思想还能够构成我们的传统,或者说尚在我们的头脑中占有一席之地,政治儒学之理想是否有资格跻身其中,也十分可虑。古今断裂既然是一个事实,那么不论儒者的保守主义意愿多么强烈,中西之争都只能是个伪命题——早在百年之前,作为一个整体的"中国"就已不复存在了。

统而言之,公羊学面临着应然与实然两方面的困难:首先是学理上的,继而是现实中的。我们必须正视汉语学统已经葬身于一个世纪以来的现代转型之中的可能性——古今之争或许已经分出胜负,古代政治观念的逝去已无可挽回。无论如何评判,我们都只能接受它。

2011. 11

屈原、儒家与撒娇文化

今天是端午节,屈原是这一天的主角。一个知识分子何以得到如此尊荣,或者说,为什么独独是屈原?除却难以追溯的因素,我想原因就是,屈原是历史上第一个爱国者,也是最典型的爱国者——与文天祥等不同,屈原是主动赴死,而非为情势所逼。

当然,一个重要的讨论点是,屈原在历史上是否真的存在;然而现在,如果能够抛却历史真相、抛却爱国这一大众道德层面的因素,我希望可以搁置迷团,探讨其自杀行为本身——至少这一事件早已在无数记述中被证认了。

屈原被国家、被他所效忠的主君抛弃了,他陷入了迷茫和困惑中。起先他还不能理解,但很快就意识到,自己安身立命的基础已经没有了——国家弃我,我的生命还有什么意义?遂投江而死。这一行为可否真正代表儒者,有两种不同意见。

刘小枫在《拯救与逍遥》中将屈原作为真正的儒者、儒者的代表看待。儒家强调"修身、齐家、治国、平天下",这一依次递进的标准指出,儒者的最高目标是治国、辅佐君王,若未达成,则不能称为真正的儒者。屈原达到了这一标准,但旋即被剥夺了权力。这无疑是对儒者的最大打击:在即将圆满之时失去一切,这无异于釜底抽薪。儒者赖以生存的支柱没有了,他的人生理想彻底粉碎了,他完全一无所有了。屈原就处于这种境况之下,他虽作《天问》,也得不到任何回答、看不到任何出路,只有自杀一途。

这样看来,屈原自始至终都是一名伟大而典型的儒者,而在失去一切之际决绝地自沉于汨罗,更有一种飞蛾扑火式的悲剧意味。

但有一种针锋相对的观点,断然否认屈原作为真正儒者的身份。我读到的一篇佚名文章中说,屈原绝非真儒,"历代的儒者都不以他为然"。因为,真儒应当"尽人事、知天命",不该怨天尤人;可惜,屈原能尽人事,未知天命。他问天问地,就是在无休止的抱怨——在事不能成之际,仍不能放下治国平天下的理想,直至绝望自杀。作者认为,这绝非儒者之范:真正儒者,当进可治国辅君,退可修身求仁。对屈原其人,作者有一个绝妙的称呼:他是中国历史上最大的一名"撒娇者"。

进退"随心所欲而不逾矩"者究竟是真儒,还是道化、佛化的儒,这并不重要:毕竟,有屈原式的遭遇而尚能来去自如者,在中国历史上还属少数。这一标准是如此高绝,当然也无损于儒家珍视理想人格的特性。

儒家这种人格的形而上学观念并不是今天要讨论的重点。最令我感兴趣的,是那个"撒娇者"的概念——这一称呼既贴切又广泛,准确地点出了中国政治文化传统中的"撒娇"特质——将它与古希腊政治文化作一比较,是富有教益的。

撒娇,是指用娇弱、娇小、娇媚等手段,向对方示弱、示好的一种行为。它突出的是人的依附性,而非独立性;是心理与人格上的依赖,而非自主、自为、自由。儒家文化就是这样一种撒娇文化:它强调国家与家庭对于人的重要性,强调建立在高于一切的孝道之上的家庭和睦,强调人必须依赖于国家才能生存。"孝"本身就是一种撒娇,靠的是对上辈人的依附与服从;而"忠"亦是一种撒娇,靠的是对国家和君王的依附与服从。古希腊政治思想认为,人应当是公民;而孔子认为,人首先是子民。而儒家与基督教的差异则更为明显:无论基督教是否过分强调了上帝之重,人的个人生活总是得到承认的,独立的人格始终为基督教所看重;儒家虽亦讲究修身、讲究自我完善,但其目标始终指向君主之侧。从同时期的东西方政治形态来看,古希腊是契约政治,政府从公民契约中产生,并服从于公民、受公民意志所控制;而中国则是君权政治,子民服从君主,君主上承天命,在人间无须向任何人低头。儒家固然有"民贵君轻"之言,但其内在意思只是劝君施行仁政、善待国民。

儒家理论对于普通民众,是一套教人成为子民的学说;对于知识分子,是一套教人成为臣子的学说;对于君主,是一套关于如何稳固政权的学说。民应向官撒娇,臣应向君撒娇,依次拾级而上,一套以撒娇为基本特征的制度,就这样存在了两千余年。

东西方最主要的政治理念针锋相对。统治权力是来源于契约,还是来源于上天? 是民为主,还是君为主? 是政府服从民意,还是子民依附官僚? 在此基础之上的演变:分权与集权、权力制衡与君主独大,就都不难理解了。

回到屈原身上,我们能够发现,他确是典型的撒娇者。一生追求辅佐君主,而当功德圆满之际却被流放,当他发现自己已经无可依附时,起先困惑失措,既而无所适从,最后绝望自沉。这表明他没有独立的人格,没有不与淤泥同流合污的觉悟,同时也说明,即使他不算是完美的儒者,也肯定是平常儒者的典型代表——他们不为禅道所动,一生欲跻身宫堂之上,只为依附于君主,以传播其政治理念;而当为朝廷所弃时,便慨然求死——当文天祥面对宋恭帝业已降于元廷的事实时,先是迷茫、继而绝望,和千年前屈原的表现竟如斯相似,我们不能不为之慨叹。

倡导撒娇的儒家,和倡导苛政的法家,都起到了维护、稳定统治的作用,它们为中国两千年来停滞不前的"超稳定"王朝统治结构负有不可推卸的责任。屈子,还有那些相同命运的知识分子们,若是地下有知,会不会哑然失笑呢?

2009.5

儒家范式：阐释与反思

对汉语政治传统的整体理解中，有几个声音颇为突出：在激烈的批判浪潮中，它们独持己见，认为对传统必须有更为开放的判断——直截了当地说，要突出传统中的优点。其中最为著名的，是钱穆对君权与相权的理解：他指出，君权/相权二分，看似是君臣的上下级关系，但实质上是一种原始的权力制衡机制；君权与相权是互相抗衡的，其主要作用，就是使高高在上的皇权不至于走向"绝对的权力绝对使人腐化"的结果。除此之外，儒家对"民心向背"的强调也激起了人们的兴趣：不断有人认为，为儒学所重视的"民意"、"民心"、"水能载舟，亦能覆舟"等观念，实际上与西方的民主制度颇为相似；因为，民主制度的作用，亦不过是直接表现民意罢了。甚至有人指出，儒家提出了民主制的中心观念，而古希腊则将它变成了具体的政治操作。

上述对汉语政治传统的辩护，其中当然体现了对现代意识形态的赞同，同时更重要的，则是对"西风压倒东风"的不甘；虽然并无明显的文化原教旨主义因素，但也无可否认是对此立场的收缩防御策略。这样一种复杂心态本身当然无可指摘，然而其结果却有失偏颇：其偏颇之处，不仅出于对历史细节的错解，更来自对汉语传统的整体失察——正是这一失察,造成了当下由文化保守主义向新权威主义转化的危险后果。

最为常见的错解是,认为孟子的"民贵君轻"观念是主张对君权的限制;虽然这一主张并未实行,但亦有其宝贵之处。然而,当孟子说出"闻诛一夫纣矣,未闻弑君也"时,他是在要求限制君权吗? 实际上,这不过是为"臣弑其君"的行动赋予正当性。孟子认为,当君王"贼仁""贼义"(破坏仁义)、成为"一夫"(独夫)之时,非法的、以下犯上的"弑"就变成了合理的、正当的"诛",因为君王已自动丧失了其原有身份——而这一主张,正可以下溯至汉景帝时儒者辕固生"汤武革命是受命"的立场。然而,尽管此"革命正义论"值得赞赏,但无论如何,它也与限制君权毫无关系;在孟子与辕固生的两段情境中,我们看不到对君王之绝对权力的任何批评。

对于儒家重视"民心"、"民意"的错解,则更加荒谬。孟子面见梁惠王时,曾经指出:

> ……左右皆曰可杀,勿听;诸大夫皆曰可杀,勿听;国人皆曰可杀,然后察之,见可杀焉,然后杀之。故曰,国人杀之也。如此,然后可以为民父母。①

据说,这样一种以民意决定政策的主张,具有民主制的宝贵萌芽;然而,上述最后一句话,却显露出儒家政治理论的最终目的——"为民父母",即维持君权。这与主张权力来自民众的民主制显然南辕北辙。这表明,儒家所谓的政治理念,仅仅是"政治技术"——一种只以维持统治、维持"为民父母"之状态为目标的学说。在这样的政治中,统治既是

---

① 杨伯峻:《孟子译注》,41 页,中华书局,1960。

手段,又是目的;政治不再成为追求正义、美德等至高价值的手段,而是统治者维护自身地位的工具。如是畸形的理念,在西方衍生出亚里士多德的《政治学》,进而又衍生出马基雅维利那由世俗化革命走向道德虚无主义之极端的《君主论》。然而,最令人悲哀的莫过于,这样一种观念在东方成为汉语传统的主流意识形态,对于君主制度的空前稳固与停滞不前,亦负有不可推卸的责任。

倘若我们能够以较大的视野来对比东西方思想,很容易就会发现汉语政治传统的残缺性——它缺乏一种以社会为阐释对象的整全性意识形态。汉语传统拥有极富魅力的形而上学思想,亦不缺少关于人性与伦理的道德理论,但对于现实社会的整体论述,则完全付之阙如。我们能够看到的,无非是"行仁政"、"立王道"这类空泛的主张;而即使是这类论述,也不过指向一个"为民父母"的世俗目的,况且它对于拥有绝对权力的君王,亦是毫无意义。

但是,汉语传统,尤其是儒家,并不缺少覆盖整个社会的全面观念;其中最知名的,莫过于"君君臣臣父父子子"。当然,这一话语只架设在关乎个人的伦理规则之上,并不是什么整体立场,但确实关系到所有社会成员——通过对家庭与国家的等级制要求,儒学成功地涉及到了每个个体——君为臣纲,父为子纲,当这样一种逐级上溯的依附性联系被广泛地建立起来时,儒家"克己复礼"的目标,也就圆满达成了。

且不说如此"依附性"带来了何种后果,仅就这一伦理/社会体系而言,我们就能发现其中带有规范化的明显痕迹;而这一规范化,又以社会身份为特征。君、臣、父、子,都是某种身份,当社会成员做出不符合伦理要求的行为时,其身份就被自动剥除了。如前所述,当君王"贼仁""贼义"时,就会被除去原有身份,成为"一夫",从而可以被正当地诛杀——而这一诛杀行为,亦符合臣子的社会身份,从而被赋予"革命"、"正义"

的合理性标签。同样,建立在依附性上的家庭和睦,亦是父/子之社会身份的必须条件;倘若家庭存在矛盾,甚至不能维持,父/子便会被除去原有身份,并遭到儒家舆论的摒弃。

借用科学史家托马斯·库恩的术语,对于这样一种全面的社会规范,可称之为范式。尽管通过依附性的要求,儒家将社会成功地纳入严密的等级化组织中,并以道德伦理为总体框架,但它仍有两个致命缺点:

一、对于制度,儒家范式并无根本批判。与颠覆封建制度的英法革命与试图颠覆资本主义秩序的马克思主义相比,范式对中国延续数千年的等级制毫无反省,对历史上极其频繁的大灾变、大战乱亦视若罔闻,所给出的解答也只是"明君-昏君-明君"的循环。更明显、更讽刺的事实是:范式就是制度,制度本身就是唯一的范式。

二、儒家范式并无坚实基础,它建立在此岸的伦理规范之上,既未归因于超验的上帝,也未归因于人的"形而上学本质"。有人试图将范式归于先验,亦不能赋予其先在意义。事实上,范式的这一特点,正说明它是对现实政治秩序的妥协产物。孔子的最高社会理想,只是恢复周礼;而这一观念,注定使得儒家范式以妥协和稳固为主要特征,它只能以当时的政治秩序为后盾,而对于更深层次的论域,均无所言说。

如上所言,儒家范式归根到底只是一个短视的制度,它只扎根于某种特定的伦理规范,亦从未对现实秩序有根本批判。无论如何,中国政治体系的超稳定性与汉语政治传统的上述特征,必然有密切的联系;而和西方思想相比,范式的残缺性就变得极端刺眼。当对于各种政治意识形态的比较,在柏拉图时代就已成为一门显学时,汉语思想早已踏上了追随既定范式的幽暗死路,一走就是几千年。

良心论政与制度反思

　　去世不久的索尔仁尼琴,曾被誉为"俄罗斯的良心"。当年,以揭露极权主义的罪恶而闻名的他,在西方世界受到了隆重的欢迎——人们以为,他既然反对苏联当局,就一定是自由世界的拥护者。但令所有人大跌眼镜的是,索氏又转过来严厉批评美国的肤浅与西方世界的"道德沦丧",坚决反对在俄罗斯进行西方式改革。而他所期望的,则是"大俄罗斯主义"的复兴,是作为一个霸权主义与沙文主义国家的俄罗斯,是那个在历史上枪挑四邻横行霸道的帝国。对这一态度,左翼和右翼都感到非常失望:右翼认为他看不清未来,左翼则认为他完全偏离了左派的真正精神。但是,仅有遗憾和斥责是不够的,我们或许应该拉近视野,放下意识形态与政治思想的至高概念,来审视索尔仁尼琴,以及一系列和他相似的知识分子的思想模式。

　　索尔仁尼琴真的是极权制度的反对者吗? 他心中的"古拉格群岛"之恶,可以上溯至极权与独裁之恶吗? 恐怕值得怀疑。如果索氏确实能够意识到,将他所热爱的伟大祖国变成人间地狱的,正是极权制度的话,就不可能对所谓的"大俄罗斯"有半分向往。因为在那样的国家里,依然有一个高高在上的沙皇在发号施令;斯大林与赫鲁晓夫等,都只不过是它的影子。更重要的是,缺少了权力制衡与宪政民主的国度,只会产生更多的古拉格群岛、更多为他所深恶痛绝的罪恶。

其实,索尔仁尼琴并没有看到更深的东西,促使他写出那些著作的,并不是庞大森严的极权制度,而是使他的良心产生强烈反感的、那些无处不在的直观的恶。巨细靡遗的细节描述,本身就是对这邪恶的批判;更重要的是,支撑这些文字的,并不是什么政治思想或意识形态,而是人所兼具的感官和心灵。这当然是索氏的可贵之处,但是从另一个角度来说,又是他的局限所在。

这一点,正是本文题目所指——索尔仁尼琴,还有很多知识分子,都不过是在以良心论政,而对罪恶背后的制度,并无多少反思。他们的确拥有敏锐的感官和细腻的笔触,但无可否认,均缺少对历史和现实的宏观体察;而这种现象,在汉语传统中则尤为刺眼。

在现代思想史中,鲁迅与胡适是永恒的话题。对于他们的褒贬,本身就可以构成两种思想派别。有趣的是,他们二人正好可以对应本文的主题——鲁迅终生批判国民性,以笔为旗、以心作论;胡适则以自由主义为圭臬,尽管有"二十年不谈政治"之语,但对现实政治生态的关切,始终是他的兴趣所在。鲁迅那血淋淋的笔杆当然是现代中国之幸,其文其论亦令人悚然警醒;但值得注意的是,他在与陈西滢等《独立评论》知识分子的笔战中,一直处于下风,双方持论之高下,在女师大事件中尤为明显。究其原因就在于,鲁迅,乃至与其同代的留日知识分子,对社会与政治制度的宏观理解均付之阙如;而陈西滢等留英留美派,则对体制正当性有较深认识,对现实社会之秩序亦具审慎的保守立场。

这一思想态势,不能以两位或数位知识分子的特征为根源,而是汉语传统与西方传统的迥然差异所致。汉语思想具有两个极端:要么高至虚无飘渺的形而上学(如老庄之论),要么低至近抵人性的道德理念(如儒家思想），而对处于此两者之间的社会秩序与政治体制，均无所言说。作为主流派别的儒家思想，关于制度的最激烈主张，也无非是辕固生在汉景朝廷上所称"汤武革命是受命"的革命正义论；就算是这种被黄老斥为反动的思想，也无非是给历代"明君代昏君"的行动赋予合理性，而对更深的集权君主制度，则完全起到捍卫者的作用。

如上所言，儒家的政治哲学，就是对统治者人性之善不切实际的无休止要求、"让昏君下台，让明君执政"；而再加以细察，无非是"民贵君轻"那一套。但君王虽轻，国家/君权却重；民众虽贵，皇帝子民的高低关系却绝不能乱。所以，儒家所谓的政治，不过是柏拉图所称的"好人政治"与"王权政治"的合一；它的理论水平，也始终停留在公元前几百年左右。更进一步来说，儒家对子民依附国家之重要性的强调，根本就是对制度反思的扼杀；而它与法家以威权治国、以苛法律治的统治哲学联合在一起，更是将"制度""体制""正当性"等概念彻底地驱逐出境了。几千年间汉语思想之断层，正是由此肇始。

在中国的知识分子群体中，并不缺少硬骨头，更不缺少以良心论政者，其言其行，始终是我们的榜样。但是，知其恶、斥其恶而不知其所以恶，显然是远远不够的。这一缺憾必须归咎于传统，必须归咎于那样一种残缺的思想体系。不管中国与西方的原初性差异究竟何在，至少我们应该承认，当汉语传统还在呼喊"为天地立心"的空泛口号时，西方思想早就跨越了表面上的粗浅善恶，开始对根源性的制度进行反思了。可以说"良心论政"与"制度反思"是两种高下立判的境界，对此，我们真的是落后了！

2009.6

作为目的或者手段的政治

儒家学说是一种统治哲学。它包含了两个内容:一是关于政府该如何统治的理论;二是关于人民该如何接受统治的理论。这种学说与法家相互配合,在宋明理学和《资治通鉴》上达到顶峰,并最终形成了一种将统治本身作为目的的政治哲学。

这种哲学仅仅将政治视为"统治的艺术",将完善权力系统和操纵技术作为唯一目标。而在西方,亚里士多德首先提出这种理论。在其《政治学》中,他所讨论的是如何才能将人民的群体秩序调整到最佳状态,以使国家权力获得最高的效率。这种"艺术"、这种"组织的学问"在马基雅维利那里达到一个高峰,权力可以为达目的不择手段,政治亦无需顾忌道德、考虑善恶。这与中国所谓儒外法内的政治系统遥相呼应,成为东西方理论家少有的"共识"之一。

这种政治哲学的后果是恶劣的。当政治成为追逐权柄与利益的游戏时,公共权力就成为统治者的私有财产,有能力逐鹿者一拥而上,赤裸裸地进行最原始的争夺,在宫闱与朝野间上演了一出出血腥的剧目。

而与这种政治相反的是"作为手段的政治"。这种政治观认为,统治只是手段,权力只是工具;而政治的真正目的亦并非维持政权,而是普及并完善某种超越实用和功利性质的价值观念。那么,统治与权力就不能再肆意而为,而必须服从于目的。

　　这种目的只能是实现人的自由,除此之外,非恶即愚。纵观历史,以各种道德观念,尤其是以利他主义道德为名实施的暴政数不胜数。只有按康德所言,将人作为目的,将实现人之自由作为目标的政治,才会是平等双方自愿签订的社会契约,才会破除此岸的诸多樊篱,达到彼岸的超然正义。也正因为此,自由主义将实现人的自由立为至高目标,而将政治民主与市场开放作为实现自由的手段。这之间的差异尤为重要。

　　瓦茨拉夫·哈维尔描述这种政治时说:"政治不再是权力的伎俩和操纵,不再是高于人们的控制或互相利用的艺术,而是一个人寻找和获得有意义的生活的道路,是保护人们和服务于人们的途径。我赞同政治作为对人类同胞真正富有人性的关怀。"哈维尔作为一位亲历了极权主义的罪恶统治及其最终倒台过程的知识分子,对两种政治的区别感受尤深。极权主义政治就像一只水缸,尽管缸中之鱼亦能生存,但终究不能归于河海。鱼尚且向往自由,更何况活生生的人?

2009.2

烛与灰：宗教与文化散议

问题起源于比较之中。有一个年代久远的逻辑对近百年来的中西文化比较理论施加了强有力的影响：资本主义文化秩序是在新教伦理的必不可少的帮助下建立的，或者说，西方之所以会产生资本主义体系，主要原因在于新教在欧洲的流行。这就是马克斯·韦伯名著《新教伦理与资本主义精神》的主要论点。

同时，我们很容易就能够发现，中国文化严重缺乏宗教信仰因素："未知生，焉知死"、"子不语怪力乱神"正是这一特点的写照。儒家以现实秩序与日常人伦作为自己安身立命的基础，拒绝承认/讨论超验世界。有人可能会问，中国文化基本上是儒道互补、禅佛为辅的结构，而道、佛都是承认超验世界的存在的，怎能说中国文化中没有宗教信仰成分呢？然而，且不说道、佛所提供的伦理和人的社会生活是严重背逆的（宣扬"出世"的伦理显然会削弱社会交往、摧毁社会结构），仅从影响力和稳定性看来，它们也远逊于儒家——在这两点上，显然只有儒家能和地球另一边的基督教相提并论。

当然我们也能够注意到，处于这样一个传统中的中国人也绝不是什么无神论者。有几个我们都非常熟悉的形象：关公、岳飞、土地神、灶王爷和观音菩萨等,它们往往是人们平日里祭拜的对象。然而即使如此,我们也容易发现,这完全不同于宗教信仰:简单地说,人们或许相信它们的存在,但绝不信仰它们。

自从中国文化缺乏宗教信仰成分的结论逐渐成为公论后,就不断有人认为,这正是中国落后于西方的主要原因。笼统地说是这样,而具体则有以下两种观点:

一、因为中国没有基督教,更进一步说是新教传统,所以无法形成像新教伦理那样强有力的道德律令去支持理性的追求经济利益以及世俗的活动(尤其是将这些行为赋予正面的精神或道德的涵义)。这当然不是宗教教义的最初目标,而是其副产品——但这些教义实际上也鼓励了对于经济利益的追求和理性计划。虽然说人生而自利,但在中国显然没有这样一种在宗教信仰支持下的伦理。这种观点基本上就是韦伯本人的看法。

二、因为没有宗教信仰的传统,所以中国传统文化实际上是没有绝对的价值根基的。而基督教传统以上帝为终极价值所在,这个基础是凌驾于人间俗世的:也就是说,神性价值观高于现实价值观。不同时代的价值观或许迥异,然而总有一个最终评价标准——上帝。上帝之爱是普世的,既是经验的也是超验的(三位一体);而中国传统中完全没有这样的成分,即使是佛教也不能与其相提并论。在这个观点中,中国的落后不仅仅在于经济或者科技方面,还(主要)在于价值观方面。也就是说,中国传统文化包含了一种不仅落后而且浅薄的价值观。

理解第一个观点的关键在于,如果承认新教(加尔文教派)教义激发了当地的"资本主义精神"从而产生了资本主义秩序这样一个前提,那么,新教究竟是促发了资本主义,抑或仅仅是没有阻拦资本主义?资本主义首先在加尔文教作为主流的英、美、法产生,这并不能说明加尔文教起的是什么作用。韦伯理论的瑕疵正在于此：他尽管看到了人类社会由非理性向理性化发展的过程，然而并没有看到资本主义背后的理性精神的力量，而仅仅把分析中止在加尔文教教义上。整体考虑基督教在欧洲所起的作用，就不难看到加尔文教仅仅是避开了天主教和路德教对理性精神的压抑、仅仅是没有阻拦资本主义世俗化的浪潮，绝不会是资本主义的推动者。

整个基督教文化在希腊精神面前，显然是一股保守的力量，在西方文明的发展中主要起的是负面作用。加尔文教派不过是没有加剧这种负面作用而已——资本主义的真正起源是文艺复兴所带来的世俗化浪潮，而本质上则是希腊精神的延续。韦伯在书中所强调的西方的合理性精神，才是资本主义的真正源头。韦伯的局限性使中国的相当一部分知识分子产生了误解：误把宗教信仰当成了一位助产婆。实际上，它只不过是聪明地没有阻止资本主义的降生而已。

而第二个观点远比前者深刻，而且来势汹汹。中国传统文化的根基仿佛被整体拔出，因为它没有终极价值。然而终极价值不能以世俗的方式提出、宣扬，否则就妨碍了思想自由——所以必须依靠信仰，依靠对超验的存在、神性的价值以及上帝普世之爱的信仰，才能建立这样一个绝对坚固的基础，这个基础不会被任何世俗化的观念所影响或否定。没有信仰之位置的中国传统，无疑是一棵无根之树。

然而这棵树上还有三支树枝，死而不僵，必须将其砍断——刘小枫在其早期著作《拯救与逍遥》中所做的就是这项工作。

第一支树枝是儒家。如前所述，儒家强调的是实用功能与现实功用，认为一个人所努力的范围无非是"修身、齐家、治国、平天下"，对于鬼神上帝，只能存而不论。而这样一个只考虑现实成就的哲学，真的具有终极价值么？刘小枫举了屈原作为例子。屈原为何发出"天问"呢？

又为何要自杀呢？答案是,因为儒家文化最终落实在现实的生命存在上,当屈原为当权者所放逐,他的所作所为在儒家价值观面前,就完全一文不值了,他在人间已经没有任何事业可供努力了。他对天而问,问的就是:自己的行为真的没有价值吗？自己活下去的意义又是什么呢？屈原限于他所在的无信仰的文化传统,找不到问题的答案,只能自杀。这就昭示了基督教神性价值观的可贵。

第二支树枝是道家。大多数中国知识分子在被时代所否定时,也并没有像屈原、王国维那样自杀,而是选择了道家的路——隐逸逍遥,陶渊明即是一例。这时的知识分子显然将心灵的自由作为人生的最终意义所在;然而,逍遥的同时,也宣告了其生命的无意义。在神性价值观看来,漠视世间的黑暗而只考虑一己安宁,是彻头彻尾的逃避行为,是站在黑暗一边与黑暗为伍,这显然是一种丑恶。道家虽然讲究养生之道、讲究颐养天年,然而这不过只能保全自己的生命而已,却不能为人间创造任何有意义的东西。显然,这种不考虑传承的文化传统,也是不可取的。

第三支树枝是佛教、禅宗。刘小枫考察了《红楼梦》,对曹雪芹笔下的贾宝玉进行了分析。他认为,贾宝玉既不考虑现实科举功名,又遭遇感情生活的失败,就选择了泯灭自己的感情,无欲无求、一心只要清净,最终得道成佛。刘小枫指出,贾宝玉成佛的过程,就是他不考虑世间疾苦、消灭同情心、只为自己逃脱苦难的过程,简而言之就是变成一块冰冷石头的过程。中国传统中所谓的得道成佛,就是让一个正常的、存有七情六欲、有志向有同情心的人变成一块冷酷无情的石头。

从这样的分析看来,中国传统文化从一开始的强调现实生命,到最后的逃避生活、对现实无动于衷,这无疑是对知识分子的扼杀。然而知识分子基本的立场一直存在,他们依然能对现实作出判断。而中国的传统发展到鲁迅身上,就完全变成了一种虚无主义——鲁迅看透了世间的一切价值,看到了传统文化并不能带来真正的价值根基;他不断反抗,也知道要改变现状,然而终究不能脱离中国传统的禁锢。到了这一步,就完全变成了文化虚无主义,而这正是刘小枫的基督价值观所坚决拒斥的。

刘小枫的这一套逻辑已经遭到了学界反复的批判,例如有人认为他只选了个别知识分子来分析,远不能代表整个中国传统文化,"屈原是中国历史上最大的一个撒娇者……他从来就不是一个真正的儒者,历代的儒者都不以他为然"。更重要的是,将中国文化整体否定,引来一个"外国的和尚",恐怕这位和尚也未必更会念经。而站在中国文化的角度上,刘小枫才是一名彻头彻尾的文化虚无主义者。

然而,这样那样的批评总不能对刘小枫一个最基本的论点作出令人信服的回答。在刘小枫看来,基督教传统是自洽的,而中国传统是不自洽的,中国因为缺乏宗教信仰的传统而不能填补现实价值破碎之后的虚无。所以,想要反驳这一逻辑,就不能采取简单的"挑刺"手段,而要去考察所谓"自洽"的基督教传统。

如前所述,接受作为绝对价值根基的基督教神性价值观,就显然要以信仰而非世俗手段作为接受方式。然而人并不可能凭空产生对超验存在的信仰,信仰总要以经验的、形而下的方式去产生。荒谬之处就在于此:仅仅依靠个人的经验观察,怎么能够产生这样的信仰呢? 显然,只有依靠想像,或者外界的欺骗。前者是不可能的——想像不可能产生什么神性价值观;唯一的可能即是后者。那么作为所谓绝对根基的如此价值观,岂不是建立在虚假的基础之上吗? 结论应该是:基督教传统不是自洽的,而中国传统才是自洽的——作为"自然契约"的价值观,当然只能在经验社会中自然产生。神性价值观的基础是共同的信仰,而后者本身就已经预设了某种价值观念——这才是无法填补的虚无。

　　中国传统文化显然弊大于利,然而与刘小枫截然不同的是,在我看来,中国传统拒斥超验存在,其实是其最大优点,也是最该保留下来的地方。如果承认不同文化之间确有差距乃至高下之分,那么必须承认东方文化是相对落后的,其中一个重要的理由是东方社会对个人价值的蔑视。值得注意的是,人本主义观点恰恰产生于文艺复兴之后——不仅如此,今天我们能称作"普世价值"的观念,基本上都产生于世俗化浪潮之中。韦伯用祛魅(disenchantment)形容这一过程。显然,合理性精神恢复的过程,就是祛除神魅的过程。由于自由主义与资本主义实际上均为希腊理性精神结出的果实,那么自由民主与市场经济的紧密关系,也就不难理解了。

　　理性精神为烛,宗教信仰为灰。烛燃纸成灰,其光芒才会愈发明亮。

补记:

　　西方文明是"两希文明",即希腊-希伯莱文明。如果我没记错的话,许多学者似乎都持有这样的观点,看起来也颇有道理。写作此文之时我感觉到人云亦云的后果十分严重:把资本主义归因于加尔文教派,这恐怕至今仍然是很多人的看法,而这也是"两希文明"这个提法的主要原因。现在这个提法恐怕不太准确,至少也该有新的内涵了。

　　刘小枫在 20 世纪 80 年代提出"中断中国文化传统"的口号,他提出的替代方案是基督教神学。这一方案与他当时的著作,今天看来仍然令人十分震撼;可惜空有词藻,不过画饼耳。之后刘君改变了自己的观点,在施密特、施特劳斯乃至尼采等人的著作中耕耘,又提出"神义论自由主义"的看法,之后埋身儒家经典,声称在儒学中就能找到革命精神。这几年埋头解经,成绩斐然。尽管总是没有一条固定的学术进路,其思想也难以划分左右(还是偏左些),然而论基础之扎实,汉语学界恐难有出其右者,值得学习。

　　此文本来要当成一篇提纲,不为解决问题,只为厘清问题逻辑。可是洋洋洒洒,该说的都说了。几个月间一事无成,谨以此文聊表安慰。

2009.2

私人阅读与思想启蒙

　　私人阅读,尽管冠以私人之名,但它明显受到时代旨趣的强烈影响。笼统地说,话语决定阅读,阅读又反过来决定话语;私人阅读总与历史景观休戚相关,而重大变革之际,知识分子群体的阅读内容也会发生复杂的转变。

　　有不少中国学者都认为,哈耶克《通往奴役之路》与波普尔《开放社会及其敌人》对他们的学术生涯相当重要,甚至有人将它们作为社会科学的入门推荐书籍。然而在西方,学者们均不认为它们是最有价值的著作——哈耶克《自由秩序原理》与波普尔《科学发现的逻辑》和《猜想与反驳》无论如何要更加重要一些。

　　东西方学界在这一点上所表现出的差异最终要放到私人阅读这一领域来论述。20世纪80年代之前,中国的意识形态禁锢主要表现为切断一切学术信息通道(仅有的国外学术著作都被归为内参)与全面丑化、庸俗化西方学术思想。在这种极端恶劣的环境中,学术当然无从谈起,顽强如顾准者已是绝无仅有(所以一些青年学者对顾的批评是不公平的。既无亲身体会,何敢大言不惭?)这一客观环境对人造成了既成的洗脑效果,同时对自由思想产生了强烈的抑制。所以,当20世纪80年代大量学术著作引进时,学术界反响之强烈,犹如干渴之人甫遇绿洲一般;而这批著作对当时学人的影响,自不是今日可比。

《通往奴役之路》与《开放社会及其敌人》虽然不能说是最深刻的著作,但具有明显的"破障"作用。它们对当时唯一的、排他的并且被反复强调为正确的主流意识形态进行了彻底的批评,这无疑对刚刚兴起的反思革命/斗争意识形态思潮具有推动作用。不能否认的是,无论这一代知识分子最终选择了怎样的学术进路,这两部著作在那个启蒙勃兴的年代都对他们产生了无可比拟的影响。

二十世纪中国发生了两次思想启蒙,但必须承认,从客观上说八十年代的启蒙只不过是对之前思想禁锢的自发反抗,是知识分子群体危机感总爆发的结果。而正因为此,它好似野草再生,来势迅猛,但杂乱无章。

上述特点当然无伤大雅。但之后,随着此次启蒙进入中国知识分子视野的后现代主义思潮对这次运动本身提出了系统的质疑。它问道:"谁有权启蒙?又有谁要你启蒙?"这里的关键在于,任何观念都不过是偏见,而启他人之蒙,则显示了理论的霸权,至少是不道德的。

这一看法准确地解释了法国大革命之时革命观念对保守观念的暴力压迫。以先进或者正确的名义实施观念霸权主义或意识形态专权,在历史上确实屡见不鲜。

然而如果说启蒙也包含了霸权倾向,则大谬不然。恰恰相反,一般来说历史上的启蒙思潮都产生于禁锢时期之后,是对思想专制的反动。与后现代主义反现代性反启蒙的看法不同,思想启蒙并不是授人以真理,而是授人以多元、授人以选择。启蒙不是谬误的反面,而是专制的反面;不是启错误之蒙,而是启一元之蒙;不是以偏见代替偏见,而是以开放代替禁锢。正因为此,启蒙之中的私人阅读才以种类多样为主要特征,否则,启蒙就毫无意义。

　　学术繁兴,恰恰证明我们还没有获得真理。特作此文以响应世界阅读日。

2009.4

政治正确与自我消解

维舟发明了"威权型自由主义者"一词，以指代那些以威权主义态度支持或宣扬自由主义理论的人。他写道，威权型自由主义者"自认已经找到真理(他们并非第一批产生这样错觉的人)，因此他们很难忍受对这一理论的偏离，更不用说反对了。对他们的说法，你可以自由地赞成，但不能自由地反对"。在这一前提下，维舟指责，正是这些人将自由主义变成了一种政治正确的理论，使得没有人敢于公然反对自由民主价值观的终极地位。他们反复强调自己立场的绝对正确与绝对正义(并给论敌扣上相反的帽子)，不仅是对正常学术研究的巨大损害，而且本身就违反了自由主义关于宽容和多元论的理论。

李泽厚曾对中国学术界作出过一针见血的描述："新左派不诚实、自由派不宽容、基督徒不谦卑"(大意如此)。纵览那场新左派与自由主义的大论战，令人疑惑的是双方是否发生了真正的交锋，因为他们除了反复论说己方的理论"就是好"之外，并无其他新颖见解。在这种情况下，双方恐怕绝难达成共识。这是中国知识分子的"思想舞台情结"所致，而自由派所表现出的不宽容则犹为刺眼。

然而，自由主义是否到了政治正确的地步，乃至形成了某种思想霸权？恐怕并非如此。冷战时期尤其是 1970 年前后左派运动此起彼伏，学术界被一种反资本主义的意识形态鸦片所控制；苏联和东欧解体后马克思主义陷入低潮，然而之后南美自由市场的失败、俄罗斯经济的低迷与福山那透着使人不快的自信的历史终结论，使得社会主义、社群主义乃至自由左派重新受到重视。除却真正的自由主义，没有任何一种理论将自由作为终极价值观；即使是中国，在官方和民间占主要地位的也是民族主义话语，而非自由主义（或类似的观念）。这些现象表明，自由主义并未处于像二十世纪初中国的革命话语那样的政治正确的地位；知识分子所具有的强烈批判意识，更不容许任何一种（主流）观念发展成为唯我独尊的思想霸权。

对自由主义似是而非的理解容易造成某种混乱。在现实中，越是接近自由主义立场，尤其是贯彻其宽容、多元论理念的国家，其学术界就越开放、"异端"思想也更受重视；而在威权国家，这是不可想象的。然而正因为此，为这一自由社会提供框架的自由主义本身亦是不可否定的。直观地说，自由不能被用于破坏自由本身；我们没有一般的积极自由，却有保卫消极自由的积极自由。作为框架的自由主义并不象维舟所言提供了某种价值观，更没有启他人之蒙的企图——即使是威权型自由主义者亦是如此。在某种意义上，维舟混淆了两个层面的概念。

对自由主义的"威权式误解"可能会给其本身带来自我消解的危险。作为基本观念、尤其为以赛亚·伯林所重视的多元论常常被用于自由主义自身，犹如最容易被怀疑论诘难的其实是怀疑论自己的信条。这是一个自我指称的悖论，可以用罗素的类型论解答——框架与价值观是两个层面的概念。当然多元论/消极自由并不必然单单包含于自由主义之中；然而可选方案虽多，却均不能以自由为终极价值（框架），更不能承认积极自由与消极自由的分野，最终将难以自我维系，从而倒向唯我独尊的一元论。真正的威权主义只会产生在它们之中；如果对自由主义的威权型误读最终导向多元论的架空与消解，那么关于保护一切价值观与生活方式的承诺就只能流于空谈。而如果我坚持自由主义框架并回应对它的挑战就会被当成威权型自由主义者，那么我将不胜荣幸！

2009.4

乌托邦:漫长的告别

　　二十世纪的基调就是两种意识形态的斗争:马克思主义与自由主义,或者说历史决定论与反历史决定论。可能会有人质疑,我把自由主义也说成是意识形态之一,是不是犯了范畴错误,因为普遍的说法是,自由主义恰恰是一种反意识形态的观念——哈耶克反复强调,正因为理性不可能把握社会运作的全部要素,计划经济才是不可行的。哈耶克对于理性计划的否定论证同时也是古典自由主义的基石之一。

　　然而哈耶克本人并不会拒绝本身就是理性设计产物的自由社会。古典自由主义所要求的自我所有权、完全开放的市场及反福利国家政策,无一不是靠一以贯之的逻辑论证为基础;它所期望的自由社会亦从未在现实中出现过。即使抛开对自我所有权的争论,建立在抽象论证上的"守夜人"国家也是理性设计的代表性产物。

　　这样便引出古典自由主义与保守主义的区别。主流的保守主义认为,权威、宪法、机构、传统以及良好风俗是社会/国家的基础,确保公民与国家的传统联系是社会发展的重要前提。因此,保守主义对最弱国家的敌视、对古典自由主义关于"税收是偷窃"论证的反对,也就不难理解了。

　　而对于自我所有权的主张，保守主义者并不重视：他们认为这是一个抽象观念，而现实政治绝不应当被抽象化。以赛亚·伯林在《乌托邦观念在西方的衰老》中指出，乌托邦观念除了能够证明人类的想象力具有无限的拓展能力，没有其他任何作用。他认为，这个时代出现了一种新的人类献祭形式，"活生生的人被摆上了抽象物（比如国家、教会、政党、阶级、进步、历史的力量）的祭坛"。如果这一观点可以被理解为反对抽象化政治观念的话，伯林就是一名保守主义者；然而，在他身上却有内在的矛盾，即"两种自由"的理论与保守主义态度间的立场差异。并不是只有马克思主义才会强调积极自由，亦不是只有马克思主义才会使用抽象化观念。伯林以消极自由反对积极自由，进而反对一切抽象化理论，却没能注意到消极自由观所依赖的自我所有权论证本身就是一个抽象观念，更没有看到保障公民的（某些）积极自由本身就是保守主义的内核之一。

　　这样的矛盾在二十世纪最主要的三位自由主义理论家——哈耶克、伯林与波普尔那里都有所体现。他们都根植于自由主义立场，却坚决拒斥一切乌托邦（理性设计-抽象化），又坚称自己并非保守主义者。他们的态度误导了许多追随者——实际上，乌托邦的对立面是保守主义，而非自由主义；自由主义甚至也可以说是乌托邦的一种。

　　他们的理论皆以反驳马克思主义为起点。马克思不仅仅是描绘了一个新的世界景观，而且赋予了这一景观以历史必然性。后者才使马克思主义成为一个"致命的谬误"：正如波普尔所指出的，正是在历史必然性支持下的全面社会工程，才给二十世纪带来了巨大的灾难；正是在历史必然性的诱惑之下，马克思主义才发展成为一场规模浩大的政治运动。而理论家们并未作出这样的区分：决定论-必然性/全面社会工程的乌托邦，和仅作为思想游戏/理性设计的乌托邦。真正应该拒斥的是前一种乌托邦,即波普尔所指出的柏拉图-黑格尔-马克思观念——将历史看作河流,将人类社会看作航向固定的船舶。

　　波普尔警告我们说:不要提出"什么是好的政治"这种问题,因为回答它就必须先构建出一种完美的制度,而这就导致乌托邦。然而政治哲学史正是理论家们争相回答这一问题的历史;追溯至柏拉图《理想国》,乌托邦观念也始终伴随着人类历史的进程。政治哲学的任务就是设计出一个更好的制度;自由主义理论家由反对必然性-决定论的乌托邦进而反对一切乌托邦、最后反对理性设计,既是因噎废食,也是自相矛盾。

　　卡尔·曼海姆指出,乌托邦并不意味着一个可达到的目标,而是代表了人们对于更好制度的期望。一个没有乌托邦的政治只能是马基雅维利的政治;一个没有乌托邦的政治哲学毫无意义,只会消亡。

2009.3

意识形态与历史的终结

　　"历史终结论"由弗朗西斯·福山提出。他论证人类历史发展的动力是人所共有的"为承认而斗争"的欲望，而自由主义作为唯一一个人们可以平等地"相互承认"的制度，完全满足了这一欲望，从而使人类历史终结了。

　　卡尔·曼海姆认为乌托邦的意义不在于人们要构建那样一个社会，而在于提供了历史发展的动力：人们对乌托邦的憧憬推动了历史车轮的转动。所以，诚然乌托邦是达不到的，但也不能否弃。

　　然而卡尔·波普尔支持一种针锋相对的观点，他认为我们只能通过不断消除错误的方式来完善制度，而绝不能设计一个乌托邦来对照，不管这个乌托邦是不是可行的。简单地说，可以有短期目标，但绝不能有长期目标。

　　从今天来看，波普尔式的渐进社会工程已经成为政治运作的标准之一。波普尔警告说不要问"哪个政治制度最好"这样的问题，因为它直接导致乌托邦。然而福山正是回答了这一问题：自由主义最好，因为它完全满足了人类被承认的欲望。

　　福山的论证无疑不够严谨。但我关注的是"历史的终结"这一概念,它可以与"意识形态的终结"联系起来。我将要表明的是,由于意识形态的终结,现今这种政治形态也会发生变化,而这种后果就意味着某种意义上的历史的终结。

二十世纪两个意识形态主导的势力间的对立导致我们度过了一个紧张的时期,这首先是历史主义的责任。雷蒙·阿隆首先提出"意识形态的终结",之后不断有人认为,当苏联和东欧的政治体制崩溃后,马克思主义作为一种意识形态的生命到此为止了,而只剩下自由主义这一个意识形态;一个意识形态,也就不能称为意识形态了。这就是所谓"意识形态的终结"。

我们不妨以一个更高的角度来看,自由主义和马克思主义都宣称自己是普适的,由它们主导的两股势力在全球范围内对抗,各自推广自己的政治与经济体制。把一个模式由个别国家向全部国家推广开来,这具有典型的普遍主义特色。然而作为意识形态的马克思主义完结后,自由主义仍然遭到各种形式的反抗;这种反抗往往伴随着一种观点,即认为自由主义不可能在每个国家都适用。这显然是一个反普遍主义的观点。

我们可以看到,这些形形色色的反普遍主义又演变为一种意识形态,在更高的层次上与一切普遍主义对抗。因此我们很难说意识形态就这样终结了,无论从地区性还是国际性的角度来看,这样的对抗几乎并没有随着马克思主义的颓势而改变形式。亨廷顿认为现今应该是文化的对抗,或许如此。然而除非我们能够发现文化作为一种势力在政治中能够创造出和意识形态迥然相异的东西,否则把今天的国际形势概括为"文化的冲突",可能有几分道理,然而并没有什么意义。

否认意识形态的终结,是为了证明下述结论:一旦意识形态终结了,政治就终结了。具体地说,政治将进入类似库恩所谓的"常规科学"时期;或者说,就意味着波普尔的"渐进社会工程"的普遍实现。

在这种情况下,政治本身将只是作为一种为了实现社会契约上的目标而存在的组织结构而已。我们的观念将会发生巨大的变化。我们将会对不同政治制度间的差异无动于衷;类似"自由主义"这样的观念将会被人遗忘。无论那时的政治是普遍主义的还是非普遍主义的,"制度"都不会再成为问题。

当我们开始比较不同的政治制度时,意识形态的时代就来临了。显然当希罗多德与修昔底德等人开始关注希腊城邦制度,尤其到柏拉图与亚里士多德分别写出《理想国》与《政治学》的时期,意识形态就已初现萌芽。罗马时期西塞罗设计出权力制衡的政治运作模式,又发展出自然法的思想,这就意味着对于政治制度的研究登上了历史舞台。

此后的政治学史显然就是学者们争相回答"哪个政治制度最好"的历史,也是作为政治运作模式的意识形态互相攻伐的历史。这样的趋势在二十世纪下半叶达到顶峰,核时代不可能再轻言武力,这也就意味着意识形态间的对立实际上主导了世界的局势。

意识形态的终结就意味着我们不必再去回答"哪个政治制度最好"这个问题,我们甚至将会失去"政治制度"、"政治运作模式"的概念。没有人会去怀疑某个制度的合理性,也不会有人去做制度的比较研究。这几乎就意味着政治学的衰亡,也意味着"政治"已经不成为一个问题。这就是(某种意义上)历史的终结。

这样一个局面究竟应该怎样评价呢? 如果真的有这么一个(普遍主义的)或多个(非普遍主义的)"最好的"制度得到应用,从而导致政治学的彻底终结,我们应当为此欢呼雀跃吗?

即使科学哲学已经证明真理是不可达到的,对真理的追求也一直是科学进步相当重要的情感动力之一。政治学亦是如此:对政治制度的比较与研究并不会带给我们"最好的"制度(也不会存在这样的制度),但却给人类文明带来了更加合理的政治运作模式。

　　这就是前述曼海姆与波普尔的区别所在：渐进社会工程毫无疑问是对政治实践的成功指导，然而曼海姆实际上表明了"对最好制度的追求"是政治研究的动力之一。历史主义无疑是危险的，但在政治学领域内，我们都在追求乌托邦，"哪个政治制度最好"并不是一个禁忌的问题。不存在"最好的"制度，这就意味着意识形态不会终结，同时政治研究也不会结束。

　　最后将本文的观点和福山的理论作一对比无疑是富有教益的。严格地说，福山正是作出了一个历史主义论断：他宣布人类发展的动力只是"获得承认的欲望"，又认为自由主义是满足了以上欲望的最佳制度——他预言了人类历史的终结。而本文尽管赞同在某种条件下历史的终结，然而这种终结本身就是乌托邦。事实上，人类发展的动力不仅是多方面的，而且是变化的，这就意味着历史主义在根本上是不可行的。从这个角度看，福山无疑对自由主义持有一种马克思主义式的态度。

　　"意识形态"这一概念具有多重内涵。它有时指理解世界的认识框架，有时指统治阶级控制社会的思想工具（"统治阶级的阶级意识的投影"），还有一个内涵即本文所指的政治原则或者社会秩序的蓝图。意识形态与政治研究相互依附，它恰恰就是我们对"哪个政治制度最好"的回答。这个问题就是政治研究的核心，它没有正确答案，却代表着人类对更好制度的永恒追求。

2008.11

大众的幻象

"大众"可能是我们的语言中极为含糊不清的词汇之一。它无所指,又无所不指。它首先提出了一个范型,继而以此来圈定话语的对象;然而,无论这些对象是否符合论断,似乎都无法撼动话语的有效性。实际上,此类话语正是通过不断调整其目标来维持其生命力的。这就导致了如下现象:关于"大众"、"民众"或"国民性"的论述可谓汗牛充栋,但我们却从来都无法获知它们的确切所指;因此,也就无从探知它们的真假虚实。

7月23日晚动车追尾事故发生之后,各大网络平台上言论蜂起。这首先标志着一个真正意义上的公共领域的初步建立。更进一步,其中值得关注的现象是,这些言论中夹杂着大量的谣言:要么是纯粹的假消息,要么是未经证实或根本无法证实的叙述。正是这类信息的迅速流行,引起了不少人对公众之"素质"或"性格"的忧虑。他们指出,谣言之传播链条上的所有人都负有责任,大众,或者说"大多数人"都是乡愿,非理性、无知、轻信乃至愚昧就是其特征。

撇开谣言四起的真正原因不谈,关于"大众"的类似论断可能是我们的知识传统中最重要的组成部分。归根到底,这种断言属于一种分类法,即将人划分为极少数具有一定智识能力的精英与大多数平庸之众。而前者的主要共同点就是,对"大众"怀有相当程度的负面看法,并最终表现为上述的忧思,其间或许还伴随着些许优越心态。因此我们可以不无道理地总结说,成为这种精英的方法就是意识到自己比别人更出众。这一逻辑非常有趣,但显然不能成立。

一群人之所以被认定为群体,定然是因为他们具有某种共同特征,而"大众"并不符合这一标准。在上述分类法的意义上,这是一个生造的概念。然而,恰恰因为其似是而非,"大众"式话语才显得格外有力:一方面,它隐现着一种似乎指向着所有人的道德要求,因而难以拒绝;另一方面,这一要求又没有表明其言说对象,因此难以反驳。由此,我们便应当追问:此种论说所依赖的政治与道德观念为何,以及,它们会造成何种后果?

汉娜·阿伦特在著名的《耶路撒冷的艾希曼》中提出了"平庸之恶"的概念。自此之后,这一概念就被频繁用于指责"大众"或普通人的理性与道德品质。阿伦特认为,纳粹大屠杀能够发生,正是部分地因为体制中的普通人太过平庸,他们不能对自己的行为乃至制度的意图有更深刻的判断与反思。他们纵容了罪恶,在此意义上,他们是帮凶,因此对大屠杀负有责任。这一论述与前文提及的对谣言的批评至为相似:在罪恶的传播链条上,没有人是无辜者。

这种略带惋惜的斥责难道不显得非常深刻吗?然而,这种感觉正是来源于它的道德高调与广泛指向。作为坚定的至善论者,阿伦特提出了一整套说辞,以划分出那些她以为最具道德价值的行动。与在公共领域"展现自身"这类行动相比,蜷缩于体制内的庸众无疑相形见绌。更进一步,如果人们的品质是如此不堪,拥有正确道德立场与深刻反思能力的知识精英难道不应该承担教化之责吗? 这样,政治领域的核心事务,就应当将这一方面作为主旨,并为民众之智识能力的提高作出贡献。

对"大众"的担忧、恐惧甚至敌视,并不是什么新话题,与现代性更无关联。历史上的诸种政制,多数都持有此类观念。但值得注意的是,此种实践无一例外均未成功,部分还酿成了严重的政治灾难。在这里,不得不提到"人性"这一同样含糊不清的概念。其意义的模糊就在于,人的自我观念是层累地形成的;因此,除了某种程度上的自主性——自决能力之外,并不存在一个公共的或者说共有的人性观念。这就表明,所谓"大众"性格或"国民性"并不存在,存在的只有具体的品性。进而,人性之形变应当被理解为一个无时无刻不依赖于自我认同的自然过程,因此,它难以被某种外部力量所强制。这就是前述政治实践失败的根源。

在这种理解的基础上,政制的建立与维续,若非依靠强力,便不可能违逆人的自我观念。阿伦特的论述尽管表现出值得称赞的道德勇气,但应该承认,她所批判的"大众"式平庸,恰恰是杂多的正常人性的体现。在此,可以直言不讳地说,作为"帮凶"的体制内普通人并不需要为他们无法与之对抗的利维坦负责。我们更应该注意到这样的事实:纳粹政制恰恰就建立在一种"大众"式理念之上。它被视为政治操纵与洗脑的集大成者。它强调民族主义观念,进而又演变为对统治者的忠诚、崇拜与狂信。这一实践的失败,本身就表明其理念的无效。因而,阿伦特意图用一种"正确的"思想对抗错误的思想,同样不得要领。只有自由制度才能够同时做到这两点:一方面避免政治灾难,一方面保障个人自主的偏好(无论那有多么"平庸")。

时至今日,围绕着动车事故的谣言依然层出不穷。这种话语的根源并不在于"大众"拥有怎样低下的品质或智识能力,事实恰恰相反——在全能主义体制之下,没有任何一个领域与政治无关。在此意义上,政治或者说宣传上的考量必定压倒对事实的追究；在信息匮乏之时，没有什么比"谣言"更可靠。我们必须强调：谣言不能被简单理解为谎言——它承载着太多的东西。

2011.8

中东问题两文

政治困境？神权共和或世俗专制

近几个月来,发生在中东伊斯兰世界的第四波民主浪潮引人注目,而更令人感兴趣的则是对这一事态的诸种解释。或许只有处在变化中的事物才能为人所深刻理解,因此,此事件对阿拉伯社会之原先秩序的激烈颠覆,也使我们看到了人类政治事务的精华所在。

不论如何描述,专制统治在伊斯兰诸国中的广泛存在总是一个不可否认的事实。这是否与当地文化环境有关？我们能够轻易得出以下结论:宗教激进主义天然地导向封闭体制。此观念并非错误,但当我们观察伊朗这一典型伊斯兰国家的历史与现状时,这种简单相关性就不能令人信服了。

1925—1979 年统治伊朗的巴列维王朝是由美国所扶持的世俗专制政权,而诞生于 1979 年革命的伊朗伊斯兰共和国则是主要由霍梅尼与哈梅内伊等宗教领袖主导的神权政体。因此,以 1979 年为分水岭,伊朗由世俗化国家变成了伊斯兰国家,伊斯兰激进势力掌握了领导权。或许可以说,这一转变是令人遗憾的。但更值得注意的是以下事实:1979 年革命深受国民欢迎,其中除对社会公正的呼唤外,人们对伊斯兰化的国家前景亦表现出了惊人的热忱;而即使在三十载之后的 2009 年总统选举中,代表保守观念、反对世俗改革的内贾德也获得了较为广泛的认同。这一切都表明,宗教激进主义在人们心目中依然具有崇高地位;同时,这种排外的单一信仰也对民主-专制的传统解释构成了挑战。前述相关性所遭遇的吊诡是:自由民主制度一方面反对独断的伊斯兰文化对多元生活的伤害,一方面又不能否认这种文化的独断地位确实出自真切的民意。

伊朗在革命成功后,又明确号召在波斯湾地区推翻君主政体,建立伊斯兰化国家。这引起了其他阿拉伯国家的不满,最后导致了长达八年的两伊战争。这是伊斯兰世界世俗政权与教派政权间矛盾激化的表现,同时亦展现出一个令人困惑的政治困境:伊斯兰国家似乎只能在巴列维王朝式的世俗专制与霍梅尼式的神权共和国间进行选择,而一种真正的自由民主制度则从未进入阿拉伯人的视野。这一困境的关键之处是,作为一种生活方式的宗教激进主义利用其垄断地位,一方面宰制社会空间,一方面向政治领域扩张;也只有在这种状况中,教派激进势力才有可能取得成功。我们无法否认的是:尽管伊朗伊斯兰共和国并非民主国家,但 1979 年革命的确具有相当的合法性。换句话说,即使自由民主制度在阿拉伯世界得以实施,宗教激进主义也可能会很快卷土重来,最终由下而上地破坏政治中立。根据这一点,自由主义所主张的政教分离观念就遭到了质疑。查尔斯·泰勒宣称:"对于主流伊斯兰教来说,根本不存在我们西方自由社会实行的政教分离的问题。"或许伊斯兰国家就应该是政教合一的,如果说那种前现代的世俗专制政体应被拒斥,自由民主制度也不会是更好的选择。

促使人们下这种判断——世俗专制或者神权共和国——的是伊斯

兰世界二十世纪后半叶的历史。这不由得使我们联想到西方世界在政教分离-世俗化浪潮发生前,更准确地说是民族国家出现前的中世纪的境况。与启蒙主义者和新教徒的负面叙述相反,天主教将此时期描绘成了一个社会-宗教-政治和谐共存的时代;这就是说,现代世界常见的观念冲突在当时并不存在。但很快,新教的兴起打破了和谐的氛围,随即文艺复兴席卷欧洲,伴随而至的则是社会与政治的革命。公允地说,当时之天主教文化与今日之宗教激进主义唯一相同的地方就是它们所拥有的专断地位("专断"一词不单指它们的客观影响,更是指它们对政治领域的主动渗透,并最终通过控制不再中立的统制手段而达致自身的整全性),不过仅此一点就足以表明:中世纪欧洲与当代伊朗有某种结构性的相似。

如果承认这一点,前述政治困境就不再成为问题了。毕竟,通过对某一小段历史的经验研究就作出弥赛亚式的判断是不具说服力的,正如我们不能通过阅读中世纪历史而得出"自由民主制度不适用于欧洲"这种荒谬的结论。比起政教分离论题,更令人难以置信的是以下主张:伊斯兰文化尤其是宗教激进主义会在当代多元世界继续保持其至高影响力,尤其是,其排外观念会在政治权力的帮助下继续推行。这一判断正是自由主义的反对者所暗中接受的,但 2009 年伊朗总统选举中改革派的影响已经表明,阿拉伯社会正在逐渐由封闭走向开放——并且这将同样以由下而上的方式得到体现,或许最近的事态就是这一过程的组成部分。

干涉利比亚:小问题与大问题

围绕着安理会 1970 及 1973 号决议的激烈争论正在进行。我们之所以会对某个事件有多种看法,不仅是因为我们所持有的观念立场不甚相同,或许还是因为同一事件实际上是由多个问题组成的,而这些问题又分别关系到事件的不同方面——因此争论只有在澄清了我们所面对的问题为何后才会有结果。就干涉利比亚事件而言,存在着两个不同层面的争议:首先关于干涉行动本身,其次关系到干涉者。前者可以被称为"小问题",而后者则可被称作"大问题"——因为它关系到对当代世界的解释与判断,更加难于回答。

小问题是:利比亚是否应受到干涉?"干涉"一词应当被理解为不经一国或其统治者允许而对该国所施加的行动。首先需要讨论的是干涉是否有可能正当;若回答是否定的,则意味着国家应有完全的自决权,其中尤其包括统治者行使权力的自由。但无论如何,完全的自决权都使得对国家之内部状况进行评判变得毫无意义。对此我们联想到,社群主义者曾以社群自决——主要着眼于对某种特异生活方式的保卫——反对自由主义之个人主义立场,其论辩的关键之处在于一个社群是否有权利为了保全其文化而侵犯个人。简略地看,国家也可以被看成是一种社群,而伊斯兰国家尤其如此。但和社群主义进路所遭遇的困难一样,国家自决论亦无法将国家看成和个人一样的权利主体。任何社群主义者均不可能认可美国南方对黑人的歧视,亦不可能赞同伊朗政府对拉什迪的追杀;但事实上,它们都是社群为了维续其文化而迫害个人的典型范例。正是在社群之自决权利的边缘,任何放弃方法论个人主义立场的观念,都无法对个人之政治处境作出明晰的说明。

回顾卢旺达大屠杀与科索沃战争等典型事件,干涉行动缺席与否影响重大。在卢旺达,坚持不干涉的结果是百万人的丧生;而在南斯拉夫,米洛舍维奇政府曾直截了当地以国家自决作为保护伞,抵抗北约的军事行动,在"内政"的堂皇说辞下,对阿尔巴尼亚族所进行的种族灭绝得以在光天化日之下进行。联合国干预和国家主权委员会在《保护的责任》(The Responsibility to Protect)报告中指出,国家应担负起保护其人民的义务;若一国无法满足此要求,就应受到干涉。显然,对民众的屠杀已使得国家违逆其义务,更进一步,其政权亦将因此丧失合法性。这一观念取代了以往"干预权"的论述,从而将论辩重心从干涉的行动者转移到了承担者身上,把"大问题"转化成了"小问题"。尽管这并未对复杂的现实境况作出澄清,但就干涉行动本身而言,其合理性是毋庸置疑的。

对"小问题"的肯定回答所带来的逻辑结论是:干预失败并不能影响干预的正当性。是否需要干涉,与干涉行动的具体实施是两个层面的问题。而在具体论辩中,将这两个问题混为一谈固然错误,但也反映出了后者的重要性。就此次事件而言,常见的西方侵略(不正当)/利比亚反侵略(正当)的价值判断似乎立足于一种主权理论。但是,如果承认利比亚局势的严重性,主权的免受干预要求就必须服从于干涉的需要;因此,对于此次干涉行动更有深度的批评就只能集中于行动方本身。事实上,争论往往就集中于干预方的动机,其中夹杂着大量阴谋论解释。这些现实主义论述指出,西方国家参与干涉,无非是为了其国家利益;而美国缘何对此不甚积极,则还有更精致的论断加以阐释。

应该承认,对现实国家之行动进行价值判断是最为困难的事情。主权特有的现实主义特征,致使国家总是难以逃脱各种指责。而这些指责所依凭的理据,皆是一幅幅理想化的世界图景,这也正是政治哲学论辩的主题所在。但问题是,在当前情势下,以某种理想秩序非难迫在眉睫的干涉行动似乎并无意义:在一个坏世界中,没有人能够直达至善,我们所做的只能是阻止这个世界变得更坏。因此,人们一方面看到了现实国家的种种问题,另一方面又必须依靠其力量践行政治理想;一方面认识到国际秩序的利益驱动特征,另一方面又必须为非零和游戏式的政治行动吁求空间。三百年来,西方世界一直深受自由主义与现实主义的双重影响,对其历史与现状的理解也必须兼顾这两种解释进路;一味地进行现实主义批判,不仅疏离主题,而且无助于作出更具建设意义的判断。因此,虽然对"大问题"难以作出更详细的回答,但总的来看,干涉利比亚可能是当前制度下人类社会所能实施的最正确的行动,值得我们为之鼓而呼。

2011.3

九十年前的未来

　　今天是五四运动九十周年。以"德先生"与"赛先生",或者说科学精神与民主精神为圭臬的五四运动至今远未过时,因为当代中国亟缺的依然是这两种观念。尽管我是一名自由主义者并对自由意志主义抱有相当的亲切感,以至于对科学沙文主义和民粹倾向的非精英民主怀有敏锐的警惕,但是在现代化尚未完成的中国大陆,科学与民主的阙失要远重于它们的负面后果(令人遗憾的是,在这一问题上,新左派一直——故意——在起将水搅浑的作用)。在这种意义上,五四运动虽然已过去九十年,但在观念的坐标系中它依然属于未来。

　　学界对五四运动的批评,大致都是指出它所包含的浪漫主义激情实际上是对理性启蒙这一总纲领的破坏,而更进一步的指责往往集中于它对传统文化不加青红皂白的否弃上。刘瑜最近写的《超越那一天》则指出,"五四"那天"德先生"与"赛先生"并没有过多地出现,更多地展示于后人面前的是学生们在爱国主义激情指引下的暴力破坏。由此刘瑜认为,要反思五四运动,追问其激烈反传统意旨与青年集体暴力行为的后果。

　　但我认为,刘瑜无意中混淆了两个概念:五四运动与"'五四'那天的运动"。后者不过是运动中某一文化阶层之意愿的一次集中迸发,它不能代表前者之主流,更不能让前者为它负责。刘瑜认为"五四"那天的游行只不过是一场爱国学生运动,和史上层出不穷的诸次游行并无二致。我同意这一判断,但正因为此,它无论如何也不应受到更多的关注,其缺点亦不能被放大到整场五四运动的层面上。说"五四"那天的运动是民粹式的暴力狂欢,我们或许会认同;然而说这样的暴力狂欢是整个启蒙时代的特点,我们绝不能同意。

而指责五四运动对传统文化进行了过分的批判与否定,我亦不否认。然而这里又有两个概念需要澄清:五四运动本身与五四运动的后果。激烈的反传统诉求是五四运动中最重要的成分,其次才是呼唤科学精神与民主精神;而五四运动的后果并不是传统文化的覆灭——恰恰相反,传统文化在启蒙的洗涤之后,找到了它应有的位置。近二十年来传统文化又见兴起,其代表学者纷纷指责五四运动是对传统的一次毁灭性打击。这种奇特的指责没有包含多少真理。五四运动的后果并不是五四运动本身的逻辑推论;而如果传统文化尤其是国学真的感到自己的存在感被削弱了,那只能归因于所谓国学本身的贫瘠与虚浮。从一种超越现实的元历史视角来看,任何一种文化的兴亡都不过是一种自然现象。五四运动如斯激烈的批判并未灭亡传统文化,而是除旧存新,去其糟粕,取其精华——落后的因素总会消失,有价值的因素想抹也抹不掉。

九十年后再看"五四",其后果远远重于过程。启蒙不是文艺复兴般的"润物细无声",而是瓢泼大雨夹杂着电闪雷鸣。在保守者看来,这样的运动总是非理性和破坏性的。或许如此,但并不是每一个国家都像英国一样有以改良代革命的幸运,更多的情况下,发生的是法国大革命般的暴风骤雨。柏克只能看到革命本身的恐怖,所以站到了反对者一边;而我们认识到这样的恐怖并不具有历史意义,更不会产生历史后果,所以欣然站到支持者一边。我们的自由主义学人一味强调告别革命，以错误掩蔽价值，实属矫枉过正；而以赛亚·伯林清楚地看到了法国大革命的真正后果，依然坚持启蒙立场。这就是我们不同于保守主义者的地方。

"五四"不死，"五四"万岁。九十年后现实惊人地相似，先贤美好的期冀，在今天依然属于未来。

2009.5

政党与学生运动的变迁：
对现代史的一种整体理解

　　"学生首先是一种身份，其次才是一种职业"，这表明学生运动不同于常见的社会运动。尽管与农民、工人等相似，学生群体同样共享相近的生活条件，并且我们也能够看到：相当部分的学生运动，仅以局限于"内部"层面——即以教育政策或学校条件之改善的诉求为主；但归根到底，这些常规成分所孕育出的，皆是过程更加复杂、影响更为深远的政治变革。因此可以说，学生运动由下至上打通了社会诸层次，以这一现象为切入点，我们就有机会对中国现代史作出一种整体化的解释。这种解释与建立在新旧事物斗争之辩证法基础上的经典叙事不同，应该看到，新-旧范畴仅为时间维度上的区分，并无多少价值，更不能作为理解现代史的线索。事实上，"五四"之后的新旧冲突，初为价值观之辩，但很快就演化为非此即彼的社会矛盾（以浙江一师事件为典型：彼时一师有一施姓学生在无政府思潮与家庭矛盾的交叉影响下，于《浙江新潮》杂志发表文章激烈批判传统伦常，引起保守人士不满；省政府以此为由，决意整顿一师、更换新派校长。学生大哗，为保卫学校之"改革精神"，遂据守其中，与前来军警相抗，险些酿成流血惨剧。后来政府在社会各界压力下退让），最后又为党派斗争所操弄，先前意义尽失；其中之曲折复杂，绝非"激进-保守"之类范式所能概括。

五四运动之后，学生运动的主旨发生了巨大变化：由外转内，或者说由"只问外交，不问内政"转向了"力争外交，澄清内政"；进而，对国内境况的关注逐渐占得上风。学生之中，朴素的民族主义情绪蛰伏下来，对民主、平等的要求成为主流；因此，北京政府往往成为学生群体的对立面。如果说五四运动所面对的仅是模糊而陌生的"帝国主义"形象，后"五四"时期的学生运动就不得不直面具体而微的社会问题。自此，学生开始自觉介入政治，开始对公共生活施加直接的影响。但遗憾的是，这一状况很快就被破坏，而其根本原因则是"政治"概念的变异，这一切，政党力量难辞其咎。

在此，我们可以断然地说，中国现代史首先应该被理解为政党力量逐步支配社会的历史。这里的关键问题是：1919—1929 年间，确实存在着可以被称为"公共领域"的社会空间吗？答案是肯定的。也就是说，在北京政府之下、私人生活之上，民众尤其是学生曾拥有丰富的机会去影响公共政策。然而，如上文所述，这同时也是一个相当短暂的时期。我们很快就会看到，积极参与其中的学生群体，是如何被政党力量所操控、被某种现实政治实践所裹挟，最后由运动转为"被运动"的；进而，那些宝贵的机会也随之逐渐丧失。在这一意义上，作为一种旨在与现代社会理想进行对比的叙述，对中国现代史的泛政治化解读并不为过。常有观点指出，与"五四"这一政治事件相比，新文化运动作为文化领域的变革，无疑对学生造成了更深远的影响。这种看法固然有其道理，但就学生群体在现代史中的整体地位而言，文化上的变革似乎只能让位于政治斗争；若考虑到 1949 年之后意识形态借威权之手对既有社会所造成的创伤，我们就更应该重视政治领域。凭借着对既有观念的解魅，学生群体虽然曾展现出令人难忘的主动性，但最终还是不免沦为现实政治运作的附庸。从某种角度看，现代史自始至终都被这种运作所支配。换句话说，所谓"真正的历史"只在战场、街头与朝堂，不在讲厅、书刊与民间。这也是坚持泛政治化理解的理据所在，因为"政治"概念之内涵的变迁，正体现出现代中国的历史逻辑：狭义的政治吞噬了广义的政治，也即，现实主义的政治吞噬了作为公共生活的政治。学生运动的变化，正显示了这一逻辑的无情力量，这可谓中国现代化道路上悲剧性的一章。

　　政党组织，尤其是现代史中的政党组织，其首要任务即是争取实质权力。因此，它们先天就趋向于以严密替代松散、以单一替代多元，而这种倾向在无规则的政治环境中又变得格外突出。在此前提下，若政党试图控制社会，后者是断然无法与之抗衡的。北伐战争之前，北京政府-学生群体-国共两党三方处于微妙的状态：政府严防学生入党干政，而学生又将参与政党当作"救国"行动的唯一有效手段。在这里，我们能够看到：政党力量制造了一种非此即彼的观念，即救国-入党-进步与卖国-禁党-反动的两分法。事实上，一种观念越是通俗易懂、越是政治正确，就越能吸引更多的信仰者；也只有以这种简单粗暴的单一解释进路，政党才能够将原先多元、复杂、松散的社会纳入自己彀中。"五四"之后大力支持学生运动的舆论，起先是受一种一味强调政治参与的全面民主观念所影响，后来就难以撇除党派背景。早期国民党高层如胡汉民、戴季陶等尚对学生运动有所保留，该党改组之后，集权倾向愈发明显，其舆论机构如上海《民国日报》等就开始极力赞赏学生的活动，也正因为此，它曾引起梁启超等人的批评。而共产党作为一个天生依赖群众运动的政党，更是看重民众中的"精英成员"——学生群体。十月革命之后，以社会主义为主旨的各种组织在早期共产主义者的努力下建立起来，其主要成员正是学生。显然，"社会主义"作为一种有明确主张、有成功前例的意识形态,比"救国"等空洞概念更能吸引参与者。

　　一位浙江六师学生曾有此代表性的话语:"我个人底观察,学校的阻碍进步,学生便有闹风潮的必要。这种风潮越闹,学校愈会进步,大家齐来,有可闹处、使我们不满意处,我们正不妨闹个天翻地覆,从黑暗处闹出光明,不怕斥革,何怕政界干涉,在校里做一个闹风潮的分子,就是于社会上留一粒革命种子,将来学校的进步,社会的改造,不靠着我们,还靠哪一个呢!"①由此我们也能够窥见政党得以成功掌控学生的些许原因。后"五四"时期的学生持有一种以"闹"为核心的扬"动"抑"静"的活力论——进步世界观,而他们同时也对自身行动的正确性抱有充分信心,因此,学生自治也是学生运动的主要诉求之一。在此背后则是朴素的无政府主义/激进民主思潮:首先是反权威的平等主义,继而是政治合法性的粗暴重建。然而,这种简易的政治理念显然无法与体系化的、训练有素的政党意识形态相比。后者吞噬前者之后,学生群体为党派所支配便不足为奇了。

　　1925年初,上海日资企业发生童工被害事件,逐渐引发波及全国的罢工潮。学生群体亦积极参与其中,却遭公共租界巡捕抓捕;其间亦有政府武力镇压出现。各界民众最后在上海公共租界组织大型示威,要求释放被捕学生,守卫老闸捕房的英国巡捕即行开枪,酿成十三人死亡的惨剧,是为"五卅惨案"。此事例作为"五四"后"力争外交"诉求之高潮,不仅是民族主义情绪的又一次释放,更表明了自主学生运动的瓦解。在抗争中,各地的学生会——学生自治的象征——均丧失了领导权,而政党力量却介入其中,将工人、市民与学生熔为一体,展现出强大的组织能

_____

　　① 吕芳上:《从学生运动到运动学生》,95－96页,台北中央研究院近代史研究所,1994。

力。应该看到，对于五卅事件而言，我们切不可将其纳入弱势民众反抗国内威权政府/国外帝国主义的传统解释范式，这种常规理解完全忽视了党派组织的领导作用。实际上，社会运动若要迅速发展壮大，民众尤其是学生群体的自主性是远远不够的，必须有政党式力量的实质参与。可惜，在现代中国这一特殊环境中，政党一旦借此上位，就再无可为牵制之物，政治事务就此沦为党派间纯粹现实性的博弈。

因此，学生群体总处于尴尬的两难境况：一方面，一味区分学术与政治、"两耳不闻窗外事，一心只读圣贤书"的蔡元培式的主张，既不现实，亦不合理；另一方面，在公共生活的政治为争权夺利的超常党派斗争所取代的大前提下，学生对政治的参与，似乎也难逃被工具化的命运。我们可以从胡适身上窥见这种悲剧处境：学成归国后，胡博士曾发"二十年不谈政治"之愿，但旋即就参与联名《争自由的宣言》，正式树立其公共知识分子地位，自此再未回返书斋。然而，在那样一个特殊的时代，从名流至白身，从学者到学生，他们所持有的或深刻或朴素的社会理想，无一不需面对现实境况的考验；国家的曲折命运，无时无刻不在动摇着人们的观念。而自国共两党相继踏上政治舞台以来，一种现实性的、施密特式的绝对敌我斗争愈发显明，它逼迫着人们作出立即的决断。在此基础上，是非再不重要，观念亦无意义，一切都在党派冲突中化为空无的幻影了。

五卅事件之后，迅速走向"政治成熟"的国共两党愈加意识到学生群体的重要性，遂抛开顾忌，直截了当地发动了"运动学生"的行动。彼时两党所发布的政策章程中，均可见"组织学生"、"领导学生运动"等要求。学生在宣传鼓动下，亦纷纷加入党籍，其中国民党之比例更高。事实上，这些行动皆属于政党自我膨胀之过程：如前所述，政党在无规则的非正常社会中，必定趋向于将整个社会纳入自己掌握，从国民党之"党化教育",到共产党之"社会主义青年团",均标志着政党力量对学生群体的全面渗透。北伐战争之后,国共各持政权、分道扬镳,此时,前述政府-学生-政党三方变为政党-学生两方。如果说当时学生面对北京政府尚有些许独立地位的话,此时学生群体就彻底沦为全权体制的附庸。再加上两党均循苏式党-团体制,以次一级的团组织全面统辖青年学生,自此,现实主义的政治行动将公共空间压榨至尽,"五四"以来学生运动的精神彻底泯灭。

现代史肇始于现代性与传统观念的碰撞,这预示着一个诸种观念相互碰撞的时代,它本身就朝向着个人自由。但,正如彻底的多元主张势必解构自身一样,完全松散的社会亦不足以保障这种自由。事实上,"革命"、"救国"等政治正确的观念始终横亘于一切思考之上,而政党力量凭借自身行动上的优势,牢牢把握住对上述观念的阐述权,并借此发展出一套严密的意识形态。显然,这种意识形态愈是鲜明、愈是利于组织化,在智识上就愈是教条、愈是空洞。随着政党的膨胀,它如寄生虫一般附着于社会诸领域,污染自由空气,排斥多元观念。这一过程贯穿了整个现代史,而学生运动的变迁正是其组成部分。

2011.5

"侠"、"非侠"与"反侠":金庸的武侠世界

　　"侠"这一概念,最早出于韩非《五蠹》:"儒以文乱法,侠以武犯禁。"这表明,在法家政治图景中,儒者与侠客均被视为秩序的破坏者。而《史记》对"游侠"的描述是:"今游侠,其行虽不轨于正义,然其言必信,其行必果,已诺必诚,不爱其躯,赴士之厄困。既已存亡死生矣,而不矜其能,羞伐其德,盖亦有足多者焉。……而布衣之徒,设取予然诺,千里诵义,为死不顾世,此亦有所长,非苟而已也。故士穷窘而得委命,此岂非人之所谓贤豪间者耶?"虽然司马迁对游侠颇多赞扬,但还是不免提到这一类人有"不轨于正义"的一面。因此,根据以上两点可以看出,不论知识分子对侠客的态度为何,他们均或多或少地看到了这一群体对正常秩序的威胁。

　　理想社会的实现,便意味着乌托邦想象的终结;那么与此相比,正常社会的实现,也便意味着侠客以武"犯禁"(按照传统,侠客犯禁是为了维护正义)之合法性的终结。当道德败坏、信义不彰、恶徒盛行之时,侠客或许可以凭借自身武力,捍卫朴素的道德标准;但在法律健全、秩序稳定的社会,侠客之举不仅多余,而且危险。正常社会中不再有侠客,只有练武者。

金庸《射雕英雄传》中,有如下耐人寻味的一幕:裘千仞被逼在华山崖边,四周强敌环绕,眼看凶多吉少,便急中生智说道:"若论动武,你们恃众欺寡,我独个儿不是对手。可是说到是非善恶,嘿嘿,裘千仞孤身在此,哪一位生平没杀过人、没犯过恶行的,就请上来动手。在下引颈就死,皱一皱眉头的也不算好汉子。"

裘千仞的逻辑是,武林中人无一不沾血腥,皆没有资格担当道义裁判。而这时洪七公出现,凛然说道:

"老叫化一生杀过二百三十一人,这二百三十一人个个都是恶徒,若非贪官污吏、土豪恶霸,就是大奸巨恶、负义薄幸之辈。老叫化贪饮贪食,可是生平从来没杀过一个好人。裘千仞,你是第二百三十二人!"

这番言论,裘千仞无言以对。实际上,这番话是经不起推敲的。不经过公正的程序,谁也没有资格充任法官,便是大奸大恶之徒,也不能被随意处决。金庸描绘这一场景,或许只是为了将洪七公化为正义符号,最终却暴露了"侠"话语的道德漏洞。如前所述,侠客天生只能存在于乱世之中,他们以武犯禁所依赖的朴素观念,也经不起细致的考察。前述的合法性因此荡然无存。

"侠"的道德困境,折射出的是汉语传统在权利思想与程序正义观念上的基本缺失。这就导致武侠小说这一载体不仅受困于时代的局限,亦受困于观念的脆弱。因此,此类小说往往难以涉及对政治环境的深层考察,只能囿于人性层面展开言说。金庸本人同样深刻地认识到这一点,他指出:"我写小说,旨在刻画个性,抒写人性中的喜愁悲欢。小说并不影射什么,如果有所斥责,那是人性中卑污阴暗的品质。政治观点、社会上的流行理念时时变迁,人性却变动极少。"

也正是因为此,金庸的作品作为现代武侠小说的顶峰,对"侠"背后的人性刻画,完全超越了传统。侠客当以信义为本,按照先前的武侠体

系,真正恪守道德原则的人,必将取得成功。然而自金庸的第一部小说
《书剑恩仇录》始,其作品中的主角便逐步从高、大、全的大侠(陈家洛、
胡斐)转为有种种性格缺陷的"非侠"(郭靖、杨过、张无忌、令狐冲),最
后变成鄙俗不堪的市井"反侠"(韦小宝)。这种转折,表明金庸有意识
地在破毁"侠"的传统理念,同时更是对汉语传统进行整体反思。

　　从现代武侠的角度看,《书剑恩仇录》更像是一本传统武侠小说,其
主角陈家洛文武双全、才貌俱佳、身世显赫,又轻而易举地统领了实力强
大的红花会,以乾隆的汉人身世作注,一心要达成一个民族主义目标:反
清复明。但是,整本书更像是对侠客之江湖逻辑的嘲讽:大侠陈家洛,乃
至整个红花会,包括军师"武诸葛"徐天宏都不明白,无情的现实政治,
一不会败于血统,二不会屈于誓盟;江湖群雄的信义面对政治权谋,尽显
天真幼稚。这种鲜明对比,正凸显出"侠"的局限性——虽然这并非金
庸有意而为,但也为其之后的反传统武侠创作开了一个好头。

　　《射雕英雄传》作为金庸的第三部小说,其主角郭靖已大大不同于
经典的英雄侠客形象。郭靖为人淳朴,有时亦不免愚笨,显然并非练武
之才。而金庸着力在这样一名平庸之辈身上安排种种奇遇以帮助他成
长,正是突破既定武侠框架的成功手笔。而郭靖在功力大成之后,马上
被卷入了民族战争的漩涡之中。起先的宋金战争,他身背国仇家恨,抗
金合乎逻辑,不足为奇;但在蒙元崛起之后,蒙古是他成长之地,南宋是
他的故国家乡,郭靖在两难下思考,终于突破了狭隘民族主义的成见。
在小说结尾,郭靖与成吉思汗交谈,认为英雄"必是为民造福、爱护百姓
之人",这一认识不仅较只知攻伐的蒙古大汗为高,同时也超越了执着于
华夷之分的汉语传统;而郭靖身具奇功,却在武侠世界中成为一名和平
主义者,这又是金庸创作的出彩之处。然而,《倚天屠龙记》中提到,郭
靖黄蓉夫妇帮助守卫襄阳,终于在城破时力战而死。和平主义者郭靖不

免还是死于战火，过于超前的理想在现实面前被碰得粉碎；和平与"侠"，天生便无法共存。虽然金庸本人说"侠之大者，为国为民"，但我所看到的，只是一场"非侠之侠"的悲剧。

《射雕英雄传》之后，金庸对传统的反思愈发深入。《天龙八部》的主角萧峰，则是坎坷命运与复杂人性的最佳承载者。萧峰在杏子林丐帮大会之前，一直是标准的大侠，武功超群、气概非凡，统领着武林第一大帮，又以为国家抗敌为己任，其形象完美无缺。但是，自身世之谜揭开后，小说气氛为之一变，萧峰命运急转直下，不仅地位一落千丈，自身亦难以在中原立足，就连与阿朱的爱情也是一波三折，毁于一连串的阴谋与误解之中。萧峰此人虽无可挑剔，却因不幸命运而落得悲惨境地，金庸如此安排，正是为了表现一个完美的、传统的侠客同样无法主宰自己的命运。在小说结尾，悲剧达到了高潮：阿紫对萧峰一往情深不能自拔，最终死于自己的扭曲性格；萧峰虽从萧家与慕容家的恩怨中解脱，却依然因国族身份的错乱而陷入了生存困境。纵使萧峰有如此武功、如此名望，亦无法在雁门关前找出一个万全之策。金庸之所以在少林寺就设定出一位 Deus ex machina（"解围之神"）——扫地僧，凭借起死回生的神奇手段打破萧远山与慕容博之间世俗的仇恨，正是为了凸显民族主义意识形态对人性的伤害——这种伤害，作者亦无法将其消弭。《天龙八部》一书，一方面着力描绘悲剧中"侠"弱小无助的一面，另一方面则点出汉语传统的内在缺失，这种缺失必须为整个社会、整个时代所承担，没有人能够游离其外。

金庸笔下的"非侠"，除郭靖外，其余三者，按照写作时间顺序，逐渐脱离了"侠"的光环，显露出"非侠"的形象。《神雕侠侣》书中，杨过一开始放荡不羁，行为乖张，大行亲痛仇快之事；后长大成人，却依然不顾礼俗，对小龙女至死不渝。杨过虽有败金轮法王、毙蒙古大汗、救襄阳危城之举，亦被称为"神雕大侠"，但其性格与行为，多少已脱离了"侠"的标准。而《倚天屠龙记》中，主角张无忌性格软弱，不好争斗、不喜权谋，在结尾被朱元璋用计激得自行隐退，全无大侠风范。而在情感方面，他亦在周芷若、赵敏、殷离与小昭四人间游移，无法决断。至于信奉法家思想的朱元璋在登基之后又严禁明教，则是前文所述秩序社会不再有"侠"的证明。《笑傲江湖》作为金庸的倒数第二部作品，成功刻画了一位标准的"非侠"——令狐冲。按照金庸在《笑傲江湖》后记中的说法，他天性不受羁勒，始终追求着个性解放与自由，是一位"隐士"。令狐冲身上的矛盾在于，他进入武侠世界追求武学的唯一目的便是脱离江湖。然而，"侠"之所以为侠，必要条件之一便是要入世、有所希冀、有所为有所不为，六根清净、只求无为之人则完全不符合"侠"的形象。

　　"非侠"之后，便是"反侠"。如果"非侠"着力于脱离江湖的话，"反侠"就是为了颠覆、解构江湖，乃至解构"侠"本身。金庸封笔之作《鹿鼎记》，其主角韦小宝是一位彻头彻尾的市井流氓。这种设定，本身就是对武侠传统中英雄形象的讽刺。既然是市井流氓，便可以使用各种卑鄙伎俩，韦小宝便凭借着这些手段，在江湖与官场、汉人与满人、敌人与朋友乃至欲望与爱情间左右逢源、无往不利。金庸正是利用这种设定，打破了"侠"体系乃至一般通俗小说中的二元对立格局。主角既然不受这些对立概念的牵制，这些概念本身也就脱离了坚实的地基、丧失了独特的价值，只能成为推动故事行进的空虚架构。同时，邪恶与正义、卑下与高尚等一般武侠小说所必不可少的道德层次，也统统被破毁。《鹿鼎记》的这一特征，正说明金庸在有意识地尝试突破国族、家庭甚至道德的界限。那么，作者存在这种意识，就不仅仅是为了刻画一位"反侠"，更是为了颠覆汉语传统。

　　《鹿鼎记》的背景是中华王朝的尾声——清朝。相比于上一部作品

《笑傲江湖》中言说政治的泛泛尝试,这部小说中作者对传统政治生态的描述则更加直接生动。韦小宝虽为市井小民,但一旦进入宫中便如鱼得水,操纵人事、控制政局如探囊取物一般;而且其成绩斐然,不仅令康熙皇帝倚重,更使史上诸多名臣政客相形见绌。这种描写正符合作者心目中对传统政治的理解。"如果说严酷的政治斗争有时也会演出喜剧的话,那笑到最后也笑得最好的主角一定是个流氓。"金庸认为,流氓成功学是官场生存所必不可少的学问。流氓的成功,反过来凸显了"侠"信义原则的失败,以及政治与江湖的显著差异。

固然,韦小宝在小说中曾多次展现了他的侠义精神。然而,这种"精神"更应该被视为他个人生存的工具。正是部分地凭借着江湖义气,他才能周旋于诸种势力之间,立于不败之地;而在这种义气的背后,韦小宝的真正追求,却依然体现了市井小民的欲望——美色与财富。在他那里,个人生存永远是第一位,而"侠"的信义,总是被当作纯粹的手段。这一方面是对"侠"的嘲讽,另一方面则是对政治生态乃至整个社会的批判。

纵观整个金庸武侠体系,最明显的就是"侠"之乌托邦的逐渐破碎。"侠"之信义,作为一种朴素的道德原则,无可厚非;然而,"侠"本质上又是武力的掌握者。"侠"之为侠,便不能不将武力与信义结合起来。但这样又面临着前述的道德困境——事实上,武侠传统对此种困境的漠视,正是其衰落的根源——金庸清楚地意识到这一点,便以对人性的深刻理解,开创了现代武侠。也正因为此,现代武侠的趋势便只能是"侠"的逐渐式微,即"反侠"。这之中隐藏着的,首先是对英雄之梦破灭的叹息,更重要的则是现实感的逐渐强化。

金庸小说对人性细致入微的考察,超越了通俗小说仅为了审美目的而对人的描绘。从创作初期高、大、全的大侠,到后期真实的"非侠",再到《鹿鼎记》中的市井"反侠",金庸所力图表达的,是汉语传统对人性的种种限制与扭曲。而这些限制与扭曲所带来的"国民的悲剧"与"文化悲剧",则正是中国社会的整体悲剧。而这,或许就是金庸这位"有政治抱负的小说家"(陈平原语)所要表达的深层思考。

2010.11

科学哲学的历史主义潮流:评述与反思

在卡尔·波普尔之后兴起的历史主义潮流,起初只是为了反对或者改进他的科学哲学理论而出现。这一潮流的显著特点在于对科学史的重视。当时的哲学家不约而同地认为,摧毁或者捍卫经验科学的合理性标签,关键就在于对科学史的理解与阐释。

一

促成这一转向的是科学史家托马斯·库恩。他对波普尔的批判源由是,尽管波普尔建立了一个(基本)完善的方法论体系,但是经验科学并不是按照这个理论发展的,波普尔对科学实际上什么也没有说,他的理论只不过是空想罢了。

库恩进而提出了自己的科学发展理论。他认为科学史由"常规科学"和"反常科学"组成,"常规科学"时期科学家都在修补、改进(而不是波普尔强调的批判)"范式",而当范式出现难以挽救的危机,就进入了"反常科学"时期;随后,科学家群体发生了一次突然的格式塔转换,使得大多数人都"皈依"到某个新的范式之下,新的常规科学时期就此开始。

这一科学革命理论对传统的"科学-理性"联盟提出了挑战。库恩尤其强调了常规科学时期科学家对理论的非批判态度与反常科学时期理论更替的非理性特征,这两点是批判理性主义者,尤其是波普尔极不满意的。在一场关于库恩常规科学理论的研讨会中,波普尔认为,"常规科学"虽然存在(他承认以前并未注意到),但却是不重要的、令人遗憾的,因为对理论持有非批判的态度,是非理性的、不符合科学精神的。① 在波普尔看来,"常规科学"并不常规,"反常科学"亦不反常。

二

波普尔的学生拉卡托斯却爽快地承认了常规科学的存在,并且指出非批判态度(把理论的矛盾仅看成反常而不是反驳)恰恰是合理策略,因为从历史上看,如果仅仅因为理论存在矛盾就拒斥之,那就不会有任何理论能够生存下来。正是看到了波普尔证伪主义与科学史的不协调,他才提出了新的方法论,其关键在于将对理论的接受/拒斥建立在理论的"进化"或者"退化"的问题转换上。而所谓"进化""退化",则关键在于理论在添加(用以解决矛盾的)辅助假说之后能否预测"新颖的事实"。也就是说,拉卡托斯将理论的更替与其历史表现挂上了钩。

尽管在著作中竭力反对约定主义,但拉卡托斯的方法论不过又是一种约定罢了。迪昂的理论选择标准是"简单性",而拉卡托斯的标准则是"预测新颖的事实",尽管后者比前者看起来更易令人接受。当然拉卡托斯可以辩解说,他的约定是好的约定,因为它可以很好地解释科学

---

① 参见卡尔·波普尔《常规科学及其危险》,《批判与知识的增长》,63–72 页,华夏出版社,1991。

史、可以有效捍卫合理性标签。但这也没能成功。"预测新颖的事实"
这一标准,实际上是空洞的,它并不能有效区分可以接受(进化)的理论
和必须拒斥(退化)的理论。如果这一标准就代表了"合理性",那么科
学就不会是合理的。有以下两条理由:

首先,"新颖的事实"无从确定。假定 A 理论预测 X 时空会发生 M,
而 B 理论没有预测,那么 A 就预测了新颖的事实吗?难道 B 不是也预
测了 X 时空不会发生 M,而这对于 A 来说不是一样的"新颖"吗?

其次,即使这一标准是清楚的,它也面临历史表现与历史评价不对
称的问题。如果一个理论在变化中因为没能预测新颖的事实而发生退
化,我们是否就可以立即拒斥它?拉卡托斯回答说,退化的理论也可能
因为一个小小的实验而反败为胜、重归"进化"行列,所以不能因为暂时
的退化而对某个理论匆忙作出评判。那么,既然"进化"、"退化"不能作
为硬性条件,我们究竟能够以什么标准来接受/拒斥某个理论呢?由于
方法论的松散性,拉卡托斯难以回答这个问题。

基于上述批评,贯彻拉卡托斯方法论的结果只可能是:人们无从对
合理性/不合理性概念、科学/非科学领域作出任何区分。对于捍卫合理
性标签的行动纲领,它没有起到任何有益作用。

三

在历史主义潮流中,波普尔的另一个学生——保罗·费耶阿本德是
作为理性主义的反叛者与科学哲学传统的批判者而出现的,并为这一潮
流的终结起到了重要推动作用。费氏的主要工作是审查各种各样的方
法论,继而指出科学史与这些理论相去甚远。他的策略是,首先假定这
些方法论代表了"合理性",进而指出科学实际上不符合这些合理性标

准。由此可以得出结论:科学实际上并未合理发展——这构成了对理性主义观念的致命反驳。

当然,批评这些方法论并不是费耶阿本德的主要目的。他的核心论题是,不可能为科学史找出一个合适的合理性标准,无论这些标准是逻辑规则(早期波普尔的证伪主义)还是约定规则(拉卡托斯的方法论)。他进而指出,即使不把科学与理性联系起来,试图在科学史中寻找某种发展规律也是徒劳的。这似乎是对库恩的专门批评,因为后者在否定了对科学的合理性辩护后,又提出一套穆勒式的心理主义理论。

拉卡托斯在《科学史及其合理重建》中指出:认为科学史中的每个例子都(应该)符合方法论的说法是不现实的,但是不符合的毕竟是一小部分。然而费耶阿本德依然不赞同这种让步,在他看来,拉卡托斯还是试图将科学解释为在一个由方法论划出的界限内发展的事业(尽管该方法论允许对边界的些许侵犯)。按费氏的理解,科学应当弥漫在整个知识领域中,进而与巫术、占星术、神话乃至形而上学和平共处甚至互相融合、密不可分;科学不可能具有固定的合理内核,更不应该被看作唯一有效的知识。归根到底,科学与其他知识是平起平坐的。

由此费耶阿本德还引出了其他结论。他批判科学沙文主义,认为科学绝不应该占用如此之多的纳税人金钱和国家资源,而应该给其他知识以同等机会(例如,给不被"科学的医学"认可的其他医疗体系以发展空间)。

费耶阿本德的结论惊世骇俗,但不能不认真对待。他的基本错误在于,看到划不出一条清楚的界限,就以为没有界限;进一步说,看到现实中没有明显区别,就以为没有明确的逻辑区别。事实上,认为科学和巫术预言一样的说法之所以令人难以接受,就是因为我们确实体认到了它们的差异。

费耶阿本德所反复强调的两个论点值得注意，一是在两个相竞争的理论间绝不可能确定出更合理的一个；二是不可能制订出既符合科学史又固定不变的合理性标准。它们都是正确的。但由此并不能够得出科学与巫术预言不可区分的结论。因为，虽然近世以来科学家们所采用（或暗中接纳）的合理性标准的确总在变化，但无可否认是朝着越来越规范、越来越明确的方向改进的。譬如，我们今日的经验科学已经能够将"UFO 学"乃至所谓"灵学"排除在外，即是因为它们的经验基础与科学不同（按沃特金斯的说法是：它们建立在 0 级陈述的基础上，而科学建立在 1 级陈述的基础上）。

费耶阿本德的哲学是将历史主义潮流中的某些倾向推向极端的产物。其荒谬性放大了历史主义自身的错误，进而也宣告了它的终结。

四

对历史主义进行反思殊为必要。通过比照另一种针锋相对的哲学倾向，我们就能够发现这一潮流是如何崩溃的。

所谓"另一种针锋相对的哲学倾向"是指逻辑经验主义和波普尔、也许还有沃特金斯的科学哲学。或许可以将它略称为"逻辑主义"。它的主要观念是，理论的接受/拒斥是由于理论本身被一种逻辑支持或反驳了：理论更替要通过逻辑标准（概率逻辑或否定后件式）而不是约定标准（进化/退化或格式塔转换/范式革命）来检验（或解释）。科学的合理性亦是由经验观察和逻辑共同保证，而不是由约定的"预测新颖的事实"之类确定的。

经验在逻辑经验主义那里，是划分科学与形而上学的工具，是赋予理论或然性的基础；在波普尔那里，是拒斥/证认理论的工具，是分界问题的必然答案。然而历史主义对经验表示了蔑视，把经验观察的地位降低到一个前所未有的程度。"理论渗透观察"是对的；但是历史主义诸家将其推向极端，甚至费耶阿本德还特地强调：构建一种"没有经验的经验主义是可能的"。在他那里，理论成了自在自为的玩具，科学家能够完全抛开反常，自顾自地发展理论（并且科学史不乏这样的例子）。关键在于，费氏绝不认为这种现象是不可接受的，恰恰相反，它表现了科学家抛弃死板的规则，自由地进行思考和研究的宝贵品质。

坦白地说，这种"经验主义"恰恰是对经验主义的最大伤害。否定经验对理论的约束作用，所带来的后果不仅是取消了经验科学与形而上学-宗教-巫术间的界限，更严重的是取消了知识与胡言乱语乃至正确与错误的界限。这种后果意味着，近世以来的哲学成就，以及科学在理性主义观念统辖下所产生的成果都只能被一笔勾销。

然而这种对分界问题的否定回答并没有形成对逻辑主义潮流，尤其是对批判理性主义的威胁。即使费耶阿本德是对的，那也不过是说理论"可以"脱离经验而发展；但波普尔建立在逻辑句法上的可证伪性标准也不过是说经验"可以"证伪理论。这两个"可以"之间存在着重要的差别。无论是费耶阿本德、拉卡托斯还是库恩对波普尔的批评都没有能够撼动其经验主义内核，亦即尽管他们总是强调科学家在现实中对理论的非批判态度导致证伪未能发生，但永远无法否认理论可以在逻辑上被单称观察陈述证伪。这一经验主义内核处于逻辑句法的保护下，是任何对科学史的千奇百怪的解释都无法否认的，而这也确定了波普尔对分界问题之回答的有效性。

而在科学史中，即使波普尔所谓的"判决性实验"是不存在的（毋论使理论的"概率"增加的实验），也不代表我们可以走到另一个极端以至于否定经验的作用。无可否认，经验至少能够约束理论、禁止其作出某种预测。更何况,随着科学的逐渐严格化(经验知识的"积累"特征),费耶阿本德所发现的理论随意发展的情况,早已不再出现了。如果科学家愿意,他当然可以抛开经验而随意发展自己的理论。但这样一种情况是否足够普遍,是否具有重大意义、甚至成为支撑历史主义观念的重要论据,仍然十分可疑。

　　历史主义潮流总体而言代表着一种错误的学术进路。过于重视科学史,只会得出如下非理性观点:科学发展具有流变性,而不具有稳定性;科学共同体在不同的时期遵守着不同的合理性标准,因而只能对分界问题给出否定回答;不同的经验科学理论代表着不同的世界图像,所以不同的理论完全无法比较(不可通约性的由来)。这使得科学哲学成了"科学-非理性主义"邪恶联盟的帮凶。而逻辑主义所倡导的静态的方法论研究则促使我们看到,不同的理论在静止的状态下是完全可以比较的。接受/拒斥某个理论有充分的合理性标准(而且这一标准绝非约定的结果),只有分析理论内部的逻辑结构而不是理论更替的过程,才能恢复科学-理性的传统联系。

　　简单地说,科学史与理论更替的复杂性只会使理性主义者力不从心,甚至被迫承认科学发展的难以把握。这一退让使得非理性主义与相对主义趁虚而入,从而构建起一种荒谬却难以反驳的哲学。在这一层面上,拉卡托斯显得既可敬、又可悲:可敬的是,他坚守理性主义阵地,坚持合理重建整部科学史;可悲的是,他没能意识到,在历史主义的大前提下,他的努力终归是徒劳的。

2009.3

内容、逼真度、理论更替与科学进步

自逻辑经验主义衰落以来，卡尔·波普尔关于作为全称命题的科学理论只能被基础陈述证伪的论断便深入人心。更重要的是，他坚持认为，归纳主义者的概率方案势必失败，基础陈述对全称命题的确证并不能增加后者的成真概率；无论如何解释，理论定律的概率都只能是零。这样一来，科学就应该被理解为一个寻找错误-抛弃理论的不断失败的事业，并且，我们将从失败中进步。

在此值得深入讨论的是"进步"这个概念。显然，如果理论 A 比理论 B 更好，而且科学团体最终选择了支持、发展 A，那么似乎就可以称科学事业为"进步的"。但我们很快发现，波普尔对归纳主义的拒绝使得他很难提出一个标准来进行理论定律间的比较：具体而言，似乎不可能一方面说任何全称命题的成真概率都是零，一方面又认为这些命题有优劣之分；另一个问题是，即使 B 已经被证伪而 A 没有，在未比较两者的经验内容的情况下，也不能说 A 比 B 更好：有可能 B 的具体论域比 A 更大——换言之，如果 A 所能解释的现象比 B 更少，我们也不能认为 A 比 B 更优。而更一般的情况是：当 A 与 B 都已经受住严格检验且尚未被证伪时，若能够比较两者的经验内容，我们似乎就可以恰当地说，经验内容更多的理论更可取。上述分析意味着,科学哲学似乎试图代替科学团体自身来判断哪种理论更好,这或许会令人们感到荒诞。哲学家有什么资格代替科学共同体或科学名流来决定科学的发展进路呢？然而,如沃特金斯所说,"现在摆在我面前的这些理论中哪个是最好的?"与"如果我继续研究,那么这些理论中哪一个是最有前途的?"是两个不同的问题。或许只有朴素的归纳主义者才会宣称目前为止最好的理论就等同于将来最有前途的理论。令人遗憾的是,某些非归纳主义者如伊姆雷·拉卡托斯——或许还包括保罗·费耶阿本德——同样混淆了这两点:他们认为,在科学发展中只存在判例法,而不存在成文法。但是,如果这一看法是正确的,我们就不可能为作为合乎理性规则之研究事业的科学作出任何辩护——除非直截了当地宣称科学的合理性仅仅来自科学研究者的共识。而相比之下一个鼓舞人的论断是,抛开科学史,在竞争的研究纲领之间,依然存在着某个可以得到证成的、用于评价不同理论的合理性的知识标准,而科学哲学的工作就是发现它。

在1934年的《科学发现的逻辑》中,波普尔尝试提出两个建立在"潜在证伪者"(potential falsifier, PF)概念基础上的互为补充的标准来解决上述问题。潜在证伪者意指能够证伪某个理论的可能的基础陈述:可以想见,如果 A 的 PF 类是 B 的 PF 类的子类,或者说,如果每一个能够证伪 A 的基础陈述都能够证伪 B 而反之不然,那么就可以说,B 的可检验度(可证伪度)比 A 更大;而由于 B 相对于 A 排除了更大的基础陈述类,那么就又可以说 B 的经验内容比 A 更多,亦即 $Ct(B) > Ct(A)$(这一点似乎不容易理解。想象一个天气预测理论宣称"明天要么下雨,要么不下雨",显然它没有任何经验内容——从它出发,无法衍推出任何类似"给定初始条件 i,在时空区域 j,有现象 k"这样的基础陈述。因此,"经验内容"概念指的并不是某些似是而非的论述表面上看起来所论及的范围。而直观地看,一个理论对经验世界断定得越多,它就越容易与可能的基础陈述发生矛盾,因此也就越容易被证伪;因此,可以用与该理论发生矛盾的基础陈述类的大小来衡量理论的经验内容。严格地说,这并不是一个定义,我们显然并非认为只有理论所拒斥的东西才是其"经验内容",我们只是将之视为一个实用的、可靠的量度。进一步,可以将语句的"逻辑内容"定义为逻辑上由该语句得出的所有陈述的类。在下文中,一般用"内容"一词指代"逻辑内容"概念)。但是,很多情况下,由于不同理论所涉及的参量不同,因此其 PF 也不同。这样,就无法将它们置于子类关系中。为说明这一点,沃特金斯设定了两个理论:T1 为 ∀x(P1x⊃P2x);T2 为 ∀x((P1x∧P2x)⊃P3x)。显然,由于 T2 的 PF 必定要涉及到一个在 T1 中并未出现的谓词 P3,我们就不可能说 T1 的 PF 类与 T2 的 PF 类构成了子类关系。对此,波普尔提出了维度标准:首先,对于要比较的理论,设定其"原子谓词"——这一概念类似罗素、前期维特根斯坦意义上的"原子命题"——如 P1、P2 与 P3;由此可以得出恰好足以证伪对象理论的最小 PF:如 T1 的最小 PF 为 PF1:P1a∧¬P2a,而 T2 的最小 PF 则为 PF2:P1a∧P2a∧¬P3a。继而,波普尔将基础陈述所涉及的谓词视为陈述的"维度",而将维度的数量命名为基础陈述的"复合度",因此 PF1 的复合度为 2,PF2 的复合度为 3。不难发现,最小 PF 的复合度越小,它对理论所构成的限制就越大。结论便是,复合度与可检验度(可证伪度)成反比,与理论的经验内容同样成反比,即 Ct(T1) > Ct(T2)。

然而,当把维度标准应用于处于对应关系中的理论时,却出了问题。假设存在两个理论,其中 T1 宣称"所有雄性小鼠皆为长尾,所有雌性小鼠皆为非长尾",而 T2 宣称"所有小鼠皆为长尾"。不难看出,这两个理论的内容是相等的——亦即它们蕴含着同样大小的基础陈述类(这一点可以通过将 T2 改写为"所有雄性小鼠皆为长尾,所有雌性小鼠皆为长尾",或者将 T1 与 T2 分别符号化为 $\forall x[(Sx \supset Lx) \wedge (\neg Sx \supset \neg Lx)]$ 与 $\forall x[(Sx \supset Lx) \wedge (\neg Sx \supset Lx)]$ 来得出)。简单分析如下:首先,由于 T1 的 PF 必定涉及性别谓词 S(如 $Sa \wedge \neg La$ 或 $\neg Sa \wedge La$)而 T1 的 PF 只需涉及谓词 L(如 $\neg La$),因此子类关系标准在此不起作用;而维度标准则会根据 T1 的最小 PF 的复合度为 2 而 T2 的最小 PF 的复合度为 1 来得出 $Ct(T1) > Ct(T2)$ 的结论,但这是不正确的。这就意味着,波普尔的内容比较标准出现了糟糕的反例。

在随后的著作——1963 年的《猜想与反驳》与 1972 年的《客观知识》中,波普尔尝试提出新的标准来补救证伪主义的方法论。他指出,对于旧的理论 T1 与新的理论 T2,如果下述条件能够得到满足:

(1)T2 能够同样精确或更精确地回答 T1 所回答的每一个问题;

(2)存在某些问题,T2 能够提供非重言的解答,而 T1 不能。

我们就可以认为 $Ct(T2) > Ct(T1)$。进一步,又将理论的"逼真度"(Verisimilitude)定义为理论的真内容与假内容的差:所谓真内容(假内容),即指陈述所衍推出的非重言式的所有真陈述(假陈述)的类。这无疑是一个飞跃。由于先前真理符合论(真即符合事实)名声不佳,因而在《科学发现的逻辑》中波普尔并未谈论"真理"概念,对科学研究的目的也避而不谈——对此拉卡托斯恰当地评论说,波普尔指出了科学游戏应该怎么玩,但并未告诉我们为什么要玩。而当阿尔弗雷德·塔尔斯基在 1935 年发表了开创性的论文《形式化语言中的真概念》之后,波普尔才如释重负地感叹道:"多亏塔尔斯基的工作,客观真理或绝对真理——符合事实的真理——的概念今天看来已被所有理解它的人深信不疑地接受了。"(当然,由于他将塔尔斯基的真理概念直接由语义学领域迁移至知识论领域,因而也受到了严重的批评。这一点在此暂不予讨论。)自此之后,他就开始将探索真理(尽管不是获得真理)视为科学研究的目的,而逼真度即是衡量理论接近真理之程度的核心概念。

虽然理论定律的成真概率只能为零,但应该注意到,任何理论都同时包含着真的内容与假的内容。而我们的直观是,对于两个竞争理论,如果前者比后者包含着更多的真内容与更少的假内容,那么就可以认为前者比后者更接近真理。因此,对于竞争理论 A 与 B,可以定义:A 比 B 的逼真度更高,当且仅当

(1)A 的真内容而非假内容超过 B 的;

或

(2)B 的假内容而非真内容超过 A 的。

由此,设理论 A 的真内容为 CtT(A),假内容为 CtF(A),就可以将 A 的逼真度 Vs(A) 表示为:

Vs(A) = CtT(A) − CtF(A)

不难看出,逼真度是一个相对概念,其意义只能在比较、评价竞争理论时显示出来。

可以进一步定义:Vs(A) > Vs(B),当且仅当

1. 对于任意陈述 m,B 蕴含 m,m 为真,则 A 亦蕴含 m;这意谓着 B 的真内容亦为 A 所拥有。

且

2. 对于任意陈述 m,A 蕴含 m,m 为假,则 B 亦蕴含 m;这意谓着 A 的假内容亦为 B 所拥有。

且

3(1). 存在陈述 m,A 蕴含 m,m 为真,则 B 不蕴含 m;这意谓着 A 拥有 B 所不拥有的真内容。

或

3(2). 存在陈述 m,B 蕴含 m,m 为假,则 A 不蕴含 m;这意谓着 B 拥有 A 所不拥有的假内容。

遗憾的是,1974 年,戴维·米勒(David Miller)与帕维尔·蒂奇 (Pavel Tichy)分别独立发现了新的内容比较标准与逼真度理论中的重大缺陷。对前者的分析如下:

考虑一个常见情况:新的理论 A 修改了旧的理论 B,它们在某些问题上提供了不同的答案(如前述关于小鼠尾巴长度的两个理论)。不难看出,必定存在非重言的陈述 o,使 B⊃o,A⊃¬ o;再取任一与 A 逻辑上无关的非重言的陈述 p,则可知:o∨p 属于 B 的内容,但不属于 A 的内容,Ct(B) > Ct(A)。这一结论是荒谬的。

对逼真度理论的分析如下——设 A 与 B 均为假(显然,当 A 为假、B 为真时,B 的假内容为空类,违反条件 2,Vs(A) 不大于 Vs(B)):

从上述条件 1 与条件 3(1)出发:假设有 CtT(A) > CtT(B),则存在真陈述 a,使 A⊃a 且 B⊃¬ a;再假设 f 为 A 所蕴含的假陈述。由此可知 a∧f 属于 A 的假内容。但由于 B 并不蕴含 a,因此 a∧f 不属于 B 的内容。这就意味着 A 的假内容超过 B 的。所以,如果前提是 CtT(A) > CtT(B),就可以合乎逻辑地推出 CtF(A) > CtF(B)——这违反了条件 2,Vs(A) 不大于 Vs(B)。

从上述条件 2 与条件 3(2)出发:假设有 CtF(B) > CtF(A),则存在假陈述 b,使 B⊃b 且 A⊃¬ b;再同样假设 f 为 A 所蕴含的假陈述。由此可知 f⊃b 为真,且可由 b 推出;所以 f⊃b 属于 B 的真内容。但由于 A 并不蕴含 b,因此 f⊃b 不属于 A 的内容。这就意味着 B 的真内容超过 A 的。所以,如果前提是 CtF(B) > CtF(A),就可以合乎逻辑地推出 CtT(B) > CtT(A)——这违反了条件 1,Vs(A) 不大于 Vs(B)。

综上所述,可以证明,只要 A 为假,对于任何 B,都有 Vs(A) 不大于

Vs(B)。这就使得逼真度概念完全失去了意义。

我们能够发现,波普尔的方法论所暴露的困难,都可归因于它无法处理某些含有二分谓词的理论陈述。所谓二分谓词,即类似"是雄性""是雌性"或"是长尾""是短尾"之类具有二分性质的谓词:设 Sx 为"x是雄性",则 ¬ Sx 即为"x 是雌性",没有例外。而且,某些包含成对的二分谓词的陈述应当被视为具有同等的信息:如 Sa(a 是雄性)与 ¬ Sa(a是雌性)的内容显然一样多。但是,由于缺少足够完备的理论工具,波普尔的方法论对这类陈述的处理并不切合我们的直观。对此,沃特金斯提出了"非叠合对应物"的概念。考虑上文所提到的两个理论,T1 为"所有雄性小鼠皆为长尾,所有雌性小鼠皆为非长尾",而 T2 为"所有小鼠皆为长尾"。将它们分别符号化为 ∀x[(Sx⊃Lx)∧(¬ Sx⊃¬ Lx)]与 ∀x[(Sx⊃Lx)∧(¬ Sx⊃Lx)],不难看出,两个理论所涉及的谓词均为二分谓词。由此可定义"非叠合对应物"概念。两个语句是非叠合对应物,当且仅当:

1. 它们的谓词均为二分原子谓词,其唯一区别是在一处或几处有一个或几个二分谓词的符号变为相反,并且当任何无关紧要地出现的谓词被消去后,它们依然拥有共同的谓词;

且

2. 它们的谓词可被全部转换为由原子谓词生成的"分子谓词",其唯一区别是一个语句中的一个或几个分子谓词不同于另一个语句中相对应的分子谓词。

审视 T1 与 T2,不难得出它们满足条件 1,但条件 2 并不那么直观。于是我们可以如此定义由原子谓词 S 与 L 构成的分子谓词(n 个原子谓词能够生成 2^n 个分子谓词):Q1x 为 Sx∧Lx;Q2x 为 Sx∧¬ Lx;Q3x 为 ¬ Sx∧Lx;Q4x 为 ¬ Sx∧¬ Lx。将它们代入 T1 与 T2,经过简单的变换,可以得出：T1 为 $\forall x(Q1x \vee Q4x)$，T2 为 $\forall x(Q1x \vee Q3x)$——这就满足了条件2。因此 T1 与 T2 是非叠合对应物，它们拥有不同但等量的内容。进一步，如果 T1 属于 T0 的内容，则可知 T1 的 PF 类小于 T0 的，$Ct(T0) > Ct(T1)$。又因为 T1 与 T2 为非叠合对应物，$Ct(T1) = Ct(T2)$，则易知 $Ct(T0) > Ct(T2)$。这使得在形式上比较类似"所有雄性啮齿目动物皆为长尾，所有雌性啮齿目动物皆为短尾"与"所有小鼠皆为长尾"这样的理论定律的内容成为可能，如果能够从前者中衍推出后者的非叠合对应物语句，则显然前者的经验内容更多，因而也更可取。

这样一来，证伪主义的内容比较标准就得到了挽救。但沃特金斯进而认为，逼真度是一个错误的概念：我们只能根据实验结果来暂时判断哪个理论具有更多的真内容，这并不涉及理论的未来表现；但在波普尔的方法论中，逼真度是一个静态的量度——一个理论的真内容与假内容是不变的，变化的只有我们的知识。因此，在从暂时性的、动态的理论表现引申出永恒的、静态的逼真度概念时，波普尔进行了归纳主义式的跳跃。这使得他偏离了自己的纲领。

然而，如果逼真度理论是错误的，那么我们就无法说明科学事业为何应该选择当前最可取的理论。对此沃特金斯提出了一个假定：迄今为止更可取的理论取得了更大的成功，由此，我们应该选择当前更可取的理论来进行研究。这一点似乎依然依赖于从过去到未来的归纳推理：由于以前更可取的理论更成功，因此现在（包括未来）更可取的理论也会更成功。但应该注意，这只是一个假定，并不是对合理性观念的表达：它并不是说，只要科学团体不投入对当前最可取的理论的研究，就是非理性的。科学的合理性并不建立在这样的归纳推理之上。退一万步看，否认对当前最可取理论的选择的合理性，也并不意味着这样选择就是不合理的——即使按照怀疑论者所说，对于多个竞争理论不存在任何知识论上的标准以判断哪一个能够取得更大的成功,那么这反过来也恰恰意味着,无论我们从中选择哪一个理论,都不能被称为非理性的。当且仅当存在一个可行的关于理性行动的标准时,不按照这一标准行事才是非理性的。我们不能说,仅仅因为不存在这样的标准,因此无论怎样行动都是非理性的。无论如何,这并不构成对科学合理性的威胁。

　　回到文首的论题,我们现在已经发现,"进步"这一概念并不容易把握,即使科学团体基于各种理由在一定时间段内支持、发展一个当前并非最可取的理论,也未必违背科学游戏的规则、伤害科学发展的进步趋势。很大程度上,"进步"只是一个事后的评价,如果可以将"进步"的涵义理解为"越来越成功"的话,那么它就仅仅表达了一个历史事实。而科学哲学在知识论领域中的工作则表明,存在着比较竞争理论的静态标准,它是科学研究的基础,同时也为科学的合理性提供了有力的辩护。虽然归纳问题破坏了科学合理性与科学进步的必然联系,但无论如何,当我们信赖并服膺于科学的时候,我们并不是非理性的,也没有作出错误的选择。怀疑论者并不能动摇我们。

2012.3

拉卡托斯论"迪昂-奎因论题"①

　　拉卡托斯正确地区分了对于"迪昂-奎因论题"(非充分决定性论题,以下简称 UDT)的两种解释:

　　1.弱解释:与某个理论相背逆的经验证据,也可以被视为与体系(甚至整个经验科学)的任何其他部分相背逆的反常。受到检验的是整个经验科学。

　　2.强解释:任何情况下都不可能存在在两个或多个相互竞争的理论间作出选择的合理性规则。

　　拉卡托斯赞同弱解释,反对强解释。他提出,理论必须满足莱布尼茨-休厄尔-波普尔要求,即周密计划的鸽笼体系的建造必须大大快于准备装在其中的事实的记录。这一要求即是说,理论不仅要能够解释当前事实,而且必须提出大量超出事实的预测。

　　但是这一要求实际上什么也没有禁止。拉卡托斯没有看到,一个充斥着特设说明的理论,依旧能够提出大量预测,除非它完全由特设构

　　①　本文是对拉卡托斯《科学研究纲领方法论》第一章附录"波普尔、证伪主义与'迪昂-奎因论点'"的讨论。

成——但那就不能再称为"理论"了。

这一要求无疑太弱。那么按照研究纲领方法论,一个关于"进化"与"退化"的强要求又怎么样呢:可以参与竞争的必须是"进化"的理论;而如果一个理论发生了"退化的问题转换",就必须将其逐出比赛。所谓"退化",是指理论遭遇反常时所添加的辅助假说只能提供特设性的说明;而当辅助假说提供了新的预测时,就可以称之为"进化"。也就是说,当一个理论的变化仅仅是为了"保全现象"时,它就发生了"退化的问题转换";而当它还提出了新颖的预言时,就发生了"进化的问题转换"。拉卡托斯认为,退化的理论应该被逐出科学的殿堂,而理论的进化,则体现了科学的进步。

UDT明确指出,经验的反驳和证认并不能决定理论的更替。所以拉卡托斯提出,关于理论选择的合理性规则应该关注理论的历史发展,应该从理论系列的演变中判断其具有进化或退化的特征。换句话说,决定理论的接受/拒斥的不再是证认/反驳,而是进化/退化。

然而,拉卡托斯制订出的规则看似合理,实际却是空洞的。在日心说对地心说的战役中,按照拉卡托斯的说法,地心说因为只能通过不断添加的特设来"保全现象"而发生了退化,而日心说则在发展中不断产生新颖的预测,从而被判定为进化的理论。

然而所谓"新颖的预测"究竟指什么是不清楚的。日心说所提出的预测对地心说来说是"新颖的",但反过来说,地心说的一些预测对日心说来说也十分新颖,尽管以后的实验近似地支持了日心说。

一个方便的例子是,爱因斯坦根据相对论预测说:恒星从致密星转变为红巨星时人们将可以观察到光谱线的移位("红移")。拉卡托斯一定会认为,相对论预测到了对于牛顿理论来说完全新颖的事实。然而我们也可以说,牛顿理论提出的预测是光谱线不会移位(不发生"红移")——这一预测对于相对论来说也是完全新颖的。这种说法看起来有点投机取巧,但绝非不合理:我们足以看到,将接受/拒斥与"新颖的事实"这一模糊概念联系起来是很不合适的。

很明显,保全现象在拉卡托斯那里成了不能容忍的罪行。但是特设说明与辅助假说之间的差别并不足以区分进化的理论与退化的理论——特设并不会损害理论的预测力,好的辅助假说也不会增加理论的经验内容。

并不存在一个决定理论选择的合理性规则。拉卡托斯和扎哈尔的《为什么哥白尼的研究纲领取代了托勒密的研究纲领?》貌似严格地按照科学研究纲领方法论的标准解释了日心说的最终胜出,实际上他只不过是求助于常识,把日心说优于地心说的公认特性罗列出来,进而宣称研究纲领方法论的解释符合了这些特征。然而日心说只是科学史中的例子之一,理论选择不可能每次都伴随着相同的特征。①

对归纳问题的肯定解答,使得方法论又一次引入了归纳原理。这使得理论选择的规则变得无足轻重(根据迪昂或奎因,理论的选择标准可以是简单性或者经济性等等,但合理的选择始终是不可能的——合理的放弃也是不可能的,正是在这里可以对相对主义作出反击,而拉卡托斯就无法做点什么)——唯一可以明确的是,在一个几乎完全由特设说明组成的、松散的理论与一个成系统的、统一的理论间,科学家一般都会选择后者(联系沃特金斯对科学目的的论述),这几乎是在合理性的范围内,我们唯一就理论选择所能说的东西。

2009.3

① 伊姆雷·拉卡托斯:《为什么哥白尼的研究纲领取代了托勒密的研究纲领?》,载《科学研究纲领方法论》,221-255页,上海译文出版社,2005。

方法论与归纳原理①

　　拉卡托斯正确地看到,波普尔在塔尔斯基真理理论出现的前后是截然不同的。波普尔在《客观知识》中也慷慨地承认,在塔尔斯基发表其成果前,谈论"真理"或"接近真理"是不合适的,因为当时符合论的名声不佳。所以,《科学发现的逻辑》中的波普尔不仅在方法论上避开了对科学的目的的讨论,而且还明确宣称方法论不应该为此论题负责。

　　然而正如沃特金斯和拉卡托斯所指出的那样,如果方法论不能制订科学的目的,那么我们就无法谈论科学的进步。显然,没有目的我们就不知道该往哪个方向前进。或者说,前期波普尔指出了科学游戏应该怎么玩,但他没有告诉我们为什么要玩。

　　在塔尔斯基理论出现之后,波普尔随即感到它解决了一个重大难题。他认为,真理符合论不再是缺乏内容的了,他的方法论可以与"接近真理"这一科学的目的联系起来。

　　但这种努力是徒劳的。因为波普尔对归纳问题作出了否定解答,所

　　①　本文是对拉卡托斯《科学研究纲领方法论》第三章第二节"对归纳问题的否定解答和肯定解答:怀疑论和可错论"的讨论。

以他制订的方法与目的看起来是格格不入的。或许根据塔尔斯基理论，我们可以说一个单称陈述之所以为真是因为它符合事实；然而在反归纳主义的纲领下，我们无论如何也不能说一个全称陈述比另一个更加符合事实、更加接近真理——很明显，只有概率主义的方法论可以这么说。

这样，自豪地宣扬其乐观主义认识论的波普尔就等于在说：科学确实是在更加接近真理，而我们却感觉不到。那么，他的认识论就彻底地倒向了怀疑论。

这个后果归根到底是因为，反归纳主义取消了对全称陈述谈论接近真理的可能性。所以，为了将科学由怀疑论的魔爪中解救出来，就必须肯定地回答归纳问题，引入归纳原理。

归纳原理不仅能够判断两个理论谁更好，还能够说明我们为什么要玩科学游戏，能够将科学游戏变成对真理的追求。克拉夫特正确地指出，合适地选择一个归纳原理，就能够将科学变成演绎主义的。尽管是约定，却毫无疑问是好的约定。

最后我想从科学实在论那里借来一种武器为归纳问题的肯定回答辩护，那就是奇迹论证。如果归纳原理真的只是人们的动物式信念，那么科学的所有成功就只是巧合，甚至科学比巫术预言更成功也不过是巧合。如果真是这样，那无疑是一种奇迹——所以归纳原理显然包含着真知灼见，在某种意义上和人择原理极其相似。

附注：我现在已经不认为归纳原理是个好的答案了，它对于科学合理性的辩护来说太强了。它承诺了过多的东西。

2009.3

如何批评分界标准？

在科学哲学领域，长久以来占统治地位的（古典）归纳主义理论认为：科学理论即真陈述，并且是以符合归纳主义规则的方式得出的真陈述。对这一理论的常见反驳是指出没有任何一个科学理论是"真"的（因为它们都是全称命题）。这一批评是通过对比科学共同体的共识标准（即大多数科学家的判断）与归纳主义的标准得出的，因为通过了共识标准（而被贴上"科学"标签）的理论却没有通过归纳主义标准，所以必须拒斥后者。

然而这一批评并不能打倒哲学家，因为当时的哲学观念是，如果方法论与科学冲突，那么就应该摧毁、重建科学，而不是拒斥方法论。虽然这一观念现在看来是荒谬的，但在哲学上却不能不认真对待，它给我们提出了一个难题，即：有可能彻底反驳一个方法论吗？

想要彻底反驳（古典）归纳主义，就必须指出其内部的悖谬之处，而不能仅靠外部科学共同体的共识来作为规则。实际上，真正有效的批评是，归纳主义标准太过严格以至于任何客观陈述都无法通过——也就是说，归纳主义的科学只能是一个空集。

拉卡托斯在《科学研究纲领方法论》第二章 2（a）中提出了一个批评

方法论的规则:"如果一个分界标准同科学名流的'基本'评价相冲突,那就应该拒斥该标准。"在这里拉卡托斯正式要求将共识标准作为评价方法论/分界标准的"元标准",并且在后面指出,只有科学研究纲领方法论才真正符合这一元标准。

然而令人疑惑的是,如果元标准真的非常有效的话,为什么哲学家们包括拉卡托斯本人还要提出那些繁杂的分界标准呢? 既然元标准可以对各种所谓合理性标准作出评判,那么我们为什么不能直截了当地宣称科学的合理性来源于科学名流本身呢?

在我看来,这可能是拉卡托斯所犯下的又一处错误。他将方法论批评寄希望于科学名流的作法,如果不是心理主义的,至少是非理性主义的。尽管科学名流对分界标准的评判的确非常重要,但如前所述,这在哲学上却是远远不够的。拉卡托斯并没有意识到对一个分界标准进行内部的批评是可能的,也就是说,即使抛开科学史,我们依然能够指出某个分界标准是否合理——在前面我们已经指出了归纳主义标准的内部错误;而科学研究纲领方法论本身也是因为无法给出理论退化的硬性规则而被否定的。这些都是分界标准的内在问题所致,归根结底,所谓"元标准"并不为哲学家所接受。

拉卡托斯在后面用了两个有趣的术语来概括他与波普尔之间的区别。波普尔认为必须制定出一个先验的分界标准来进行科学评价(比如把精神分析理论评价为"非科学的")——这意味着波普尔支持"成文法"。而拉卡托斯同意波拉尼的观点,认为不可能存在成文法(或者至少需要权威来支持之),只存在判例法,而科学名流的判断就是最好的判例。

但是,成文法并不是不可批评的,而且这种批评与判例毫无关系。同样应该看到,成文法是超前于判例法的:古希腊时期科学与形而上学是不可区分的。1750 年以前炼金术还是科学的一部分;行为主义出现之前所谓内省心理学亦被视为一门科学。很明显,伴随着科学发展,判例法也在逐渐发生着变化,而这无疑要归功于成文法。

2009. 4

经验科学的方法与知识问题①

函数黑箱

1. 方法论与合理重建

科学哲学的主要旨趣在于，提供一种合理性标准，以确定经验知识的结构、有效性与增长方式。科学哲学通常通过考察科学研究的过程与科学理论史，在诸多复杂的现象中发现理论的实质结构（或者说重建理论）与产生这些理论的方式。

我们说存在某种产生理论的方法，并不意味着"研究的逻辑"本身是单调甚至机械的。恰恰相反，科学家从经验事实中获取理论的过程，是人类理性最伟大、最美妙的应用。而科学哲学并不关心这一过程的具体步骤，且相信这一过程归根结底是无法模仿的，因为并不存在一种知识增长的自动程序。

科学哲学与哲学的关系耐人寻味。当哲学家得出某种关于科学研究的方法论时，是否应该命令科学家"照着我发现的方法去做"？答案

---

① 本文只是一个提纲，或者说随笔。

当然是否定的。科学尽管是理性的事业,却绝非只有理性的参与。以某种人为的合理性标准作为研究的硬性标准,无疑是自我僭妄的表现。而科学的"经验-理论"方式,是理性认识、掌握世界的唯一手段,这也无需外界干预。

那么,合理性标准的意义何在? 除了体现在为经验知识证成上,更重要的作用在于,对科学史进行合理重建。

科学的历史(主要)就是理性的历史。将具体发生的研究过程根据某种合理性标准重建起来,既是对这个合理性标准本身的检验,也是确认科学最终能够立于坚实基础上的重要手段。科学哲学的最终目的即在于此。

2. 函数黑箱:一个方法论模型

本节我要设立一个方法论模型,借此说明"研究的逻辑"。这是一个理想化的工具,可以为合理重建理论提供有力帮助。

假设有一个黑箱:它绝对坚固,以至于我们不可能知道它内部有什么,甚至实心空心也无法确定,而且也无法用任何仪器对其进行探测。从哲学上说,黑箱的内部是"不可经验的"。

黑箱上有一块可以显示数字的显示屏和一个数字键盘。科学家发现,当从键盘上输入一个数字,显示屏上就输出一个数字。这样的输入/输出是一一对应的。科学家猜测,黑箱内部可能存在类似电路的结构,将输入信号通过某种函数转换成输出信号。科学家将试图通过对各种输入/输出组合的考察,找到这个函数。

在这个模型中,函数黑箱就是这个世界(或世界的一部分);黑箱内部的函数,就相当于不可经验的、然而我们假设其存在的自然律。这是一个形而上学原理,也是科学研究的动力所在。而在键盘上输入数字,则相当于做一次实验,显示屏的输出就相当于实验结果。所以,这个模型与实际的科学研究是比较相似的。

下面将用这个模型模拟科学研究的过程。

设输入为 x,输出为 y,则一个输入/输出组合可以写成:

(x,y)

尝试输入 1,得到的结果是 2,那么就有:

F1:(1,2)

根据 F1,一部分科学家提出一个理论,认为函数是:

T1:y = 2x

然而另一部分人得出不同的理论:

T2:y = x^2 + 1

T1 和 T2 是两个竞争理论,而且根据目前的经验事实,它们具有相同的"逼真度"。而从 T1 可以演绎出:

P1:(2,4)

这是一个预测,是单称陈述,可以被证实或证伪。同时从 T2 可以演绎出:

P2:(2,5)

P1 和 P2 无疑是矛盾的。这时就需要新的经验证据。于是又进行了一次实验,得到:

F2:(2,5)

这样,F2 证实了 P2,证伪了 P1。那么我们是不是可以像独断证伪主义者那样,宣称 T1 被证伪了呢? 不然。T1 只是遇到了一个反常——仅仅因为一个经验事实的反常而抛弃一个理论,这在科学史上从未发生过。

T1 的支持者为了使他们的理论继续符合经验,就为 T1 添加了一个附加条件：

$y = 5(x = 2)$

那么 T1 就变成：

T1 : $y = 2x($ if x！ $= 2) \& y = 5($ iff x $= 2)$

这样，T1 又和 T2 站在了同一条起跑线上。从 T1 又可以演绎出：

P3 : $(3, 6)$

T2 演绎出：

P4 : $(3, 10)$

而假设又一次实验得出：

F3 : $(3, 10)$

那么，经验事实又一次确证了 T2，同时使 T1 又遭遇了反常。T1 的支持者当然可以继续添加附加条件来使 T1 继续符合理论，然而他们动摇了。他们出于简单性与经济性的考虑，认为再坚持 T1，可能会使研究越来越复杂、越来越不经济；于是，T1 被抛弃了（抛弃永远是暂时的，不具有决定性。见后文第二部分第一节）。

这样，T2 就在与 T1 的竞争中取得了胜利。当然这并非决定性的胜利，科学家可能提出 T3 来与之竞争。研究就在这样的过程中，不断地进行下去。

3. 反归纳主义

坚定的反归纳主义者卡尔·波普尔解决休谟问题的策略是：否认我们对"归纳"这一方法的使用。他认为：虽然科学理论看起来是从经验事实当中归纳出来的，然而事实上理论是猜测的结果。他指出：科学研究只不过看起来像是归纳而已，而实质上是"猜想与反驳"的过程。

他强调说，以往认为的 A. 观察、B. 从观察结果（经验事实）中归纳出规律的说法是错误的,因为如果没有理论,就不可能知道要观察什么。所以第一步应该是"猜想"。波普尔指出,人们总是先假设出某个理论,然后用经验事实检验它;之后是新的假设、新的检验。这样,就从研究过程中去除了归纳的成分。

实际上,波普尔没有成功。我们必须要问,如果说没有理论就没有观察的话,难道理论就是凭空出现的? 换句话说,闭着眼能提出理论假说吗? 科学绝不可能起源于发问。发问之前总要有观察——尽管观察必定伴随着大量的失败与不得要领。

"猜想"也必须得到澄清。波普尔认为,实验的作用是对猜想的检验,以便提出新的猜想。然而,在这一过程中我们也可以认为,猜想是根据实验作出的——这和归纳主义的说法契合了。归纳主义正是认为,理论是根据实验归纳出来的。

经验科学的理论是猜测性的。这点与归纳主义并不矛盾,归纳法中包含了从单称陈述到全称陈述的跳跃,而这一跳跃就已经决定了理论的假说性质。

由此看来,波普尔只不过是改变了科学链条的起点,实际上并没有说出比归纳主义更多的东西;而且,由于驱除了归纳法,他就不能阐明"猜想"究竟是如何提出的。这无疑是一种倒退。

整体主义

1. 相对主义

迪昂-奎因论题,或者说非充分决定性论题(UDT)可以被表述为:"经验证据并不能唯一地决定理论。"这一论题看起来是显而易见的,理论是全称陈述,而经验证据是单称陈述。所以,不管多少个经验证据,都不可能证实一个理论,或者说确定唯一一个能够演绎出这些经验事实的理论。换句话说,对于任意数量的经验证据,总会有多个理论与之符合。

相对主义者借助这一论题,宣称在任何情况下,都没有合理的理由优先选择某个理论。也就是说,任何经验事实都无助于我们抛弃或者选择任何一个理论,因为它们都可以通过添加某些附加条件来符合经验。比如在第一部分第二节的函数黑箱模型中,科学家完全可以继续坚持 T1。又比如,天文学家们也完全可以合理地、系统地坚持地心说,因为只要添加足够的本轮和均轮,就可以符合经验证据——而在历史上,他们最终却放弃了地心说。相对主义者认为,这恰恰表明,科学并不是理性的事业:如果天文学家真的是理性的,他就一定找不到合理的理由来放弃地心说,尽管这一理论已经变得臃肿不堪;而最终对地心说的放弃,也就证明了决定理论更替的并不是什么合理性标准,而是科学家个人的美学标准或者心理学标准等等。

在这个论证中,相对主义者所犯的错误是把理论的更替绝对化了。他们误以为,抛弃一种理论,就等于永远抛弃一种理论。实际上,UDT 所指出的是:我们不可能决定性地否定某个理论,也不能决定性地判定某个理论具有优先性。而事实上,对理论的决定性判决在科学史上从未发生过。

在上一个例子中,天文学家对地心说的放弃是暂时的。我们不妨设想这种情形:某个新的天文学发现使现代的天文学体系遭遇了反常,以至天文学家们倾向于(暂时)放弃它。在这种情况下,科学家重新拾起地心说也并不是不可能的。

经验证据不能证实理论,同样也不能(决定性地)证伪某个理论。这是整体主义知识论的必然结果,在这种意义上,相对主义者所犯下的错误正是源于他们对于整体主义的拒斥——在这里他们唯一正确的观点是,合理性标准无法决定理论的更替。但恰恰是因为标准的无能为力,选择才不会破坏科学的合理性。

2. 理论与自然律

尽管在上一节我们讨论了理论选择的困难,然而更大的困难在于,我们并没有逻辑上的根据,为经验科学知识在整个认识论的范围内作出辩护。

在函数黑箱模型中,提出某种理论就等于为之后的实验结果作出了预测。假设有这样一个取得了巨大成功的理论:

T1 : $y = x^2$

对输入为 5 时的输出结果作出了预测,值为 25。可以写成:

P1 : (5,25)

显然,T1 可以演绎出 P1;我们也可以说,P1 以 T1 为根据。

假设,这时有一名普通人,他声称输入为 5 时的输出结果应是 30,即:

P2 : (5,30)

显然,P1 与 P2 是矛盾的。我们似乎应该对 P2 不屑一顾,因为它和巫婆的预言没什么两样;至少在我们看来,P1 对于随随便便就被提出来的 P2 来说,有某种优先性。或者干脆地说,在我们的信念中,显然 P1 比 P2 更有可能正确。

我们抱有这样的信念,是因为之前 T1 已被许多个经验事实确证,而且目前并未遭遇反常。而仅从逻辑上说,作为 T1 的演绎结果,P1 也应该享有预测优先性。

然而这样的事实真的可以接受吗?难道我们能够说,一个在过去取得成功的理论,就能够在未来继续取得成功吗?换句话说,仅仅因为某个理论在过去得到了确证,就认为它在未来也会继续被确证,这在逻辑上是毫无根据的。很明显,如果要坚持这种看法的合理性,就必须引入归纳原理。

这样一来,预测优先性就不可靠了。在上面的例子里,P2 是一个非科学预测,而那名普通人之所以能够在不提出一个竞争理论的情况下直接作出预测,只能是因为他并不相信在函数黑箱之内存在某种电路、某种决定论的结构。也就是说,他并不相信自然律的存在。

那么论题就被转换成:如果自然律存在,T1 支持下的 P1 当然有预测优先性;若不然,试图将函数黑箱提供给我们的那些经验事实统合在某个全称陈述中的做法就是非常愚蠢的,而预测优先性也就不成立了。这意味着科学研究是毫无意义的——我们显然不能接受这个结论。

自然律(归纳原理、因果律)是不可被经验确证/证伪的,它是一条形而上学原理。正如第一部分第二节所言,它是科学研究的动力。我们必须承认,如果要为经验科学乃至经验知识作出辩护,就必须承认它的正确性;否则,P1 和巫婆的预言也就没有什么区别。经验知识本身并不能为自己搭一个坚实的基础,只能求助于形而上学。

而撇开自然律不谈,类似 P2 的预测,虽然是猜测性的知识,却是毫无用处的。即使 P2 是正确的,也只能得到这样的结果:

在时空区域 X,发生物理事件 Y(在时空区域 X,当按下"5"键时,显示屏出现内容为"30"的字符)。

这一语句类似奎因所称的"观察句"。它本身毫无价值,却是经验科学的基础,只有通过后者,才能得到有益的利用。这就是科学的价值所在。

3. 整体主义知识论

整个经验知识是相互联系、相互支持的,例如:气象学受到物理学的支持,生物学受到化学的支持,等等。这意味着:当经验事实对某个理论进行检验时,从逻辑上说,受到检验的实际上是整个科学。虽然在实际研究中科学家往往只关注当前理论,而把这一理论背后的内容称作"背景知识"(波普尔),但这只是出于经济和方便的考虑。

正是出于这样的考虑,我们会发现:当科学家在实验中发现数据的反常时,并不会立即认定是理论出了错,而是首先去审查实验步骤与设备。气象学家在观察气候变化时如果发现了异常,则首先会怀疑是观测仪器的问题,而不会轻易推翻气象学理论,更不会去找物理学的麻烦。一方面来说,这是科学的保守性;另一方面,这种审慎的态度也确保了经验知识的增长。

UDT 指出,通过修改或添加附和条件,我们总能够合理地坚持任何一个理论。可是科学家并不会一直这样做。按照前文的例子,通过添加本轮和均轮,地心说的确可以保持和日心说相同的说明力,使自己在逻辑上不落后于后者;而科学家最终(暂时)放弃了它的原因也并不在于逻辑,而是出于效率和简单性的考虑。既然地心说会变得越来越复杂,那么就没有理由不接受更加经济而且具有同样说明力的日心说。同样,当爱因斯坦提出对牛顿力学的替代理论时,科学家完全可以坚持老的理论,只不过要重新建立整个物理学体系。出于经济的考虑,科学家接受了新的理论,同时也获得了更大的说明力。所以尽管决定理论更替的并非经验事实,但在这一过程中,合理性并未遭到损害,科学的进步也未被动摇。

相对于简单的证伪主义,整体主义知识论看到了理论更替过程中的复杂之处。尽管逻辑上单称命题能够证伪全称命题,但是对于连为整体的经验知识来说,单个经验事实无疑太过渺小。

综上所述,整体主义知识论的主要结论在于:

A. 受到经验事实检验的不是某个理论，而是经验知识的整体。

B. 所以，当某个理论遇到反常时，作出调整的可以是这个理论本身，也可以是经验知识整体的其他部分。

C. 当然，科学家不会一直这样做。出于简单性、经济性与保守性的考虑，科学家依然倾向于改变或者更替这个理论本身，只要不会出现逻辑上的退步。

2009.2